INDECIFRÁVEL

JESSICA BRODY

INDECIFRÁVEL

Tradução
Ryta Vinagre

ROCCO
JOVENS LEITORES

Título original
UNFORGOTTEN
The Unremembered Trilogy:
Book 2

Copyright © 2014 by Jessica Brody
Todos os direitos reservados.

Direitos para a língua portuguesa reservados
com exclusividade para o Brasil à
EDITORA ROCCO LTDA.
Av. Presidente Wilson, 231 – 8º andar
20030-021 – Rio de Janeiro, RJ
Tel.: 3525-2000 – Fax: 3525-2001
rocco@rocco.com.br
www.rocco.com.br

Printed in Brazil/Impresso no Brasil

preparação de originais
JULIANA WERNECK

CIP-Brasil. Catalogação na fonte.
Sindicato Nacional dos Editores de Livros, RJ.

B883i
    Brody, Jessica
        Indecifrável / Jessica Brody; tradução de Ryta Vinagre. – Primeira edição. – Rio de Janeiro: Rocco Jovens Leitores, 2018.
        (Inesquecível; 2)

      Tradução de: Unforgotten: the unremembered trilogy: book II
      ISBN 978-85-7980-415-1
      ISBN 978-85-7980-417-5 (e-book)

      1. Romance americano. I. Vinagre, Ryta. II. Título. III. Série.

18-48227
                                    CDD – 813
                                    CDU – 821.111(73)-3

Meri Gleice Rodrigues de Souza – Bibliotecária CRB-7/6439

O texto deste livro obedece às normas do
Acordo Ortográfico da Língua Portuguesa.

Para Alyson Noël,
porque ela pode ser super-humana

Se a viagem no tempo é possível, onde estão os turistas do futuro?
— Stephen Hawking

SUMÁRIO

0. Sozinha 13

PARTE 1: A Descoberta
  1. Passado 17
  2. Estrangeira 27
  3. Precauções 36
  4. Reveladora 42
  5. Instintiva 52
  6. Trancada 59
  7. Desnudada 66
  8. Partida 71
  9. Tempestades 77
  10. Divididos 83
  11. Detida 92
  12. Enfeitiçada 96
  13. Registrada 103
  14. Ajuda 109
  15. Absolvida 114
  16. Queimada 119

PARTE 2: A Invasão
  17. Rochedo 127

18. Embaixador 134
19. Aprimorado 145
20. Negociação 150
21. Reaparecido 154
22. Novata 158
23. Identificado 166
24. Realidade 176
25. Ajuda 181
26. Ativada 185
27. Roubada 187
28. Treinada 193
29. Disfarce 199
30. Motivações 207
31. Perturbação 212
32. Leis 217
33. Emprestado 221
34. Visitante 226
35. Adulto 230
36. Cético 235
37. Transplante 239
38. Processo 246
39. Descendente 252
40. Normalidade 260
41. Ataque 266
42. Dedução 273
43. Guerra 279
44. Enterrada 286
45. Mudança 290
46. Sorte 297
47. Submersa 306
48. Inabalável 311
49. Significado 315

PARTE 3: A Decisão
50. Observadora 327
51. Frasco 333
52. Compelida 345
53. Doente 349
54. Origem 355
55. Competição 364
56. Lugar 370
57. Permanência 377
58. Perseguição 381
59. Batalha 384
60. Incisão 387
61. Retorno 391
62. Confusão 394
63. Lar 402
64. Pareados 407
65. Engano 419
66. Amizade 422
67. Cinzento 426

O
SOZINHA

❖

O fogo é quente e implacável, elevando-se dos galhos em brasa que ardem lentamente. Castiga meus pés. Enche meus olhos de lágrimas enfumaçadas de derrota.

As chamas me encaram avidamente. Tal qual um lobo passando a língua na boca ao ver um animal ferido. Saboreando a promessa de um banquete. Aguardando antes de avançar para matar.

A madeira estala sob meus pés. Um por um, galhos são quebrados, incinerados até a poeira negra no caminho da chama impiedosa. Sou seu único alvo. Seu único destino. Todo o resto é um mero entrave no percurso. Uma vítima dispensável para demolir e jogar de lado enquanto abre caminho até mim.

Desesperadamente, procuro por ajuda ao meu redor. Mas não há ninguém a ser encontrado. O silêncio responde à minha aflição pontuado apenas pelo escárnio do chiado e o estalo das chamas.

Eles não podem deixar que eu morra aqui. Seu prêmio de tão alto valor abandonado para queimar. Para se atrofiar. Para se transformar em cinzas amargas. Não vão fazer isso. Tenho certeza.

Logo estarão aqui. Eles vão acabar com tudo isso.

E, pela primeira vez em minha lembrança superficial e abreviada, darei as boas-vindas à visão deles.

A fumaça sobe em ondas, cobrindo tudo em uma névoa nauseante. Minha visão — normalmente impecável e aguda — se foi. Minha garganta incha e arde. Torço a cabeça para o lado, tossindo. Sufocando. Engasgando.

Uma chama ambiciosa avança à frente das outras. Vence a corrida até o alto. Agarra meus pés descalços com dedos longos e nodosos. Enrosco os dedos dos pés e pressiono com força a madeira atrás de mim. Já sinto minha pele formar bolhas. Empolar. Gritar.

E então eu luto. Ah, como luto. Eu me debato contra as amarras. Mas é inútil.

E é quando percebo... que ninguém virá.

O fogo me consumirá. Fundirá a carne em meus ossos. Transformará toda a minha existência fabricada em nada além de pó encardido para ser carregado pelo campo com a mais leve brisa.

O vento muda a direção e a fumaça clareia por tempo suficiente para que eu consiga vislumbrar uma figura alta e encapuzada, sozinha, do outro lado do rio. Observando em silêncio.

Finalmente, o fogo alcança minha pele. A dor é excruciante, como se mil espadas me atravessassem de uma só vez. O grito borbulha de algum lugar de dentro de mim. Um lugar que eu nem sabia existir. Minha boca se abre, esticando-se sozinha. Meu estômago se contrai, e solto o som penetrante em uma cidade de ouvidos surdos.

PARTE 1

A DESCOBERTA

1
PASSADO

UMA SEMANA ANTES...

Rolo de bruços e seguro a lateral da cama, tomando avidamente uma golfada de ar. O oxigênio lindo, fresco e puro enche meus pulmões. Meu sangue. Meu cérebro. Meus pensamentos entram em foco. O laço nodoso no estômago começa a se desfazer.

Espalmo a mão com força no peito, procurando o coração. Anseio por sua próxima batida. Parece que se passaram horas de um silêncio obstinado. Minha caixa torácica, uma câmara vazia.

Até que finalmente...

BA-BUMP

BA-BUMP

BA-BUMP

Com um suspiro, minha cabeça tomba para a frente e estendo uma oferta silenciosa de gratidão.

Quando ergo os olhos, a visão clareou e consigo enxergar ao meu redor.

A austera mobília de madeira de nosso pequeno quarto, encoberta por uma escuridão que aos poucos desaparece. E Zen. Respirando suavemente a meu lado. Deitado de bruços. Uma mecha do cabelo preto e grosso caiu em seu olho esquerdo. Um braço está metido por baixo do corpo, e o outro está atravessado na cama. Guardando meu lugar. Completamente inconsciente de que não estou mais ali. De que fui substituída por uma silhueta molhada de suor.

Ainda puxando o ar em um ritmo frenético, passo a mão na testa. Ela volta úmida.

A luz começa a romper lá fora, conferindo ao quarto um brilho fraco e espectral.

Observo o espaço vazio ao lado de Zen. A ideia de me deitar de costas outra vez e fechar os olhos provoca uma tempestade de batidas e estalos em meu coração.

Eu me levanto delicadamente e caminho até o armário, abrindo com facilidade a pesada porta de carvalho. Passo os braços pelo gibão de linho de Zen e fecho os botões por cima da camisola. Seu cheiro almiscarado e doce no agasalho logo começa a me acalmar, enquanto oriento meus pés para os mules de couro e vou até a porta, pé ante pé. As tábuas do piso resmungam embaixo de mim e ouço Zen se mexer. Quando me viro, seus olhos castanhos infinitos já estão abertos, a preocupação lampejando neles. Zen me olha, a testa franzida.

– Está tudo bem?

– Claro que sim – sussurro, certa de que o tremor na voz vai me entregar. – Eu... – Mas minha garganta está seca e espessa. Tento engolir. – Tive um pesadelo. É só isso.

Um sonho.

Não é real.

Repito mentalmente, na esperança de que pareça mais crível na segunda vez. Sei que a única pessoa que preciso convencer sou eu mesma.

Zen se senta. O lençol cai até sua cintura e revela um peito despido. Lindamente bronzeado das incontáveis horas de trabalho árduo que ele esteve fazendo desde que chegamos aqui, seis meses antes.

— O de sempre?

Meu lábio começa a tremer. Mordo-o com força e aceno com a cabeça.

— Quer conversar sobre isso?

Meneio a cabeça em negativa. Mas então vejo a frustração em seu rosto. Sua necessidade constante de me consertar. E não tenho coragem de dizer que ele não pode.

— Não é nada demais — digo, sussurrando as palavras numa tentativa de deixá-las mais leves. — Só foi...

Sinistro. Apavorante. Real.

Engulo em seco mais uma vez.

— Inquietante.

Abro um sorriso forçado. Rezo para que Zen não consiga ver minha face se contorcendo do outro lado do quarto.

— Vou sair para tomar um ar fresco.

Zen livra as pernas das cobertas aos chutes, com pressa.

— Vou com você.

— Não! — digo. Alto demais. Rápido demais. Estúpida demais. Tento encobrir com outro arremedo patético de sorriso.

— Está tudo bem. É sério. Eu estou ótima.

Ele me examina por um instante. Seus olhos investigativos perguntam *Tem certeza?*

No momento, não tenho certeza de nada.

Ainda assim, encontro forças para falar:

— Não se preocupe. Volte a dormir.

Não espero para ver se ele dorme. Não é a batalha que quero ter agora — não quando outras muito maiores são travadas em minha mente. Apenas me viro e saio.

Uma vez fora da casa, vou ao ponto mais alto da propriedade. Um outeiro relvado com vista para o pasto de um lado e o campo de trigo do outro. Afundo no chão e ponho as pernas dobradas de lado, desajeitada. O sol começa sua lenta ascensão no céu, lembrando-me de que o tempo que tenho aqui sozinha é limitado. O relógio terrestre está batendo. Logo o mundo estará desperto e serei quem devia ser.

Não a casca trêmula de gente que sou agora.

Obrigo-me a me concentrar no céu. Na ascensão determinada do sol. Acontece todo dia. Sem erro. O mesmo arco pelo mesmo céu. Não importa o país. Não importa o século.

Esse pensamento me traz certo conforto.

Vou aceitar o que tiver que ser.

O alvorecer não é tão bonito aqui. Foi uma das primeiras coisas que notei depois que chegamos. Os tons de rosa são menos vibrantes. Acinzentados. Os tons de laranja são mais abafados. Quase desbotados. Como se a tinta do artista estivesse acabando.

Zen diz que é porque o ar é limpo. Os veículos só serão inventados daqui a três séculos. A fumaça cria nascentes melhores.

Apesar disso, não me impede de olhar.

Eu não estava mentindo quando disse a Zen que foi o mesmo sonho. É sempre o mesmo sonho.

Eles chegam à noite. Capturam-me e me transportam, esperneando e gritando, de volta ao laboratório. Prendem-me a uma cadeira com grampos de aço grossos que não consigo envergar. Um aparelho grande e complexo se projeta do teto. Seu braço em garra, com dentes afiados feito navalhas, abre minha boca à força, estende-se até minha garganta e arranca meu coração. Então, outra máquina assume, trabalhando rapidamente para desmontar o órgão que ainda bate em uma mesa fria e estéril. Metade dele é escavada, colocada em um vidro, levada dali, enquanto a outra é devolvida à garra e recolocada na cavidade do meu peito pela garganta.

O coração parcial se acomoda em seu lar atrás da caixa torácica. Ainda o sinto bater, forçando o sangue para dentro e para fora das veias, mantendo-me viva. Mas o processo não tem mais significado algum. Um ato superficial feito por rotina, nada mais. Estou incompleta para sempre. Uma meia pessoa. Um caixão oco que será obrigado a procurar a outra parte pelo resto da eternidade.

Um sonho.

Não é real.

O problema é que os sonhos deviam ficar mais nebulosos quanto mais tempo você fica acordada. Mas esse só fica mais nítido a cada segundo. Mais claro. Como se eu avançasse para ele. Como se chegasse mais perto.

Como se *eles* estivessem chegando mais perto.

Fecho os olhos, respiro fundo.

— Eles não sabem onde estamos.

— Eles não podem nos encontrar aqui.

— Estamos a salvo.

— Eu estou a salvo.

Recito as palavras sem parar, na esperança de que hoje seja o dia em que elas não parecerão mais estranhas em minha língua. O dia em que começarei a acreditar nelas.

— Eles não sabem onde estamos.

— Eles não podem nos encontrar aqui.

— Estamos a salvo.

— Eu estou a salvo.

No entanto, como um relógio, a resposta desoladora aflora do fundo de minha mente. A versão sombria da verdade, muito mais fácil de acreditar.

Eu não estou a salvo.

Nunca estive a salvo.

Eles nunca vão parar de procurar por mim.

Estendo a mão para a gola da camisola ainda úmida e apalpo meu medalhão, passando a ponta dos dedos com delicadeza pela superfície escura de seu formato de coração e pelos arabescos do desenho prateado gravado na frente.

O nó infinito.

É um antigo símbolo sânscrito; de acordo com Zen, representa o fluxo do tempo e o movimento dentro de tudo que é eterno.

Para mim, representa Zen.

Insisti em usá-lo aqui, embora Zen tenha sugerido que eu o tirasse. Ao que parece, as pessoas da Inglaterra do século XVII não veem com bons olhos símbolos desconhecidos que não podem ser encontrados em algo chamado Bíblia – um livro que parece servir de base para a vida de todos por aqui. Assim, concordei em deixar escondido por baixo da roupa todo o tempo.

Mas, neste instante, eu preciso dele.

Preciso que ele me acalme. Que apague as imagens terríveis de minha mente.

Ouço passos cautelosos atrás de mim e dou um salto, atrapalhando-me para colocar o medalhão de volta por baixo da camisola. Minha cabeça vira de súbito e encontra Zen de pé, totalmente vestido – exceto pelo gibão que roubei –, e solto uma lufada de ar. Ele lança as mãos para o alto, como quem se redime.

– Me desculpe... eu não pretendia assustar você.

Ele se senta a meu lado. Embora o espetáculo no céu tenha acabado, volto o olhar para o sol. Por algum motivo, agora não consigo encarar Zen. Tenho vergonha de minha fraqueza. Todo o pesadelo – todo o medo que deixo me dominar – é como uma gota de veneno nessa nova vida que Zen e eu nos esforçamos tanto para criar. Esse paraíso que prometemos um ao outro.

– Quer conversar sobre isso? – pergunta ele.

Sorrio. Parece falso, como de fato é.

– Eu já disse. Estou bem. Foi só um pesadelo.

Zen vira a cabeça de lado e ergue as sobrancelhas. É como ele faz quando sabe que estou mentindo. Baixo os olhos e belisco indolentemente um trecho da relva.

— Eles não sabem onde estamos. Não têm a menor ideia.

Concordo, balançando a cabeça, ainda recusando-me a olhar em seus olhos.

— Eu sei.

— E se *soubessem*, a essa altura já estariam aqui.

Concordo de novo. A lógica de Zen é rigorosa. Se de algum modo eles deduziram que fugimos para o ano de 1609, já teriam aparecido no mesmo instante. Não demorariam. O que significa que quanto mais tempo vivemos aqui sem ver um deles, mais provável é que não saibam onde estamos.

A única outra pessoa que sabia que pretendíamos vir para o ano de 1609 era Rio. E ele...

Vejo seu corpo indefeso se contorcer violentamente, debatendo os braços, os olhos revirados para trás, antes de ele desabar no chão com um estalo apavorante. E depois...

Quietude.

Livro-me da lembrança horrenda, tentando combater a culpa familiar que aparece sempre que penso nele.

A questão é que eles não podem nos encontrar.

Estamos a salvo.

Este último pensamento faz com que eu me sinta uma fraude.

— Você precisa superar isso — insiste Zen com gentileza. — Esqueça tudo o que aconteceu antes. Jamais vou deixar que eles a levem de volta para lá.

Antes. Eles. Lá.

Esses se tornaram nossos códigos para as coisas de que não nos atrevemos a falar.

Aquela *outra* vida que Zen quer tão desesperadamente esquecer.

Aquele *outro* lugar onde fui prisioneira em um laboratório.

Aquele outro tempo em que a ciência tinha a capacidade de criar seres humanos perfeitos do nada.

Antes de virmos para cá.

Penso que a mera possibilidade de eles nos ouvirem se pronunciarmos a palavra Diotech em voz alta nos apavora. Nossas vozes de algum modo vão reverberar pelo próprio tecido do tempo, viajar quinhentos anos para o futuro e ecoar nas paredes altas e patrulhadas pela segurança do complexo, entregando nossa localização.

— Ficar remoendo isso não vai fazer bem a você — continua ele. — Está no passado.

Abro um sorriso amarelo.

— Bom, tecnicamente, está no futuro.

Ele esbarra em meu ombro de brincadeira.

— Você entendeu o que eu quis dizer.

Entendi. É um passado que eu deveria ter esquecido. Um passado que deveria ser apagado da memória. Não tenho nenhuma recordação real da Diotech, a empresa de biotecnologia que me criou. Meu último pedido antes de fugirmos foi que cada detalhe do que passei ali fosse completamente eliminado de minha memória. Só o que tenho agora são os relatos de Zen sobre o complexo ultrassecreto no meio do deserto e algumas lembranças abreviadas que ele roubou para me mostrar a verdade a respeito de quem eu era.

Mas, pelo visto, é suficiente para povoar meus pesadelos.

— Você não sente a menor falta de lá? — pergunto, espantada com minha própria aspereza.

Sinto o corpo de Zen enrijecer a meu lado, e ele olha fixamente à frente.

— Não.

A essa altura, eu deveria saber que não posso fazer perguntas dessa maneira. Elas sempre deixam Zen em um estado de espírito desagradável. Cometi esse erro várias vezes depois que chegamos, quando tentei conversar com ele sobre qualquer coisa relacionada com a Diotech – dr. Rio, dr. Alixter, dr. Maxxer – e Zen simplesmente se fechou. Recusou-se a falar. Mas agora a pergunta já foi feita. Não posso pegá-la de volta. Além disso, quero saber. Sinto que preciso saber.

– Mas você deixou tudo para trás – argumento. – Sua família, seus amigos, sua casa. Como pode dizer que não sente falta disso?

– Eu não tinha nada lá – responde Zen, e a súbita brusquidão em sua voz me afeta. – Só uma mãe que se preocupava mais com seu último projeto de pesquisa do que com a própria família. E um pai que foi embora por causa disso. Meus amigos eram amigos de conveniência. Com quem mais eu ficaria quando nunca tinha permissão de sair do complexo? Você não era a única a se sentir prisioneira lá. Então, não, não sinto falta de nada disso.

De cara, sei que fui longe demais. Eu o aborreci. E isso era a última coisa que eu desejava. Mas também é o máximo de informações que já consegui sobre os pais de Zen. Ele nunca fala deles. Nunca. O que só me faz querer pressionar ainda mais, porém a rigidez em seu rosto me avisa que seria uma insensatez.

– Desculpe-me – digo em voz baixa.

Pelo canto do olho, vejo seu maxilar relaxar e ele enfim se vira para mim.

– Não, quem pede desculpas *sou eu*.

E é um pedido autêntico. Sei pelo jeito que alcança seus olhos.

Zen se coloca de pé, esforçando-se um pouco, como se o ato exigisse mais empenho do que deveria. Depois, espana do calção a terra úmida e estende a mão para mim.

– Vamos, Canela. Logo todos estarão acordados. Você precisa se vestir.

O uso que ele faz do apelido Canela me faz rir, efetivamente deixando meu espírito mais leve. É um termo carinhoso popular nesta época; pegamos do marido e esposa que são donos da fazenda onde moramos.

Seguro sua mão e ele me puxa, levantando-me. Mas Zen não a solta depois que estou de pé. Continua me puxando para ele, até que nossos rostos estejam a uma fração de centímetro de distância.

— Vai ficar mais fácil — sussurra, levando a conversa de volta ao motivo para eu ter estado ali fora. — Procure esquecer. — Ele coloca as mãos em meu rosto e toca suavemente a boca na minha.

O gosto de Zen apaga todo o resto. Como sempre acontece. E só por um momento não existe lá, não existem *eles*, não existe *antes*. Só nós existimos. Só existe o agora.

Mas sei que um dia o momento acabará. Porque é o que os momentos fazem. E, mais cedo ou mais tarde, estarei recurvada naquele lado da cama outra vez, lutando para respirar. Porque embora eu não tenha uma lembrança real da antiga vida que me assombra, ainda não consigo fazer o que ele quer que eu faça.

Não consigo esquecer.

2
ESTRANGEIRA

Morar e trabalhar em uma fazenda na área rural da Inglaterra é uma das muitas precauções que tomamos para ficar fora do radar da Diotech. Zen pensou que seria melhor se o dinheiro nunca trocasse de mãos e nenhuma transação oficial fosse registrada. Assim, trabalhamos aqui em troca de comida e de um lugar para morar.

Gosto da vida na fazenda. Não é excessivamente complicada. Há um conjunto de tarefas a se fazer todos os dias, e me satisfaz completar cada uma delas. Parecem centenas de mínimas vitórias. Além disso, aqui é tranquilo. Pacífico.

John Pattinson é o dono da fazenda e a administra, enquanto sua mulher, Elizabeth, cuida da casa e dos quatro filhos. Zen trabalha principalmente com o sr. Pattinson, ajudando a semear, arar e colher e na manutenção geral das lavouras. Eu auxilio a sra. Pattinson nas tarefas domésticas e no cuidado dos animais.

O problema é que a sra. Pattinson não gosta de mim. Zen diz que é paranoia minha, mas é algo que eu simplesmente sei. Às vezes eu a pego me observando enquanto cuido de meu trabalho. Ela tem a suspeita nos olhos. Como se esperasse que eu estragasse tudo. Que eu revelasse quem realmente sou.

Acho que ela sente que sou diferente. Que não me encaixo aqui.

Suponho que Zen também não se encaixe. Afinal, ele nasceu quinhentos anos no futuro. E o trabalho agrícola no século XVII foi algo que tivemos que aprender rapidamente. Mas de algum modo ele conseguiu assimilar com muito mais facilidade do que eu.

Esta é uma das (muitas) desvantagens de ser criada por cientistas em um laboratório. Você simplesmente se destaca. Ainda que as pessoas não saibam bem por quê. Elas conseguem notar que há algo de estranho em você. Algo não natural no modo como você foi trazida a esta terra.

É o que sente a sra. Pattinson. Se ela entende ou não, é irrelevante. Eu entendo. Por isso, sempre sinto que preciso agir com cuidado quando ela está por perto.

Eu me lembro de uma das primeiras coisas que ela me disse quando cheguei. Ela olhou diretamente para mim, seu olhar cético varrendo meu corpo de alto a baixo antes de enfim pousar em meus olhos.

— Nunca vi olhos púrpura em toda a minha vida – disse ela num tom brusco, de acusação.

Engoli em seco e abri a boca para falar. Embora não tivesse a menor ideia do que diria ou de como me recuperaria.

Felizmente, Zen estava preparado, como sempre. Ele avançou um passo, pôs delicadamente a mão em meu braço e respondeu:

— A bisavó dela era do Oriente. Muitos por lá têm olhos púrpura.

— Não importa que isso não seja verdade – explicou-me Zen depois. — Só importa que ela tenha acreditado.

Eu não tinha certeza disso. Talvez ela nunca mais tenha tocado no assunto, mas vejo a dúvida em seu rosto sempre que ela me olha. Ouço isso em seu tom áspero quando ela se dirige a mim.

Parece que seus filhos também não gostam de mim. Eles me evitam muito, o máximo que podem.

A única pessoa na casa que não parece se incomodar com a minha presença é o sr. Pattinson. Mas não considero isso nenhuma realização minha. Ele tem o temperamento doce, é um homem jovial que parece amar a todos. Se a esposa verbalizou alguma objeção a nossa presença aqui, certamente ele não as entreteve. Está muito claro que, nesta época, o homem da casa toma todas as decisões.

Porque foi o sr. Pattinson que concordou, seis meses atrás, em um dia frio no final de março, em deixar que trabalhássemos na fazenda em troca de comida e alojamento. Foi ele que acolheu de braços abertos um rapaz desconhecido de dezoito anos e uma garota de dezesseis e se ofereceu para nos emprestar suas roupas e as da mulher. E foi ele que devorou, entusiasmado, a história contada por Zen de sermos recém-casados, nascidos e criados a bordo de navios mercantes que foram e voltaram do Extremo Oriente pela maior parte de nossa vida, o que explica nosso "sotaque estranho".

Na verdade, fiquei muito surpresa ao ver como Zen estava preparado quando chegamos. Tudo foi cuidadosamente pensado de antemão, até nossos nomes falsos apropriados para o período – Sarah e Ben. Ele me disse que o plano, na realidade, foi muito mais meu do que dele. Estivemos trabalhando nos detalhes durante meses antes de sairmos do complexo da Diotech. É claro que não tenho nenhuma recordação disso.

Mesmo que eu me *lembrasse* de nossa história de disfarce, fiquei feliz por ter sido Zen quem a contasse. Ele é um contador de histórias nato. Quando fala, sua voz é tão tranquilizadora, o rosto tão franco, que é difícil não o convidar de cara a entrar em sua casa.

Os meninos, Thomas, James e Myles, se apaixonaram por ele. Sentam-se em volta da lareira durante horas toda noite depois do jantar, ouvindo Zen contar histórias inventadas sobre sua vida em alto-mar com o pai, o mercador. Às vezes até me pego curvada para a frente em minha cadeira, com expectativa, esperando o que virá, desesperada para descobrir se a tripulação de fato *consegue* ou não combater uma lula-gigante chinesa e viver para contar a história. Depois preciso lembrar a mim mesma, com uma decepção profunda, de que nada daquilo de fato aconteceu.

No final daquela manhã, assim que nos vestimos, saímos e a porta da frente se fecha a nossas costas, Zen me puxa para si, unindo minha boca com a sua. É um beijo faminto. Ávido. Me pega de surpresa. Adoro que ele ainda consiga me surpreender. Os lábios de Zen abrem os meus gentilmente e sua língua começa a explorar. Observo como o gosto do mingau que tivemos de café da manhã é muito melhor nele do que em minha colher, cinco minutos antes. Sinto a ponta de seus dedos pressionando a base de minhas costas, instando-me para mais perto. Depois, suas mãos estão embaixo de minha touca, em meu cabelo, massacrando o coque apertado no qual passei a manhã trabalhando, mas não consigo me importar. Estou arrebatada demais pelo furor de Zen. Sua fome de mim. Espalha-se por mim como um incêndio.

Quando ele se afasta, estou sem fôlego, arquejando. Mas prefiro seu beijo ao oxigênio, sempre.

— O que foi isso? — pergunto, descansando a testa em seus lábios e respirando seu cheiro.

Sinto que ele sorri com malícia contra a minha pele.

— Um beijo de despedida.

Isso me faz rir. Viro a cabeça de lado e olho para ele.

— E aonde você vai? Saturno?

— Não. Só ao campo de trigo. — Ele estende a mão, a ponta do dedo acompanhando a hélice de minha orelha e desviando para meu rosto, fazendo-o ferver. – Mas, sem você, pode muito bem ser outro planeta.

Abro a boca para falar, mas só escapa o ar balbuciado.

Ele sorri, provocando-me com os olhos.

– Até mais, Canela.

E então ele parte. Desaparece na direção do campo de trigo. Arrasto os dentes no lábio inferior, tentando saboreá-lo por mais um segundo antes de seguir, relutante, para o celeiro.

Outubro só está a alguns dias de distância, o que significa que é a época de colher os frutos no pomar. A sra. Pattinson atribuiu a mim a tarefa de colher as maçãs e peras. Eu não me importaria muito se não exigisse que eu trabalhasse com Blackthorn, o cavalo dos Pattinson.

Ele também me detesta.

Com um suspiro, pego o cabresto de corda no gancho da parede e entro na baia. Blackthorn enrijece no instante em que me vê, joga a cabeça para cima, estreitando os olhos. Depois, ao notar o cabresto em minha mão, relincha e bate o casco.

– Eu sei – digo a ele. – Não gosto disso mais do que você.

Dou um passo em sua direção e o cavalo começa a escoicear a parede.

– Vamos lá – imploro. – Não fique assim.

Mas minha persuasão não parece servir de nada, porque ele se esgueira para o canto e me olha de cima, as orelhas puxadas para trás, inflando as narinas. Não tenho dúvida de que pretende atacar se eu chegar mais perto.

O sr. Pattinson diz que Blackthorn só reage desse modo porque fico tensa demais quando estou perto dele. Preciso aprender a relaxar. Os cavalos sentem o medo.

Infelizmente, acho que não é meu medo que ele sente. Até o animal sabe que existe algo estranho a meu respeito.

Antes de chegarmos aqui, eu nunca tinha visto um cavalo, nem animal nenhum, aliás. Nem mesmo sabia o que eles eram.

Quando os cientistas da Diotech me projetaram, foram muito minuciosos com o que eu saberia ou não. Até com as palavras do meu vocabulário. Zen diz que era só outro jeito de me controlar. Controlando o conhecimento a que eu tivesse acesso. E, aparentemente, eles não pensaram que os cavalos tivessem importância o bastante para serem acrescentados a meu dicionário mental. Cometi o erro de quase morrer de susto e soltar um grito estridente quando chegamos à fazenda e fiquei cara a cara com Blackthorn pela primeira vez.

Zen me deu cobertura rapidamente, declarando que, como nasci e fui criada em um navio mercante, nunca tive contato com nenhum animal de fazenda. Mais uma vez, porém, não acho que a sra. Pattinson tenha acreditado inteiramente na história.

Consigo lidar com todas as outras tarefas – preparar o jantar, assar pão, trabalhar na horta, cortar lenha, costurar roupas, lavar a roupa suja. Fui projetada para aprender rapidamente as habilidades – basta uma demonstração. E de fato gosto do trabalho manual. Mantém minha mente calma.

São os trabalhos que exigem interação com os animais – alimentar os porcos, soltar as galinhas do galinheiro, ordenhar a cabra – que me dão pavor todos os dias. Porque os animais veem através de mim. Zen não consegue deslumbrá-los com histórias elaboradas para acalmar suas dúvidas. Eles *sabem* que há algo de errado comigo.

Dou três passos lentos na direção do cavalo e tento passar o cabresto por seu focinho. Ajo com cautela, com o cuidado de não fazer nenhum movimento súbito. Os olhos dele me acompanham com a mesma desconfiança que vejo quando a sra. Pattinson me observa. Abro um sorriso radiante para o cavalo, a fim de mostrar que sou perfeitamente amável e não uma ameaça, mas o ato parece ter o efeito contrário. Ele se retrai e joga a cabeça para cima, me acertando no queixo.

A força do golpe me faz voar para trás, e caio em um trecho macio de lama.

O cavalo olha e posso jurar que o vejo sorrir com malícia.

Gemendo, levanto-me e faço o que posso para me livrar da lama na parte de trás da saia. Sem dúvida, isto me exigirá lavar roupa mais tarde.

Estou prestes a partir para uma segunda tentativa quando ouço a porta rangendo se abrir e Jane, a filha de seis anos dos Pattinson, entra de mansinho na baia. Ela está usando um vestido com a bainha rasgada que certamente será acrescentado à pilha de remendos qualquer dia desses. Seus cachos louros da cor do sol ainda estão embaraçados no lado da cabeça sobre o qual ela dormiu. Ela os tira do rosto, desajeitada, revelando um par de olhos azuis grandes e inquisitivos.

Pendurada em sua mão está a boneca minúscula, que a menina carrega aonde quer que vá. Ela a chama de Lulu. Seu corpo foi feito do pano branco manchado de uma das camisas velhas do sr. Pattinson, e sua bata azul de manga curta foi feita de uma das roupinhas de bebê que ficaram pequenas em Jane. Ela tem o nariz e o sorriso pintados e botões no lugar dos olhos.

Fico surpresa ao ver Jane aqui. Desde que chegamos, ela nunca falou comigo. Na verdade, nenhuma das crianças falou. Talvez algumas palavras superficiais aqui e ali, como *posso comer mais pão, por favor?*, mas, tirando isso, eu podia muito bem ser um fantasma nesta casa.

Houve algumas ocasiões em que ergui os olhos do trabalho e a peguei me observando de longe, mas Jane sempre corre assim que a vejo me olhando. Estou convencida de que ela morre de medo de mim. Mas agora não demonstra medo nenhum.

Sem dizer nada, ela coloca delicadamente a boneca no bolso da frente do vestido, anda na minha direção, pega o cabresto em minha mão e se aproxima do cavalo.

Blackthorn é imenso perto dela, e por um minuto me pergunto se é uma boa ideia ao menos permitir que ela esteja nesta baia. Um leve solavanco da parte dele e Jane pode morrer esmagada. Penso em correr atrás dela e pegá-la nos braços, mas logo vejo que não será necessário, porque o cavalo de fato relaxa no momento em que a vê. Suas narinas param de inflar, as orelhas ficam retas e ele baixa a cabeça para que os olhos se nivelem com os dela.

— Cavalo bonzinho — arrulha Jane, acariciando o alto do focinho do animal. Os olhos dele se fecham. Ela passa tranquilamente o cabresto por sua cabeça e o prende. Depois, aponta em silêncio o arreio na parede atrás de mim. Eu o pego e dou um passo na direção dele. Blackthorn fica tenso de novo, mas Jane o acalma rapidamente com estalos suaves.

Consigo chegar perto o bastante para jogar o arreio em seu dorso e fechar a fivela no peito. Depois, pego os cestos de frutas do lado de fora de sua baia e prendo nos ganchos dos dois lados. Ele não parece satisfeito com nada disso, mas se mostra muito mais tolerante com minha presença enquanto Jane está aqui.

Estou prestes a agradecer a Jane quando ouço um bufar furioso atrás de mim. Nós duas nos viramos e vemos a sra. Pattinson nos olhando feio. Seus olhos vagam de mim para a filha.

— Jane — diz ela severamente —, vá para dentro.

A menininha morde o lábio e corre dali. A sra. Pattinson demora-se para me lançar outro olhar desconfiado e então acompanha a filha.

Ela deve pensar que já não pode mais ser ouvida quando vira a esquina em direção à casa, porque sussurra asperamente para Jane: "O que foi que eu lhe disse sobre conversar com essa moça?"

Não há como a sra. Pattinson saber do verdadeiro alcance de minha audição, muito além dos ouvidos de qualquer ser humano normal. Na verdade, consigo ouvir os cascos dos cavalos batendo na estrada de terra cinco minutos antes de eles chegarem à casa, um falcão bater as asas no vale vizinho ou até a briga sussurrada no início da manhã entre ela e o sr. Pattinson na cozinha, quando estou sentada no outeiro, a 150 metros de distância, vendo o sol nascer.

Mas receio que mesmo que a sra. Pattinson soubesse que posso ouvi-la, ela não se importaria.

Engulo a ferroada na garganta e engancho a guia no cabresto de Blackthorn, puxando-o do celeiro na direção do pomar. Ele me segue, obediente, mas usa toda a extensão da corda para impor a maior distância possível entre nós.

3
PRECAUÇÕES

❖

Um Mississippi. Anda.
   Dois Mississippi. Anda.
   Três Mississippi. Anda.
   Dou passos vigilantes e calculados ao caminhar, contando um segundo inteiro por passada, como Zen me ensinou.
   É uma das numerosas coisas que preciso fazer diariamente para não atrair atenção desnecessária para mim. Para esconder quem sou. Se andar rápido demais – na velocidade que minhas pernas cientificamente aprimoradas são capazes de me levar –, as pessoas vão notar.
   Quando levanto objetos pesados, preciso fingir esforço com eles. Carregar a madeira para o forno do pão é especialmente frustrante, porque eu poderia muito bem levar o fardo inteiro de uma vez, mas isso não seria natural para uma mulher. Assim, em vez disso, preciso fazer três viagens lentas e agonizantes do cepo à cozinha, cronometrando os passos por todo o caminho e soltando alguns grunhidos e outros ruídos de esforço físico para dar a impressão de realismo.
   A Diotech certamente está monitorando todos os registros históricos. De todas as épocas. Devem ter umas cem pessoas designadas para a tarefa, esquadrinhando os arquivos digitais em busca de qualquer pista do meu paradeiro. Seria preciso

apenas um lapso, um fiapo de atenção indesejada, uma menção de algo incomum em um folheto impresso ou documento oficial, e pronto.

Eles mandariam alguém aqui para investigar.

E minha nova vida — minha nova casa — desapareceria para sempre.

Quando chega a hora do almoço, já colhi oito cestos de maçãs e peras do pomar e levei para casa, com a ajuda de Blackthorn. A sra. Pattinson fica emocionada e aplaude em êxtase quando conto do rendimento. Para dizer a verdade, é a primeira vez que penso tê-la visto feliz. Ao que parece, esta foi uma "estação fértil", o que significa que há o bastante para levar à cidade e vender.

Consigo terminar minha carga de trabalho hoje com tempo suficiente para lavar a saia suja de lama e pendurá-la no varal do lado de fora antes de ajudar a sra. Pattinson com o jantar. Zen e eu recebemos duas mudas de roupas quando chegamos. "Uma para lavar, a outra para vestir", disseram a nós.

Os trajes sem dúvida precisam ser usados. O corpete às vezes parece que está me sufocando, em geral tropeço na pesada saia de linho que cai até meus tornozelos, a touca de algodão me dá coceira na cabeça e as mangas compridas da blusa são grossas e quentes no sol da tarde. Mas suponho que seja um preço baixo por estar aqui com Zen.

Por estar a salvo deles.

Depois do jantar, a sra. Pattinson e eu nos sentamos à mesa da cozinha para remendar roupas enquanto todos os outros se reúnem em volta da lareira, com Zen, para ouvir outra de suas aventuras antes da hora de dormir.

Enquanto meus dedos se mexem com habilidade, tecendo a linha para dentro e para fora, para dentro e para fora, deixo que a voz melodiosa e suave de Zen e o crepitar do fogo silenciem meus pensamentos. Vago para longe por alguns instantes de paz. Em júbilo no fim tranquilo do dia. A promessa do que virá quando todos forem dormir e Zen e eu, enfim, ficarmos a sós.

É a voz nasalada e áspera da sra. Pattinson que por fim me trás de volta ao presente, quando ela me pede para lhe passar outro carretel de linha.

Abro um sorriso educado, abaixo-me para pegar a bobina preta no cesto perto de meus pés, depois o estendo pela mesa para colocar o objeto na frente dela.

Justo quando estou para retirar meu braço, a sra. Pattinson solta um grito apavorado e ensurdecedor que paralisa a todos subitamente. Zen não está mais falando. O sr. Pattinson e as crianças não estão mais ouvindo. Até o fogo parece que ficou chocado e se reduziu a um tremular sutil.

Todos se viram e me encaram fixamente.

Olho por instinto para Zen e seus olhos escuros estão arregalados de alarme. Desde que chegamos aqui, dominamos a arte da comunicação sem dizer nada. Com os Pattinson quase sempre por perto, às vezes só é preciso um olhar para transmitirmos algo importante. É uma necessidade quando se vive com segredos. Segredos que, neste dia e nesta época, podem garantir sua morte.

Ele aponta o queixo muito ligeiramente para meu braço esticado. Olho e de repente entendo. Meu estômago se aperta. Um peculiar calor gelado se esgueira pernas acima. E por um momento fico completamente petrificada. De olhos fixos na visão diante de mim, que não pode ficar invisível. Sinto no ar o pânico palpável que não pode ser apagado.

A manga da blusa deslizou para cima, revelando a pele na face interna do punho esquerdo.

Ou, mais especificamente, a linha preta e muito fina pintada *através* do meu punho.

Chamo de minha tatuagem, embora este não seja o termo exato. Mas é o que eu pensava ser originalmente. Na verdade, é um dispositivo de rastreamento instalado pela Diotech quando eles me criaram.

Zen me avisou que eu teria que mantê-lo escondido por baixo da manga aqui. Que jamais o revelasse. E agora entendo por quê.

A boca da sra. Pattinson finalmente se fecha do ofegar prolongado e ela consegue falar:

— Esta é a marca do... do...

— Não — a repreende o sr. Pattinson. — Não na frente das crianças.

Ela está agitada e sem fôlego e ainda olha fixamente meu punho exposto. Começo a puxar o braço, mas ela agarra minha mão e a segura firmemente, as unhas cravadas em minha carne.

Sei que poderia puxar o braço de volta sem maiores esforços. Sou umas cem vezes mais forte do que ela, mas também sei que seria a atitude errada a tomar agora.

— É! — exclama a sra. Pattinson, examinando mais perto e claramente ignorando o alerta do marido. — Eu ouvi Mary Adams descrever. — Ela puxa o ar num silvo entre os dentes. — Esta é a marca de Satã!

Não sei quem é Satã, mas só posso depreender que ele ou ela não é alguém com quem você queira estar associado. As quatro crianças tremem juntas e Myles, de sete anos, chora e sobe no colo do pai, os olhos castanhos e pequenos se estreitando acusadores para o meu lado.

— Sra. Pattinson — ruge o marido. — Já basta. Está assustando as crianças. Já lhe avisei sobre dar ouvidos a gente feito Mary Adams. Ela é mexeriqueira e intrometida. Estou certo de que Sarah tem uma explicação perfeitamente racional para sua... — ele olha meu punho e dá um pigarro, ansioso — para o que quer que seja isto.

Todos se viram para mim, com expectativa, e eu me viro para Zen, meus olhos suplicantes a ele. Não sei como consertar isso. Não sei o que dizer. Faça o que fizer, certamente só vou piorar as coisas.

Vejo a expressão de Zen mudar. Deslizar tranquilamente da inquietação para a calma. Ele ri e de imediato me pergunto se rir da sra. Pattinson é a melhor opção neste momento. Mas Zen parece saber o que faz.

— Ah, *isso* — diz ele, com ar despreocupado, virando a mão para meu punho, que ainda está preso pelo forte aperto da sra. Pattinson. — É uma ótima história! Vocês vão adorar!

Seus movimentos tranquilos e o dinamismo de sua voz acalmam a tensão no ambiente quase de imediato. Zen então se lança em um relato impecável da vez em que o navio mercante de meu pai fora atacado e apreendido por piratas quando eu tinha apenas oito anos de idade. Os invasores fizeram todos cativos e nos tatuaram com esta marca especial, estigmatizando-nos como prisioneiros.

Em instantes, todos estavam em completo arrebatamento, ouvindo sua história e o jeito animado com que a conta. Ele se levanta e mexe os braços valentemente para encenar a última batalha épica de espadas que levou à nossa vitória e à nossa fuga audaciosa.

Ninguém nem mesmo olha mais para mim. Todos estão atentamente concentrados em Zen, como se tivessem esquecido por completo o escândalo que estimulou a narração dessa história.

Isto é, todos, menos a sra. Pattinson.

Quando ergo a cabeça, seus olhos cruéis e desconfiados ainda estão cravados nos meus. A boca está cerrada, cortando uma linha rígida e horizontal pela base de seu rosto. Ela não está nem um pouco deslumbrada com a história animada de Zen. Na verdade, duvido que acredite em uma só palavra dela.

Forço um sorriso tímido e muito gentilmente puxo minha mão. Meu braço volta em chicotada quando enfim consigo me soltar. O tempo todo, seu olhar nunca abandona o meu. Ela nunca para de acusar.

Apressadamente, termino a meia que eu cerzia, coloco na mesa e limpo meu espaço de trabalho. Zen ainda está envolvido na história da grande batalha contra os piratas, inventando detalhes com facilidade e diligência impressionantes.

Levanto-me sem dizer nada e vou para a escada. Zen para por tempo suficiente para erguer as sobrancelhas inquisitivamente para mim. *Você está bem?*

Dou de ombros e faço um leve gesto afirmativo de cabeça, ansiosa para sair dali, para desaparecer atrás de uma porta fechada. Ansiosa para sumir.

Corro para a escada, querendo muito subir como um raio, na maior velocidade que minhas pernas puderem me levar. Mas me obrigo a dar passos cautelosos, cronometrados, *humanos* — um *Mississippi, dois Mississippi* —, sentindo os olhos da sra. Pattinson arderem em minha nuca o tempo todo.

4
REVELADORA

❖

Assim que a porta se fecha atrás de mim, tiro os mules, ar-ranco a touca da cabeça e sacudo o cabelo comprido e castanho cor de mel. A cama guincha sob meu peso quando desabo nela de costas. Descanso a mão no peito, sentindo o coração martelar. Minha caixa torácica sobe e desce numa respiração desesperada e entrecortada.

Fecho os olhos e procuro me acalmar. Tento dizer a mim mesma que está tudo bem. Amanhã ela terá esquecido inteiramente tudo isso.

Mas sei que só estou mentindo outra vez.

Eu queria ter tido acesso a um dos receptores de reconhecimento da Diotech, assim poderia penetrar na mente da sra. Pattinson, encontrar aquela lembrança e apagá-la para sempre. Eu estava com um conjunto deles quando chegamos aqui, mas Zen insistiu que o jogasse em um lago próximo, argumentando que ele só levantaria suspeitas se um dia fosse encontrado em nosso poder.

Não que eles sejam úteis para nós sem o equipamento correto. Mesmo que eu conseguisse entrar furtivamente no quarto enquanto ela dormisse e prendesse os receptores a sua cabeça, ainda precisaria de um computador conectado a eles para encontrar a memória em seu cérebro e apagá-la.

Distraidamente, passo a ponta do dedo de leve sobre a faixa de pele tingida de preto na face interna de meu punho.

A marca de Satã.

Eu me lembro de quando eles me encontraram da primeira vez. Quando a linha preta e fina zumbiu de eletricidade. Quando eles chegaram perto o bastante para me localizar. Foi em agosto de 2013. Na cidadezinha de Wells Creek, na Califórnia. Quando eu morava com os Carlson, minha família adotiva. Heather, Scott e seu filho de treze anos, Cody.

As pessoas acreditavam que eu era a única sobrevivente de um acidente fatal de avião. Que de algum modo eu havia conseguido cair do céu e sobreviver para contar a história. Que havia perdido a memória como resultado do acidente. E que eu era só uma menina normal de dezesseis anos com uma família, amigos e um lar em algum lugar.

Mas nada disso era verdade.

Nunca estive no avião.

Nunca fui uma menina normal de dezesseis anos.

Não tinha família, nem amigos.

Fui parar no ano de 2013 por acidente. Quando Zen e eu tentávamos fugir. Devíamos ter vindo para cá – para 1609 –, mas algo deu errado.

Algo que nenhum de nós dois conseguiu deduzir o que era.

– O que aconteceu? – perguntei a Zen depois que já estávamos aqui havia uma semana. – Como conseguimos nos separar?

Ele então ficou em silêncio, recusando-se a olhar para mim.

– Você soltou – sussurrou ele.

Sua resposta me sobressaltou e quase me asfixiei no que disse a seguir:

– O quê?

Ele enfim trouxe os olhos aos meus, mas algo os havia turvado. Uma camada de dúvida que eu nunca tinha visto.

— Você soltou minha mão — explicou ele. — Eu senti, bem no fim. Como se tivesse mudado de ideia ou coisa assim. Quando abri os olhos e me vi aqui... em 1609... você havia sumido.

— Deve ter escorregado — argumentei, incapaz de acreditar no que ele dizia.

Mas Zen discordou:

— Não. — A confiança em seu tom deixou minha garganta seca enquanto ele repetia as duas palavras que ainda provocam arrepios em mim sempre que penso nelas: — Você soltou.

Independentemente do motivo, acabei no século XXI sozinha e assustada, sem identidade, nem um fiapo que fosse de memória. Em uma época da qual nada sabia.

Virei uma celebridade instantânea. A polícia transmitiu uma foto minha ao mundo, certa de que seria apenas uma questão de tempo até que alguém viesse me procurar.

Eles tinham razão a respeito dessa parte.

Alguém *veio* procurar por mim. Mas não foi minha família. Não foram meus amigos. Foram *eles*.

E eles quase conseguiram me levar de volta.

Felizmente, Zen me encontrou primeiro. Tentou explicar o que estava acontecendo. Por que eu estava ali. Quem eram aquelas pessoas misteriosas que me perseguiam. No início, não acreditei nele. Eu não o reconheci.

Mas algo dentro de mim — uma centelha profundamente enterrada — iluminava-se sempre que ele estava por perto. Em algum lugar para além do meu cérebro vazio, imaculado e demasiado lógico — para além do meu medo, da minha desconfiança e da necessidade ardente de respostas que fizessem sentido —, eu ainda me lembrava dele. Ainda confiava nele.

Ainda o amava.

Eu me assusto com uma batida fraca na porta e me coloco sentada, puxo a manga da blusa sobre o punho, endireito os ombros e digo "Entre".

A porta se abre, mas não vejo ninguém do outro lado. No início, imagino que a brisa de uma janela aberta talvez a tenha empurrado, mas então meu olhar desliza cerca de um metro e vejo a cabeça loura e mínima de Jane se metendo para dentro do quarto.

Como no celeiro esta manhã, sua presença me pega de surpresa.

Jane entra no quarto em silêncio com Lulu, sua boneca, metida na dobra do cotovelo. Fecha a porta sem dizer nada. Depois, vem até a beira da cama e se coloca na minha frente, fitando-me com um olhar gentil, mas intrigado. Os olhos pretos de botão da boneca me observam com igual curiosidade.

Fico pouco à vontade, tentada a virar o rosto, mas algo nas feições inocentes de Jane mantém meus olhos fixos nos seus. Ela morde o lábio, concentrada, e sua testa se franze enquanto a menina olha para mim, como quem se esforça muito para decifrar algo em meu rosto.

Depois, enfim, ela abre a boca e em sua voz fina e dócil com seu sotaque precioso, diz:

— Por que *você* nunca nos conta história nenhuma?

A pergunta me pega desprevenida. Não sei o que eu esperava dela, mas sem dúvida não era isso. Não tenho muita experiência com crianças pequenas — na verdade, não tenho *nenhuma* experiência com crianças. Para ser sincera, elas me deixam nervosa. Muito pequenas, frágeis e imprevisíveis. Como se pudessem lhe dar um murro na barriga, ou cair aos prantos, ou se espatifar em mil pedaços a qualquer momento.

— Hmmm — gaguejo. — E-e-eu não sei. Acho que não tenho nenhuma história para contar.

— Então, por que você não inventa? — sugere ela, a voz claramente insinuando que esta é uma solução óbvia.

— Não gosta das histórias de Ben?

Ela balança a cabeça de um lado para outro, as tiras de sua pequena touca branca quicando nos ombros.

— Gosto — responde Jane, quase diplomática. — Mas são para meninos. Quero ouvir uma história de *menina*.

Ela me olha com aqueles olhos grandes, redondos e ansiosos e preciso de um segundo para entender que na realidade ela quer que eu simplesmente invente uma história. Ali. Naquele momento.

— Hmm — repito. — Tudo bem, acho que posso inventar uma história para você.

Seus lábios saltam num sorriso de orelha a orelha, revelando duas fileiras de dentes tortos e mínimos. Falta um embaixo. Ela sobe desajeitada na cama — mãos, joelhos e cotovelos para todo lado — e se senta bem a meu lado. Coloca a boneca no colo, passa um braço por sua cintura e o outro ela descansa despreocupadamente em minha coxa, claramente sem pensar nada desse gesto. Como se já tivéssemos nos sentado assim uma dúzia de vezes.

Enrijeço com sua proximidade repentina e seu toque, lembrando a mim mesma de como aquele cavalo estúpido reage sempre que entro em sua baia.

Jane me olha, de queixo empinado, piscando os olhos azuis, a boca curva em um meio sorriso paciente. Ela aguarda. Na expectativa. Torço para que não espere nada tão extraordinário como uma das histórias de Zen porque, se for assim, ficará profundamente decepcionada.

— Muito bem — começo, sem jeito, esforçando-me para encontrar algo a dizer. — Esta é uma história sobre...

Sobre o quê?

Será que eu realmente esperava *criar* uma história inteira? Uma *vida* inteira? Quando ainda tento entender minha própria vida? Procuro inspiração em meu cérebro. Por um único detalhe com que possa começar, mas não vem nenhuma resposta. Minha mente está em branco.

Zen sempre faz isso parecer muito fácil. Espontâneo. Ele simplesmente começa a falar e só para quando toda uma saga épica foi descrita em detalhes aflitivos. Eu nem mesmo consigo inventar uma pessoa, um lugar ou uma coisa que seja objeto de uma história ruim.

Será que os cientistas da Diotech me criaram sem absolutamente nenhuma capacidade de imaginação?

Suponho que isto não deveria me surpreender.

A criatividade evidentemente não tem função no que eles pretendiam fazer comigo. Na verdade, qualquer talento criativo deveria ser considerado um risco. Uma ameaça. Uma habilidade que poderia viabilizar um plano de fuga.

É evidente que eles não consideravam Zen.

Jane ainda me olha fixo, esperando alguma história empolgante e perigosa. Infelizmente, terei que lhe dizer que isso não vai acontecer. Simplesmente não sou equipada dessa maneira. Esta noite ela terá que arranjar sua fonte de diversão em outro lugar.

— Sobre uma princesa — sussurra ela a meu lado.

Também franzo a testa para ela.

— O quê?

Jane fica impaciente por um momento, depois solta um suspiro e explica:

— Toda boa história é sobre uma princesa.

— Ah — hesito. — É verdade. Sim. Muito bem, é sobre uma princesa.

A menininha assente, alegre, indicando sua satisfação, e gesticula para que eu continue.

— É sobre uma princesa que... que... — Mais uma vez, porém, não me ocorre nada.

— Vive na corte do rei James? — pergunta, erguendo as sobrancelhas, esperançosa.

— Ah, não — balanço a cabeça, confiante a respeito de alguma coisa pela primeira vez. — Ela vem de muito mais longe. Um lugar muito, mas muito distante.

Os olhos de Jane se iluminam.

— Do Novo Mundo?

— Mais longe ainda. Mais longe até do que você pode imaginar.

Jane me abre um sorriso de estímulo.

— E então — continuo, hesitante, ainda sem saber aonde vou parar com isso —, a princesa era... ela era...

— Especial — Jane termina a frase. — Ela precisa ser especial.

— Precisa?

— É claro — responde a garotinha com autoridade. — Se não, por que ia existir uma história a respeito dela?

— Bem pensado. Sim, ela era muito especial.

— Por quê? — Jane me motiva, olhando-me com ansiedade novamente.

Procuro alguma ajuda, espiando o quarto. Não há nada ali.

— Bem, ela era especial porque tinha aqueles... aqueles... — Paro, pressionando os lábios, olhando meu punho, bem escondido por trás da manga de novo. Respiro fundo.

— ... poderes mágicos — concluo, por fim.

— Ooooh! — Jane aprova vigorosamente com a cabeça. Ajeita-se mais perto de mim, nossas pernas agora se tocam. — Que tipo de poderes?

Sua empolgação inesperadamente me revigora. Faz com que eu me sinta inebriada. Uma onda de calor percorre meu corpo e de súbito me vejo querendo fazer algo para manter esse sentimento vivo. Para agradar a ela.

— Ora — começo. O sorriso em meu rosto é automático. Inconsciente. — Ela podia correr muito rápido. E ela era muito forte.

— Mais forte do que os meninos?
— Mais forte do que qualquer pessoa.
Os olhos de Jane estão arregalados de fascínio, ela está boquiaberta. Sua paixão me estimula. Empurra-me para a frente.
— E ela conseguia enxergar no escuro — acrescento, tentando conferir à minha voz uma cadência de mistério, como ouvi Zen fazer tantas vezes. — E ouvia coisas muito distantes. E lia com muita rapidez. E falava várias línguas.
— Como o francês? — pergunta Jane.
— Sim. Como o francês, o espanhol, o inglês e o russo.
— Isso é *maravilhoso*! — Jane se admira, claramente envolvida. Não consigo deixar de rir.
— Sim, creio que é.
— Ela tem muita sorte.
Solto um suspiro.
— Na verdade, não. Ela não tem. Porque, veja bem, ela foi obrigada a fugir para muito longe de sua casa. Para um lugar que ela não conhecia nada. Precisou se esconder porque uma gente má a perseguia.
— Eles queriam seus poderes mágicos — acrescenta Jane com astúcia.
— Exatamente. Eles queriam capturá-la e levá-la de volta para o lugar de onde ela veio.
— Mas tinha um príncipe? — Jane pressupõe, como se isso resolvesse tudo.
E suponho, quando você tem seis anos, que resolve.
— Sim, tinha um príncipe. E ele era... — Minha voz falha por um momento e sinto aquele formigamento sutil que cobre minha pele sempre que penso em Zen. — Bom, ele a ajudou a fugir das pessoas más. Ela o amava muito.
De imediato entendo que essa foi a resposta certa. Jane sorri, triunfante.
— E agora ela pode ser feliz? Porque ela fugiu?

A expressão no rostinho doce de Jane crava uma farpa em meu peito. Ela dá a impressão de que o peso de sua existência — tudo o que sabe ser verdade — está montado nessa resposta.

— Sim, ela *pode* — digo com cautela. — Porém, como a princesa era muito diferente, ela costumava se sentir... — suspiro, encontrando a verdade em minha respiração — solitária. E assustada. Como se não pertencesse a lugar nenhum. Como se ela não fosse... — Faço outra pausa, olhando para Lulu, seu corpo mínimo feito à mão metido nos braços brancos e finos de Jane. Os lábios vermelhos desbotados, desenhados em um sorriso permanente. Os olhos de botão vagos estão fixos em mim. Sem piscar. Sem sentir.

"... *humana*."

As três sílabas pairam no ar como uma nuvem de fumaça vencida, esperando que o vento determine para que lado irá vagar, quanto tempo ela permanecerá no ar.

Quando volto a olhar para Jane, sua testa está franzida e de imediato receio ter fracassado em minha tentativa de diverti-la.

— Mas ela não era um animal — argumenta a menina, a voz fraca encharcada de confusão.

— N-não — tento explicar, gaguejando um pouco —, quis dizer que ela não se sentia... real.

Jane fica pensativa. Parece estar absorvendo tudo que eu disse. Analisando. Decidindo se isso se qualifica ou não como uma história satisfatória.

— Se ela não fosse real — diz por fim —, então não seria capaz de fugir daquelas pessoas más. Essa foi uma boa decisão.

Meu sorriso é tenso.

— Imagino que foi.

Há um longo silêncio em que nenhuma de nós diz nada, nem olha para a outra. Por fim, sinto um leve puxão na manga da blusa. Noto que Jane afastou com muito cuidado o punho para revelar a marca preta e fina por baixo da manga.

Ela a examina por um instante. Depois, com um atrevimento surpreendente, estende um dedo mínimo – mal passa de uma vareta – e toca na linha. Corre toda a sua extensão. Delicada. Como um filhote de camundongo correndo por minha pele. De um lado para outro. De um lado para outro. Não digo nada. Não tento me afastar. Apenas observo. E sinto.

– Ela precisa se esconder muito bem – diz por fim, a voz baixa, mas firme. De uma sensatez incomum para sua idade.

Ela retira a mão, deixando que a manga volte a seu lugar, escondendo novamente meu punho esquerdo.

– Assim eles nunca vão conseguir encontrá-la.

Jane olha para mim, os olhos azuis fluidos e cintilantes.

Meu lábio inferior começa a tremer. Eu o mordo com força. Pequenas gotas de sangue pingam em minha língua. Eu as engulo.

– Sim – digo, tentando ignorar o sabor metálico e amargo que sinto. – Ela precisa.

5
INSTINTIVA

❖

Minhas horas favoritas do dia são o início da manhã, antes de todos acordarem, quando às vezes me sento sozinha e vejo o sol nascer, e tarde da noite. Depois de ter jantado, com os pratos lavados e guardados, as crianças metidas em suas camas e depois que o sr. e a sra. Pattinson se retiraram para seu quarto. É quando Zen e eu escapulimos pela porta da frente, atravessamos com cautela o campo escuro, nos metemos por baixo da cerca de ripas e nos retiramos na mata.

É o único lugar em que podemos ficar a sós. Onde não preciso mais me esconder. Onde posso ser eu mesma.

E onde podemos ter total privacidade.

Esta noite, quando chegamos a nossa clareira de costume, Zen coloca o lampião de lado, banhando a floresta escura em uma luz suave e cálida. Imediatamente ele prepara o espaço, puxa grandes braçadas de folhas, musgo e arbustos da área circundante e as arruma na terra fria para criar uma superfície macia. Eu aguardo ao lado do tronco de um grosso olmo e observo, esperando por sua deixa.

Ao terminar, ele se posta no meio do leito que acabou de criar e olha para mim através da clareira.

— Esta noite quero experimentar uma coisa nova — começa ele, a voz medida e cuidadosa.

— Nova? — repito, a ansiedade entrando furtivamente em minha voz no mesmo instante.

É evidente que ele consegue ouvi-la, porque me lança um de seus olhares. Sua cabeça baixa e vira um centímetro para a direita. Os olhos escuros espiam atentamente os meus e seus lábios se pressionam.

— Está tudo bem — ele me diz.

Aceno com a cabeça, concordando, e o olho de volta, tentando relacionar a determinação em seu rosto com uma expressão no meu. Mas agora me sinto muito menos confiante do que ele aparenta.

— Desta vez, quero que *você* venha a mim — diz ele, mantendo a voz calma e equilibrada.

De imediato eu nego com a cabeça. Sem nem mesmo pensar algum tempo sobre a proposta. Não há o que pensar. Não posso fazer. Simplesmente não posso.

Mas Zen está um passo a minha frente.

— Você consegue.

Nego com a cabeça de novo. Já posso sentir as pernas começarem a tremer. Preparando-se para fugir. Feito molas se retraindo, na expectativa.

— Sim, você consegue.

— Zen... eu — começo a falar.

Mas ele me interrompe rapidamente:

— É como qualquer outra noite. Lute contra isso. Você é mais forte do que seus instintos.

Fecho os olhos, concentrando-me na sensação que começa a queimar minhas pernas como fogo, gritando para que eu corra para o outro lado. Que fique o mais longe possível daqui.

Engulo em seco e tento empurrá-la para baixo. Bem para o fundo. Até que não possa mais ouvi-la.

— Corra para mim — ordena Zen a poucos metros de distância. — Você pode fazer isso. Sou seu inimigo. Tudo que você teme. Tudo que você odeia.

A floresta está numa quietude e num silêncio mortais. Como se todos os animais, insetos e folhas esperassem ansiosamente para ver o que vai acontecer. Prendendo a respiração, em expectativa. Vejo Zen respirando fundo. Estufando o peito. Preparando-se para o que ainda não sei se posso fazer.

E então ele solta um rosnado grave e gutural:

— ATAQUE!

Meus olhos se abrem de súbito. Não dou aos músculos tempo para pensar. Não dou àquele instinto profundamente arraigado nenhum tempo para argumentar. Arremeto para a frente, correndo em sua direção. Zen afasta as pernas, agachando-se um pouco para se equilibrar melhor.

Eu me choco contra ele. Zen cambaleia, mas continua de pé. Sua mão rasga o ar enquanto ele mira um gancho de esquerda em meu rosto. Eu me abaixo e respondo com um giro de perna que acerta Zen em cheio nas canelas. Ele grita e cai, mas está de pé num piscar de olhos, ofegante.

Não posso!, escuto gritar a voz dentro de mim. *Não posso fazer isso!*

Olho o caminho estreito de volta a casa, cada músculo do meu corpo querendo tomá-lo. Querendo bater em retirada. A floresta me chama. A calma da fuga. A segurança daquelas árvores.

Dou um passo na direção delas.

— Não! — grita Zen. — Não faça isso. Não escute! Você é mais forte do que eles. Eles não controlam mais você. Você não pertence à Diotech.

Puxo o ar, minha respiração está acelerada.

Ele disse. Pela primeira vez desde que chegamos, Zen disse o nome deles. Em voz alta. Para qualquer um ouvir. Inclusive *eles*.

Mas deu certo. Minha cabeça se volta subitamente para Zen. Uma energia amarga e furiosa cresce dentro de mim. Olho intensamente em seus olhos. Tenho os dentes cerrados. Meus músculos queimam.

Zen lança um soco em minha barriga.
Aparo o golpe com facilidade.
Outro murro quer atingir meu peito.
Bloqueado.
O terceiro voa para meu rosto.
Mas é descuidado e amorfo. Desesperado. Agarro seu punho em pleno movimento e o torço, até que ele é forçado a girar o corpo e pressionar as costas em mim. Eu o coloquei em uma posição vulnerável, o que significa que é hora de acabar com ele. Rapidamente. Solto a perna direita, envolvo com ela sua panturrilha e puxo com força. Exatamente como Zen me ensinou. Sua cabeça é jogada para trás e seu corpo pesado encontra o tapete de folhas e musgo. Não desperdiço nem um segundo esperando para ver se ele é capaz de se levantar. De imediato estou em cima dele, com um joelho no chão, o outro esmagando seu peito. Bato a base da mão em cheio em sua traqueia. Seu queixo é jogado para cima. Com minha força, só seria necessário um mínimo grama de pressão e ele estaria morto.

Zen se contorce, tentando se livrar. Pressiono o joelho com mais força em sua caixa torácica até ouvi-lo gemer e ele para de lutar. Fico imóvel em minha posição, pronta para tirar sua vida à mais leve provocação, até que o ouço ofegar "Ótimo" pela garganta comprimida.

Retiro a palma da mão e solto a perna, levando-a para o outro lado de seu tronco. Zen tosse de leve enquanto o ar retorna aos pulmões, depois se apoia nos cotovelos e sorri para mim com um orgulho despudorado.

Preciso de um momento para registrar o que acabou de acontecer. É quase como se minha mente deixasse meu corpo durante esses breves segundos. Desligada. Pisco e olho para Zen, ainda preso abaixo de mim, parecendo mais feliz do que não o vejo há um bom tempo.

—Você conseguiu — diz ele.

— Consegui? — Ainda estou meio atordoada.
— Sim!

Eu *consegui*. Nem acredito nisso. Combati meu instinto de fugir. De escapar. Consegui combater a própria programação do meu DNA.

Fui capaz de *lutar*.

Quando me criaram, os cientistas da Diotech ajustaram meu código genético para me dar um instinto de fuga em detrimento do de luta. Para fazer de mim um cervo, e não um leão. O que significa que sempre que eu estiver diante de uma ameaça ou de um perigo percebido, fugirei. Sem nem mesmo me dar tempo para pensar. O medo deles era de que se eu decidisse me rebelar contra as pessoas que me criaram e tentasse lutar contra elas, com minha força superior, certamente venceria. Assim, meu DNA foi codificado dessa maneira como precaução.

Nos últimos seis meses, Zen tem trabalhado comigo para tentar superar isso. Para que eu possa me proteger. No caso de um dia eles...

Bom, no caso de um dia eu correr perigo.

Ele estava convencido de que com tempo e prática suficientes eu poderia superar isso. E então, toda noite, depois que a casa ia dormir, vínhamos aqui e Zen me ensinava a lutar. A derrubar um agressor. A deixar alguém imóvel. A desarmar um adversário. O que eu pudesse fazer para conseguir tempo para escapar.

Esta noite é um marco importante. É a primeira vez em que consigo lutar... e vencer. Não para fugir. Não para escapar. Mais do que isso, esta noite fui eu que dei início ao confronto. Eu é que parti para o ataque.

Eu me tornei o leão.

Um sorriso idêntico se espalha por meu rosto enquanto percebo minha realização. Olho para Zen, que ainda me encara com os olhos alegres e frenéticos.

Mergulho e planto minha boca na dele, beijando-o com força. Minhas pernas se debatem atrás de mim e me reposiciono em cima dele. Estou faminta por ele. Voraz. Desesperada para reter essa euforia pelo maior tempo possível e transformá-la em algo mais. Em outra coisa.

Uma sensação desconhecida começa a me dominar. A tomar o controle de mim.

Minhas pernas formigam novamente. Na verdade, todo o meu corpo está formigando. Um estranho alerta em alfinetadas. Desta vez, porém, é diferente. Não é porque eu queira correr. É porque quero ficar. Quero mais. Quero ficar mais próximo dele do que jamais quis na vida.

Pressiono a boca mais intensamente na dele, seguro seu rosto e o puxo para mim até sentir que nossos corpos se esmagam.

Zen se mexe abaixo de mim e solta um leve gemido. Não é o som do prazer. É o som da dor. Reconheço a diferença de imediato e me afasto.

— Você está bem?

Ele ri, estendendo a mão e tocando a nuca com ternura.

— Sim. Mas você me derrubou com muita força. Sinto que vem por aí uma dor de cabeça de lascar.

Em pânico, rolo para longe dele e me coloco de pé.

— Me desculpe! – exclamo, reconhecendo a culpa familiar que começa a cobrir meu estômago feito um trapo molhado.

Ele se esforça para se sentar, estremecendo.

— Está tudo bem. Eu *pedi* por isso.

Estendo a mão e ele a pega, seu rosto se contorcendo de desconforto enquanto gentilmente eu o coloco de pé. Zen cambaleia um pouco antes de se segurar em um galho baixo e próximo para se firmar. Pousa a cabeça na superfície e fecha os olhos por um momento que dura um segundo longo demais.

— Tem certeza de que está bem? – pergunto.

Ele força um sorriso fraco.

— Sim. Vou ficar ótimo depois de uma boa noite de sono.
Concordo com a cabeça, piscando.
— Eu sinto muito mesmo.
— Não sinta — sussurra ele para dentro da árvore. — Você foi ótima.

Um vento forte farfalha as folhas acima de nós e em algum lugar ao longe eu juro ouvir uma voz de mulher. É vaporosa e aérea. Como que apenas semiformada. Semifalada.

Encontre-me.

Minha cabeça se levanta de repente e olho em volta, procurando pela origem. Mas, além dos animais adormecidos da floresta e das árvores rangentes, estamos sozinhos.

— Qual é o problema? — pergunta Zen, olhando com uma expressão preocupada.

— Ouviu isso?

Ele levanta a cabeça.

— Ouvi o quê?

— Uma voz — digo, virando a orelha para o céu escuro. — Juro que ouvi uma voz de mulher.

Zen dá um passo oscilante para longe da árvore, estremecendo um pouco.

— Não ouvi nada — diz ele, a respiração tensa.

Fico alarmada com sua fraqueza. Pego o lampião e corro até ele, passando seu braço por meu pescoço. Andamos com muita lentidão de volta à casa e deixo que ele se apoie em mim por todo o caminho.

Confesso que é uma variação agradável.

6
TRANCADA

❖

Ajudo Zen a tirar primeiro as botas de couro, depois o gibão, a camisa e o calção. Ele desaba nos travesseiros e dorme quase instantaneamente. Demoro-me desfazendo os laços do corpete, saboreando a linda libertação quando finalmente solto minha cintura de seu abraço duro e apertado. Tiro a saia comprida, visto a camisola de linho e tranço o cabelo nas costas.

Olho para Zen do outro lado do quarto, seu peito subindo e descendo.

Em geral ele parece muito tranquilo quando dorme, mas esta noite seu rosto está contorcido por uma careta sutil, fazendo-me pensar que eu deveria ter pegado mais leve com ele na mata. Afinal, ele é apenas uma pessoa comum. E eu sou... bom... Eu sou eu.

Apago o lampião, sigo na ponta dos pés pelas tábuas rangentes do piso e subo na cama ao lado de Zen. Ele se mexe um pouco e rola para mim, passando o braço em meu corpo, por instinto.

É uma coisa que ele faz toda noite, mas, desta vez, por uma estranha razão, parece diferente. Sinto que é diferente. Seu toque, que sempre me reconforta, de algum modo consegue fazer o contrário. Deixa-me ansiosa e intranquila. Mas não é ruim. É... é...

Incrível.

Observo seu ombro exposto, brilhando de leve pela luz da lua que entra pela janela. Depois meu olhar desliza para suas costas sem camisa, absorvendo as linhas suaves que se curvam e formam covinhas em seus músculos, o veludo de sua pele, a proximidade de seus lábios no alto do meu braço.

E de súbito tenho dificuldade para respirar. Quero estender o braço e tocar nele mais do que jamais quis qualquer coisa na vida. Coloco-me mais perto dele, mas não basta. Nunca bastará. Preciso sentir sua pele nua contra a minha.

Só essa ideia faz todo meu corpo brilhar com calor e meus braços e pernas formigam novamente com aquela consciência peculiar.

É a mesma sensação que tive na mata mais cedo. Parece uma... necessidade. Uma necessidade desesperada, dolorosa e ardente. Como se todo o meu corpo estivesse em chamas e Zen fosse o único alívio.

E então, simplesmente não suporto mais. Não consigo controlar. A coisa me controla.

Rolo para Zen, coloco-o deitado de costas e subo em cima dele. Meus lábios se forçam contra os seus. Eu o beijo com tanta força que é como se tentasse extrair a sua vida e unificá-la com a minha.

Ele tem gosto de tudo que sempre amei.

Zen se mexe debaixo de mim, evidentemente acordado, e mexe a boca no ritmo da minha. Como uma dança.

Nesse momento, eu sinto tudo. A curva de seu peito, a rigidez dos ossos dos quadris, suas pernas entre as minhas. É como se minhas terminações nervosas estivessem em brasa. Meus sentidos estão mais vivos do que jamais estiveram.

Com a boca ainda firmemente presa à sua, começo a tirar a camisola. Quero desesperadamente destruí-la, como a um inimigo. Rasgo-a em farrapos.

Nesse instante, Zen se afasta e tudo para de súbito, tirando o equilíbrio do mundo. Parece que mergulho pelo espaço sem nada que impeça minha queda. Abro os olhos e vejo Zen me fitando com uma expressão confusa.

— O que você está fazendo? — pergunta ele em um tom calculado.

Balanço a cabeça, sentindo-me quente, alvoroçada e sem fôlego por motivos que não consigo explicar.

— Não sei. Não entendo o que está acontecendo comigo. Sinto um impulso... louco. Como um anseio. Mas nem mesmo sei para o que é.

Zen me examina por um momento, depois sua boca se curva em um enorme sorriso e ele ri.

— Que foi? — pergunto, afastando-me dele. — Qual é a graça?

Seu riso esmorece rapidamente.

— Me desculpe. Não tem nada engraçado. Estive esperando por isso há muito tempo.

Estreito os olhos para ele.

— Pelo quê?

— Você sentir... — ele parece constrangido. Seu rosto até ruboriza. — B-b-bom — gagueja ele. — Por você se sentir pronta, eu acho.

— Pronta para o quê?

Zen vira o rosto, mexendo ansiosamente na bainha do lençol. Depois, como se finalmente criasse coragem para me encarar, encontra meu olhar e se fixa nele.

— Uma coisa que nos deixará mais unidos. Mais unidos do que podemos ser.

Sim!, penso de imediato. *É exatamente o que quero.*

O calor que sinto por dentro volta a brilhar, mas ainda estou confusa.

— Não entendo. O que é isso?

Ele hesita, antes de responder:

— Aí é que está. Não é algo que eu sinceramente possa explicar. Quer dizer, eu poderia... — O tom vermelho em sua pele voltou. — Mas acho que prefiro *mostrar* a você. Seria mais significativo desse jeito.

— Se nos deixaria mais unidos, por que já não fizemos isso?

— Bem, primeiro porque você não estava pronta. Mental e emocionalmente... — Ele para e desvia os olhos de novo. — *Fisicamente*. Quer dizer, tive que ensinar a você o que era um abraço. O que era um beijo. O que era uma alma gêmea. Você não sabia absolutamente nada do amor ou das emoções que o acompanham.

Abro um sorriso.

— Você é um bom professor.

Ele ri.

— Disso eu não sei. Até parece que sou um profissional ou coisa assim. Antes de te conhecer, eu só ligava para engenhocas, hackear computadores e comida. Não pensava realmente nas meninas. — Ele para, seu rosto fica vermelho outra vez. — Quer dizer, eu *pensava* em meninas, só que nunca... sabe como é — ele dá um pigarro —, mas então, digamos que eu não soubesse também dessas coisas.

— Então, quem ensinou *a você*?

Todo seu rosto se suaviza.

— Você.

Suspiro e mordo o lábio.

— Estou confusa.

— Desculpe. Não estou sendo muito claro. A questão é que eu sabia que você não estava pronta para fazer o que eu quero. E então, quando você *estava* pronta, eu não queria mais fazer.

— Por que não?

Ele passa o dedo em meu ombro, provocando um formigamento por toda parte.

– Porque eu sabia que eles tirariam isso de você. Como tiraram tudo. – Depois que descobrimos que eles estavam apagando suas memórias, entendi que se fizéssemos isso também desapareceria. E eu não suportava pensar nisso. Então, decidi que devíamos esperar. – Ele faz uma pausa, soltando um forte suspiro. – Até chegarmos aqui.

Descanso o queixo em seu peito. Seu coração bate forte.

– Bom, agora estamos aqui.

Ele parece mais nervoso do que já vi.

– Sim, estamos.

– Então, você pode mostrar? Agora? – A curiosidade está me devorando.

– Amanhã à noite – diz ele com brandura, acariciando meu rosto. – Na nossa mata.

– Tudo bem – respondo, tentando esconder minha decepção. Deito a cabeça de novo no travesseiro. Ele se vira para mim, nossos narizes quase se tocando pela ponta.

– Boa noite, Canela – diz em voz baixa, e vejo seus olhos baixarem e se fecharem lentamente.

Rolo de costas e observo o teto, ouvindo os ruídos da casa. O rangido espectral das paredes. Um camundongo correndo abaixo do piso. Corujas chamando umas às outras do lado de fora da janela.

Passo a mão na frente da camisola até encontrar meu medalhão. Coloco-o para fora, passando o dedo no fecho, pensativa.

Era a única coisa que eu tinha comigo quando despertei sem qualquer lembrança naquele oceano cheio de partes quebradas de avião. A única prova que tenho de que alguém – em *algum lugar* – se importou comigo.

Mais tarde eu viria a saber que foi Zen que me deu o medalhão. Ele próprio o havia desenhado com meu símbolo preferido – o nó eterno – na frente e uma gravação especial no verso.

S + Z = 1609

Lembrando-me para sempre de nossa promessa de ficarmos juntos em uma época sem tecnologia. Sem a Diotech.

Mas fui eu que por fim descobri o verdadeiro segredo do medalhão.

A verdade é que se alguma coisa acontecer comigo, se um dia eles me encontrarem aqui, esse colar é minha chave para escapar.

É o dispositivo que ativa meu gene da transessão.

Minha capacidade de me deslocar pelo tempo e pelo espaço.

Se eu quiser transeder, o medalhão precisa ser aberto. Caso contrário, meu gene fica dormente. Inútil. E este é o *verdadeiro* motivo para eu insistir em ficar com ele o tempo todo.

Enquanto vago para o sono com o pequeno coração preto firme em minhas mãos, permito-me pensar em Rio.

O homem que me criou.

Ele e Jans Alixter são os fundadores da Diotech. Criaram a empresa juntos. Mas em algum momento pelo caminho, suas opiniões e prioridades divergiram. Depois que fui criada, logo ficou evidente que eu não era o robô obediente e sem alma que esperavam que eu fosse. Em vez disso, era uma pessoa de verdade. Com emoções de verdade, pensamentos de verdade, uma real capacidade de amar. E, mais importante, com a capacidade de me rebelar.

Alixter considerou isso um erro. Algo que precisava ser corrigido.

Rio pensava de maneira diferente.

Por isso, ele me ajudou a fugir. Foi Rio que deu a mim e a Zen o gene da transessão. Foi ele que instalou um mecanismo especial dentro do medalhão que permite que o gene seja ativado e desativado. Porque, de acordo com ele, o gene é altamente instável. E não foram feitos testes suficientes para garantir sua segurança. Rio insistiu que eu tinha a capacidade de desativar o gene quando não o estivesse usando. Para me proteger de qualquer mal que ele pudesse causar.

Ele salvou minha vida quando me deu esse gene.

E tentou salvá-la novamente em 2013, quando Alixter me encontrou. Mas, daquela vez, não teve tanta sorte. Alixter havia descoberto que Rio o traíra. E então Alixter o matou. Bem na minha frente.

Ainda consigo ver o corpo imóvel de Rio prostrado no chão daquela caverna. Seus braços e pernas embolados. Seu rosto contorcido de angústia.

E eu. Não pude fazer nada para impedir. Simplesmente fiquei sentada ali, vendo tudo acontecer. Depois de tudo que ele fez por mim, não pude retribuir o favor. Não pude *salvá-lo*.

Mais um detalhe que de algum modo eu esperava esquecer como que por mágica.

Mais uma lembrança que eu não devia deixar que me assombrasse.

Mais um jeito com que certamente vou fracassar.

7
DESNUDADA

◆

Corro pela floresta. Agulhas de pinheiro e cascalho afiado cortam a pele de meus pés descalços, mas a dor não me detém. Preciso encontrar. Posso ouvi-lo chamando por mim por entre as árvores.

Mas não importa quanto eu procure, não consigo localizá-lo. Por mais longe que eu corra, o som parece apenas se distanciar cada vez mais.

Paro a fim de recuperar o fôlego, enxugo a testa, avalio ao meu redor. E então ouço de novo. Desta vez, mais perto. Mais desesperado.

BA-BUMP!
BA-BUMP!
BA-BUMP!

Olho para baixo e finalmente o vejo. O coração vermelho, suculento, pegajoso e palpitante jogado a poucos centímetros de mim. Está enterrado em folhas, mas ainda bate. Ainda está vivo.

É quando percebo o grande buraco escuro no meio do meu peito. A pele em volta dele está irregular e puída. Como se alguém tivesse me rasgado com um galho de árvore.

Estendo o braço e gentilmente pego o órgão seccionado, abraçando-o junto a mim. Protegendo-o.

Uma sombra oscila à frente e ouço um graveto estalar. Minha cabeça se levanta de repente e fico cara a cara com ele. O homem do cabelo louro-claro, de feições agudas e angulosas, olhos azuis de aço.

— Lamento, Sera — diz ele. — Mas terei que ficar com isso agora.

— Alixter, por favor — eu imploro. — Por favor, me deixe ficar com ele.

Seu rosto continua impassível. Inexpressivo.

— Isso não pertence a você. — Ele se interrompe, estende a mão, retira sem esforço algum o coração escorregadio do meu abraço, deixando-me com os dedos vazios e manchados de vermelho.

E então sorri — aquele sorriso escorregadio e nauseante — enquanto amorosamente acaricia o coração que ainda bate.

— Ele pertence a mim.

Arquejando, eu me sento. Ofegante, sufocada, lutando para respirar. Agarro meu peito, sentindo a pele, procurando uma fissura. Uma rachadura. Uma cicatriz. Desabo aliviada quando descubro que está intacto.

Ainda está escuro lá fora.

Jogo as pernas pela beira da cama e enterro a cabeça nas mãos, tentando recuperar o fôlego. Quando abro os olhos, meu olhar cai diretamente no punho esquerdo. Na linha fina e horrenda que se estende pelo vinco. O que a sra. Pattinson chamou de marca de Satã.

Minha marca.

Uma mancha negra na minha existência.

Podia muito bem dizer *Propriedade da Diotech*.

Sinto a raiva crescer dentro de mim. Uma fúria profunda e incontrolável.

Eu me levanto e caminho pelo quarto, sem me importar com a cacofonia de rangidos e baques que produzo pelas tábuas sensíveis de madeira. Abro a porta do quarto e corro escada abaixo.

Na cozinha, passo os olhos da esquerda para a direita até encontrar o que procuro. Vou apressadamente ao que resta do pão de dois dias e pego a faca serreada em seu suporte.

Saio pela porta da frente e vou para o cepo. Agacho-me e coloco o braço esticado contra o toco de árvore grosso, com a palma virada para cima. Depois, com cuidado, coloco a ponta da faca no osso do meu punho. Pequenas gotas carmim escorrem enquanto a lâmina se arrasta por minha pele. Minha força vital aperfeiçoada cientificamente. Contorno a tatuagem e continuo até o outro lado, descascando a pele em uma tira comprida e horripilante.

O sangue flui instantaneamente. Pressiono a bainha da camisola na ferida, para estancar o sangramento.

Baixo a faca e, com a tira de carne irregular na mão, subo o morro até o outeiro onde normalmente vejo o sol nascer. Com a maior força que consigo, jogo a tira escurecida e tingida no vale, vendo no escuro que ela tremula no vento antes de cair na beira do campo de trigo.

Depois, me jogo no chão e espero.

O sol espia acima do horizonte uma hora depois, como sempre faz. Como se nada tivesse mudado. Como se nada *nunca* fosse mudar.

As primeiras centelhas de luz iluminam as fileiras aradas do campo de trigo, mostrando o trabalho árduo de Zen e do sr. Pattinson do dia anterior.

O céu está cinzento e nublado esta manhã, um sinal de tempestades iminentes. Provavelmente à tarde. As tarefas na fazenda sempre são mais difíceis na chuva. As rodas da carroça atolam na lama. O trovão deixa os animais tensos. As roupas molhadas ficam mais pesadas e é mais difícil se mexer. E levam uma eternidade para secar.

Pela primeira vez desde que me sentei, respiro fundo e olho meu punho esquerdo, ainda coberto pelo tecido da camisola, que agora está suja de vermelho por toda a bainha. Isso terá que ser explicado de algum modo para a sra. Pattinson.

Lentamente, retiro o tecido, retraindo-me um pouco pelo jeito como gruda na pele.

Solto um suspiro forte de capitulação quando vejo o que há por baixo.

A carne cor-de-rosa e fresca cresceu sobre a ferida, fundindo-se com a borda irregular do corte. É apenas uma questão de tempo até que a fusão fique uniforme.

A parte mais desconcertante, porém, não é a velocidade com que meu corpo se cura – imagino que eu devia esperar por isso, com base em todos os outros "aprimoramentos" que recebi –, mas a visão da linha preta e fina que parece recém-traçada na pele clara e nova.

Sei que eu não deveria me surpreender. Nem me decepcionar. Zen já me disse que o dispositivo de rastreamento é parte permanente do meu DNA. Como a cor da minha pele ou o formato do meu nariz. Não importa quanto eu tente arrancar, queimar ou raspar da pele, ele sempre volta a crescer. Exatamente igual.

Mas suponho que precisava ver com meus próprios olhos.

Eu tinha que testemunhar em primeira mão a única parte da Diotech que jamais poderei apagar inteiramente. Da qual nunca conseguirei escapar.

Passo a ponta do dedo pela nova tatuagem, agora mais escura do que nunca.

Um tremor corre por mim, e pela primeira vez noto o vigoroso ar matinal. Nem mesmo tinha percebido que sentia frio. Ou o pouco que faz essa camisola para me proteger do ar gelado. Apesar da capacidade do meu corpo de se proteger do clima extremo melhor do que qualquer ser humano normal.

Olho o presságio do céu, vendo o cinza se reunir e se condensar. Se quiser terminar meu trabalho antes de o aguaceiro cair, preciso me mexer. Além disso, terei que pensar no que fazer com a camisola suja de sangue. Como vou conseguir lavar sem que a sra. Pattinson note e tenha um ataque?

Começo a me levantar, mas meu corpo de repente é jogado de volta ao chão por uma onda de vertigem. Minha cabeça lateja. O ar em volta de mim parece vivo de eletricidade.

E então, mais uma vez, de algum lugar bem distante, eu ouço.

Uma voz de mulher. Um sussurro etéreo na tempestade próxima. Uma ordem.

Encontre-me.

Meu olhar vasculha por todo lado enquanto busco entender de onde ela pode vir. Quem pode estar falando. Mas, como na noite anterior na floresta, não vejo nada. Estou sozinha.

Fecho os olhos com força e escuto atentamente, procurando pela voz, mas agora só escuto o vento e os corvos da manhã circulando famintos a lavoura recém-plantada.

Por fim, desisto. Soltando um gemido de frustração, coloco-me novamente de pé.

Desta vez, nada me detém.

8
PARTIDA

❖

Quando volto ao quarto, fico surpresa ao notar que Zen ainda dorme. Em geral, ele acorda com a luz da manhã. Além disso, o quarto parece mais quente do que o normal. E há um nítido odor de algo estragado.

Corro à janela e a abro. O ar fresco do amanhecer logo refresca o quarto. Coloco a cabeça para fora e sinto o oxigênio frio e vivo penetrando meus pulmões.

Mas, quando me viro, percebo que Zen está tremendo. Arrepios se espalham por seus braços e pelas costas despidas. Fecho a janela.

Eu me visto rapidamente, enfiando a camisola suja no fundo do armário para cuidar dela depois. Em seguida, volto à cama e me sento ao lado de Zen.

Ele não se mexe.

Estendo a mão para tocar seu rosto, mas me retraio instantaneamente ao sentir o quanto ele está quente. Fervendo. Passo a mão no lençol em volta dele. Está úmido.

– Zen? – Eu o sacudo de leve.

Ele desperta, lutando para abrir os olhos. E só agora percebo as sombras roxas e escuras abaixo deles. O tom avermelhado no branco dos olhos. As íris, em geral cintilantes, têm uma opacidade inquietante.

Examino o resto de seu corpo. O cabelo preto está colado na testa. Sua pele é lívida, com um tom amarelado pastoso, e suas faces não têm cor. Seu rosto se contorce de dor enquanto ele se impele para cima e joga as pernas para fora da cama.

— Você está bem? — pergunto, alarmada.

Ele estremece e esfrega os braços.

— Estou — resmunga, levantando-se. Seus joelhos cedem e por um momento ele tomba para a frente. Num átimo, estou diante dele, interrompendo sua queda, pegando-o nos braços.

— Zen? — Minha voz treme.

— Eu estou bem. — Ele me afasta, parece quase à beira da irritação. — Você sabe que não devia andar nessa velocidade dentro de casa.

— Eu... — começo a discutir, mas minha garganta se fecha, sufocando o resto das palavras.

Recuo e deixo que ele se afaste de mim. Zen veste o calção, cambaleando um pouco, e usa um braço para se equilibrar no pé da cama.

— Só estou sentindo um pouco a mudança do tempo. Eu vou ficar bem.

— Talvez você devesse voltar para a cama — sugiro.

Mas ele despreza minha ideia, negando com a cabeça.

— Tem trabalho demais para fazer.

— Mas... — tento de novo.

Zen me interrompe:

— Não é nada. Sério. Vou comer um mingau quente e ficarei novo em folha.

Observo-o sair do quarto, trôpego, e descer a escada. Acompanho bem atrás, para o caso de ele cair novamente.

A sra. Pattinson já está na cozinha, trabalhando no pão. Sempre pensei que o jeito com que ela lida com a massa revela sua personalidade. Amassa com golpes violentos e enérgicos, como se tentasse assassiná-la.

— Um de vocês dois viu minha faca de pão? — pergunta tão logo aparecemos ao pé da escada.

Nego com a cabeça e evito seu olhar, enquanto Zen resmunga uma negativa, pega uma tigela na mesa e se serve do mingau que esquenta no fogo. A sra. Pattinson dá uma olhada em seu rosto e suas mãos caem flácidas junto ao corpo.

— Qual é o seu problema? — indaga ela bruscamente.

Fico aliviada ao ver que não sou a única que percebeu.

— Nada.

— Está enfermo? — ela pressiona.

Enfermo.

A palavra lampeja diante de meus olhos feito um raio enquanto procuro uma definição enterrada em algum lugar em minha mente.

Enfermo: estar em condições físicas ou com a saúde mental frágil. Doente.

— Não — responde Zen com rispidez. — Não estou enfermo. Estou muito bem.

A sra. Pattinson o examina, aparentemente decidindo se deve acreditar nele ou não. Zen a ignora, metendo na boca colheradas de mingau fumegante. Não posso deixar de notar que suas mãos tremem.

A sra. Pattinson volta a sovar a massa com a palma da mão.

— Ora, eu realmente espero que não — diz ela num grunhido baixo —, porque hoje mandarei vocês dois a Londres para vender o excedente das maçãs e das peras.

— Nós? — pergunto, surpresa, deixando cair a colher do mingau. Ela bate na mesa fazendo um barulho alto, e a sra. Pattinson me lança um olhar de censura. Eu me apresso a pegar um pano e limpo a sujeira.

— Sim — diz ela com severidade, batendo o punho na massa. — Peguem Blackthorn e a carroça. Fica a apenas uma hora de viagem. Vocês partirão logo depois do desjejum e voltarão para a ceia. Isso deve lhes dar tempo suficiente para vender a maior parte das frutas.

Pelo jeito como a sra. Pattinson dá a ordem, com um tom tão definitivo, sei que de nada adianta discutir.

— Não podemos ir a Londres — sussurro a Zen num tom rouco assim que estamos fora da casa, a caminho do celeiro.

— E por que não?

— Por que não? — repito, exasperada. — Porque é uma cidade enorme. Com gente, olhos inquisidores e olhares desconfiados. É arriscado demais!

Ele meneia a cabeça, menosprezando minha preocupação, e tosse um pouco. Agora Zen parece andar melhor. Talvez só precisasse mesmo de um bom café da manhã.

— Vai ser divertido. Não se preocupe, vamos nos misturar bem.

— Talvez você se misture — argumento. — Mas eu nunca fui boa nisso. — Chegamos ao poste onde a sra. Pattinson havia amarrado Blackthorn, nos preparativos para nossa viagem. O animal se retrai quando vê que me aproximo e gesticulo vagamente para sua reação. — Está vendo? Até o cavalo estúpido sabe que eu não me misturo bem!

Zen para e se vira para mim, segurando minhas mãos.

— Shhh. Vai dar tudo certo. Além disso, não podemos ficar entocados aqui o tempo todo. Não podemos deixar que o medo nos impeça de viver nossa vida. Uma viagem ocasional a Londres não vai fazer mal. Vai ser bom variar o cenário. Para tirar certas coisas da cabeça.

Baixo os olhos ao chão. Sei exatamente do que Zen está falando. Ele se refere aos pesadelos. Aqueles que quer que eu esqueça. Decido não contar sobre minha experiência com a faca esta manhã.

— E vai ser bom fazermos alguma coisa juntos. A sós. — Ele baixa a cabeça para olhar em meus olhos de novo, abrindo para mim aquele meio sorriso irresistível pelo qual não paro de me apaixonar. – Não é?

Admito que é tentadora a ideia de ver algo além das paredes dessa casa e daquele celeiro. Até mesmo emocionante. Mas a comichão que se arrasta por minha pele me diz que não é uma boa ideia.

– Seremos extremamente cuidadosos – ele me garante, soltando minhas mãos. – É só não entortar nenhuma barra de ferro, nem levantar nenhum boi no alto.

Tenho que rir, apesar do medo quase debilitante que corre por minhas veias.

– Não consigo entortar barras de ferro – lembro a ele de má vontade enquanto o acompanho.

Ele dá um tapa na testa.

– É isso mesmo. Eu estava confundindo você com o Super-homem.

Franzo a testa.

– Com quem?

Ele ri.

– Deixa pra lá.

– Bom, e quanto a você? – pergunto, olhando incisivamente para ele. Sua pele ainda está muito pálida. – Está se sentindo bem para ir?

Ele gesticula para os braços e pernas, que funcionam muito bem.

– Agora me sinto ótimo. Aquele é um mingau poderoso.

Zen entra no celeiro e volta com o arreio de Blackthorn, jogando-o pelo dorso do cavalo. O animal me olha com ceticismo enquanto Zen atrela o arreio à carroça.

Carrego a traseira com as maçãs extras que a sra. Pattinson separou, depois subo no banco. Blackthorn bufa sua reprovação e bate as patas. Mas Zen rapidamente o tranquiliza, como faz com todos que parecem desconfiar de mim. Vai ao cavalo,

acaricia gentilmente sua cara e sussurra em seu ouvido "Não se preocupe, meu velho. Ela não é assim tão má".
Solto um bufo.
— Bem, obrigada.
Zen sorri, segura as rédeas e pula para se sentar a meu lado. Dá a Blackthorn o sinal para ir e de repente partimos, enfrentando a relva alta nos arredores da fazenda até chegarmos à estrada de terra que nos levará à cidade.

Viro-me e olho a pequena casa de fazenda onde passamos os últimos seis meses de nossa vida. Fica cada vez menor a nossas costas. Talvez seja apenas minha imaginação, pelo clip-clop dos cascos de Blackthorn no chão, o estrondo das rodas abaixo de nós ou o silvo do vento zunindo por meus ouvidos, mas juro que a ouço sussurrar uma despedida.

9
TEMPESTADES

❖

Por toda a viagem de uma hora, lanço olhares rápidos a Zen pelo canto do olho, observando sua postura arriada, as bochechas flácidas e o ar geral de fadiga. Pergunto-lhe várias vezes como está se sentindo e ele sempre responde, sucinto, que está bem.

Mas ele absolutamente não *parece* bem. A cada poucos minutos ele precisa tossir e esteve consistentemente limpando a transpiração da testa, embora o clima hoje esteja bem frio.

Olho o céu cinzento e me pergunto quando começará a chover. Torço para que não seja enquanto estivermos ao ar livre. Certamente eu não espero adoecer, mas tenho a sensação de que ficar na chuva não é o melhor para alguém que parece tão mal como Zen.

Ao chegarmos à cidade, ele conduz a carroça para o mercado e faz Blackthorn parar. Fico sentada em meu lugar, imóvel. Tento apreender a cena caótica que se desenrola diante de mim.

Começo a sentir que deixei meu estômago na fazenda.

Zen parece não perceber minha reação. Está ocupado demais se maravilhando. Resmunga algo sobre como é idêntico ao que tem nos filmes. Nem mesmo sei o que é um filme, portanto não compartilho de sua admiração. Só o que sinto é náusea. E um desejo ardoroso de dar meia-volta e correr o mais rápido que minhas pernas geneticamente melhoradas podem me levar de volta à estrada que nos trouxe aqui. A toda velocidade, talvez eu esteja de volta à fazenda em menos de dez minutos.

Não sei bem o que esperava encontrar. As únicas outras cidades em que já estive, pequenas ou grandes, foram Wells Creek e Los Angeles. Mas esta aqui não é *nada* parecida com aquelas. Em vez de lojas e prédios, há centenas de barracas pequenas, armadas pelo perímetro de uma praça. Cada uma vende algo diferente. Por exemplo, carnes, tecidos, legumes, pães, grãos e animais vivos em gaiolas de madeira. As pessoas andam por ali, gritando pedidos e pechinchando nos preços. Uma mulher passa por nós puxando uma corda presa a uma cabra, enquanto outra segue para o outro lado, segurando pelos pés uma galinha morta. Suponho que esteve viva até pouco tempo atrás, pois ainda tem as penas e seus olhos estão bem abertos, revelando o mesmo olhar apavorado que vi nos rostos dos cadáveres que boiaram no mar comigo depois do acidente de avião.

Não há marcas no chão, nem placas em postes para orientar o tráfego. Porém, de algum modo as variedades de engenhocas sobre rodas, de diferentes tamanhos e puxadas por cavalos e bois, conseguem costurar tranquilamente entre si, como se pudessem ler o pensamento dos condutores que vêm em sentido contrário.

Zen salta da carroça, levando um momento para se equilibrar antes de descarregar as frutas da traseira, empilhando os caixotes de maçãs e peras. Sei que ele está lutando e rapidamente salto para baixo, a fim de ajudá-lo.

Enquanto trabalho, não consigo deixar de estremecer com o cheiro desagradável no ar. É muito pior do que o odor no celeiro dos Pattinson quando é preciso limpar o chiqueiro. Torço o nariz, curvo-me para perto de Zen e sussurro:

— O que é isso?

Ele assente, informando que também sente o cheiro.

— Não tem encanamento nas casas. As pessoas jogam seus dejetos na rua.

A ideia me dá ânsias de vômito, mas de algum modo consigo evitá-lo.

— Acho que vamos nos acostumar com ele — diz Zen com esperança. — Todos aqui parecem habituados.

Depois que o último caixote foi descarregado, Zen aponta para um pequeno espaço entre duas barracas do outro lado da rua.

— Acho que devemos nos instalar ali. — Ele se vira para mim e dá uma piscadela. — Se a gente vender tudo isso bem rápido, talvez até possamos sair para explorar um pouquinho.

Concordo, agindo como se a ideia me animasse tanto quanto parece empolgar a ele, embora todo o meu corpo fique tenso só de ficar parada aqui no meio desse tumulto.

— Devíamos ver Shakespeare se apresentar no Globe — sugere, depois se curva como quem conspira e sussurra: — antes que seja incendiado, daqui a quatro anos.

— Ele vai ser incendiado?

Zen assente:

— Infelizmente. Um canhão abre fogo no telhado durante uma produção de *Henrique VIII*. Mas vão reconstruir no ano seguinte.

— Você parece saber muito sobre Shakespeare — observo.

Zen pega um dos caixotes. Noto que ele faz um esforço patente, mas ainda consegue abrir um sorriso torto ao falar:

— Pesquisei para você. Depois de ler o Soneto 116, você precisa saber tudo a respeito dele.

Apesar de meus nervos em frangalhos, isso me faz sorrir.

— Então sem dúvida precisamos ver uma de suas peças quando acabarmos.

Ele concorda e aponta a carroça com o queixo.

— Acho que não podemos estacionar aqui. Por que você não atrela Blackthorn naquele poste ali e depois me ajuda a carregar tudo?

Noto sua luta para equilibrar o caixote nos braços, a camada espessa e nada natural de suor que aparece acima de seu lábio superior, e que seu rosto parece perder a cor a cada segundo. Mordisco, nervosa, a ponta do dedo.

— Na verdade — digo, tentando manter a voz leve e atenciosa —, talvez *você* deva amarrar o cavalo e eu começo a transferir os caixotes.

Zen solta uma risada entrecortada que rapidamente se transforma numa tosse violenta, o que quase o faz deixar cair a caixa.

— Sera — diz ele, severo —, um dia você terá que vencer seu medo desse animal.

— Eu não quis dizer... — Começo a argumentar, mas Zen já coloca o caixote no ombro e se vira. Ele espera por uma brecha no tráfego de carroças puxadas a cavalo e cavaleiros antes de atravessar a rua.

Por que precisa ser tão teimoso? Ele está pior do que o cavalo.

Com um suspiro, arrasto-me pela frente da carroça e piso forte até Blackthorn. Ele dá um solavanco com minha aproximação brusca e vira as orelhas para trás, bem juntas da cabeça, em seu sinal padrão de agressão. Mas desta vez não vou tolerar isto. Talvez o mau humor de Zen tenha me contagiado, ou talvez seja minha própria inquietação persistente pelo sonho que tive esta manhã, mas estou farta de aturar a postura desse cavalo. Pego as rédeas e dou um puxão. Blackthorn relincha sua queixa.

— Escute aqui — digo com firmeza, olhando diretamente na esfera preta e grande de seu olho —, já chega. Ou você aprende a gostar de mim, ou vou dar um murro na sua cara. E então, o que vai ser?

Sinceramente, duvido que o cavalo entenda as palavras que saíram da minha boca, mas ele pareceu compreender o significado muito bem, porque de súbito pareceu um animal inteiramente mudado.

Blackthorn solta um bufo leve, as orelhas se empinam e sua cabeça se abaixa um pouco, como se estivesse se sujeitando a mim. Fico muito surpresa que minha abordagem tenha dado certo e solto eu mesma meu próprio bufo.

Talvez o sr. Pattinson tivesse razão. Talvez eu simplesmente precisasse parar de ter medo.

Puxo as rédeas sobre a cabeça de Blackthorn e dou um puxão suave. Obediente, ele parte e me segue sem reclamar nem resistir.

– Pronto – digo a ele quando chegamos ao poste. – Não foi assim tão difícil, foi? Não é muito melhor agora que podemos tratar de nossos problemas e nos comportar como seres civilizados?

Ele não responde, mas tomo seu silêncio como aquiescência.

Enlaço as rédeas de couro no poste de madeira e puxo pela ponta.

– Agora, se pudermos...

Um grito que transforma meu sangue em pedra corta o ar, assustando a mim e Blackthorne.

Minha cabeça gira para o lado do som e em uma fração de segundo tudo que me cerca desaparece. O odor putrefato da cidade é erguido em uma brisa invisível. O pandemônio do mercado movimentado escorre e desbota em formas e cores irreconhecíveis. Como se alguém jogasse um copo de água em tinta fresca. A algazarra tempestuosa de gente e o estrondo de carroças parecem ter escapulido em um sussurro fraco. Como se o som do mundo mergulhasse em água.

E então só o que ouço é o *guincho* de rodas de madeira raspando a terra grossa, o relincho de um cavalo apavorado sendo puxado em um giro forçado e o berro grosseiro e furioso de um condutor que tenta, sem sucesso, conduzir a carroça enorme e pesada em torno do jovem que está deitado inconsciente no meio da rua.

Uma espiral de maçãs vermelhas se abre em leque em volta de seu rosto bonito, o caixote vazio e invertido jogado a poucos metros dali. Seu cabelo preto e molhado está colado na testa e a pele está pálida e cinzenta como o céu. Não tenho tempo para pensar antes que a carroça comece a virar. Vejo o teto redondo e pesado tombar e mergulhar bem na direção da cabeça de Zen quando a primeira gota de chuva cai na ponta do meu nariz.

10
DIVIDIDOS

❖

Devo estar voando. Se meus pés tocam o chão, não sinto. Só o que sinto é o ar frio que sibila por meu rosto, arrancando minha touca, embaraçando precipitadamente meu cabelo. E depois...

Gravidade.

Lutando comigo enquanto minhas mãos atravessam a lasca de espaço que se estreita entre o alto da carroça em queda e o crânio de Zen. A gravidade empurra. Potente e impiedosa. Lança a carroça imensa para a terra com a força de mil homens.

Ela quer vencer. Quer esmagá-lo. Quer tirá-lo de mim para sempre. Quer me deixar presa e sozinha nesta época estranha.

Mas não vou permitir.

Eu luto. Flexiono os joelhos para ter alavanca. A madeira se enterra em minhas mãos, lasca e penetra minha pele. Solto um grunhido superficial enquanto levanto com toda a minha força, planto firme os pés no chão, endireito as pernas e com um último esforço ergo-me, empurrando a carroça para longe.

Ela volta a ficar reta, mas gira com rapidez demais para parar ali. Continua rodando, soltando-se das ripas finas que a atrelam ao cavalo, que agora está deitado de lado, respirando com dificuldade. A madeira estala facilmente e a carroça continua rodando, teto sobre rodas, girando sem parar, até que enfim se choca contra uma fila de barracas de mercadores e para aos solavancos, oscilando precariamente em uma de suas bordas diagonais.

Uma mulher grita de novo. Suponho que seja a mesma, mas não me viro para confirmar. Olho apenas para Zen, curvando-me, esperando que ele abra os olhos. Esperando pela confirmação de que esteja bem.

Será que cheguei aqui rápido o bastante?

Ele está inconsciente?

Será que morreu?

O último pensamento me atinge em cheio no estômago e o pouco fôlego que me restava desaparece depois do meu esforço. Esmagado sob o impacto.

Estendo a mão e toco seu rosto. Acaricio gentilmente sua face. Seus cílios grossos e escuros palpitam duas vezes, depois os olhos se abrem devagar. Solto o ar com um ruído e caio sobre ele, chorando baixinho na gola suja de terra de sua camisa.

— Shhh. — Ele me tranquiliza, mexendo-se com dificuldade ao tentar fazer carinho em meu cabelo.

— Eu pensei... pensei que você estava... — Não consigo terminar a frase. Lágrimas moderadas dão lugar a soluços estrondosos que sufocam a última palavra e a tornam cativa em minha garganta.

Morto.

Mais um segundo e ele estaria.

— Está tudo bem. — Zen luta para se apoiar nos cotovelos. Suas feições se contorcem em tormento a cada centímetro em que ele tenta se mexer. Por fim, ele desiste e cai de costas novamente.

Enterro o rosto na curva de seu pescoço. Ele ferve. Tão quente que preciso me afastar. Em pânico, olho-o de cima. Parece que Zen mergulhou a cabeça em um balde de água.

Passo a base da mão em meu rosto molhado.
— O que está havendo com você? — pergunto.
— Nada. — Ele tenta me tranquilizar. — Estou be... — Mas não termina a frase. Irrompe em tosses violentas que sacodem todo seu corpo. Observo, impotente, estremecendo sempre que outra forte convulsão o atravessa.
— Você insiste em dizer isso, mas é claro que *não* está bem! — grito, já incapaz de conter minha exasperação.
Ele dá um pigarro e pressiona a têmpora com a ponta dos dedos, retraindo-se.
— Tudo bem, talvez eu esteja um pouco doente — enfim admite. — Mas vou ficar bem. Eu me curo rápido. Sempre foi assim.
Ouço pessoas gritando ao longe, mas ignoro, preferindo me concentrar em Zen. Tiro o cabelo molhado de sua testa, procuro não me retrair quando sua pele queima a ponta de meus dedos.
Um olhar para seu rosto lívido e os olhos fundos e não consigo lidar com isso. Jogo-me nele de novo, passando os braços por ele e puxando seu corpo com força para mim. Ele solta um riso baixo e continua a acariciar minha cabeça. Mas sei que é uma tarefa difícil, porque sua mão mal consegue roçar meu cabelo. Feito uma brisa leve, não tem força suficiente nem mesmo para farfalhar as folhas de uma árvore.
A gritaria fica mais alta de repente. Mais próxima. E sinto o corpo de Zen enrijecer abaixo de mim.
— Sera — diz ele com cautela. Sua mão cai de minha cabeça e dá um tapinha fraco em minhas costas.
Mas não me mexo. Não quero ir a lugar nenhum. As carroças, os cavalos e as pessoas podem dar a volta por nós.
— Sera — repete ele. Desta vez há uma gravidade em seu tom que provoca um arrepio em mim. Levanto-me de súbito.
— Qual é o problema?

Seus olhos estão escuros e desvairados. O foco parece estar em algo ao longe. Algo atrás de mim. As vozes. Giro a cabeça e vejo uma massa de gente se reunindo. Falam em tons frenéticos e temerosos. Apontam para o meu lado. Dedos furiosos e incisivos, esticados. Acusativos.

— Ela está bem ali! — diz um deles.

— Eu vi com meus próprios olhos! — junta-se outro. — Ela levantou a carroça como se fosse feita de penas.

— E vocês a viram correr? — pergunta uma mulher à multidão crescente. — Como o vento. Como o raio!

Olho novamente para Zen, em pânico. Ele está calmo, mas atento. Abro a boca para falar, mas ele coloca um dedo em meus lábios. Aponta decidido meu peito com o queixo.

— Precisamos sair daqui — sussurra, sustentando intensamente meu olhar, instruindo-me com os olhos e com a boca.

Baixo os olhos para a ponta do lenço, confusa. O barulho caótico atrás de mim leva minha atenção de volta ao enxame de gente. Seu tamanho quase triplicou. Os murmúrios esparsos se transformaram em um rugido de ultraje. Três homens musculosos abrem caminho para a frente do grupo. Seus olhos coléricos se fixam em mim. Eles gritam uma palavra de ordem para a multidão e partem em nossa perseguição. Todos os seguem, espalhando-se até cobrirem toda a largura da rua. Uma muralha impenetrável de fúria.

Finalmente, eu entendo.

Zen não quer apenas sair daqui. Ele quer sair *daqui*. Desta cidade. Desta época. Nossa estada em 1609 acabou. Fiz exatamente o que não deveria. Provocar uma cena. Chamar atenção para mim.

E, a julgar pelo tamanho dessa multidão, foi *muita* atenção.

Ele gesticula para meu peito mais uma vez, e agora entendo. Zen está indicando meu medalhão. Preciso tirá-lo. Abri-lo. Ativar o gene. Caso contrário, não terei para onde ir.

— É obra do demônio! Tenho certeza! — vem uma voz enfurecida atrás de mim. Eles estão chegando mais perto.

Arranho desesperadamente minha roupa, raspo o lenço amarrado e o corpete apertado. Mas minhas mãos trêmulas escorregam e se atrapalham. E são camadas demais. Tecidos demais.

Olho ansiosamente para trás e vejo a multidão que nos ataca, gritando maldições, berrando absurdos sobre Satã.

— Sera! — Zen me incita em tom de alarme.

— Não consigo! — grito. — Não consigo pegá-lo.

— Rasgue — ordena ele. — Você tem força para isso.

Obedeço, agarrando um punhado de tecido e puxando com toda força que tenho. A roupa se rasga com um estalo. Escavo a frente do corpete, por baixo da blusa, tateando em busca da corrente.

Puxo, até que o pingente preto e liso sai. Zen estende a mão para ele. Envolve-o com os dedos. Desliza a unha na fenda estreita que une os dois lados do coração.

Empurro sua manga para cima e seguro seu braço, agarrando com força. Precisamos nos tocar. Ter contato pele com pele. Caso contrário, vamos nos separar.

Fecho os olhos para me concentrar em outra época. Outro lugar. Qualquer um, menos aqui. Sinto meu corpo se erguer do chão. Flutuar. Puxado para o ar.

Está funcionando!, penso com um alívio desesperado.

Estamos a salvo!

Mas, então, sinto o braço de Zen ser arrancado de minha mão. O suor deixou nossa pele grudada por um momento e depois não o sinto de modo algum. Há um puxão forte em minha nuca enquanto a corrente do meu pescoço se parte e deixa uma faixa de calor abrasador na base do meu crânio.

Abro os olhos e descubro que sou carregada pelos três homens que lideravam o bando de moradores furiosos. Um deles tem as mãos sob minhas axilas, os outros dois seguram minhas pernas. Estamos nos afastando rapidamente de Zen e da cena da carroça virada. Bato as pernas e me debato, levantando a cabeça por tempo suficiente para ver Zen finalmente abrir o medalhão.

Fecho bem os olhos e me imagino próximo a ele. Se eu conseguir transeder de volta a seu lado, a pouca distância, posso segurá-lo e podemos partir. Juntos.

Mas não me mexo. Continuo firmemente presa nas mãos fortes dos três homens. O que significa que não está funcionando. Meu gene ainda não foi ativado.

Mas o medalhão está aberto!

Eu o vi se abrir.

Só pode haver uma explicação: estou longe demais. A tecnologia que Rio colocou naquele medalhão só deve funcionar numa distância menor. Ou talvez ele precise me tocar. O que explicaria por que Rio o colocou dentro do medalhão. Algo que sempre estaria perto, pousado junto ao meu coração.

Zen deve ter deduzido a mesma coisa. Na mesma hora. Porque o vejo levantar-se trêmulo e correr para mim. Mas seus joelhos cedem depois de alguns passos e ele mergulha no chão. Rola de lado, ofegante, tremendo, atacado por outro acesso de tosse entrecortada.

— ZEN! — grito, debatendo-me contra meus captores.

E então, horrorizada, vejo dedos grandes e sujos arrancarem o medalhão do punho fechado de Zen. O homem é alto e forte, está vestido com um gibão debruado de verde e dourado, gola de babados e uma capa forrada de veludo. Sua cintura redonda e a corrente de ouro no pescoço o definem como um homem de posses.

Zen geme e procura levantar a cabeça, tentando pegar a propriedade roubada, mas está fraco demais. A doença que corre por suas veias é demasiado forte. Seu corpo entra em convulsão.

O ladrão parte para mim, segurando o colar. A corrente quebrada pende abaixo de seus dedos. Quando me alcança, ele sacode o colar violentamente na frente do meu rosto, berrando: "É assim que você o invoca? Quanto sangue inocente você teve que derramar para lançar seu feitiço nisto?!"

Um respingo de saliva bate na minha face.

Desesperada, estendo a mão para o medalhão, mas ele o puxa rápido demais. Depois se vira para a multidão, levanta-o com orgulho bem no alto, o nó eterno virado para que todos o vejam.

— Olhem este símbolo! É um sinal do próprio demônio!

Com base na reação de deferência e referência das pessoas, deduzo que esse homem é alguma figura de autoridade. Alguém de poder.

Ele se vira para mim e fecha o medalhão com um estalo decisivo.

— Veremos que rapidez e força você terá sem a sua magia negra!

Ele coloca o medalhão no bolso do gibão e gesticula para que os homens me segurem.

— Levem-na para a prisão Newgate. Que o tribunal central decida o que fazer dela.

Em um instante, estou sendo carregada. Cada vez mais longe do colar e de Zen, que agora jaz, trêmulo, no meio da rua.

— Não! — grito e me debato furiosamente. Preciso voltar para ele. Preciso pegar o medalhão. É minha rota de fuga. A *nossa* escapatória. Sem isso, ficarei presa aqui para sempre. Condenada a encarar o destino que essa gente escandalizada tem reservado para mim.

Ouço a voz rouca de Zen gritar, fraca, de algum lugar atrás de mim:

— Lute, Sera! Não deixe que eles vençam! Você é mais forte do que eles!

Uma torção gigantesca e poderosa e consigo escapulir das mãos de meus algozes, caindo no chão, batendo com força. Luto para me levantar e corro de volta até o homem do manto de veludo.

Quatro homens bloqueiam meu caminho. Flanqueio pela esquerda e dou a volta por eles. Um dos homens consegue segurar meu bíceps, fazendo-me parar. Torço o corpo, metendo a base da mão em seu nariz. Ouço o estalo alto e o fluido quente espirra em meu rosto. Quando trago a mão de volta, está respingada com um sangue grosso. Mas ele ainda parece não se abalar e parte para mim outra vez.

Agacho-me bem e lanço a perna em um borrão. Ela atinge seu tornozelo e ele cai de cabeça para baixo, esmagando-se no chão.

Todo o embate levou apenas alguns segundos, mas ainda assim, aparentemente, foi tempo o bastante para que outros se reunissem. Quando ergo os olhos do homem que se contorce no chão, com uma ou mais vértebras provavelmente deslocadas, percebo que um pequeno exército converge para mim.

Olho para a esquerda, depois à direita, em seguida a minhas costas. Sinto minha esperança afundar ao me dar conta de que estou cercada.

Eles avançam, fecham o círculo, gritam orientações aos outros, estimulam todos a permanecerem fortes. A não deixar que eu escape.

Minha respiração entra num ofegar entrecortado. Meu peito arde. O estômago dá nós e se enrola, depois volta a dar nós.

Sou capaz de lidar com um deles. Talvez até com dois ou três. Mas enquanto giro em um círculo lento, de mãos erguidas, pronta para lutar, os olhos arregalados e loucos feito um animal aprisionado, conto doze só no círculo interno, porque outros se aproximam de fora para fortificar a muralha.

Não dou conta de tantos. Sei que é impossível.

Baixo os braços junto ao corpo. Fecho os olhos. Tento me afogar em minha derrota e desaparecer em meu íntimo enquanto ouço os passos pesados e sinto o hálito pestilento e colérico de uma dezena de corpos que caem sobre mim.

11
DETIDA

❖

Tudo o que acontece em seguida é recoberto por uma névoa cinzenta que obscurece minha visão. Ouço as palavras ditas em volta de mim. Vejo o tumulto que meus atos provocaram nesta cidade. Mas é como se tudo acontecesse do outro lado de uma janela suja e estilhaçada.

Eles amarram minhas mãos com correntes de ferro pesadas e ásperas na frente do meu corpo. Carregam-me para a traseira de uma carroça aberta, cercada por cinco homens parrudos e de aparência furiosa. Seguimos na carroça. Para algum lugar. Qualquer lugar. Não sei. Minutos se passam. Ou talvez horas. Meus braços e pernas estão frios. Tenho cãibras. Meus dedos perderam a sensibilidade. Levanto as mãos e as olho, mas não consigo focalizá-las. Lá estão dez dedos. Não, oito. Não, doze. Não, dedo nenhum.

Para onde foram meus dedos?

Meu corpo não está funcionando direito. Não consigo reter um só pensamento. Acho que meu cérebro está se desligando. Hibernando. Para me proteger da realidade. Da verdade. Da dor.

A carroça para. Meus cinco acompanhantes se preparam, olhando feio para mim. Acho que eles supõem que vou fugir. Como posso correr quando nem consigo sentir os pés? Quando meu cérebro está se liquefazendo?

Eles me levam por um corredor escuro e bolorento. Mal consigo colocar um pé na frente do outro. Meus pés se arrastam, escorregam e derrapam. Os homens pensam que estou lutando de novo. Empurram-me e puxam, movendo minhas correntes. Gritam coisas.

Não estou lutando.

Mal consigo respirar.

Sou jogada em uma cela imunda. A porta é batida com um BANG! definitivo. Desabo no chão sujo, o rosto apertado contra o piso frio, e olho entorpecida os pés dos homens por entre as grades grossas de metal.

Eles se afastam. Estão me deixando aqui.

Meu cérebro luta para mandar sinais à boca. *Mexa-se. Fale. Pergunte.*

– Ben? – Meus lábios compõem a forma, mas não sei se sai algum som.

Eu me lembro dos nomes que estivemos usando aqui como parte de nossa tentativa de nos misturar. Tento outra vez, invoco as forças. Invoco a respiração.

– Onde está Ben? Como ele está?

A única resposta é o barulho dos passos dos homens se afastando.

E então, de súbito, estou sozinha. No escuro. Uma única tocha está acesa no corredor, pouco além da minha cela. Mas ainda consigo enxergar com clareza tudo ao meu redor, como se o sol brilhasse pela janela inexistente. Uma das muitas "capacidades" com que fui dotada.

Ou, eu deveria dizer, *amaldiçoada*.

Fecho os olhos e imediatamente vejo Zen. Prostrado na rua. Ele tosse. Treme.

Abro os olhos, mas a imagem não desaparece. Não há escapatória.

E quanto mais penso nisso, mais tenebrosa fica a cena. Mais minha imaginação toma posse de mim.

Eu o vejo, ofegante, em seu último suspiro. Vejo seu corpo abandonado na rua, para apodrecer ali. As rodas de uma carruagem impiedosa fraturam seu crânio bem no meio, esmagando seu lindo rosto. Vejo seu cérebro espalhado pelo cascalho. Cascos gigantescos de cavalo pisoteiam seus miolos. Sem saber do fato de que um dia eles pertenceram a um ser humano de verdade. Um ser humano carinhoso e altruísta que nunca mereceu nada disso.

Que nunca mereceu se apaixonar por alguém como eu.

Alguém que só convida ao caos, à agonia e à destruição para onde quer que vá.

Alguém que nem deveria ter sido criado.

Rolo de bruços e aperto o rosto contra a terra de novo. O cheiro aqui é pior do que na rua. Está entranhado no chão. Nas paredes. Grudado ao ar putrefato e viciado que provavelmente não vê a luz do dia há séculos.

A culpa se contorce em meu estômago. Em rodopio, destrói cruelmente tudo em seu caminho. Até que todo o meu corpo é consumido por ela. Até que sou apenas uma bola contorcida, chorosa e lamentável de vergonha. Deitada na sujeira, onde é o meu lugar.

Em algum ponto entre miolos espalhados e lágrimas derramadas, encontro o sono. Ele vem de súbito. Proporciona-me algumas horas de consolo. Um lindo alívio. No entanto, pela manhã, minha cabeça e meu coração latejam mais do que antes.

Sem a luz do sol para me indicar a hora, conjecturo que seja por volta do meio-dia do dia seguinte quando um guarda se aproxima do lado de fora da cela. De algum modo encontro forças para me erguer, olhar em seus olhos, pedir informações.

– Por favor – imploro. – O rapaz com quem eu estava. Sabe o que aconteceu com ele? Sabe onde se encontra? Ele está muito doente. Precisa de ajuda.

O homem fica parado ali, alto. Rígido. Seu rosto é totalmente impassível.

– Vim lhe dar um recado. De Sua Alteza Real, o rei James I.

Meu coração se desfaz em pedaços quando percebo que ele não vai me responder.

– Você será levada a julgamento pelo crime de bruxaria. Se for considerada culpada, será executada.

Só entendo metade do que ouço. Mas o significado geral fica claro: eles também não me consideram humana. E me querem morta por esse motivo.

Talvez seja melhor assim.

Talvez seja isso o que deveria acontecer.

Se Zen ainda estiver vivo, talvez ele possa partir daqui sem mim. Voltar para casa, no ano de 2115, e encontrar uma boa garota normal por quem se apaixonar, e não alguém produzido sinteticamente por engenharia. Talvez então ele enfim consiga ter uma vida normal.

E um dia, num futuro muito distante, bem longe daqui, bem longe dos restos desse sonho destruído que terminou tão cedo, ele conseguirá me esquecer.

Esta é história que conto a mim mesma.

12
ENFEITIÇADA

Na escuridão perpétua, perco a conta das horas, dos dias, de quantas vezes outro guarda sem rosto chega para me trazer pão dormido e água. Durmo o máximo que posso. É o único jeito de me desligar dos pensamentos, que mais uma vez são nítidos e focalizados.

Eu queria que a névoa voltasse.

Quando eles vêm me buscar, meu corpo está frágil e arriado. Se tentassem me prejudicar, daria certo. Quase todas as minhas forças se foram. Minha voz está rouca e enferrujada da falta de uso. Eu me lembro de murmurar o nome de Zen sempre que alguém aparecia na frente da cela. Existe a possibilidade de eu ter chamado seu nome dormindo, o que me fez despertar. Tirando isso, não tenho dito nenhuma palavra.

— Há quanto tempo estou aqui? — pergunto enquanto eles prendem meus pés em correntes.

— Cinco dias — responde um dos guardas. Sua expressão é vazia. Ele não olha para mim.

Sou levada por uma multidão furiosa. Os homens me fazem ficar de pé em um tribunal temível, cercada pelos rostos daqueles que ficarão felizes em me ver morta. Sou obrigada a ouvir os relatos convincentes do morador que me viu correr mais rápido que uma bala de canhão, levantar uma carroça inteira com minhas próprias mãos e jogá-la pela rua.

    O cavalheiro que me prendeu, que roubou meu medalhão, é chamado a depor. Ele jorra acusações furiosas. Insiste que vim de um lugar chamado Inferno e que deveria ser devolvida imediatamente para lá. Que devo ser tratada como herege. Não apenas uma criminosa. Que sou um caso especial. Ao contrário de qualquer outro que eles já viram.

    Não digo nada. Não argumento. O que há para argumentar? É tudo verdade. Posso não ser uma bruxa, como estão me acusando, mas está claro que não sou um deles. Certamente não pertenço a esta época. Aliás, a qualquer época. Observo os rostos chocados dos jurados e espectadores, seus olhos conturbados estreitos de acusação. Seus pensamentos silenciosos gritam para mim. Como me atrevo a contaminar sua cidade, seu lar, sua vida com minha toxina?

    Sou incapaz de olhar nos olhos de qualquer um deles. Assim, eu me mantenho cabisbaixa. Tenho os olhos voltados para o chão.

    A testemunha seguinte é chamada a depor. Ouço seus passos pesados se arrastando na frente da grande câmara tomada de eco. Sinto o olhar de ódio enquanto a testemunha passa. Ele chega até mim. Estrangula-me. Apunhala.

    — Por favor, declare seu nome para os autos — diz o magistrado.

    — Sra. Elizabeth Pattinson.

    Minha cabeça se ergue de repente e de súbito estou cara a cara com ela. A mulher que me alimentou, me vestiu e me deu um lugar para dormir nos últimos seis meses. Nossos olhares se chocam. E por um momento — só por uma fração de instante — sinto que ela não está aqui para me prejudicar. Que encontrou aquela pouca compaixão que lhe restava e a trouxe aqui hoje para me ajudar.

Talvez ela até saiba algo a respeito de Zen.

— Qual é sua relação com a acusada?

A sra. Pattinson rompe o contato visual comigo e se vira para o juiz.

— Ela esteve morando em minha casa. Como serva contratada.

Murmúrios escoam pela assembleia. Abafados demais para que eu consiga distinguir algo específico, mas o sentimento é palpável. Choque. Pena. Medo de que o mesmo possa acontecer facilmente com eles.

Por algum motivo, minha atenção é atraída a um local específico no fundo do ambiente. No balcão. Estreito os olhos para a multidão de espectadores, tentando distinguir alguém conhecido, mas sou recebida apenas pelos olhares de ódio de estranhos.

— E o que você tem a contribuir nos procedimentos de hoje? — pergunta o magistrado à sra. Pattinson, levando minha atenção de volta à mulher de pé a pouca distância de mim.

Ela se recusa a me encarar, e seus olhos, em vez disso, adejam entre os doze jurados e o magistrado, sentado em sua tribuna, vestindo uma toga vermelha e longa, cercado por escrivães. Puxo o ar incisivamente, esperando menos um testemunho de minha inocência e mais algum farelo de indicação de que Zen esteja bem. Depois, pelo menos posso ser posta para morrer sabendo que ele está a salvo.

Mas uma voz mínima no fundo de minha cabeça me lembra desta impossibilidade. Se ele estivesse a salvo — se estivesse bem —, estaria aqui. Ele tentaria me salvar.

É uma verdade dolorosa que já conheço.

— Sarah — começa a mulher, depois rapidamente dá um pigarro. — Quero dizer, *a acusada* formou um laço particular com minha filha mais nova enquanto morava conosco. Eu não aprovava o relacionamento. Tentei desencorajar o máximo que pude.

Murmúrios baixos de concordância emanam da multidão.
— Mas é graças a esse relacionamento que agora posso me colocar diante do senhor e dizer com certeza — ela respira fundo, torcendo a boca — que esta mulher é, de fato, uma bruxa.

Os murmúrios baixos rapidamente sofrem uma metamorfose para ataques de furar os tímpanos, gritos apelando por justiça. Fecho os olhos e tento bloquear o barulho.

— Poderia explicar melhor? — O magistrado a motiva a falar.

— Naturalmente, Excelência — responde a sra. Pattinson obsequiosamente. E nesse instante, eu sei. Ela não veio me ajudar. Nunca houve uma possibilidade no mundo de ela arriscar sua família, sua reputação, sua vida para ajudar *a mim*. A garota a quem desprezou, de quem desconfiou desde o início.

— Algumas noites atrás, enquanto eu passava pelo quarto da acusada, entreouvi-a contando uma história a minha filha — começa ela.

Solto um suspiro derrotado enquanto uma bola quente de fogo arde em meu estômago.

— Era a história de uma princesa que fugiu de sua casa porque tinha *poderes mágicos*.

Mais reações por parte da sala e do júri. Até o magistrado — que eu supunha continuar imparcial durante este processo — parece ficar perturbado com isso. Mais uma vez, sou atraída àquele local no fundo do salão. Como se uma luz piscasse ali, chamando minha atenção, mas quando permito que meu olhar deslize para lá, nada vejo além de rostos desconhecidos.

— Sim — responde a sra. Pattinson à multidão perplexa. — De fato ela tentava espalhar seu veneno em minha filhinha inocente! — Ela espera que a onda seguinte de reações se acabe e volta a falar: — Encontrei uma camisola manchada de sangue no fundo do armário de seu quarto. Sem dúvida de um de seus rituais satânicos. E suponho que os senhores já viram a marca negra do demônio em seu punho, não?

Confusão e agitação irrompem no salão. É evidente que essa informação em particular ainda *não* havia sido revelada ao tribunal, *nem* aos espectadores. Todos os olhos de súbito estão em mim. Encolho-me contra a mureta do espaço mínimo em que estou de pé. Parece que as correntes de ferro que atam minhas mãos se apertam a cada segundo que passa.

No tumulto de me capturar, vendar e me levar, a tatuagem incrustada em minha pele evidentemente passou despercebida.

Mas não ficaria assim por muito tempo. O magistrado vira-se para mim com expectativa, de sobrancelhas erguidas, as rugas de seu rosto envelhecido esticadas de curiosidade.

— Faça a gentileza de mostrar seus punhos aos cidadãos do júri.

Obedeço, erguendo lentamente os braços, sentindo os olhares daqueles reunidos no gigantesco salão fixos em minhas mãos. Embora eu não acredite que todos no ambiente possam ver a pequena linha preta de onde estão, o ofegar de repulsa ainda reverbera nas paredes.

— Ela nos disse que era uma tatuagem de prisioneira, de quando foi cativa de piratas.

Risadinhas baixas aos poucos substituem o ofegar.

— Mas eu jamais acreditei nela. — A sra. Pattinson não perde tempo para se defender. — Jamais acreditei nisso, nem por um segundo.

— É só? — pergunta o magistrado.

— Não — responde apressadamente a sra. Pattinson. — Há mais uma coisa. A questão do jovem com quem ela chegou aqui. O marido dela.

Todo meu corpo se tensiona, atento. Mordo a face interna da bochecha e a olho atentamente, esperando pelas palavras seguintes com uma ânsia ardente e insaciável que faz minha pele formigar.

— Na noite em que ela foi presa, ele voltou para nossa fazenda.

Um calor me domina. Fecho os olhos e quase desmaio de alívio. Ele está a salvo. Está bem. Os Pattinson estão cuidando dele.

— No início, pensamos que talvez ele fosse cúmplice de sua imoralidade — continua a sra. Pattinson. — Mas ele estava muito enfermo quando foi devolvido a nós, mal conseguia ficar de pé, quase inconsciente, tinha suores, arrepios e a febre mais alta que já testemunhei na vida. Rapidamente percebemos que ele não era seu cúmplice, mas sua *vítima*. Claramente sob a influência da magia negra desta mulher. Não tenho dúvida de que foi ela quem o fez adoecer.

— É mentira! — ouço uma voz colérica. Levo um instante para perceber que a voz pertence a mim. Até este momento, não pronunciei uma palavra sequer. — Eu nunca faria nada para prejudicá-lo! — Não tenho mais controle sobre minha boca. Meu próprio corpo. As lágrimas escorrem por meu rosto. Tenho dificuldade para respirar.

Segue-se o caos, como resultado de minha explosão. Todos no salão parecem ter uma opinião sobre o assunto e todos gritam ao mesmo tempo. O magistrado luta para restaurar a ordem.

— E como vai esse jovem? — pergunta ele depois de todos se aquietarem. — Agora que ela foi feita prisioneira e ele está seguro longe dela?

A sra. Pattinson fica perturbada. Seus olhos disparam de uma ponta do salão a outra, como se ela sentisse que quem está em julgamento aqui é *ela*. Não eu. — A verdade é que não posso lhe dizer. — Ela se interrompe, torcendo as mãos. — Ele desapareceu há dois dias.

Desapareceu?
O magistrado ecoa minha confusão.

— Desapareceu?

— Provavelmente entrou na mata. Minha conjectura é de que a bruxa o seduziu para sair da casa com um feitiço. — A sra. Pattinson cospe, enojada. — Mas com aquela enfermidade no sangue, ele não duraria um quilômetro.

Ela tem razão.

Se Zen tentasse ir a algum lugar a pé naquelas condições, não chegaria muito longe. Se tentasse transeder, procurando por mim, nunca teria chegado.

O que significa...

— Sem dúvida ele morreu em algum lugar na floresta — conclui a sra. Pattinson. — Serviu de alimento aos corvos.

De repente, o chão debaixo de meus pés é confiscado. O salão parece girar. Não há mais sangue em minha cabeça, em meu rosto, nos dedos das mãos e dos pés.

Sinto que meu cérebro se desliga de novo. Meu corpo rapidamente o acompanha. Um por um, pedaço por pedaço, célula por célula, tudo se desliga.

Estou flutuando. Caindo. A bela quietude da escuridão crescente me recebe. Convida-me a entrar.

Eu vou, de boa vontade.

13
REGISTRADA

❖

Acordo de pé. Dois guardas me seguram. Estou do lado de fora, sou levada de volta à multidão furiosa, meus pés se arrastam pela terra atrás de mim. Enquanto recupero a consciência, tento andar, mas as correntes de ferro em meus punhos e nos tornozelos dificultam. Para não dizer do entorpecimento que abriu caminho para minhas pernas, ameaçando interromper a circulação para o coração.

Ótimo.

Talvez assim ele pare de bater.

Talvez assim eu possa parar de respirar.

Apenas. Parar.

Nem mesmo ouvi qual foi o veredito. Desmaiei antes de ter sido anunciado. Mas eu já sabia.

Embora não entenda por que houve a necessidade de um julgamento. Parece-me que eu era culpada desde o momento em que pus os pés na terra do século XVII.

Ao olhar a multidão que espera por mim, sou lembrada de quando saí do hospital no ano de 2013. Depois de ser considerada a única sobrevivente do voo 121 da Freedom Airlines. O sr. Rayunas, assistente social encarregado da tarefa de me colocar em um lar adotivo, teve que me guiar por uma muralha de repórteres e fotógrafos e pessoas de noticiários e espectadores que queriam dar uma olhada na menina que caiu do céu e sobreviveu para contar a história.

Na época, fui reverenciada. Uma celebridade. Um milagre.

Agora sou detestada. Uma abominação. Uma bruxa.

Apesar disso, sinto-me exatamente do mesmo jeito. Como uma exilada. Como alguém que jamais vai pertencer a lugar nenhum, aonde quer que vá, o que quer que faça. Sempre vou me destacar. Sempre vou chamar atenção. Nunca estarei em segurança.

E ainda arrastei um garoto maravilhoso, inocente e lindo para meu poço interminável de destruição.

E agora ele se foi para sempre.

Talvez os cientistas da Diotech estivessem certos. Eles me mantiveram trancada atrás de paredes de concreto e autorizações de segurança. Restringiram o acesso a mim. Até manipularam minhas próprias memórias para que eu nunca descobrisse o monstro que na verdade sou.

Talvez este seja o único jeito de eu conseguir viver.

Como um segredo bem guardado.

Bom, é um pouco tarde demais para isso.

Além do mais, viver só me parece uma tarefa feia, confusa e ingrata que jamais quero fazer de novo.

Quando fica evidente que posso ficar em pé por conta própria outra vez, os guardas soltam meus braços e andam à frente, me puxando. A maioria das pessoas não me encara enquanto passo por elas – provavelmente com medo de que eu lance algum feitiço e faça seu gado morrer ou seus filhos criarem um terceiro braço –, mas alguns espectadores corajosos fixam os olhos em mim. Fico surpresa ao notar que nem todos os rostos mostram medo ou raiva. Alguns demonstram lampejos de pena. Alguns até compaixão.

Esses são os olhares mais difíceis de retribuir.

Aqueles que quero isolar completamente.

E, de súbito, algo inacreditável chama minha atenção. Pisco para recolocar a visão em foco, mas não há erro algum. Bem ao longe, erguendo-se sobre as cabeças de centenas de pessoas, eu vejo.

Vejo... *eu*.

Não é como se olhasse em um espelho. A semelhança não é nítida e reflexiva. É granulada, pixelada, não parece real. Mas, sem dúvida, para mim, é o meu rosto. Cabelo comprido. Boca pequena em formato de coração. Um nariz empinado. O único detalhe que falta são meus olhos púrpura.

Na verdade, todas as cores do meu rosto estão ausentes. Cada traço está em preto e branco.

Levo um momento para perceber exatamente o que estou olhando. E quando consigo distinguir, tudo – o que sinto, o que temo, o que antevejo – muda completamente.

As regras foram reescritas.

O jogo acabou. E outro jogo começou.

Porque bem alto no céu, preso a um poste elevado de madeira, debaixo dos grandes caracteres das palavras JULGAMENTO DA BRUXA, há um desenho feito à mão do meu rosto em pergaminho grosso. E bem abaixo, uma data:

AOS 6 DE OUTUBRO DO ANO DE MIL SEISCENTOS E NOVE.

A data de hoje.

Um documento oficial. Um registro público. Prova de onde estou neste momento exato do tempo.

Meu coração martela no peito e olho apressadamente a multidão, agora com um novo propósito, uma nova determinação.

Eles estão aqui. Têm que estar aqui. De jeito nenhum perderiam uma oportunidade dessas. Uma oportunidade de ter minha localização exata.

Confesso que o *timing* seria perfeito. Zen morreu. Não restou ninguém para me proteger. E em meu estado atual – faminta, cansada, fraca, derrotada, desesperançosa, acorrentada – eles poderiam me pegar facilmente. Não consigo me ver lutando contra isso.

Lutar.

A palavra me esmurra no peito e penso em Zen na mesma hora. Eu o escuto gritando na rua. Ecos de dias atrás. Quando os habitantes de Londres tentavam me pegar. Quando ele mal conseguia respirar. Seus gritos reverberam por minha memória:

Lute, Sera!

Não deixe que eles vençam!

Você é mais forte do que eles!

Mas como posso lutar? Não posso vencer. Não quando meu gene está dormente e meu colar desapareceu – provavelmente foi destruído. Não quando a única coisa por que tive que lutar morreu.

Estou cansada de lutar. Cansada de fugir. Cansada de ser obrigada a isso.

Talvez o aparecimento da Diotech, levando-me daqui, não seja a pior coisa do mundo. Pelo menos assim eu não precisaria mais fugir. Eles poderiam apagar tudo isso de minha mente. Eu poderia esquecer que tudo isso aconteceu. Que um dia o amei. Que um dia ele morreu para ficar comigo.

Eu poderia ser simplesmente a máquina submissa e sem emoção que eles sempre quiseram que eu fosse.

Seria fácil. Muito fácil.

Sinto uma pressão nas correntes presas aos punhos e percebo que paramos de andar e que o guarda me puxa de volta ao presente.

Ainda corro os olhos pela multidão em busca de alguma evidência *deles*. Mas logo percebo que nem mesmo sei o que estou procurando. Eles podem estar em qualquer lugar. Podem ser *qualquer um*.

Será que mandariam os mesmos dois agentes da última vez? O homem apavorante com a cicatriz sinistra descendo pelo rosto? Será que o próprio Alixter apareceria para me levar de volta?

Se mandarem alguém novo, não tenho como reconhecer o homem. Ou a mulher. Além disso, eles agiriam com inteligência. Com diligência. O agente se misturaria perfeitamente. Disfarçado com roupas do século XVII e um corte de cabelo do século XVII.

O que significa que só saberei deles quando tomarem uma atitude para me apreender.

Até agora, porém, ninguém fez isso.

Estamos quase na metade da multidão, voltando para a prisão, e não houve sinal de nada incomum. Talvez eles estejam esperando que eu fique sozinha. Com certeza seria mais simples assim. Criaria menos comoção.

Um braço se projeta na minha frente e solto um grito involuntário, calando por um instante a multidão na vizinhança próxima.

Baixo os olhos e noto que o braço pertence a um corpo pequeno que se esforça para passar pelo enxame de pessoas maiores bloqueando sua visão. Quando finalmente consegue, solto um suspiro. O primeiro formigamento de sensibilidade desde que fui carregada do tribunal corre por meus braços e pernas com tenacidade.

É Jane.

A adorável, meiga e plácida, a pequena Jane Pattinson.

Ela deve ter vindo a Londres com a mãe.

Seu rosto delicado brilha para mim e percebo que não há pavor em seus olhos. Nem fúria, como vejo em quase todos os outros. Como sempre, ela está serena. Contemplativa. Não tenho muito tempo. Já sou puxada de novo para a frente, mas consigo me deter tempo o bastante para me agachar e meus olhos ficarem no nível dos seus.

Eu queria estender a mão e tocar sua pele macia, passar a ponta dos dedos por seu cabelo louro e fino que forma anéis acima das minúsculas orelhas. Queria poder abraçá-la. Sei que isso afugentaria qualquer outra emoção que sinto. Pelo menos por um momento fugaz.

Mas, com os punhos atados à frente do corpo, tudo o que posso fazer é lhe abrir um sorriso sincero.

Ela acena para que eu me aproxime, agitando as mãozinhas. Curvo-me para a frente e ela coloca os lábios em minha orelha.

— Eu sabia que a princesa era você — sussurra.

Fecho os olhos e respiro seu cheiro doce, tentando memorizar. Pode muito bem ser a última lembrança boa que terei.

Quando ela se afasta, as lágrimas escorrem de meus olhos.

Jane estende o braço de novo e agora vejo que tem sua pequena boneca de pano na mão.

— Tome. Leve a Lulu. Ela vai cuidar de você.

Balanço a cabeça, incapaz de dizer qualquer coisa.

Mas Jane é inflexível, metendo a boneca em minhas mãos acorrentadas.

— *Por favor* — implora. — Fique com ela.

Sinto outro puxão nos punhos, desta vez muito mais impaciente. Os dois guardas voltaram para o meu lado. Estão me erguendo do chão. Passo os dedos pelo pescoço fino de Lulu para evitar que ela caia.

Depois sou puxada para a frente, na direção da fortaleza de pedra que se eleva ao longe, incapaz de agradecer ou mesmo de me despedir. Tropeço nas correntes do tornozelo, tentando colocar um pé na frente do outro. Quando finalmente recupero o equilíbrio, consigo uma única olhada para trás. Mas só o que vejo é a multidão.

14
AJUDA

❖

As horas passam e ninguém vem. A noite cai e ainda estou sozinha. A ideia da morte de Zen me atormenta, e estou confusa com a ausência da Diotech. A essa altura, eles deveriam saber onde estou. Deveriam ter visto os registros históricos. Tenho que estar neles. Fui jogada no tribunal central de Londres. A pouca distância do palácio do rei. Deve ter sido documentado.

Será que não reconheceram meu rosto no desenho?

As descrições de meus atos sobre-humanos não foram suficientemente detalhadas?

Acho impossível acreditar que eles tenham parado de procurar.

Deve haver uma explicação. Eles devem estar planejando alguma coisa. Não vão me deixar morrer. Disso eu posso ter certeza.

Mas não sei que alternativa me é mais tranquilizadora: a morte ou uma escapatória dela.

Seja como for, logo poderei esquecer. E em minha mente as duas coisas se igualam.

Em algum lugar bem dentro de mim, sinto um estremecimento de alívio. Logo tudo isso terá acabado. Logo a imagem do rosto de Zen terá sido apagada *permanentemente* da minha memória.

Deito-me no chão da cela e vejo tremeluzirem as sombras da única tocha, dançando pela parede mofada.

A certa altura durante a longa noite, começo a tremer. Logo depois, sinto uma pressão nas têmporas. Como se uma criatura que vive aqui dentro lutasse, implorasse, arranhando para sair.

E ouço a voz de novo. Desta vez sei que não é só o vento. Desta vez é nítida, cristalina e urgente. Desta vez reconheço sua origem.

Ela vem de dentro de mim.

Como um pensamento.

Não.

Como uma *lembrança*.

Encontre-me.

Ainda não sei *de quem* é a voz. Ou por que vem a mim agora. Decido me arriscar. Eu me sento, respiro fundo e respondo. Em voz alta:

— Como?

Não estou convencida de que virá uma resposta. Na verdade, duvido muito. Aguardo no escuro, sem esperar por nada.

Mas o que vem não é um nada.

A pressão em minha cabeça aumenta. Meu cérebro parece que vai explodir. Como se eu fosse desmaiar. A dor é insuportável.

Mas, por fim, imagens vêm à superfície. Como se estivessem sepultadas há muito tempo no fundo da minha mente — escondidas, trancadas, ocultas — e de algum modo só *agora* consegui libertá-las.

E de repente não estou mais em minha cela.

Estou em uma rua lotada de pessoas. Passa gente de todo lado, esbarrando em mim. Um mar de corpos tentando me esmagar. Me afogar. Me puxar para baixo.

Luto para andar por entre eles. Ombros chocam-se contra os meus. Cotovelos atingem minhas costelas. Meu cabelo é apanhado e minha cabeça é puxada para trás.

Então o barulho começa. Um trovão leve. Um ronco crescente, grave e retumbante.
Fica mais e mais e mais alto. Mais e mais e mais acelerado. Como um desfile de cavalos gigantescos a galope pelo ar. Batendo os cascos nas nuvens. Até que tudo em volta de mim vibra. Pulsa com o som. Incha. Agita-se. Explode.

Reconheço essa sensação. O influxo de imagens. A formação de uma cena.
É uma lembrança. Tenho certeza disso.
Mas do quê? Não reconheço essa rua. Não reconheço o som. Nem qualquer um dos rostos ao meu redor. Será algo que aconteceu quando eu morava com minha família adotiva em Wells Creek? Mas, então, por que só estou me lembrando disso agora? Por que não reconheço o que estou fazendo?
Não é possível que tenha acontecido antes disso. No complexo. Quando eu estava na Diotech. Essas lembranças deveriam ter desaparecido. Deveriam estar apagadas para sempre.
Perplexa, eu me obrigo a voltar, tentando apreender as imagens enevoadas e espiraladas e segurá-las firmes em minha mente.

Chovem cores do alto.
Azul. Vermelho. Amarelo. Verde. Branco.
Tufos mínimos e encaracolados de tecido que não consigo identificar flutuam como folhas estaladiças de outono.
Todos ao meu redor se viram ao mesmo tempo. Olham para o alto. Seus dedos se estendem para cima.
Eu me viro e ergo os olhos.
Bem no alto do céu, aparece aos poucos uma série de marcas estranhas. Escritas entre as nuvens. Símbolos de outro mundo.
E então... surge no ar uma fera vermelha e horrenda com olhos pretos e dourados. Ela nada sem esforço algum sobre as cabeças da multidão. Suas feições são distorcidas de fúria. Seus dentes brancos e irregulares estão expostos.

Sufoco um grito e começo a recuar, empurrando o enxame de gente. Derrubo corpos. Até que finalmente me liberto da multidão.

Cambaleio por uma rua deserta, o barulho rouco felizmente tornando-se mais distante a cada passo.

Corro os olhos pela avenida vazia. Todas as portas estão fechadas. Cobertas por tábuas. Cada fachada traz as mesmas marcas desconhecidas. Os mesmos símbolos estranhos que vi no céu.

Acabo parando na frente de uma escada de metal enferrujado que leva para baixo da rua.

Um velho está encostado ao pé da escada. Na frente de uma porta azul suja.

Sua pele tem rugas profundas. Os olhos são escuros e estreitos — não passam de frestas cortadas no rosto. O cabelo é branco e fino, arrastando-se da cabeça, caindo pelas faces em uma barba comprida, fina e sem cor que pende do queixo.

Por motivos que não compreendo, sou atraída até ele. Obrigada a olhar. A encontrar seus olhos.

Ele me chama de baixo. Para o buraco.

— Eu ajudo você — diz lentamente.

Meu corpo quer correr. Continuar correndo. Jamais parar de correr. Mas minha mente diz não. Fique. É exatamente aqui que você deveria estar.

Coloco a mão trêmula no corrimão de metal sujo e desço a escada.

A imagem se espatifa, fragmentando-se em mil pedaços que giram, esfiapam-se e desbotam no...

Nada.

A lembrança acabou. E me deixou mais confusa e mais desorientada do que antes. Faço um esforço para recuperá-la. Para recomeçar de onde a deixei. Para continuar a descer a escada. Mas não adianta. Quanto mais tento colocar a cena em foco, menos nítida ela fica. Quanto mais tento prender o rosto do velho em minha mente, mais ele escapa de mim. É como tentar reter água em uma rede.

O que tudo isso significa?

Quem eu deveria encontrar?

Quem era aquele homem?
E como ele pode me ajudar?
Sinto a raiva crescer dentro de mim. Uma fúria quente e intensa expelida de meu corpo na forma de lágrimas ferventes que escorrem pelo rosto.

Porque a verdade é que ele *não pode* me ajudar. Ninguém pode. Agora é inútil. Tarde demais. Zen morreu! Não posso mudar isso. E amanhã estarei morta também.

Bato os punhos na parede com uma força cada vez maior, até que a superfície recortada rompe minha pele e o sangue escorre pelos braços. Grito sem parar, até a garganta arder e meus pulmões se esvaziarem. Chuto repetidas vezes o chão, até cair de pura exaustão.

Através do borrão de minhas lágrimas, vejo Lulu, a bonequinha de Jane, no canto, onde a larguei depois de ser recolocada na cela. Engatinho até ela e ponho seu corpo de pano na frente do meu corpete, bem apertado, junto do coração. Onde antes ficava meu medalhão.

Onde ficava Zen.

Em seguida, afundo no chão e espero.

15
ABSOLVIDA

❖

Sou acordada na manhã seguinte pelo barulho de metal contra metal. Abro os olhos e vejo um guarda parado na frente da cela, batendo a espada entre duas barras de ferro numa tentativa de me despertar.

— Última confissão — anuncia ele com o mesmo desprezo no tom que todos os guardas usam quando falam comigo.

Levanto-me e passo a mão no rosto.

— O quê?

É quando vejo que o guarda não veio sozinho. Atrás dele está um homem alto, vestindo um manto preto e longo com uma gola branca imaculada. Um capuz de veludo cobre sua cabeça e a maior parte do rosto. Só consigo distinguir a ponta do nariz e a curva do queixo forte.

— O padre veio ouvir sua última confissão e abençoar sua alma — explica o guarda.

Não sei o que nada disso significa, mas logo percebo que o homem de manto preto deve entrar na cela. O guarda aponta a espada pelas frestas e a usa para me empurrar ao canto mais distante. Observo com muito interesse enquanto as portas se abrem num guincho e o homem oculto entra.

Assim que ele está dentro da cela, uma estranha sensação cai sobre mim. Uma subcorrente sutil, puxando-me para ele.

Tenho um desejo súbito e incontrolável de ver seu rosto. Olhar por baixo de seu capuz. Olhar para ele.

Eu me abaixo e viro a cabeça para todas as direções, mas suas feições continuam escondidas.

— Quem é você? — pergunto. Eu o olho com tanta intensidade que fico constrangida no mesmo instante. Que tolice. Tento virar o rosto, mas simplesmente não consigo me obrigar a isso. Esse homem — essa figura encapuzada — tem um magnetismo que me deixa tonta. É irreal. Quase... *mágico*.

— Peço minhas desculpas, Sarah. — Sua voz é grave e suave, quase sem entonação. Como se cada palavra, cada sílaba tivesse um valor idêntico em sua mente. E o jeito com que sua voz diz meu nome provoca um estremecimento quente em mim. Não a ouço apenas. Sinto seu sabor. Sinto-a na pele. Seu cheiro. É como pão quente saindo do forno.

— Sou membro do clero da Igreja Anglicana.

Clero?

Outra palavra com que não estou familiarizada. Quero perguntar o que significa, mas sei que só fará o guarda fechar ainda mais a cara para o meu lado, e assim fico de boca fechada.

Porém, o homem parece ler meus pensamentos. Conhecer minhas limitações.

— É um cargo religioso — explica ele sem precisar de estímulos. — Vim lhe oferecer as bênçãos de Deus e ouvir suas confissões antes de sua execução esta manhã.

Confissões?

Mais uma vez, minha mente faz a pergunta, e ele responde:

— Há algo que gostaria de me contar antes de morrer? Algum segredo? Acredita-se que se você morrer com a consciência limpa, irá para o Paraíso.

O guarda bufa ao ouvir isso do outro lado da cela.

Nós dois viramos a cabeça para ele, que tira o sorriso irônico da cara.

— E então? — pergunta o padre em sua entonação sem cadência. — Há alguma coisa?

— Não — digo em voz baixa.

— Tem certeza? — ele sonda.

Faço que sim com a cabeça, em silêncio.

— Muito bem. — Ele vem na minha direção. Quanto mais perto chega, mais quente meu sangue parece nas veias. Como se pudesse de fato começar a ferver.

Pressiono o corpo contra a parede de pedra. Atraída a ele, e ao mesmo tempo morta de medo do homem.

— O q-q-que você está fazendo? — gaguejo, vendo, intranquila, ele chegar a trinta centímetros de mim. Levanto a cabeça, quero ter um vislumbre de seus olhos, mas o capuz enorme está puxado bem para baixo.

Eu poderia fazer isso agora. Poderia estender a mão e arrancá-lo de sua cabeça. Olhar seu rosto. Meus dedos coçam e tremem em expectativa.

— Eu a abençoo — diz ele simplesmente. Sua voz me hipnotiza e de pronto perco minha linha de raciocínio.

Acompanho seu braço, que se ergue lentamente, e tenho um vislumbre de sua mão direita ao vagar para a minha testa. Sua pele é aveludada. Jovem. Sem marcas. A manga do manto escorrega, revelando uma sugestão do punho. É largo e liso. Com fios suaves de pelo louro-claro.

Ele parece hesitar por um momento, a mão treme de leve.

Em seguida, tão logo recupera o controle, a ponta dos cinco dedos faz contato com minha pele e sinto um tranco de energia. Uma centelha. Como se algo maravilhoso — belo, reconfortante, gentil — fosse sendo transferido de seu corpo para o meu. E de volta ao dele. Fecho os olhos, absorvendo. Desfrutando desse lampejo único de felicidade. O primeiro em dias. Sem querer que chegue ao fim.

Sinto minha tristeza se erguer como que por milagre, como um manto de escuridão que enfim é retirado. Uma camada de sujeira através da qual estive lutando para enxergar, agora lavada.

Tudo antes desse momento parece um sonho distante no passado do qual agora acordei. Renovada. Revigorada. Uma cortina de serenidade é puxada a minha volta. Como se a própria origem da dor, da agonia e do sofrimento simplesmente fosse soprada feito poeira de um canto esquecido.

E então, devastador como um muro de pedra esfarelando-se ao meu redor, acaba.

Sua mão se foi. Seu toque sumiu. Minha tranquilidade e meu alívio acabaram. A cela parece mais escura, mais fria, mais vazia do que nunca.

Quando abro os olhos, a porta da cela é aberta pelo guarda e o homem do manto preto passa para o outro lado. A um mundo de distância daqui.

— Espere! — chamo, correndo para ele.

O guarda mais uma vez mete a espada entre as grades, afastando-me. Paro pouco antes de sua ponta afiada.

A porta é fechada com estrondo. Trancada. O padre se vira para mim.

— Sim, Sarah?

Lá está de novo. Meu nome em seus lábios. Sua voz estendendo-se pela grade para me acariciar. Reconfortar. Abraçar. É quase reconhecível.

— Eu... — Mas não sei o que dizer. Não sei por que lhe pedi para esperar. Só o que sei é que não quero que ele vá embora. Nunca.

— Nada — resmungo, baixando a cabeça.

Sem dizer mais nada, ele se vira e desaparece pelo corredor longo e úmido, o manto preto ondulando às costas. E embora eu pudesse fazer qualquer coisa nesse momento para convencê--lo a ficar, tenho a sensação desanimadora de que ele está desesperado para se livrar de mim.

16
QUEIMADA

❖

Chegou a hora.
Sou arrancada de minha cela e obrigada a andar pelo corredor escuro. Ninguém diz nada. Ou por respeito por quem logo estará morta, ou porque não há mais nada a ser dito.

Sou levada para fora da prisão, através do aglomerado de gente, e por fim a uma plataforma que se eleva de um monte de madeira cortada e cinzas frias. Outras cordas são usadas para me amarrar a uma viga alta no meio, entrecruzando todo o meu corpo.

O homem corpulento que me prendeu originalmente está de volta. Coloca-se ao lado da plataforma, vestido em outro gibão de seda suntuosamente decorado, falando com paixão à multidão sobre Deus, o demônio e uma guerra interminável entre os dois. Seus dentes amarelados e tortos cortam cada palavra ao meio, cuspindo acusações furiosas em minha direção.

Por fim, a tocha é estendida e um incêndio é aceso abaixo de mim.

Fecho os olhos e penso em Zen, pedindo-lhe desculpas em silêncio. Suplico seu perdão por meu fracasso. Não pude ajudá-lo. Não pude salvá-lo.

— Desculpe — sussurro.

Embora ele já esteja morto, tenho esperanças de que de algum modo minha voz viaje pelos fios do tempo, encontre um lugar onde ele ainda viva e sussurre a mensagem suavemente em seu ouvido.

Abro os olhos para o inferno que arde abaixo de mim.

O fogo é quente e implacável, elevando-se de um monte de galhos que ardem lentamente. Castiga meus pés. Enche meus olhos de lágrimas enfumaçadas de derrota.

As chamas me encaram avidamente. Tal qual um lobo passando a língua na boca ao ver um animal ferido. Saboreando a promessa de um banquete. Aguardando antes de avançar para matar.

A madeira estala aos meus pés. Um por um, galhos são quebrados, incinerados até a poeira negra no caminho da chama impiedosa. Sou seu único alvo. Seu único destino. Todo o resto é um mero entrave no percurso. Uma vítima dispensável para demolir e jogar de lado enquanto abre caminho até mim.

Desesperadamente, procuro por ajuda ao meu redor. Mas não há ninguém a ser encontrado. O silêncio responde a minha aflição, pontuado apenas pelo escárnio do chiado e o estalo das chamas.

Eles não podem deixar que eu morra aqui. Seu prêmio de tão alto valor abandonado para queimar. Para se atrofiar. Para se transformar em cinzas amargas. Não vão fazer isso. Tenho certeza.

Logo estarão aqui. Eles vão acabar com tudo isso.

E, pela primeira vez em minha lembrança superficial e abreviada, darei as boas-vindas à visão deles.

A fumaça sobe em ondas, cobrindo tudo em uma névoa nauseante. Minha visão – normalmente impecável e aguda – se foi. Minha garganta incha e arde. Torço a cabeça para o lado, tossindo. Sufocando. Engasgando.

Uma chama ambiciosa avança à frente das outras. Ganhando a corrida para o alto. Agarra meus pés descalços com dedos longos e nodosos. Enrosco os dedos dos pés e pressiono com força a madeira atrás de mim. Já sinto minha pele formar bolhas. Empolar. Gritar. E então eu luto. Ah, como luto. Eu me debato contra as amarras. Mas é inútil.

E é quando percebo... que ninguém virá.

O fogo me consumirá. Fundirá a carne aos meus ossos. Transformará toda a minha existência fabricada em nada além de pó encardido para ser carregado pelo campo com a mais leve brisa.

O vento muda a direção e a fumaça clareia por tempo suficiente para que eu consiga vislumbrar uma figura alta e encapuzada, sozinha do outro lado do rio. Observando em silêncio.

Por fim, o fogo alcança minha pele. A dor é excruciante, como se mil espadas me atravessassem de uma só vez. O grito borbulha de algum lugar dentro de mim. Um lugar que eu nem sabia existir. Minha boca se abre, esticando-se sozinha. Meu estômago se contrai, e solto o som penetrante para uma cidade de ouvidos surdos.

O homem que me prendeu está ali. Ele se aproxima da beira das chamas.

— É isso o que acontece quando você recebe o demônio em sua alma! — grita ele. Os espectadores gritam também sua aprovação, levantando as mãos.

Tudo acontece enquanto a carne de meus pés descalços está se encrespando, escurecendo. O cheiro pútrido me dá ânsias de vômito. Grito de agonia, sentindo o fogo devorar, em seguida, meus tornozelos, subindo pelas canelas.

Quando vai parar?
Quando perderei a consciência?
Por favor, deixe-me desmaiar.

— E isto! — Ele retira uma corrente prateada e comprida do bolso. Através das garras das chamas, só consigo ver meu medalhão balançando.

Não foi destruído. Nem quebrado.

— O símbolo de seu pacto com Satã! — diz ele, levantando o colar bem acima da cabeça. — Isto acompanhará a bruxa de volta ao inferno! — Com um giro dos dedos, o colar de repente está no fogo comigo.

Tento enxergar através das chamas. O calor é abrasador em meus olhos, fazendo-os verter lágrimas. Afasto-as, piscando furiosamente, até que enfim o vejo. Ao lado do meu pé calcinado. A centímetros de distância.

A determinação volta a mim. De algum lugar, invoco forças. Chuto com o pé esquerdo, sentindo a corda se enterrar na carne queimada, provocando outro raio abrasador de agonia.

A escuridão já invade minha visão, que definha pelos lados. *Não!*, grito em silêncio. Não posso desmaiar agora! Não quando minha salvação está tão próxima. Não quando quase posso tocá-la.

Solto um rugido de angústia e jogo a perna para a frente o máximo que posso. As cordas apertadas se afrouxam um pouco na altura das pernas, dando mais espaço para meus pés se mexerem. Pressiono as costas na viga de madeira, redistribuindo meu peso para que eu possa deslizar o pé para mais perto.

O fogo ainda me consome centímetro por centímetro. A dor é excruciante. Meu corpo implora pela inconsciência. Para se desligar. A escuridão ainda rasteja em meus olhos. Afasto-a, piscando com força.

Fique aqui, ordeno a mim mesma. *Fique presente.*

Contorço as pernas outra vez, conduzindo a corda mais para cima. Estendo os dedos dos pés, esticando-os o máximo possível, até que finalmente sinto a superfície dura do medalhão sob minha carne queimada.

Minha mente se rejubila, mas sei que tenho uma tarefa muito mais difícil a seguir. Preciso abri-lo.

Apalpo, procurando pela corrente, e enrosco os dedos nela, depois a arrasto para mim.

O homem do gibão de seda ainda hipnotiza a multidão com algum sermão sobre o mal. Mesmo que alguém esteja olhando diretamente para mim, estou confiante de que meus atos são protegidos pelo manto de fogo e fumaça.

A dor atingiu um pico em que quase não a sinto mais. É como se tudo tivesse ficado entorpecido, mas a escuridão ainda ameaça me consumir. Levar-me. Tornar-me inútil. Deixar-me aqui para morrer queimada.

A fumaça agora é tão densa que não consigo enxergar o que meus pés fazem. Ela ameaça me sufocar. Paro de respirar, perguntando quanto tempo conseguirei ficar sem ar.

Prendo o medalhão debaixo de um pé enquanto tento meter o que resta da unha do dedão do outro pé na fresta do coração. As chamas agora alcançam a cintura, rasgando implacavelmente minha pele e meus músculos.

A escuridão avança com velocidade. De ambos os lados. Como uma cortina puxada por uma janela fortemente iluminada.

Através da sombra crescente em minha visão, vislumbro um clarão de movimento. A muralha enorme de fumaça cinza em volta de mim ondula, um talho súbito se abre antes de rapidamente voltar a se fechar. Como se alguém o tivesse cortado com uma faca.

Consigo soltar o fecho do coração e abro o medalhão preso embaixo dos dedos de meus pés quando a cortina se fecha completamente e a noite me traga inteira.

PARTE 2

A INVASÃO

17
ROCHEDO

❖

Sonho com água.
Fria, transparente e magnífica. Ela me leva para cima e me carrega corrente abaixo. Corre sobre mim, lava meu passado, purifica minha alma, apaga meus erros, suaviza a dor feroz em minhas pernas. Sinto que ela me cura. A linda correnteza limpa minha pele apodrecida e calcinada, lavando-a para dar lugar a uma pele nova e saudável. Células frescas cheias de vida e perfeição.
Estou inteira outra vez.
Quero flutuar aqui para sempre. Jamais despertar. Jamais saber o que vai acontecer. Jamais me importar.
Ouço o pinga-pinga da água sobre uma pedra íngreme, lutando para subir pelo aclive acentuado antes de escorrer gota por gota para o outro lado. Sei que me desloco para essa pedra. Vou bater nela. Isso vai alterar a rota dessa feliz jornada. Mudará tudo.
Tento remar, para me levar para longe, mas a gravidade do imenso objeto é forte demais. Todos os objetos são impotentes em sua pressão. Até eu. Continuo flutuando para ela, com medo do que acontecerá quando finalmente entrarmos em choque. Quando nossas forças são colocadas uma contra a outra. Quando, enfim, formos obrigadas a nos unir.

Não sei quem vai vencer.

Não sei se uma de nós pode vencer.

Quando abro os olhos, estou em um quarto estranho e desconhecido. É grande, tem paredes brancas despojadas, teto texturizado e janelas altas e escurecidas. Meus olhos se adaptam no mesmo instante, vendo impecavelmente o escuro próximo. Mas não há nada para ver. O quarto está vazio. Além da cama em que me deito, forrada com lençol branco e macio e um grosso cobertor azul, há uma mesa pequena ao pé da cama e uma única luminária fraca no canto.

Há uma tristeza inerente a este quarto. Como se não estivesse apenas vazio, mas de algum modo tivesse sido deixado para trás. Abandonado. E agora a solidão respira pelas paredes. Como se penetrasse na tinta, ensopasse o carpete bege e felpudo, como se estivesse enterrada em suas fundações.

Pinga. Pinga. Pinga.

Ouço o som novamente e me viro, notando o suporte alto de metal ao lado da cama. Ele sustenta um saco plástico cheio de um fluido transparente e não identificado que goteja em um tubo longo. Acompanho o tubo e vejo que leva diretamente a uma veia pouco acima da minha tatuagem.

Uma intravenosa. Eu a reconheço de imediato dos meus dias no hospital, no ano de 2013.

Assustada, levanto-me num átimo, arrancando a agulha plástica do braço e tirando as cobertas aos chutes. Estou posicionada para pular da cama e correr, mas algo chama minha atenção. Minhas pernas estão cobertas por uma atadura branca e grossa, enrolada em camadas simétricas e perfeitas até os dedos dos pés.

Alguém fez um curativo nos ferimentos.

Com cuidado e curiosidade, seguro a ponta de uma das ataduras, pouco abaixo do quadril, e lentamente a desenrolo. Arquejo e deixo a atadura cair quando vejo minhas feridas inteiramente curadas. Onde eu estava certa de que haveria carne mutilada e queimada, agora só há uma espiral de pele nova, cor-de-rosa e branca. É recente e um tanto sensível. Mas a dor passou.

Há quanto tempo estou neste quarto?

E como cheguei aqui?

De repente eu me lembro da rapidez com que meu punho se curou quando tentei arrancar o dispositivo de rastreamento — menos de uma hora —, mas foi um corte pequeno. Isto é diferente. Aquele fogo devorou minha pele. Rasgou-me como um animal devastador com dentes afiados feito navalhas. Não acredito que tenha sobrado muita coisa quando...

Quando o quê?

O que aconteceu depois disso? Antes de eu despertar aqui?

Eu me lembro do julgamento da bruxa. A multidão furiosa. O fogo ardendo. E depois...

Meu medalhão.

Foi jogado nas chamas comigo.

Consegui segurá-lo abaixo dos dedos dos pés e abri-lo, ativando o gene da transessão antes que a fumaça, a dor e o pânico enfim vencessem o cabo de guerra com minha consciência e eu desmaiasse.

Mas como foi que cheguei *aqui*? Nesta cama?

E onde está o medalhão agora?

Desesperada, toco meu peito e a clavícula. Não há nada além da pele. Levanto as cobertas e olho o pé da cama, mexendo os dedos dos pés nos curativos.

Trabalho rapidamente, desenrolando a atadura até que minhas pernas novas e curadas estejam livres e expostas.

Só então percebo que ainda uso as roupas grossas e pesadas do século XVII, a não ser pelo lenço. Metade da saia se perdeu, queimada pelo fogo, deixando uma bainha escurecida e entrecortada pouco acima dos joelhos.

Vasculho ansiosamente o quarto, procurando por algum sinal do medalhão. Onde quer que eu esteja, não importa como cheguei aqui, preciso sair. Preciso voltar para Zen. Ainda posso salvá-lo. Posso transeder ao dia que o levaram de volta à casa dos Pattinson, depois que fui presa. Posso tirá-lo de lá. Ele não precisa morrer.

A palavra *morrer*, mesmo em meus pensamentos silenciosos, contrai meu estômago e faz minha cabeça rodar. Eu me apoio na lateral da cama e tenho ânsias de vômito, meu estômago se revira. Mas não sai nada.

Aparentemente, não tive nada para comer nos últimos dias.

Eu me ordeno a pensar. Ter foco. Bolar um plano.

Passo os olhos pelo quarto, notando uma porta na parede atrás de mim. Não sei o que há do outro lado, mas não importa. Não posso ficar aqui. Preciso encontrar meu colar. Esta é a prioridade.

Sem ele, estou aprisionada outra vez.

Jogo as pernas pela beira da cama e as experimento separadamente, colocando algum peso em cada pé, parando para ver se sinto dor, desconforto, ou se minha pele recém-crescida de repente se descascará e escorregará para o chão como um amontoado de roupas descartadas.

Até agora, tudo parece funcionar como deveria.

Olho a porta, preparando-me para o que pode estar do outro lado. Levanto-me com cautela, mas de repente sou detida quando vejo a porta se abrir com um rangido baixo.

Meu coração salta para a garganta.

Eu me preparo para atacar. Para derrubar o intruso pelo meio que for necessário. Não sei quem me trouxe para cá, não sei quem fez o curativo em minhas feridas, mas se ficar em meu caminho para a descoberta do meu colar e minha volta a Zen, não terei alternativa senão feri-lo.

Um pé entra primeiro no quarto, abrigado em um sapato preto e reluzente. Um sapato moderno. Não a bota de couro macia ou o mule com fivela do século XVII. Sei, pelo tamanho e estilo, que pertence a um homem. Meu olhar sobe enquanto sua perna atravessa a soleira. É musculosa e grossa, coberta de tecido cinza-escuro. Cautelosamente, corro os olhos mais para cima enquanto o resto dele aparece pelo canto da porta. Uma camisa de algodão preto e sem ruga nenhuma, com botões e colarinho, cobrindo o impressionante peito musculoso. Um pescoço longo e robusto. E finalmente alcanço seu rosto. E é quando toda a sensibilidade em minha cabeça, mãos, pés, dedos e lábios simplesmente abandona meu corpo.

Sou absolutamente incapaz de me mexer. Apenas caio de volta à cama.

É, de longe, o rosto mais extraordinário que já vi.

Sua pele é lisa, acetinada e imaculada. Da cor do trigo maduro banhado pelo sol. As feições – nariz, queixo, maçãs do rosto – são angulosas e parecem cinzeladas em mármore refinado. O cabelo louro-escuro cai em cascatas de ondas soltas e brilhantes pelas têmporas, roçando o alto das orelhas. E os olhos têm o tom de água-marinha iridescente mais impressionante que já vi.

Ele parece jovem. Talvez tenha a minha idade. Talvez seja mais velho. E traz uma bandeja de comida.

Procuro esconder minha reação com suas feições impressionantes, mas sei que fracasso instantaneamente. Ele, por outro lado, está perfeitamente controlado. Sua expressão é tão despojada e sem emoção quanto essas paredes brancas.

Ele entra no quarto em silêncio e coloca a bandeja na mesa ao pé da cama. Há algo muito afetado e incomum em seus movimentos. Como se as articulações se encaixassem, em vez de girarem suavemente.

— Você está acordada — declara ele em um tom neutro, o que torna impossível saber se está satisfeito ou decepcionado com essa evolução. Só o que sei é que sua voz provoca um estremecimento por minhas pernas recém-curadas. Embora seja desligada e um tanto fria, há nela uma profundidade penetrante. Uma estranha intimidade. Como se ele sussurrasse as palavras bem no meu ouvido.

— Quem é você? — pergunto, surpresa com o tremor em minha voz. Será que tenho medo dele?

É claro que não tenho, responde minha mente por instinto. Sem nem mesmo se dar a chance de contemplar a questão.

Na verdade, sinto o contrário. Segura. Protegida. Compreendida.

Como se eu o conhecesse. Como se nunca *não* o conhecesse.

Ele se coloca ao pé da cama, os braços firmes e rígidos junto ao corpo.

— Meu nome é Kaelen — diz ele, as sílabas monótonas. Como uma pedra recitando definições a outra.

No entanto, uma onda de emoção corre por mim, ricocheteando em cada superfície deste quarto.

Kaelen.

Não conheço esse nome, mas quero conhecer. Mais do que tudo. Quero repeti-lo mentalmente sem parar. Quero usá-lo em lugar de cada palavra do meu idioma. Mesmo que signifique que eu nunca mais diga nada com algum sentido.

— O que você está fazendo aqui? — eu me obrigo a perguntar. Quero parecer acusadora. Severa. Quero alertar esse estranho de que tenho uma missão e não deixarei que ninguém me atrapalhe.

Mas nada disso é transmitido.

E, nesse momento, olhando em seus olhos verde-azulados infinitos, não consigo nem mesmo lembrar que missão tenho.

Um sorriso leve e quase sinistro dança em seus lábios.

— Sera. — Mesmo em seu tom imparcial, ouço certa condescendência quando ele pronuncia meu nome. Como se a explicação que ele está prestes a dar fosse inútil. Um desperdício de fôlego. De energia. — Estou aqui por sua causa.

Um tremor ondula por mim enquanto finalmente compreendo tudo.

A figura que vi através da fumaça se elevando. O movimento pouco antes de eu desparecer. E meu colar desaparecido.

A verdade de minha percepção é como gelo nas veias. Névoa em minha cabeça. Farpas em meus músculos.

Eu sabia que eles nunca deixariam que eu me queimasse.

Enquanto as palavras paralisantes tropeçam para fora de meus lábios, sei que não posso pegá-las de volta. Não posso pegar mais nada de volta. A caçada terminou.

— A Diotech mandou você.

18
EMBAIXADOR

❖

Estou admirada com a calma que sinto enquanto as palavras escapam da minha língua. Estive sonhando sem parar com esse momento por tanto tempo – temendo, morrendo de medo dele, acordando com um suor frio – que acho que sempre **supus** que me sentiria de outro jeito. Que a cólera, o pavor e a determinação de escapar da Diotech se combinariam e retesariam meus braços e pernas, preparando-os para entrar em ação rapidamente. Para lutar. Para correr.

Mas para onde eu vou?

Esse homem – esse *garoto* – obviamente está com meu colar. Minha liberdade. Meu único caminho para Zen.

Ele assente, confirmando que é de fato quem penso que seja, e continua parado de um jeito sinistro ao pé da cama.

– Não entendo – digo. – Se a Diotech mandou você, então por que não estou... – Olho o quarto grande e vazio, tendo outra percepção apavorante. – Espere aí. Eu estou aqui? Voltei? Aqui é o complexo?

– Não. – Sua resposta não tem sentimentos. É quase mecânica.

Estou cercada de confusão. Durante todo esse tempo, supus que eles me perseguiam para me levar de volta. Que foi isso que Alixter disse na caverna. Eu era seu investimento de 1 trilhão de dólares. Precisava ser devolvida. Não podia simplesmente correr à solta através dos tempos.

— Mas eu pensei... — protesto.

— Minhas ordens eram de não levar você de volta — explica Kaelen rigidamente.

— Mas quais são suas ordens?

— Você tem informações de que precisamos. Fui designado para adquiri-las.

Informações? Apesar de tudo — apesar de estar no meio do meu pior pesadelo —, tenho que rir. Embora mais pareça uma risadinha nervosa.

— Lamento que você tenha se dado a esse trabalho, mas acho que está mal informado. Não tenho nenhuma informação. Nem mesmo sei do que está falando.

Ele não se abala com essa notícia.

— Não é algo que você *saiba* — declara ele em um tom estudado. — É algo de que você se lembra.

Rio de novo, satisfeita porque de algum modo consegui ser mais esperta do que eles, sem nem mesmo tentar.

— Bem, evidentemente alguém mentiu para você, porque não tenho nenhuma lembrança. Minhas lembranças sumiram. Foram eliminadas. Não sobrou nada.

Ele nega com a cabeça. O movimento é tão leve que é quase imperceptível.

— Não fui mal informado. Tenho certeza de que as lembranças de que precisamos continuam intactas.

— Se está tão convencido de que eu as tenho, por que simplesmente não coloca alguns receptores e procura você mesmo?

Ele cruza os braços, fazendo sua camisa preta e abotoada criar um vinco no peito. Não posso deixar de me sentir atraída a esses braços. São mesmo extraordinários. Musculosos e ao mesmo tempo parecem macios e convidativos. Eu imaginaria que Alixter só recrutaria as pessoas mais fortes e duronas como agentes. E Kaelen não parece ser exceção.

Mas não estou preocupada. Consegui ultrapassar e ludibriar os últimos dois agentes que ele mandou atrás de mim; não tenho dúvida de que posso cuidar desse também. Especialmente depois de todas as sessões práticas que tive com Zen na floresta.

Pensar em Zen quase faz com que eu me recurve de novo, mas me esforço muito para manter o controle. Não posso deixar que esse sujeito note algum ponto fraco. Estou apenas ganhando tempo, ouvindo sua história sem sentido até deduzir onde está meu colar e, depois, poder agir furtivamente. Quando ele menos esperar.

— É mais complicado do que isso — responde ele. — Não são lembranças que você tenha agora. São lembranças que você *terá*. Um dia.

Franzo a testa.

— O quê?

— São chamadas de RT. Recordações temporizadas. Lembranças instaladas em seu cérebro, programadas para serem ativadas depois de um certo período de tempo, ou quando diante de um gatilho específico. Parecido com uma série de bombas preparadas para detonar.

Bombas? Em meu cérebro?

— E como você sabe que tenho essas lembranças?

— As RT são visíveis numa varredura. Mas são arquivos criptografados. E não podem ser descriptografados se não tiver passado determinado período de tempo ou se o gatilho programado não for ativado. Não podemos ter acesso às lembranças reais antes de serem ativadas.

— Então, você fez uma varredura do meu cérebro — afirmo com uma percepção inquietante. — Você olhou minhas lembranças.

De súbito, eu me sinto doente. E violada.

É evidente que ele não vê problema nisso.

— Foi um passo necessário na conclusão bem-sucedida da missão.

Tenho vontade de gritar, mas sei que não adiantaria de nada. Imagino que não deveria me surpreender. Desde quando a Diotech *alguma vez* respeitou a privacidade da minha mente?

Passo os dedos pelos lençóis macios de algodão da cama, perguntando-me quanto tempo estive deitada aqui, completamente vulnerável e indefesa. Tempo suficiente para minhas pernas se curarem, disso eu sei. Mas que outras coisas ele fez comigo nesse período? Que outras lembranças ele viu?

— Há quanto tempo estou aqui? — pergunto.

Ele fica completamente imóvel, mas juro que pelo canto do olho vejo um dedo de sua mão esquerda se contorcer.

— Dois dias — diz.

— E como você me manteve inconsciente?

Ele retira lentamente do bolso o dispositivo preto e familiar, com o controle de um lado e as duas pontas de metal se projetando do alto.

Eu deveria saber.

Um Modificador.

A arma preferida da Diotech. Eu me lembro de quando Rio usou um deles em mim no celeiro abandonado em 2013. E Maxxer no carro, a caminho do depósito. Desativando meu cérebro por um momento. Obrigando-me a um sono involuntário. Às vezes, de minutos, em outras, de horas. Depois me lembro de Alixter usando um deles em Rio. Naquela caverna. Girando o controle a seu limite máximo. Desativou seu cérebro para sempre.

Rapidamente me livro desse pensamento, antes que ele tenha a chance de me debilitar.

— E essas lembranças — continuo numa voz trêmula —, você tem certeza de que elas serão ativadas? Que serei capaz de vê-las?

Kaelen assente:

— Uma delas já foi ativada.

De súbito volto à voz de mulher que ouvi na mata. E a cena que se desenrolou em minha cabeça enquanto estava deitada no chão da cela de prisão. Parecia ter vindo de lugar nenhum. Martelou dentro do meu cérebro feito uma explosão de cores, visões e sons.

O enxame de gente.

Os símbolos estranhos entalhados no céu.

A fera selvagem com olhos pretos e dourados.

O velho acenando para mim do lado de dentro da porta azul e suja.

"Vou ajudá-la..."

Foi isso? Uma recordação temporizada cujo relógio acabou de bater? Mas isso ainda não explica o que a lembrança *significa*. Por que o homem tentava me ajudar.

E por que a voz de mulher me diz para *encontrá-la*?

— Quem pôs isso no meu cérebro? — pergunto bruscamente, num tom exigente.

Como sempre, sua resposta é vaga. Distante:

— Não posso divulgar essa informação.

Solto um grunhido.

— O que exatamente você espera encontrar nessas lembranças depois que forem ativadas?

Ele parece hesitar ao recolocar o Modificador no bolso da calça e descansa os braços devidamente junto ao corpo mais uma vez. Porém, enquanto faz isso, sua mão sem querer agarra o tecido da camisa, fazendo-a se deslocar, puxando o colarinho para baixo uns dois centímetros.

Mas é o suficiente.

Vejo o clarão de prata espiando por baixo antes de ele levantar a mão e ajeitar as lapelas.

Instantaneamente meu estômago se contrai.

Meu medalhão. Ele o está usando. Deve ter consertado a corrente enquanto eu estava inconsciente. Faz sentido que guarde no próprio corpo. Ele deve considerar o lugar mais seguro.

Está enganado.

Já formulo meu melhor plano de ataque, calculo o momento perfeito para dar o bote. Precisa ser quando ele menos esperar. Quando ele, talvez, se distrair por um momento. Eu o pegarei numa emboscada a toda velocidade, mais rápido do que ele possa entender, e arrancarei a corrente de seu pescoço. Depois o atordoarei com um golpe na garganta e um pontapé na virilha, o que vai me dar tempo para me afastar, abrir o medalhão e transeder para fora daqui. Seja esse *aqui* o que for.

Só preciso da distração certa.

Paciência, digo a mim mesma, embora meu coração martele na expectativa da fuga e na ideia de rever Zen. Logo estarei de volta ao seu lado. Logo conseguirei salvá-lo.

Kaelen ainda está respondendo a minha pergunta, aparentemente desligado da mudança abrupta no equilíbrio de poder.

— Embora não tenhamos certeza do que se referem as lembranças, nosso serviço de inteligência sugere que elas contêm um mapa.

Minha atenção é desviada no mesmo instante. Ele disse um *mapa*?

— Para o quê? — Não posso deixar de perguntar, embora isso não importe. Estarei longe em menos de alguns minutos.

— Não posso divulgar essa informação também — diz ele no mesmo tom robotizado que começa a me irritar de verdade.

Tento trazer a lembrança de volta. O velho que me convida para sua porta azul. Para seu mundo.

Não consigo imaginar como isso pode ser interpretado como um mapa.

A não ser que o mapa de algum jeito esteja *do lado de dentro* da porta.

Bem, seja o que for, não vou esperar aqui para descobrir. Olho a bandeja que Kaelen colocou na mesa ao pé da cama.

— Isso é para mim?

Ele assente.

— Achei que talvez você estivesse com fome. Há muito a fazer e você precisa de suas forças.

Eu quase rio da ironia dessa declaração. Tenho todas as forças de que preciso para derrubá-lo aqui mesmo. Nesse exato momento.

— Obrigada. — Tento demonstrar gratidão. — Estou *faminta*.

Ele assente outra vez, um movimento frio e superficial, e se curva para apanhar a bandeja. É agora. Minha única chance. Enquanto seus olhos estão distraídos e as mãos, ocupadas.

AGORA!

Em menos de um segundo, estou atrás dele, com um braço em volta de seu pescoço. Seguro um punhado do cabelo na outra mão e puxo sua cabeça para trás, obrigando-o a uma posição vulnerável.

A bandeja cai com barulho no chão, derramando uma tigela de sopa quente pelo carpete imaculado, deixando uma feia mancha marrom-amarelada.

Solto seu cabelo o suficiente para tentar pegar o colar. Meus dedos fazem contato com a corrente. Fecho-os com força e puxo. Mas antes que consiga soltá-lo, de repente sou erguida do chão, meus pés batem no ar inutilmente, sem terem onde se firmar. Em um movimento gracioso e tranquilo, sou jogada em seu ombro, estou voando, virando-me e girando de cabeça para baixo, até cair com força sobre a barriga.

Ele é mais forte do que os agentes que vieram antes. Só noto isso agora. Alixter deve ter feito um inventário de seus fracassos e desta vez recrutou uma safra melhor de soldados.

Ainda assim, ele não deve ser páreo para minha velocidade. Minha capacidade de manobra. Meu tempo de reação.

Para não dizer das incontáveis horas de treinamento, preparando-me exatamente para essa hipótese.

Eu me coloco de pé num salto e me lanço para ele, plantando um chute alto e potente em sua caixa torácica, depois acerto um sólido gancho de esquerda em seu rosto. Estou prestes a continuar o ataque com um golpe arrasador em seus joelhos, mas por um momento fico de guarda baixa com sua reação. Ou melhor, sua *falta* de reação.

Eu devia ouvir estalos. Devia ouvir rasgos. A fratura de ossos. Pele se rasgando. Sangue derramado. E gemidos. Muitos gemidos. São golpes dolorosos os que estou desferindo.

Ainda assim, ele mal se mexe.

Sua expressão não se altera. Ele não parece machucado, nem mesmo levemente desconfortável. Simplesmente fica de pé ali, reto, alto e insensível como sempre, olhando-me com uma expressão quase impaciente. Como quem diz *"Já terminou?"*.

E sua face – que aguentou um encontro muito inamistoso com meu punho – não mostra nenhum sinal de ter sido afetada. Há somente um leve trecho avermelhado, que já desbota. Posso muito bem ter batido nele com uma pena de pardal.

Irritada, parto novamente para ele, mas ao que parece desta vez ele já está farto e revida. Cada golpe que dou é bloqueado. Ele se esquiva de cada chute que lanço. Até que por fim ele desfere um de seus próprios. Um golpe potente com a mão, que atinge minha cabeça, faz o quarto girar de maneira vertiginosa; minha visão se torna fragmentos desconcertantes e eu voo alto pelo ar, atravessando o quarto, batendo na luminária do canto e desta vez caindo de costas com um baque ressonante.

Passa um lampejo de um nanossegundo antes que ele esteja em cima de mim, usando o peso de seu corpo denso e forte para me esmagar e me imobilizar. Ele se aperta em mim, restringindo meu peito, arrancando-me o ar.

Levo um instante para registrar a rapidez de seus movimentos. Mais rápido do que deveria. Mais rápido do que qualquer um deveria agir. Mas meus pensamentos de súbito são agarrados pela onda intensa de eletricidade que parece explodir por mim. Um brilho branco e quente que explode de mim feito um sol superior. Me dilacera. Rompe-me de dentro para fora.

No mesmo instante, tudo pega fogo de novo – minha pele, o cabelo, os ossos, os músculos, minhas células. Até o ar em volta de mim está em brasa.

Mas esse fogo é diferente. Não queima. Não escalda. Só desperta. Aviva. Faz brotar uma radiação luminosa de dentro.

Penso que ele deve sentir também, porque pela primeira vez desde que entrou neste quarto, vejo seu rosto se alterar. Vejo algo ser registrado. Vejo uma *reação*.

E só pode ser descrita como surpresa.

A surpresa pura, inesperada, imprevista, *indesejada*.

Seu olhar vaga lentamente para o meu. É hesitante. Quase temeroso. Como se ele soubesse que não devia – como se lutasse a cada centímetro –, mas por fim a decisão não pertence mais a ele.

Assim que nossos olhos se encontram, é como se eu fosse transportada. Todo o resto parece desaparecer. O quarto, a cama, minha respiração entrecortada e estrondosa. Só existe eu, presa embaixo dele. Mas o peso de seu corpo esmagador sumiu. É como se o corpo de algum modo tivesse perdido gravidade.

Ouço seu coração bater, reverberar pela cavidade do peito. As ondas sonoras penetram minha pele, correm sinuosas por minha caixa torácica, encontram o zumbido de minha própria pulsação e, por um momento, o mundo inteiro não passa de um harmônico

BA-BUMP

BA-BUMP

BA-BUMP

Meu cérebro zumbe. Não vejo sentido no que está acontecendo.

Felizmente, porém, não preciso ver sentido.

Um segundo depois, ele se afasta de mim como um foguete, lança-se no ar e se coloca de pé. Alcança o outro lado do quarto antes que eu possa piscar. Mas, pela expressão perturbada que repuxa suas feições, é evidente que ele preferia estar do outro lado do *mundo*.

Eu me levanto com dificuldade e olho em seus olhos. Ele me olha com ódio. Reconheço a expressão. É a mesma que vi em cem rostos diferentes enquanto me levavam para fora do tribunal, enquanto me obrigavam a subir na plataforma, enquanto se preparavam para me ver queimar.

É um olhar de acusação.

Mas não sei, nem pela minha vida, do que ele pode estar me acusando. Na verdade, eu é que deveria acusar *a ele*.

– O q-q-que você *é?* – consigo bufar, ainda sem fôlego do esforço e do aperto em meu peito.

Ele parou de me fuzilar com os olhos do outro lado do quarto e agora parece completamente abalado. Mas depois de respirar três vezes com dificuldade, recupera o controle. Vejo seu rosto voltar àquela fachada neutra e irritante, vazia e pouco inspiradora como um campo ainda não plantado. Vejo o robô retornar.

– O QUE VOCÊ É? – exijo saber novamente, agora aos berros, penetrando meus próprios tímpanos com meu rugido furioso.

– Sera... – ele pronuncia meu nome com o mesmo peso arrogante e condescendente – acha realmente que Alixter cometeria o mesmo erro duas vezes? De mandar um *humano* frágil para lidar com você?

Pffff!

Minha respiração me abandona. Sugada por um vácuo gigantesco e impiedoso colocado contra meus lábios.

— Do que você está falando? — pergunto sufocada, embora já saiba a resposta. Embora já tenha caído de joelhos e apertado a testa contra o carpete macio.

Ao cair, consigo vê-la. A prova definitiva. Entrando e saindo do meu campo de visão gravada em seu punho esquerdo.

Uma tatuagem preta e muito fina, atravessando sua pele.

— Sou igual a você — diz ele com um distanciamento de arrepiar. — Só que melhor.

19
APRIMORADO

❖

Levanto a cabeça devagar e espio seus olhos. De repente, parece que os vejo pela primeira vez.

Tudo fica diferente.

A luz está diferente. As sombras são diferentes. O mundo é diferente.

Porque agora só existimos nós dois nele.

Eu devia ter percebido no instante em que o vi. Devia ter visto em seu rosto habilidosamente cinzelado. A pele impecável. A estatura impressionante.

Devia ter notado na cor de seus olhos. Aquele verde-azulado incandescente.

Uma cor perfeita.

Uma cor que *não é natural*.

Como a cor dos meus olhos.

Exceto por uma coisa. Seus olhos têm um caráter inquietante. Vazio. Morto. Paradoxalmente, são ao mesmo tempo radiantes e áridos.

E a voz. Tão mecânica. Fria. Sem qualquer inflexão. Como se seus lábios formassem palavras, a língua compusesse sons, mas não houvesse nada por trás. Ninguém ali para criar significado. Certa vez, Zen disse que quando me conheceu, minha fala era dura e estranha. Mas acho que nunca ouvi nada parecido com *isso*.

Ele disse que é igual a mim, só que melhor.
Mas melhor *como*?
Mais forte? Mais rápido? Mais inteligente? Mais bonito?
É possível.

Há uma coisa, porém, que certamente Alixter consideraria um aprimoramento em relação a mim. De acordo com ele, tenho esse único defeito.

Minha capacidade de me rebelar.

De pensar por mim mesma. De sentir, de me emocionar e de questionar.

De me apaixonar.

— Quanto disseram a você? — Minha voz é trêmula. Hesitante. Apavorada.

Ele vira a cabeça de lado, de um jeito inquisitivo.

Reformulo a pergunta:

— O que Alixter lhe contou a meu respeito?

Ele parece achar a pergunta frívola.

— Tudo.

— Tudo?

— Recebi informações de alto nível da inteligência da Diotech, inclusive um relatório detalhado de sua criação defeituosa, assim como a ambiguidade do dr. Havin Rio ao favorecer sua fuga.

O lembrete de Rio e sua tentativa de me ajudar são como outro murro na cara. E no estômago. E no coração. Reprimo um estremecimento.

— Então você sabe — digo com a voz rouca — como vocês foram criados? Como *nós* fomos criados?

Ele pestaneja. O movimento é tão superficial que julgo poder ouvir um leve estalo sempre que suas pálpebras se tocam.

— Sim. Sequências de DNA aperfeiçoadas que sofreram engenharia genética para criar um espécime humano superior e aprimorado.

— E isso não incomoda você?! — exclamo, sentindo frio, sentindo-me fraca e vazia. Nada parecida com uma humana superior e aprimorada.

— Por que isso me incomodaria?

A frustração ruboriza minhas faces. Aperta meu estômago. Esquenta meu sangue.

— Que você foi feito contra a sua vontade?! Que você não tenha família? Nem amigos? Nem *vida* fora daquela que a Diotech projetou para você?

— Vontade? — repete ele, conferindo uma distorção curiosa à palavra, como se não entendesse seu significado.

— Sim! Contra a sua *vontade*. Por exemplo, você não foi consultado sobre a questão. Nem mesmo lhe deram alternativas. Sua vida não é sua.

— Minha vida é servir ao dr. Jans Alixter e proteger o programa da Diotech. Este é meu único propósito.

Tudo que eu precisava ouvir era seu discurso arrepiante. Tenho minha resposta. Ele *sabe* de tudo. Mas foi programado para não questionar. Foi programado para não *se importar*.

Ele não mentiria, como eu menti.

Ele não recebeu informações falsas, nem falsas lembranças, uma falsa infância.

Para ele, nunca foi necessário.

Alixter conseguiu exatamente o que desejava. Descobriu como criar o soldado perfeito. Um soldado que não questiona. Que não resiste. Que não foge.

Kaelen é exatamente o que eu *deveria* ser...

Uma máquina humana. Alguém cujo cérebro foi modificado de maneira tão severa que não pensa por si mesmo.

Ele *não consegue* pensar por si.

— Quantos são? — pergunto. Preciso saber com o que estou lidando. O que estou combatendo. Como ele não responde, faço a pergunta de outro jeito: — Quantos mais de você... de nós... Alixter criou?

Uma vida inteira se passa. Lá fora, as estações mudam. Cem ciclos lunares se completam. E, finalmente, ele responde:

— No momento... nós dois somos os únicos.

Sinto algo dentro de mim se libertar. A primeira boa notícia que recebo em muito tempo.

Contudo, não posso deixar de pegar as palavras que ele escolheu. *No momento...*

A insinuação me faz tremer. Mas tento deixar isso de lado. Não posso me distrair com o que Alixter tem reservado. Preciso me concentrar em *meu próprio* plano. *Minha própria* missão. Ainda estou decidida a cumpri-la.

Coloco-me de pé, estufo o peito, tento inspirar respeito. Medo. Qualquer coisa.

— Devolva meu medalhão — digo com severidade, olhando o colarinho de sua camisa, que foi mais uma vez esticado para o lado durante nossa escaramuça, revelando a fina corrente de prata por baixo.

— Não — ele responde apenas.

Tenho que admitir que não esperava que minha ordem funcionasse. Especialmente agora, que já foi provado que não posso ser mais rápida, nem mais forte do que ele. Mas eu precisava pelo menos tentar.

Rilho os dentes e tento me conter para não o atacar de novo.

— Eu preciso voltar — digo a ele, a raiva rapidamente fugindo de minha voz. Fundindo-se em desespero. — Você pode ter acesso a qualquer parte do meu cérebro, às lembranças que quiser, mas, por favor, deixe-me primeiro salvar Zen.

— Não é assim que isso vai funcionar. — O rigor em seu tom traz de volta minha fúria em uma batida do coração.

— Ei! — grito do outro lado do quarto. — Sou eu que tenho a informação que você precisa. Acredito que isto *me dá o direito* de decidir como vai funcionar.

— Isso não é inteiramente correto.
Franzo a testa.
— O que não é?
— Você não é a única com informações úteis.
Um bolo fica pesado e azedo em meu estômago.
— Do que você está falando?
— Como exatamente espera salvar a vida dele, quando você nem mesmo sabe o que o está adoecendo?
De repente o mundo tomba e desmorona em volta de mim. As paredes desabam. O chão me escapa. O céu se espatifa.
Minha garganta se aperta. Prende o ar dentro de mim. Prende as palavras. De algum modo, porém, consigo falar. Proclamar a verdade que de súbito altera tudo:
— Você sabe qual é o problema dele?
Ele assente.
— Mais importante, sei como curá-lo.

20
NEGOCIAÇÃO

❖

Num primeiro instante, fico cética. Não sei se devo confiar ou não em Kaelen. Ou se há alguma verdade em algo que ele esteja me dizendo. Se estiver obedecendo às ordens de Alixter, dirá o que for preciso para conseguir que eu faça o que ele quer. Mas também percebo que esta é uma batalha perdida para mim. Não posso vencer. Mesmo que ele esteja mentindo, mesmo que não saiba por que Zen está doente, não tenho alternativas. Se existe um fragmento minúsculo de uma lasca de possibilidade de ele poder salvar Zen, devo fazer o que ele diz.

– A Diotech o deixou doente? – pergunto, tentando obter o máximo de informações.

– Não – responde Kaelen. – Mas, se quiser que ele *não* fique doente, fará exatamente o que eu disser.

– Até que ponto posso acreditar em você? Como vou saber se você não vai me trair? Digamos que eu faça exatamente o que você disser e consiga ir aonde leva esse suposto mapa em minha cabeça – como vou saber se você não vai usar o Modificador em mim outra vez, levar-me de volta ao complexo e deixar Zen morrer em 1609?

Ele parece refletir sobre a pergunta com muita seriedade.

– Não vai saber – admite por fim.

Cruzo os braços.

— Bem, infelizmente isso não basta.

Ele dá um único passo na minha direção. Já sinto o estranho magnetismo me atraindo de novo. Kaelen parece sentir alguma coisa também, porque enquanto dá outro passo, hesita, depois descansa o pé onde estava. Seu maxilar perfeitamente formado se repuxa nos cantos, como se ele tentasse suportar um gosto amargo.

— O que você quer? — Seu rosto estático muda muito ligeiramente, mostrando irritação.

— Primeiro cure Zen — digo, sem piscar. — Depois irei com você.

Ele nega com a cabeça.

— Não.

— Muito bem — digo, olhando feio para ele. — Então, deixe-me voltar para pegá-lo. Eu o trarei para cá.

Ele arqueia uma sobrancelha, nitidamente sem acreditar em mim nem por um segundo.

— Mesmo que eu permitisse isso, o que não farei, você não conseguiria voltar para salvá-lo.

Minha testa se franze.

— E por que não?

— Por que você já esteve lá.

— Isso não faz sentido — argumento.

— As leis básicas da transessão não permitem que você ocupe espaço no mesmo momento do tempo mais de uma vez. Você é fisicamente incapaz de transeder a um momento em que já existiu. Significaria a existência de dois exemplares de você, o que é uma impossibilidade quântica.

Nunca tinha ouvido falar nisso. Mas também não sou exatamente uma especialista em transessão. Na verdade, só a fiz algumas vezes. Pergunto-me se Zen sabia desta restrição. Creio que ele teria me contado, se soubesse.

— Portanto — Kaelen continua sua explicação desagradável —, sua única opção seria transeder para o momento *depois* de eu tê-la retirado da fogueira e trazido para cá, mas a doença de Zen terá progredido para a fatalidade.

Não sei se eu deveria acreditar em sua explicação, mas isso não importa. É evidente que ele não vai me deixar partir.

— Então, *você* vai buscá-lo — argumento. — Você só esteve lá durante minha execução, o que significa que *você* pode transeder a um momento antes disso e trazê-lo.

Kaelen fica em silêncio, refletindo.

— Quando ele estiver aqui e eu souber que ainda está vivo — digo —, irei com você.

Não é a solução perfeita. Mas é melhor do que imaginá-lo morto e prostrado na mata em algum lugar nos arredores da fazenda dos Pattinson.

Kaelen me lança um olhar severo de alerta.

— Não se mexa — ordena, e então, em um instante, desaparece. Vejo seu corpo sumir, misturando-se com o ar.

Olho a porta, pensando em minhas chances de fugir por ela. Mas nem mesmo é uma alternativa. Como Kaelen está com meu colar, não tenho para onde ir. E o debate de imediato se torna irrelevante, porque ele volta em menos de cinco segundos. Desta vez, porém, não está sozinho.

Ouço uma tosse grave e doentia. Baixo os olhos e vejo a mão de Kaelen envolvendo o bíceps de Zen, mantendo de pé seu corpo flácido. Isto me lembra de como Jane carregava sua boneca, segurando-a por um braço esfarrapado, arrastando o resto do corpo sem vida a seu lado.

Ofego quando vejo o fluxo vermelho-escuro que sai da boca de Zen, brotando no carpete bege, criando uma sombra carmim em volta de seus pés. Ele tosse de novo, luta visivelmente para respirar.

Kaelen o solta cruelmente. As pernas de Zen se vergam, puxando-o para o chão. A metade superior de seu corpo continua reta por longos segundos dolorosos e arrastados e ele arria, de rosto pousado na mancha amorfa do próprio sangue.

21
REAPARECIDO

❖

— Você é louco?! — grito para Kaelen enquanto corro até Zen e levanto sua cabeça do chão. Tento limpar o sangue em sua face. Sua pele está a mil graus. Mas ainda acaricio seu rosto.

— Zen — eu o chamo. — Zen, está me ouvindo?

Suas pálpebras tremulam ligeiramente.

— O que está acontecendo? — Sua voz mal pode ser ouvida.

— Vai ficar tudo bem — sussurro em seu ouvido, apertando os lábios em seu maxilar. — Agora sei como fazer você se sentir melhor.

Em um movimento rápido, eu o pego no colo e o levo para a cama. Deito-o gentilmente no colchão e tiro o cabelo molhado de sua testa.

— Precisamos deixá-lo confortável — digo a Kaelen numa voz entrecortada, sem tirar os olhos de Zen. — Você pode fazer alguma coisa por ele?

Como não há resposta do outro lado do quarto, ergo a cabeça. Kaelen me examina com uma expressão curiosa que repuxa seu rosto, como se eu fosse um estranho animal não identificado encontrado na floresta e ele tenta me classificar.

— Você me ouviu?! — grito. — O que você pode fazer por ele?

— Posso dar sua intravenosa a ele — declara Kaelen simplesmente. — Isso o manterá hidratado.

Concordo com a cabeça, voltando a olhar para Zen.

— Faça isso.

Enquanto Kaelen trabalha, inserindo uma nova agulha na veia de Zen e prendendo-a ao saco de fluido transparente, seguro a mão de Zen e acaricio gentilmente sua palma. O sofrimento que marca seu lindo rosto é de partir o coração. Deixa minha garganta queimando e meus olhos ardem das lágrimas.

Kaelen termina de administrar a intravenosa e se afasta alguns passos, como se tentasse propositalmente ficar o mais longe possível de nós.

— Onde você o encontrou? — pergunto em voz baixa.

— Na fazenda dos Pattinson.

— Como sabia que devia ir lá?

— Elizabeth Pattinson disse que ele foi levado para a casa deles depois de sua prisão.

Sua resposta me pega de surpresa. Ele tem razão. Ela disse isso, mas me esforço para lembrar *quando* foi dito. E então me ocorre.

"A questão do jovem com quem ela chegou aqui... Na noite em que ela foi presa, ele voltou para nossa fazenda."

Foi no tribunal. Ela disse isso quando testemunhava contra mim.

Minha cabeça se levanta de repente e olho, acusadora, para Kaelen.

— Você estava lá? — pergunto. — Estava em meu julgamento?

Ele assente.

— Sim. Fui lá agora. Procurar por ele.

Balanço a cabeça em negativa. Eu me lembro de ter uma estranha sensação de que alguém ou *algo* esteve lá. Por um momento, meu foco foi atraído a um canto distante do salão. Terá sido porque Kaelen esteve ali? No tribunal? Foi o que senti?

Ele esteve lá porque eu disse a ele para ir.

E, então, eu me lembro de outra coisa que a sra. Pattinson disse durante o julgamento:

"*Ele desapareceu há dois dias... provavelmente entrou na mata. Minha conjectura é de que a bruxa o seduziu a sair da casa com um feitiço.*"

— Por isso ela pensou que ele havia sumido — percebo em voz alta. — Ele não foi para a mata. Você o tirou da casa e o trouxe para cá.

Kaelen fica confuso com meu raciocínio.

— Sim. Não foi o que você me pediu?

— Foi — respondo, meio tonta. — Só estou tentando entender isso direito.

Volto-me para Zen.

— Quanto tempo ele tem?

— Pelos meus cálculos, em vista da progressão de seus problemas, alguns dias.

— Diga o que há de errado com ele. — Tento de novo. — Quais são os *problemas*?

— Fiz o que você pediu. — Kaelen ignora minhas súplicas. — Eu o trouxe para cá. Agora você deve cumprir sua parte do acordo. Precisamos ir agora.

Sua atitude insensível para com Zen e o fato de que claramente não se importa se Zen vai viver ou morrer me enfurecem e sinto o veneno crescer dentro de mim. Meus punhos se fecham. Tenho vontade de gritar. Quero atacá-lo sem parar, com qualquer objeto que eu encontre, até que ele fale. Até que me diga o que sabe. Mas me obrigo a esquecer tudo isso. A recuperar o controle. Respiro fundo várias vezes.

Não farei bem nenhum a Zen se não controlar meu gênio e continuar calma. Neste momento, ir com Kaelen é minha melhor chance de salvá-lo. Minha *única* chance.

— Tudo bem — concordo com a voz estrangulada. Deixo que os dedos de Zen lentamente deslizem dos meus. Sua mão cai flácida contra o lençol branco enquanto me despeço dele em silêncio. —Vamos.

Não tenho a intenção de levar Kaelen ao que ele procura. Ao que a Diotech quer tão desesperadamente. Porque sei que assim que o fizer, ele me levará no mesmo instante de volta ao complexo. A Alixter. Para que eu possa ser *consertada*. Para que eu seja igual a ele.

A Diotech não tem interesse nenhum em salvar a vida de Zen. Sei disso. E é por essa razão que Kaelen não merece confiança. Em circunstância nenhuma.

Mas a verdade é que preciso saber mais a respeito dele. Preciso testar suas forças, revelar seus pontos fracos – se ele tiver algum. Descobrir quanto somos parecidos e, especialmente, onde estão nossas diferenças. Se eu quiser escapar, estas são as coisas de que preciso saber.

Mas, sobretudo, preciso descobrir tudo o que ele sabe sobre a doença de Zen. E sobre sua cura.

Assim que eu conseguir, estarei o mais longe possível de Kaelen e da Diotech.

Ocorre-me que acabo de descobrir nossa primeira semelhança: parece que eu também não sou confiável.

22
NOVATA

❖

Saio do quarto acompanhando Kaelen e entro em outro espaço vazio, com janelas escurecidas do chão ao teto. Este é muito maior, tem piso de madeira branco reluzente em vez de carpete e sinais em azul elétrico brilhante pintados nas paredes brancas e no teto. Luminárias com estranhas cúpulas redondas pendem do teto e prateleiras são embutidas diretamente nas paredes. Imagino que pertences pessoais ou objetos de decoração ocupavam o espaço, mas as prateleiras agora estão vazias. Não há mobília nenhuma, tornando este cômodo, que parece uma sala de estar, ainda mais triste do que o anterior.

À esquerda há uma cozinha intocada e imaculada. A julgar pela modernidade dos eletrodomésticos — lava-louças, geladeira e algo que não reconheço —, todos de um azul-marinho metálico e reluzente, parece que não estamos mais perto do século XVII.

Fico completamente perplexa com o contraste acentuado de tudo que me cerca, se comparado com o mundo que acabei de deixar. Enquanto a casa dos Pattinson parecia quente, aconchegante e viva, cheia de móveis de madeira feitos à mão e imperfeitos, o fogo aceso na lareira, a poeira se acumulando nos cantos e uma atmosfera geral de habitação, este lugar parece exatamente o contrário. Frio e estéril. A palavra *abandonado* me vem à mente.

— Isto é uma casa? — pergunto, olhando a minha volta.

— Um apartamento.

— Por que está tão vazio?

— Foi retomado — explica Kaelen.

Passo a ponta do dedo pela bancada de metal lustrosa da cozinha.

— Retomado?

— As pessoas que moravam aqui não podiam mais pagar por ele, então foram obrigadas a ir embora. Agora é de propriedade do banco. As casas retomadas são os lugares mais fáceis de habitar quando você é designado para uma tarefa.

Suponho que a lógica dele faça sentido. Se ninguém mora aqui, seria simples transeder diretamente para dentro e ficar. Embora a ideia de entrar na casa de outra pessoa depois de ter sido tomada dela me deixe meio mal.

Olho o escuro, tentando imaginar como seria este lugar mobiliado. Com gente nele. Quando era um lar. E não um buraco vazio.

— Que horas são?

Kaelen olha o relógio de pulso e acho engraçado que ele tenha um. Os relógios não são lá muito úteis quando você fica saltando pelo tempo.

— São 13h — anuncia ele num tom oficial. Como se ele *fosse* o relógio, e não estivesse apenas vendo a hora.

Balanço a cabeça e olho as janelas escurecidas.

— Uma hora da tarde? É impossível. Está totalmente escuro lá fora.

Kaelen vai à janela e raspa a ponta do dedo numa vidraça transparente afixada nos caixilhos. De imediato a escuridão evapora e a vista pela janela se transforma como que por mágica. O sol é forte, ofusca-me por um segundo. Mas, quando meus olhos se adaptam e testemunho o que há do outro lado do vidro, fico sem fala.

Assombrada, dou um passo na direção dela, sem acreditar no que vejo.

Centenas de torres imensas se elevam para o céu. Estendem-se por quilômetros. É uma floresta das construções mais altas que já vi. E à medida que me aproximo, percebo que devemos estar dentro de uma delas, porque, quando olho para baixo, quase dou um salto ao ver o chão muito abaixo de nós. Cerca de 300 metros, por minhas estimativas. Na rua movimentada, vejo zunirem carros minúsculos – principalmente amarelos. E gente. Muita gente. Andam em um enxame, deslocando-se como um só. Manobrando habilidosamente por entre outros enxames que seguem na direção contrária.

Em algum lugar ao longe, bem alto no céu, vejo voar uma aeronave, impelida por pás giratórias presas no alto. Voa graciosamente pelo ar, descrevendo voltas elegantes e contornando os prédios antes de pousar no teto do outro lado da rua.

– *Onde* estamos? – pergunto, perplexa. Parece irreal. Inacreditável.

– Cidade de Nova York, estado de Nova York, Estados Unidos da América – responde Kaelen.

– Em que ano?

– Em 2032.

Agora me afasto da janela.

– Em 2032? Por que você me trouxe para 2032?

– A decisão não foi minha – explica ele inexpressivamente. – As lembranças determinaram nosso destino.

Encontre-me.

Penso na visão que tive na cela da prisão, mas não consigo, nem que minha vida dependesse disso, me lembrar de qualquer referência ao ano. Não consegui entender *onde* eu estava, que dirá *quando*.

Observo Kaelen passar a ponta do dedo na vidraça e a cidade mais uma vez desaparece atrás de um manto escuro.

– O que é isso? – Aponto para sua mão com meu queixo.

– Vidro aprimorado digitalmente – explica Kaelen. – Ele cria noite artificial.

Tento olhar pela janela a enorme metrópole do lado de fora, mas está inteiramente às ocultas.

Kaelen gesticula para longe da janela.

– É hora de ir.

Baixo os olhos para minhas roupas do século XVII, ultrapassadas (e queimadas).

– Não posso sair desse jeito.

Mas parece que ele não entende meus protestos.

– E por que não?

Solto um suspiro.

– Porque essas roupas são antigas e ultrapassadas. Se as pessoas me virem assim, vai chamar muita atenção. Preciso de roupas atuais. – Farejo o ar. – E de um banho.

Kaelen põe a mão sob a gola de sua camisa e abre meu medalhão. Depois, caminha até mim e estende a mão na direção do meu braço.

Afasto-me rapidamente, disparando para o canto da sala.

– Não se atreva a tocar em mim quando esta coisa estiver aberta – aviso.

Até onde sei, este pode ser um ardil enorme para me levar de volta à Diotech. Certamente eu não poderia me esquivar dele... nem *deles*.

– Quero simplesmente transportar você a uma loja de roupas.

– Não vou transeder a *lugar nenhum* com você – eu juro.

Seu maxilar enrijece novamente e sei que começo a irritá-lo. Ótimo.

— Muito bem — ele concorda, fechando o colarinho. — Tome um banho. Vou adquirir roupas novas para você.

Depois que ele sai, encontro o banheiro, abro a água e tiro as roupas queimadas. Uma leve tristeza baixa sobre mim enquanto olho cada camada de meus trajes do século XVII cair amontoada a meus pés.

Acabou de verdade, percebo. O sonho que Zen e eu passamos tanto tempo planejando e aperfeiçoando está acabado. Não importa o que aconteça depois disso, nunca voltaremos para lá.

Mas confesso que *é* incrível finalmente sair daquelas roupas restritivas. É como ser libertada de amarras de tecido.

E a água quente é maravilhosa em minha pele. Já se passaram seis meses desde que tomei um banho que não fosse numa tina fria. Eu me viro em círculos lentos, deixo que a água lave a terra, a sujeira e os restos enfumaçados do passado.

Quando termino, fecho a torneira e saio do boxe. Kaelen está parado ali, segurando uma braçada de roupas. Solto um grito estridente.

— O que está fazendo?!

Ele fica confuso com minha pergunta.

— Trazendo roupas novas para você.

Retiro-as de sua mão e uso para cobrir meu corpo despido e molhado, uma vez que parece não haver toalha nenhuma neste apartamento retomado.

— Eu quis dizer *aqui*. Você não devia me ver sem roupas.

— Por quê?

Eu me lembro de quando também não entendia as regras sociais cotidianas sobre códigos de vestimenta, maneiras e privacidade. Mas aprendemos rapidamente quando vivemos no mundo real. Ao contrário de um laboratório.

— Porque — digo, sem fazer esforço nenhum para esconder a impaciência — não é apropriado. Agora, vire-se.

Sei que minha explicação é insatisfatória, mas, apesar disso, ele se vira, vigiando-me pelo canto do olho, desconfiado até o último segundo possível.

— Não vou fugir — digo a ele. — Eu prometo.

Depois de lhe dar as costas, rapidamente avalio as roupas trazidas por Kaelen. Presa a cada item há uma pequena etiqueta de metal com o sinal do dólar e um preço rolando por uma tela transparente na frente.

— O que você fez? — pergunto, vestindo um suéter marrom e feio pela cabeça. — Roubou isto?

Posso imaginá-lo transedendo a uma loja à noite, depois de fechada, pegando itens ao acaso nas araras, depois saindo de lá por transessão.

Ele dá de ombros.

— Determinou-se ser o método menos complicado para obter trajes adequados.

Passo as pernas pela calça larga e a fecho.

— Tudo bem — anuncio com um suspiro —, você pode se virar.

Enquanto ele se vira, examino meu reflexo no espelho. As roupas são horrendas. E grandes demais. Preciso enrolar as bainhas da calça para não escorregar para baixo do tornozelo.

— Ótima escolha — minto, satisfeita com meu uso adequado do sarcasmo. Meu irmão adotivo, Cody, ficaria orgulhoso. Foi ele que me ensinou o significado do sarcasmo. E muito mais. Sinto uma pontada no peito ao me lembrar de Cody. Quando eu estava perdida e sozinha no ano de 2013, ele foi o único em que pude confiar. Até Zen me encontrar.

— Obrigado — responde Kaelen, entendendo literalmente meu elogio. É evidente que ninguém nunca lhe ensinou o significado do sarcasmo, e a ideia de ser mais experiente do que ele na vida mundana me dá uma presunção extrema.

E gratidão por ter tido Cody.

Dou um peteleco em uma das etiquetas digitais de preço.

— Não posso andar por aí com isso.

— Então, remova.

Penso na época em que minha mãe adotiva, Heather, levou-me ao shopping e comprou roupas novas para mim. Todas tinham pequenos grampos de metal, parecidos com estes, que ela explicou serem programados para ativar o alarme se você tentasse sair da loja sem pagar por alguma coisa. O caixa os retirava com um dispositivo especial.

— Acho que não é tão simples — respondo.

Kaelen hesita antes se aproximar de mim. Sei que ele teme a proximidade, tal como eu. Sinto a pressão assim que ele está a pouca distância de mim. Cerro os dentes numa tentativa de suportá-la.

Ele chega perto o suficiente para examinar a etiqueta presa a meu suéter. Depois, segura as duas pontas, uma em cada mão, e puxa para baixo, curvando facilmente o metal. Vejo a etiqueta se soltar. Ele repete o processo com a calça e se afasta logo, como se eu fosse uma serpente mortal com as presas à mostra.

— Agora nós iremos. — Ele estende a mão de novo para meu medalhão.

— Na-não — digo, meneando a cabeça, obstinada. — Eu lhe disse que não vou transeder a lugar nenhum com você.

Sei, por sua expressão, que isso representa algum empecilho a seus planos, mas não me importa. Não confio nada nele.

Kaelen reflete por um instante, olhando mais uma vez o relógio. Enfim, gira abruptamente sobre os calcanhares e reabre a porta de entrada do apartamento.

— Teremos de correr.

Estico o pescoço para dar uma espiada no corredor longo, branco e cinza. Do lado de fora dessa porta há um mundo novo. Um mundo estranho. Não sei aonde vamos. Não sei se um dia vou voltar. Olho com anseio o quarto despojado onde agora Zen está deitado, sua vida lhe escapando como os últimos minutos da preciosa luz do dia.

Por ele, digo a mim mesma. *Estou fazendo isso por ele.*

Preparo-me para o que está do lado de fora dessas paredes. Para os truques que a Diotech pode ter planejado. Para o aperto que sem dúvida sentirei quando deixar Zen para trás. Depois, respiro fundo e entro em 2032.

23
IDENTIFICADO

Kaelen mantém a porta aberta, gesticulando para que eu atravesse por ela. Passo por ele com as costas pressionadas no batente numa tentativa de guardar a maior distância possível entre nós.

Ao andarmos pelo corredor, fico cinco passos atrás dele. Kaelen para quando chegamos ao elevador no final, examinando-o com curiosidade, como se não soubesse o que fazer com ele.

Dou uma risada e aperto o botão para descer.

— É a primeira vez fora do complexo?

Sua cabeça se vira em um movimento rápido e entrecortado, como se as engrenagens se encaixassem.

— Recebi extenso treinamento sobre a civilização e a cidade do século XXI — responde ele, parecendo na defensiva, para meu prazer.

— Que tipo de treinamento?

Ele pressiona um local atrás da orelha esquerda, como se tivesse uma coceira ali.

— Downloads de simulação virtual.

— É evidente que eles se esqueceram de incluir algumas coisas — digo com um sorriso irônico. — Por exemplo, você não devia invadir o espaço das mulheres quando elas estiverem no banho.

O elevador faz um barulho, as portas se abrem e acho que vejo Kaelen se sobressaltar, embora ele pareça se recompor rapidamente, não tenho certeza.

— Então, não existem elevadores no complexo? — Eu sondo.

Mas ele responde, rabugento:

— O funcionamento é diferente.

Ambos olhamos o espaço limitado e eu me retraio, entrando e rapidamente passando ao canto mais distante enquanto ele faz o mesmo do outro lado.

Com a impressão de ter aprendido o funcionamento mecânico de um elevador, ele aperta o botão com a etiqueta "Portaria". As engrenagens ganham vida, levando-nos rapidamente para baixo, e observo Kaelen com atenção. Sua reação lembra a minha durante minha primeira viagem em um elevador, no shopping aonde Heather me levou. Um leve fascínio, misturado com muito medo. A única diferença é que ele faz um trabalho muito melhor para esconder a reação.

— Não se preocupe — digo a ele com um sorriso triunfante dançando nos lábios. — Não vai machucar você.

As portas se reabrem em um saguão espaçoso e elegante. Passamos por ele, na direção da rua. Kaelen abre a pesada porta de vidro. Uma lufada de vento gelado bate em meu rosto, joga meu cabelo para trás. É de longe o ar mais frio que já senti. Felizmente, porém, parece que fomos constituídos para qualquer clima. O frio parece não incomodar a nenhum de nós. Uma de nossas muitas vantagens, suponho.

Kaelen anda rapidamente pela rua, e luto para acompanhá-lo pela multidão.

Sinto cem pares de olhos em nós. Como uma muralha pesada que se fecha de todos os lados. Algumas pessoas de fato param e se viram para olhar. As mulheres ficam boquiabertas, em silêncio, para Kaelen, enquanto os homens parecem mais interessados em mim, alguns de fato soltando assobios baixos enquanto eu passo. Kaelen está inteiramente desligado, mas meu rosto se ruboriza, quente, e baixo a cabeça, tentando não olhar nos olhos dos outros.

Suponho que não preciso mais me preocupar em chamar atenção, agora que a Diotech me encontrou, mas ainda não gosto da sensação de gente me olhando. Isso me deixa inquieta. Acelera minha respiração.

— Sabe aonde vamos? — Apresso o passo para andar ao seu lado.

— À esquina da Canal Street com Elizabeth Street. E nosso tempo está se esgotando.

Ele é rápido, mais do que deveria na frente de toda essa gente. E quando se esquiva das pessoas, sem esforço nenhum, com tanta velocidade, seu corpo quase vira um borrão. Os pedestres ficam assustados e lançam olhares apavorados e perplexos.

— Pare! — grito finalmente. Ele para de súbito e se vira para me olhar. — Você não pode correr desse jeito — sussurro, minha voz quase inaudível, mas sei que ele pode me escutar.

— Por quê?

— Porque não é... *natural*. Você vai provocar um tumulto. Precisa agir como todos os outros. Precisa agir como um *humano*.

— Eu sou humano — diz ele, mas não num sussurro. Kaelen fala em sua voz normal. E umas dez pessoas param e se viram para olhá-lo.

Cerro os dentes e o seguro pelo braço, puxando-o para um pequeno beco. Mas fico atordoada com uma eletricidade impressionante que de súbito dispara por mim. Tem origem nos cinco dedos que envolvem seu bíceps impressionante e se espalha rapidamente por meu peito, dando um solavanco em todo o meu corpo.

Solto às pressas seu braço e olho a ponta de meus dedos, que ainda formiga.

Creio que *nunca mais* devo repetir isso.

Infelizmente, porém, não bastou soltá-lo para aliviar a sensação, porque agora estamos espremidos nesse espaço pequeno, o que logo percebo ter sido outro erro. A proximidade dele é dominadora. Sinto uma estranha energia pulsar em volta de mim, emitir ondas de algo que não consigo entender. Não consigo combater. E nem quero.

De súbito, eu me esqueço de tudo o que tinha a dizer. E minha respiração fica pesada. Eu me sinto muito atraída por ele. Fecho bem os olhos e tento afastar a sensação, mas justo quando penso que tenho sucesso, abro os olhos de novo e Kaelen está ali. E seus olhos reluzentes estão me incendiando, apagando o fogo e incendiando outra vez.

Pare com isso!

Mas não sei a quem dirijo essa ordem silenciosa. A mim? Certamente não sou eu que estou fazendo isso.

Será ele?

É duvidoso. Kaelen parece tão incomodado com nossa proximidade quanto eu.

— O que você quer? — Ele quase rosna para mim. Deve ser a maior emoção que ouço dele desde que nos conhecemos.

— Eu... — procuro o que tinha a dizer. Por que o puxei para cá. — Você precisa *tentar* se misturar. — Enfim eu me lembro. — Você não é parecido com ninguém lá fora. Nem eu sou.

— Sei disso.

— Mas eles não sabem — continuo. — Eles não sabem nada sobre mim ou sobre você. E se não quiser que nós dois acabemos em um hospital enquanto médicos e especialistas inquisitivos fazem exames em nós, você precisa ter mais cuidado. Não podemos chamar muita atenção.

Isso parece afetá-lo. Ele concorda em silêncio e recua um passo. Depois outro. Sinto o fogo se apagar a cada lasca de distância que ele impõe entre nós.

— Agora — digo, assumindo o controle da situação —, você sabe que caminho tomar?

Ele concorda com a cabeça incisivamente.

— Recebi o download de um mapa da cidade. Fica cerca de seis quilômetros ao sul daqui. E temos vinte minutos para chegar.

Kaelen recomeça a andar com urgência na direção que seguíamos antes.

— Não seria mais rápido de carro? — sugiro, gesticulando para os veículos que zunem pela rua.

Ele para e parece contemplar a possibilidade antes de concluir, mais uma vez, que tenho razão. Outra pequena vitória para mim.

— Sim. Tomaremos um táxi — decide ele. — É a forma mais comum de transporte contratado na sociedade atual.

Preciso reprimir um gemido. Parece que ele lê um dicionário. Será que um dia eu fui assim tão ridícula?

Kaelen se vira e segue para a rua. Há um guincho alto de um furgão azul que dá uma guinada, desviando-se dele e buzinando. Kaelen pula para trás, ao meio-fio, parecendo aturdido.

Eu *quase* rio.

— Não pode simplesmente ir direto para a rua.

— Então, como vamos conseguir um desses táxis?

Dou de ombros.

— Não sei. Mas sei que você deve esperar que, primeiro, um deles *pare*.

Kaelen parece imerso em pensamentos, provavelmente tendo acesso a um de seus muitos downloads no cérebro. Nesse meio-tempo, olho ao meu redor e noto uma mulher do outro lado da rua, levantando a mão. Um carro amarelo com TÁXI escrito na lateral manobra e encosta junto ao meio-fio.

Decido que vale a pena tentar. Vou à beira da calçada e imito seus movimentos, levantando bem a mão e acenando enquanto o próximo grupo de carros vem em manada pela rua.

Dá certo.

Um táxi amarelo manobra, afasta-se dos outros veículos e reduz na minha frente. A porta se abre automaticamente e gesticulo com grandiloquência.

— Acho que é assim que se faz.

Kaelen, demonstrando o constrangimento que seu rosto de estátua permite, evita olhar em meus olhos e mergulha para o banco traseiro, chegando para o outro lado. Entro atrás dele e fico o mais próximo que posso da janela. A porta se fecha sozinha.

"Aonde gostariam de ir?", uma voz simpática de mulher emana de algum lugar no alto. Olho para cima, procurando pela origem.

Só então percebo que o banco da frente — onde deveria estar a motorista — está completamente vazio. Na verdade, nem mesmo existe um banco. Ou um volante. Apenas uma divisória que nos separa de um complexo painel de instrumentos e um piso.

Aturdida, viro-me para Kaelen.

— Quem está dirigindo o carro?

Agora é a vez *dele* de demonstrar presunção. E Kaelen faz isso muito bem. Meu peito pega fogo.

— Os táxis são operados automaticamente desde 2027 — declara ele com conhecimento do assunto. — Decidiram ser mais seguro para o público em geral. E, em 2050, todos os carros serão de operação automática, reduzindo o número de mortes com veículos por ano para menos de dez em todo o mundo.

— Provavelmente só os dez idiotas que vão andando para o meio da rua — resmungo.

"Aonde gostariam de ir?", repete a voz simpática de mulher, que agora concluo não ser real, mas um computador.

— Ao cruzamento da Canal Street com Elizabeth Street — responde Kaelen.

"Esse cruzamento localiza-se em Chinatown", responde o carro. "Correto?"

Chinatown?

Olho para Kaelen, que responde ao carro, impassível:

— Sim, está correto. — Por ironia, o carro parece mais humano do que ele.

"Por favor, valide sua identidade para que eu possa deduzir a tarifa."

Olho para Kaelen enquanto ele se curva para trás e põe a mão no bolso, retirando dois cartões transparentes peculiares. Parecem feitos de um vidro fino como papel. Ele localiza uma pequena placa com uma luz azul intermitente fixada na divisória diante de nós e segura os dois cartões ali, provocando um sinal sonoro.

— O que é isso? — pergunto enquanto Kaelen os recoloca no bolso.

— As pessoas deste período se referem a eles como cartões PID — explica. — Passe de Identificação Digital. Em 2025, o governo dos Estados Unidos aprovou uma lei segundo a qual todos os cidadãos legalizados devem estar de posse de um cartão válido. É impresso com informações pertinentes ao dono do cartão, seus registros médicos, status de cidadania e outros dados relevantes. Também tem ligação direta com os fundos monetários de seu portador. Acabo de usar o nosso para pagar a tarifa deste táxi.

— Mas não vivemos aqui — observo. — Como você os conseguiu?

— A Diotech produziu dois cartões falsos para meu uso enquanto estiver na missão.

Ele aponta uma tela plana embutida na divisória. Ela ganha vida, exibindo uma imagem estática do meu rosto junto ao de Kaelen.

Embaixo, há dois nomes que nunca vi.

E abaixo disso uma única palavra pisca, verde: *Liberado*.

— Para os scanners — responde ele —, nós *vivemos* aqui.

"Obrigada, sr. Brown e srta. Connor", diz a voz, e sinto o veículo arrancar do meio-fio, deslizando suavemente para a rua. "Sua conta foi debitada. Gostariam de assistir à TV durante sua viagem?"

Nossos rostos desaparecem da tela e um noticiário ao vivo toma seu lugar. Vejo a manchete rolando abaixo da expressão severa do repórter: *Mais 200 vidas levadas pela febre branca. Os CDC esperam ter uma vacina em breve.*

— Não — responde Kaelen à motorista inexistente e a tela se apaga, escurecendo.

— O que é Chinatown? — pergunto a ele.

— É um enclave na cidade onde moram e trabalham várias pessoas de origem chinesa.

Foi o que vi em minha lembrança? Eu estive em Chinatown? Penso na multidão. O animal flutuando no céu. A rua deserta. Um homem na frente da porta azul ao pé da escada. Além de ter visto tudo isso em minha cabeça, nada parece nem remotamente familiar. Quando me lembro, é como se entrasse na mente de outra pessoa.

— Não entendo — digo. — Essas lembranças são reais? Eu realmente as *vivi*?

— Não — confirma Kaelen. — Para você, são lembranças artificiais. Mas acreditamos que sejam baseadas em acontecimentos e pessoas reais. É assim que você saberá que está no lugar certo, no momento certo. Quando entrarmos em Chinatown, tudo deve parecer exatamente como aconteceu em sua mente. Só que desta vez será real. Essencialmente, você estará se inserindo na lembrança.

O carro para em um sinal vermelho.

— E depois, o que vai acontecer? Depois que chegarmos lá? Ele me olha de lado.

— Isso depende de você.

— De mim?

— Algo mais provavelmente vai despertar outra lembrança. Você precisa me alertar quando acontecer. Isso vai nos orientar ao local seguinte. Acreditamos que cada lembrança foi especificamente instalada para ativar a próxima, até que por fim você receba o destino final.

— Que você não vai me contar qual é.

— Não posso divulgar essa informação.

— Sei. — Solto um bufo. — Mas ainda não entendo como você sabe aonde vamos. Não me lembro de ver nada que indicasse ruas específicas. Nem Chinatown. Nem...

— Chinatown ficou evidente — ele me interrompe —, pelo contexto. A esquina foi deduzida de referências visuais que foram incluídas na lembrança e cotejadas com bancos de dados históricos de mapas da cidade.

— Tudo bem, mas como você sabia a que data ir? Como sabia que tudo isso aconteceria em 2032?

— Repito — diz ele rigidamente —, está na lembrança.

Balanço a cabeça.

— Não, não está. Eu... — Mas minha voz falha enquanto tenho um *flashback* dos estranhos símbolos estrangeiros escritos no céu e na frente das lojas.

Chinatown.

E de súbito faz sentido.

Não são símbolos.

São caracteres chineses. E eu consigo ler.

Dou outra olhada na lembrança. Na escrita vertical no céu.
E tudo fica claro.

São *números*.

2

0

3

2

24
REALIDADE

◈

Minha boca se abre enquanto a voz simpática de mulher volta a flutuar no veículo:
"Estamos aproximadamente a dois minutos de seu destino."
— Por que tem um ano escrito no céu? — pergunto a Kaelen em um tom de acusação, como se ele o tivesse colocado ali.
— Tecnicamente, é uma projeção digital. Uma parte do Ano-novo chinês.
— O que é o Ano-novo chinês?
Kaelen abre a boca para responder, mas é o carro que fala primeiro; evidentemente, minha pergunta estimulou alguma resposta pré-programada.
"O Ano-novo chinês é uma ocasião maravilhosa", responde ela em sua voz graciosa. "Presta homenagem ao início de um novo ciclo do calendário lunar chinês. Acontece uma grande comemoração todo ano. O evento mais popular é o desfile. Começará em breve. Tenho certeza de que desfrutarão muito."
Comemoração.
Desfile.
— Acontece no mesmo dia todos os anos? — pergunto. — Foi assim que você soube que devia vir aqui hoje?
— Na verdade, não — confessa Kaelen. — A data varia todo ano, quando o calendário chinês se alinha com o calendário

ocidental, mas foi fácil calcular a data... 11 de fevereiro... depois que o ano nos foi revelado.

Solto um suspiro, agradecida por finalmente entender. Ainda assim, sinto uma pressão perturbadora no estômago. Alguma coisa não está batendo.

— Espere um minuto. — Penso em voz alta, refazendo todos os passos do que aconteceu desde que despertei. — Você me retirou daquela fogueira e me trouxe *para cá*.

Kaelen olha pela janela, mas vejo sua nuca assentir, tensa.

— Porque você sabia que a primeira lembrança acontecia no ano de 2032.

Outro gesto de concordância.

— Mas isso significaria — deduzo, aos poucos encaixando as peças mentalmente — que você deve ter *visto* a lembrança antes de chegarmos aqui. Caso contrário, não saberia aonde ir.

Sua postura enrijece, um alerta sutil de que descobri algo que ele não queria. Ele não se vira para mim.

— Quando foi a primeira vez que você viu essa lembrança? — exijo saber dele. — Quando você olhou dentro da minha cabeça pela primeira vez?

Mas ele não me responde. E de súbito sinto o carro parando e desta vez a porta do lado de Kaelen se abre.

"Chegamos ao cruzamento das ruas Canal e Elizabeth", anuncia o táxi. "Por favor, cuidado ao saírem e tenham um dia maravilhoso."

Kaelen sai do táxi com pressa e eu deslizo pelo banco para ir atrás dele.

— Kaelen... — digo, mas sou interrompida no momento em que saio e somos sugados para uma massa enorme de pessoas.

Sou esmagada dos quatro lados pela muralha de corpos que se espreme a nossa volta. Puxa para um lado e para o outro como se estivéssemos presos dentro de uma onda. E então começa o barulho.

O trovão gigantesco.

Mas não está mais seguro e contido em minha cabeça, agora é real. E infinitamente mais alto.

Tem eco em meus dentes.

Vibra em meus ossos.

— O que é isso? — exclamo, tentando tapar os ouvidos. Ninguém mais parece se incomodar com ele.

BUM! BUM! BUM!

Kaelen se retrai a cada golpe, claramente com o mesmo problema que eu.

— Tambores! — ele grita junto com o barulho.

Tambores?

Procuro uma definição em minha mente, mas logo me detenho. Chamem como quiser, são ensurdecedores.

E estão ficando mais altos. Mais próximos. Mais acelerados.

BUMBUMBUMBUMBUMBUM!

As pessoas ao meu redor se agitam e apontam o céu. Levanto a cabeça e vejo. A projeção digital, como chamou Kaelen. Os caracteres chineses. O ano:

2032.

A multidão explode em aplausos. Mantenho o olhar para o alto enquanto chovem fragmentos mínimos e coloridos. Exatamente como na lembrança.

Pego um amarelo e o examino em minha mão, notando que é absolutamente inofensivo — é feito de papel.

— Confete! — grita Kaelen mais alto que o barulho, interpretando minha confusão.

Os tambores ficam ainda mais altos e as pessoas começam a cantar e gritar. E é quando eu vejo.

A fera de olhos pretos e dourados.

Surge ao longe. Flutua majestosamente no ar. Voa para nós.

Sinto o grito borbulhar dentro de mim, o medo me dizendo para correr. Mas, quando olho a minha volta, fico surpresa ao ver a reação de todos os outros. Seus rostos não mostram medo ou ansiedade. Mostram apenas prazer.

Até mesmo as crianças.

Olho para Kaelen, procurando outra explicação, agradecida quando ele tem uma.

— É um dragão — diz ele com a barulheira. — É feito de papel e plástico.

Então um sorriso irônico lampeja em sua expressão.

— Não se preocupe — diz ele, decorando minhas exatas palavras do elevador —, não vai machucar você.

A irritação lampeja por mim e olho feio para ele. Mas parece que Kaelen não percebe. Está ocupado demais abrindo caminho pela massa de gente e gesticulando para que eu o acompanhe.

— Por aqui! — grita.

Quando enfim passamos pelos últimos espectadores, percebo que chegamos ao início de uma rua tranquila. Aparentemente, com todos da cidade na comemoração, a rua está deserta.

Exatamente como em minha lembrança.

Sinto um arrepio de familiaridade ao andarmos pela calçada. Vejo cada fachada, eliminando-as enquanto as comparo com as versões em minha cabeça.

E de súbito sei exatamente o que preciso fazer.

Aonde preciso ir.

Agora sou puxada pela mesma atração estranha que senti quando me lembrava deste lugar. Porém, mais uma vez, como a sensação não é mais filtrada por minha mente — como é *real* e está acontecendo *comigo* —, ela é muito mais forte.

Kaelen passa a andar atrás de mim enquanto dou passos decididos pela rua, procurando pela escada de metal estreita com a porta azul em sua base.

Eu a encontro a meia quadra de distância e, como desconfiava, quando olho por cima da grade para o poço da escada, vejo o velho parado ali. Esperando.

Sua barba branca e rala é idêntica à de minha lembrança. Os olhos estreitos e oblíquos são exatamente os mesmos.

Quando nosso olhar se encontra, como eu sabia que aconteceria, ele abre a boca e numa voz gentil e mansa, cadenciada pelo forte sotaque chinês, fala:

— Eu ajudo você...

E eu sussurro: "Sim."

25
AJUDA

❖

O velho nos leva em silêncio por uma porta azul, entrando em uma sala apertada e minúscula que tem cheiro de árvores misturado com laranjas e com a torta de porco da sra. Pattinson. Um sino chinês vaga pelo espaço, repetindo-se e reverberando em vários tons. De imediato, deixa-me à vontade.

A nossa direita, fixadas a uma parede, estão fileiras e mais fileiras de prateleiras, cada uma abrigando centenas de frascos de vidro com caracteres chineses nas laterais. Viro a cabeça para ler um deles, traduzindo de maneira desajeitada como *Orelha de Madeira Branca*.

A parede à esquerda é coberta de vários desenhos, gráficos e diagramas que não fazem sentido nenhum para mim.

Logo fica evidente que *Eu ajudo você* deve ser a única frase em minha língua que o velho chinês conhece, porque, depois que entramos, ele nos leva a uma mesa com quatro cadeiras e fala em voz baixa "Por favor, sentem-se" em um dialeto que não consigo identificar, mas ainda assim entendo.

Kaelen e eu baixamos nas cadeiras e o velho senta-se de frente para nós. Ele gesticula para mim de um jeito ambíguo.

– Eu ajudo você?

Kaelen imediatamente assume o controle da situação, curvando-se para a frente na cadeira e se dirigindo ao homem em sua língua natal.

— Reconhece esta menina? — pergunta ele.

O velho nega com a cabeça e acrescenta:

— Bonita.

Olho para Kaelen como quem pergunta "E *agora?*".

A verdade é que não sei o que fazer. A lembrança terminou comigo descendo aquela escada. Kaelen disse que eu reconheceria o gatilho quando o visse. Que ele ativaria a lembrança seguinte, mas até agora não senti nem vi nada de incomum.

— Eu ajudo você — repete o homem em nossa língua.

Confusa, olho para Kaelen, que dá de ombros e assente.

— Sim — digo na língua do homem. — Me ajude. Por favor.

Ele estende os braços pela mesa até chegarem a mim. Cautelosa, olho suas mãos. São lascadas e enrugadas. Ele mexe os dedos para mim, como se esperasse que eu os tocasse.

Olho novamente para Kaelen e ele indica que eu faça isso. Meu coração acelera, o estômago se agita. Mas, por fim, obedeço, estendendo lentamente as mãos, os dedos pairando centímetros acima dos dele.

O velho segura meus punhos, um em cada mão, dando-me um susto. Depois, vira minhas mãos, revelando minha marca preta. Morro de medo de que ele diga algo a respeito dela, de que me pergunte o que é, mas ele não faz isso. Apenas coloca os dedos firmemente contra minhas veias e fecha os olhos.

Ele parece cair em um sono profundo. Como se fosse desativado. Fito Kaelen, cujo olhar está fixo nas mãos do homem.

O homem começa a resmungar baixinho consigo mesmo.

— Seu sangue — diz ele. — É forte.

Permaneço em silêncio, deixando que ele continue.

— Muito forte. De um guerreiro.

Ele fica em silêncio outra vez, tem o rosto contorcido de concentração. As rugas em volta dos olhos e da testa se aprofundam. Esticam-se. Um tremor parece passar por ele, tem início nas mãos e desce pelo corpo, pelo tronco. Seu corpo treme e não sei o que fazer. Será que ele está morrendo?

E então, de súbito, seus olhos se abrem. Estão arregalados. Tomados de medo.

— Não. — Ele balbucia. — Não. Isso não está certo. Não está certo.

O velho larga minhas mãos na mesa com um baque e se afasta. Sua cadeira raspa ruidosamente no piso de madeira enquanto ele se esforça para se afastar cada vez mais, até que bate na parede do espaço confinado e é obrigado a parar.

Durante todo esse tempo, ele jamais tira os olhos de mim.

— Não devia ser — diz ele numa voz petrificada. — Você não devia existir.

Não sei o que está acontecendo ou do que ele fala. Mas o homem está completamente apavorado comigo. Quero sair daqui. Não quero ficar nem mais um minuto nesta sala com este louco.

Empurro a cadeira para trás também e começo a me levantar, mas exatamente como toda manhã na fazenda dos Pattinson, algo me puxa para baixo. Empurra meus ombros. Arrasta-me para o chão.

Desabo em minha cadeira com um raio de dor quente e lancinante que rasga meu crânio. Corta o cérebro. Dispara de meus olhos. Solto um gemido de agonia, jogando o corpo para a frente, afundando a cabeça entre os joelhos. Coloco-a entre as mãos, pressiono as têmporas, tento expulsar o latejamento. É insuportável. Minha cabeça vai explodir.

— Sera. — Ouço a voz de Kaelen, mas parece vir de séculos de distância. — Sera, o que está havendo?

Outra lança me corta de uma orelha a outra, penetrando em tudo entre elas. Solto um grito angustiado. É como se algo estivesse dentro do meu cérebro, desesperado para sair. Pressiona. Empurra. Corta.

O que está acontecendo comigo?
A sala roda. Fecho bem os olhos, mas ainda estou girando.
Ouço o velho chinês resmungar algo incoerente. Parece uma oração.
A voz de mulher voltou. Tem um eco espectral em minha mente:
"Encontre-me."
E, então, um clarão feroz arde atrás de minhas pálpebras, levando toda a cor do meu mundo. Toda a forma. Todo o significado. Misericordiosamente, meu corpo se desliga. Apaga.
E eu caio, caio, caio, sem parar.
No branco infinito.

26
ATIVADA

❖

Uma luz artificial brilha do alto, iluminando o espaço confinado em que estou de pé. É retangular, com um teto baixo. Parece uma caixa grande. Paredes de aço. Está cheia de gente e de odores estranhos. O mundo escurecido é indistinto do lado de fora de uma janela encardida.

Estamos em movimento.

O chão ronca embaixo de meus pés.

De repente, sou lançada com violência para o lado quando o veículo dá uma guinada para a esquerda. Eu me seguro a um poste de metal liso que se projeta do chão. Ele me impede de cair.

Olho em volta, confusa com meu ambiente.

Onde estou?

Que lugar é este?

Imagens coloridas em movimento projetam-se em telas planas embutidas na parede. Uma, em particular, chama minha atenção. Uma mulher bonita olha de trás do vidro fino como papel. Tem a pele branca e leitosa, lábios cor-de-rosa iridescentes, olhos azuis cintilantes. Ela olha diretamente para mim e sorri com ironia, pronta para me contar um segredo.

De algum lugar no alto, uma agradável voz masculina: "Este é o trem 6 para o Bronx. Próxima parada, rua 59."

Trem.

Estou em um trem.

Mas por quê?

Para onde vou?

O que é "Bronx"?

Alguém me dá um tapinha nas costas e eu me assusto. Eu me viro e vejo um homem coberto de sujeira e rugas. Ele segura um pedaço de papelão. As palavras TENHO FOME estão escritas numa caligrafia preta e trêmula.

Ele estende a mão, abrindo os dedos. Quer alguma coisa. Comida, suponho. Mas não tenho nada para dar a ele.

Há um guincho alto e sinto o mundo reduzir seu ritmo. E parar.

O desespero me arde na garganta. Preciso encontrar alguma coisa. Algo importante.

Mas o quê?

Solto o poste e giro em círculos lentos, correndo os olhos pelo interior do vagão. Meu olhar cai em uma das telas na parede. O rosto da mulher sumiu, substituído por um noticiário. Um homem está de pé na frente de um prédio azul, alto e curvo com árvores cercando o perímetro.

Ele fala, mas o som está desligado. Seu discurso é transcrito e impresso na base da tela. Alcanço algumas palavras esporádicas, como vacina, sintomas, febre. Mas não é a transcrição que prende minha atenção. De repente, meus olhos são atraídos por uma força invisível e desconhecida. Para cima, mais para cima. Acima da cabeça do homem. Até que caem em um texto preto e pequeno que diz:

11 de fevereiro de 2032. 14h45.

E de imediato sei que é isto que procuro.

Uma data e um horário.

Um destino.

27
ROUBADA

Uma onda de energia suave toma meu corpo, me arrancando da lembrança. Aquecendo de dentro para fora. Como se minhas veias não estivessem mais cheias de sangue, mas de fogo. Porém, não é o mesmo fogo que quase me queimou na estaca. É de um tipo bom. Do tipo que nos aquece quando sentimos frio. Que ilumina espaços escuros. Que une as pessoas em torno dele.

A dor lancinante na cabeça passou. Há muito tempo. E de certo modo tenho certeza de que jamais voltará. Que nunca mais sentirei dor.

Tudo fica imóvel, de uma serenidade bonita. Essa paz agora é permanente em mim. Tão inalterável quanto minha tatuagem.

Sinto a luz se irradiar do alto da cabeça.

E, em um momento que parece durar uma eternidade, eu me esqueço de todos os problemas.

De toda a luta.

Simplesmente me esqueço...

Mas, então, meus olhos se abrem palpitantes e vejo Kaelen agachado acima de mim, a mão pousada delicadamente em minha testa, e entro em pânico.

Rolo para o lado, torcendo a cabeça para longe de seu toque.

A ilusão se desfaz ao meu redor. O calor que corria embaixo de minha pele vira gelo. O brilho emanado de minha cabeça imediatamente é apagado e fico sem nada, apenas uma dor de cabeça, a tristeza e as lembranças de Zen inconsciente e deitado naquela cama. Esperando por minha volta. Esperando que eu o salve.

— O que você está fazendo? — pergunto, levantando-me de um salto e olhando Kaelen com ferocidade. Ainda estamos na loja do velho chinês. Mas ele não está em lugar nenhum. Posso imaginar que fugiu depois que desmaiei.

— O metrô — diz Kaelen num tom autoritário, ignorando minha pergunta e se levantando. — Precisamos chegar à estação mais próxima do metrô.

Minha testa se franze.

— O quê?

— Ele anda no subterrâneo. — É como se ele falasse sozinho. Como se vivesse em seu próprio planeta, onde só existem tarefas, missões e onde agradar Alixter equivale a respirar oxigênio.

— Precisamos encontrar o trem 6 que vai para o Bronx — continua.

Trem 6 para o Bronx.

Meus pensamentos estão nebulosos e obscuros, mas sei que isto me é familiar.

— Por que conheço essas palavras?

Ele olha o relógio.

— Precisamos passar pela estação da rua 59 em uma hora.

"*Próxima parada, rua 59...*"

Espere aí.

Essas palavras. Aquela parada. O trem. É tudo de minha lembrança. A lembrança que tive *agora*. Alguns minutos atrás.

Como foi que ele...?

Minha mão voa prontamente à testa. Ainda estou quente do toque de Kaelen. Meu peito se aperta. Os dentes trincam.

Conheço esse toque.
O calor que ele traz. A centelha. O fogo. Como consegue me livrar de qualquer tristeza, qualquer pesar, qualquer horror que eu esteja vivendo.
Já o senti.
Só que não foi aqui. Não foi neste ano. Foi muito, muito tempo atrás. Séculos antes. Quando pensei que Zen estava morto. Quando pensei que eu também ia morrer.
Ainda ouço o rangido da porta de ferro maciça sendo aberta. A entrada dos passos suaves. O silvo abafado do manto.
"O padre veio ouvir sua última confissão e abençoar sua alma."
Meus olhos lampejam de raiva quando os fixo, furiosa, em Kaelen.
— Você. — Eu o acuso.
Ele já avança para a porta.
— O quê?
— Você esteve lá! Esteve em minha cela em 1609.
Ele para, aparentemente petrificado, com a mão na maçaneta. Mas não se vira.
— Precisamos ir. — É só o que diz.
— Não! — grito de volta. — Não antes de você me dizer a verdade!
Finalmente, ele se vira, o rosto endurecido e feroz como sempre.
— Sera — ele fala com severidade —, não temos tempo para isso. Se você se recusa a transeder comigo, precisamos sair *agora*.
Eu o ignoro.
— Foi assim que você conseguiu ver a primeira lembrança. Foi como soube que as lembranças temporizadas estavam ali. Foi como soube que devia me trazer para 2032 depois da fogueira. Você foi até a minha cela, fingindo-se de padre. Tocou em mim e de algum jeito leu minha mente.
— Sim — admite. — Foi o que fiz.

Cruzo os braços, indicando que não vou mais cooperar, até que ele se explique.

Parece que ele entende.

— Seu julgamento apareceu nos arquivos históricos. Uma pesquisadora da Diotech o encontrou. Ela reconheceu seu rosto pelo desenho no cartaz e suas capacidades pelas acusações contra você. Fui enviado para investigar. Eu me fiz de padre para fazer uma varredura cerebral. Levei os resultados para análise na Diotech. Foi quando eles encontraram as MT e a primeira lembrança apontando para este ano. Por conseguinte, voltei a 1609, a fim de retirar você da fogueira e trazê-la para cá. — Ele ergue as sobrancelhas para mim. — Satisfeita?

Minha cabeça roda.

Satisfeita?!

Não, não estou satisfeita.

Eu me sinto violada. Traída. Enfurecida!

Algo aconteceu comigo quando o padre me tocou. De algum modo, por um momento fugaz, senti que tudo ficaria bem. Eu me senti... feliz.

Foi tudo falso? Foi algum truque para me levar a uma falsa sensação de segurança e assim eu não suspeitar do que na realidade acontecia?

— E agora mesmo — pressiono, entredentes — você leu minhas lembranças do mesmo jeito. Tocando minha testa.

O rosto de Kaelen endurece. Fica evidente para mim que essa não é uma conversa que ele queira ter. Mas ele responde, mesmo assim:

— Sim.

— Como? — rebato. — Como isso é possível?

Kaelen estende a mão para meu rosto, com a palma virada para mim.

— Nanoscanners — explica ele. — Filme transparente preso à ponta de meus dedos, invisíveis a olho nu. Eles varrem as lembranças quando em contato e as transmitem sem fio para armazenamento aqui, e análise posterior da Diotech. – Ele tira do bolso um conhecido cubo com um leve brilho verde nas arestas.

Um disco rígido.

Parecido com aquele que Zen usou para armazenar minhas lembranças roubadas.

Kaelen aponta atrás de uma das orelhas.

– Mas consigo ler as lembranças enquanto são transmitidas por meus receptores.

Viro a cabeça de lado para olhar por seu cabelo louro--escuro e basto, e consigo distinguir o disco pequeno e transparente fundido à pele. É menor do que aquele que Zen usou em mim. Praticamente imperceptível para quem não sabe o que procurar.

Fico nauseada. Acho que vou vomitar. Como que por milagre, consigo engolir a bile que sobe à garganta. Seu gosto é amargo ao descer.

Se ele pode tocar em mim e ver tudo – minhas lembranças particulares, meus momentos mais estimados com Zen, tudo por que já passei –, então nada mais em meu cérebro está a salvo.

Nada em minha *vida* está a salvo.

– Agora podemos ir? – pergunta Kaelen, recolocando a mão na maçaneta. – Precisamos pegar o trem.

Eu me sinto frágil. Impotente. Tenho vontade de me deitar nesse chão e jamais me levantar. Não tenho mais forças para lutar contra ele. E mesmo que lutasse, não sei como poderia vencê-lo. Kaelen é mais rápido. Mais forte. Mais inteligente. Mais capaz de todo jeito. Ele tem todas as vantagens sobre mim.

Como conseguirei superá-lo?

Qualquer plano que eu faça pode ser roubado com um simples golpe de sua mão. Na verdade, provavelmente ele já sabe que eu planejo enganá-lo no momento em que obtiver qualquer informação sobre a cura de Zen. É provável que ele já saiba de tudo.

Por que parece que independentemente do que eu faça, a Diotech sempre está um passo à minha frente?

Por que parece que estou fugindo todo o tempo, sem chegar a lugar nenhum?

Kaelen abre a porta azul que nos leva de volta a Chinatown. Olho ansiosa para o mundo pouco além desse espaço mínimo e apertado. Um mundo que antes tinha tantas possibilidades. Tantos futuros possíveis. Tantas promessas do que poderia ser.

Hoje vejo todos esses mundos encolherem e morrerem, até que só resta um.

Este.

Este, em que a Diotech vence.

Assentindo de leve, acompanho Kaelen porta afora.

28
TREINADA

❖

A estação do metrô é escura, bolorenta e claustrofóbica. Talvez aqueles dias e noites longos e solitários trancada na cela suja da prisão tenham penetrado em meu subconsciente, ou talvez seja meu instinto de fuga se erguendo outra vez, mas a ideia de ficar nesse espaço confinado, tão no subterrâneo, com rotas de fuga limitadas, me deixa tensa. Como se de algum modo o ar tivesse perdido a invisibilidade, tornado-se denso e áspero, raspando minha pele.

Além disso, estamos cercados de gente. Muita gente. Prontas para me matar espremida a qualquer minuto. Não consigo entender como alguém vive nesta cidade abarrotada, onde parece que você jamais consegue ficar sozinho.

Sem contar os olhares. Eles nos acompanham por toda parte. Descendo a escada, desde a rua, pelo nível principal da estação, ao atravessar os corredores longos e escuros cavados abaixo da cidade. Kaelen ainda parece desligado, mas eu percebo. Às vezes sinto que não consigo notar mais nada.

Os olhos – os milhares de olhos reprovadores, maravilhados, questionadores – estão todos ao nosso redor. Penetram em minhas roupas. Rasgam minha pele. Eles me devoram.

Sinto o impulso constante de fugir. De me esconder. De me espremer em um canto, fechar bem os olhos e tentar desaparecer.

Eu me arrasto fraca atrás de Kaelen enquanto descemos outra escada, que nos leva cada vez mais para o fundo, abaixo do nível do chão. Chegamos a uma plataforma lotada de mais gente.

O trem se aproxima. Ele reduz e para com um guincho. Pessoas saem dele. Mais pessoas entram. Começo distraidamente a vagar para a porta, retraindo-me enquanto me permito ser arrastada pela correnteza de corpos. Até que o braço de Kaelen se projeta na minha frente.

Consigo parar pouco antes de bater em seu braço.

E então dou um salto para trás, e me lembro do solavanco de eletricidade que senti quando nos tocamos na rua mais cedo.

— Não vamos pegar este trem. — Ele me informa, baixando o braço. — Pegaremos o próximo.

Pisco, tentando me livrar da névoa pesada que parece me seguir feito uma sombra gigante. Mas sei que provavelmente isso não vai acontecer. Não enquanto a Diotech ainda detém todo o poder. Não antes que eu consiga parar de me sentir tão absurdamente impotente.

— E por que não?

— Com base na frequência dos trens e na distância entre aqui e a estação da rua 59, calculei que precisamos pegar o trem 6, que chegará daqui a exatamente 3,2 minutos, a fim de passar pela estação correta exatamente às 14h45. A hora indicada em sua lembrança.

Solto um suspiro e arrio.

— Isso parece complicado.

Ele arqueia uma sobrancelha.

— Teria sido mais fácil transeder.

Resmungo e me afasto alguns passos dele.

Fico agradecida quando o trem parte e a plataforma se esvazia. Mas meu alívio dura apenas alguns segundos, porque mais pessoas começam a descer as escadas, enchendo lentamente o espaço.

De onde elas vêm?
Para onde *vão*?
O simples volume e a noção de abrigar e contê-las contorce minha mente em voltas e nós.
Levanto a cabeça e percebo um jovem me olhando a pouca distância. É alto e musculoso, tem o cabelo bem curto. Carrega uma bolsa preta no ombro. Seus lábios estão curvos em um meio sorriso que me lembra as raposas que eu costumava ver na fazenda dos Pattinson. Elas se escondiam nos arbustos, vigiando aves pequenas, esperando que uma delas baixasse para beliscar uma semente na terra, depois atacavam, apanhavam a criatura pequena e vulnerável entre os dentes e arrancavam sua cabeça com um puxão. A pobre ave não tinha chance.
Quando nossos olhos se encontram, o homem parte de imediato para mim. Estremeço e baixo os olhos, tentando reverter qualquer convite que ele *pensou* que eu estivesse fazendo. Mas logo fica evidente que ele não se deixa abalar, porque ouço seus passos estalando na plataforma de piso frio. Os estalos aumentam e cobrem o clamor a minha volta.
Então ele se coloca a meu lado. E, embora eu não me atreva a olhar seu rosto, sinto o mesmo sorriso perturbador de raposa.
– De onde você veio? – pergunta ele.
Não sei o que fazer. Respondo com algum desprezo, para que ele vá embora, ou simplesmente não respondo e torço para que ele vá mesmo assim?
Opto por ficar de boca fechada.
Mas isso parece ter o efeito contrário daquele que eu pretendia.
– Qual é o problema? – insiste, a irritação pela beira de sua voz. – É boa demais para falar comigo?
Aperto os lábios firmemente, sentindo que ficam entorpecidos. Depois, nego sutilmente com a cabeça.

— É bom você saber que não gosto de garotas que são grosseiras comigo. — Ele puxa a alça no ombro. — Quer ver o que tem na minha bolsa?

— Não, obrigada — digo com a maior educação que posso.

— Ela sabe falar — provoca ele, e depois, de repente, sua mão está em meu punho, puxando-me para mais perto, até que meu corpo se aperta contra o dele e sou obrigada a olhá-lo, obrigada a respirar o mesmo ar que ele.

— Me solta — eu lhe digo, agora sem nenhuma educação.

Ele não obedece. Na verdade, aperta ainda mais meu punho.

— Sabe de uma coisa — sussurra —, você precisa mesmo aprender a ser mais educada com as pessoas.

— Solte agora. — Estou fervilhando.

— E se eu não quiser? — Ouço em sua voz que ele se diverte.

— Então, vou obrigá-lo a isso.

Não quero ter que revelar minhas verdadeiras habilidades na frente de todas essas pessoas. Não quero fazer uma cena dessas. Mas agora percebo que eu talvez não tenha alternativa.

Ele ri baixinho na minha cara.

— Duvido.

Com um puxão firme, liberto meu punho. De repente o homem está no ar, voa pela estação e bate na parede ladrilhada atrás de mim. Olho minha mão com curiosidade.

Eu fiz isso?

A resposta vem um instante depois, quando vejo Kaelen segurando o homem pela camisa e o colocando de pé à força. Ele bate o homem contra a parede de novo.

— Qual é o seu problema, cara? — rosna o estranho, contorcendo-se para se soltar da mão de Kaelen. Ele tenta bater na cara de Kaelen, mas não é rápido o bastante. Kaelen se esquiva com tranquilidade, depois pressiona o braço no pescoço do homem.

— Não toque nela — rosna Kaelen.

Antes eu pensava que estávamos chamando atenção, mas não era nada parecido com a plateia que Kaelen atraía agora. Toda a plataforma se virou para ver o espetáculo, assim como as pessoas do outro lado dos trilhos, esticando o pescoço para ver que tumulto era aquele.

Corro até Kaelen com o cuidado de não tocar nele.

— Kaelen, solte ele.

O homem sorri com ironia.

— É, faça o que sua namorada disse, *Kaelen*. Mas que nome é esse?

O braço de Kaelen pressiona ainda mais o pescoço do homem, fazendo-o ofegar.

Ouço um ronco baixo nos trilhos atrás de nós.

— Kaelen — tento de novo —, o trem está chegando. Precisamos pegar esse trem, lembra?

Vejo a compreensão ser registrada em seu rosto e, em um instante, o homem está arriado no chão, ofegante, com a mão no pescoço, que já começa a mostrar os hematomas do aperto de Kaelen.

Sem pensar nem por um segundo, Kaelen se vira e caminha vigorosamente pelo enxame que se formou a nossa volta, as pessoas se afastando para lhe abrir espaço.

Há outro guincho alto enquanto o trem se aproxima da estação e a multidão se dissipa.

— Você não precisava ter feito aquilo — eu o repreendo num sussurro abafado. — Eu mesma poderia ter cuidado do assunto.

Ele olha os faróis fortes do trem, que ficam mais próximos.

— Não entendi desse jeito.

— Sua reação foi inadequada — continuo, frustrada.

— Foi assim que me projetaram para reagir.

Evidentemente, *ele* não recebeu o instinto de fuga em detrimento da luta que deram a mim.

"*Sou igual a você... só que melhor.*"

– Bem – digo num silvo –, este é exatamente o comportamento que chama a atenção sobre o qual eu o avisei.

Mas ele nem parece mais ouvir. Seus globos oculares dispararam rapidamente de um lado a outro enquanto o trem entra pela estação e ele corre os olhos atentamente em cada vagão que passa.

Quando o trem para, Kaelen parece ter encontrado o que procurava e parte para a frente do trem. Enquanto nos aproximamos da porta do compartimento, vejo o que ele procurava.

Um homem parado no meio do vagão. Sua pele está coberta de rugas e sujeira. Seu corpo envelhecido é frágil e recurvado. Uma das mãos segura o poste de aço para se equilibrar, enquanto a outra traz uma placa de papelão esfiapada.

Nela, duas palavras rabiscadas em letras pretas e trêmulas: TENHO FOME.

E, na mesma hora, sei que este é o trem certo.

Uma voz masculina simpática tem eco em algum lugar no alto. "Este é o trem 6 para o Bronx. Próxima parada, Spring Street. Por favor, afastem-se das portas ao se fecharem."

Kaelen e eu trocamos um rápido olhar e saltamos da plataforma juntos, para dentro do trem, enquanto as placas pesadas de aço deslizam e se fecham.

29
DISFARCE

❖

O trem é ainda mais sufocante do que a estação. Luto para manter o controle. Mas, certamente, não ajuda que a cena na plataforma se desenrole sem parar em minha cabeça.

Kaelen podia ter matado aquele homem.

Ele disse que foi *projetado* para reagir assim.

Bem, claro que foi. Ele foi mandado aqui para mim. Ele próprio disse. Foi enviado para seguir um mapa em minha cabeça e depois, sem dúvida, levar-me de volta. Assim, é evidente que faria o que fosse necessário para me proteger. Para salvaguardar o investimento da Diotech.

Kaelen não está virado para mim; ele olha pela janela suja e manchada. Não nos falamos desde que embarcamos no trem. Seguimos em silêncio, ambos ouvindo atentamente o anúncio de cada parada. Esperando por aquela de minha lembrança. Na rua 59.

E depois?

O que verei?

O que vai acontecer comigo?

Será que a mesma dor torturante vai explodir outra vez em minha cabeça? É o que acontece sempre que uma lembrança é ativada? Considerando minha experiência de tortura agonizante na cela e na loja do chinês, parece que a dor é protocolar.

Retraio-me à ideia de ter que passar por isso de novo.
De possivelmente desmaiar aqui, cercada por toda essa gente.

O trem para na estação da rua 51 – a uma parada de nosso destino – e sinto um golpe rápido no braço. O pequeno zunido de eletricidade que o acompanha me coloca em alerta num susto. Kaelen aponta as portas de maneira alarmante. Olho para ver qual é o problema.

O homem, aquele da placa de papelão, que esteve andando de um lado para outro deste vagão, estendendo a mão a cada passageiro durante nove paradas, prepara-se para sair.

– O que vamos fazer? – sussurro.

– Ele definitivamente está na lembrança da rua 59, não é?

Fico agradecida ao ouvir que desta vez ele tem a sensatez de falar aos sussurros, em vez de anunciar para que todos a bordo ouçam.

Concordo com a cabeça.

– Então, vamos segui-lo – decide Kaelen.

– Tudo bem.

O trem para completamente e as portas se abrem. Kaelen e eu ficamos a cinco passos diligentes do homem, que cambaleia pela plataforma. Ele para entre os vagões e, aparentemente sem pressa para ir a lugar nenhum, recosta-se, despreocupado, em uma das muitas vigas grossas de metal que povoam a estação.

Olho com urgência para Kaelen, que responde com um dar de ombros.

"Este é o trem 6 para o Bronx. Próxima parada, rua 59", anuncia a voz. "Afastem-se das portas ao se fecharem, por favor."

Isso parece chamar a atenção do velho e ele rapidamente se afasta da viga e embarca no vagão seguinte. Kaelen e eu saltamos atrás dele, escapando por pouco de sermos esmagados pelas portas que se fecham.

O trem arranca novamente e logo noto a tela na parede, à minha esquerda.

A mulher bonita e conhecida olha para mim. Sua pele pintada em um tom de marfim liso e cremoso. Seus lábios cor-de-rosa cintilantes. Ela sorri, sedutora.

Acompanho o olhar de Kaelen e aponto para ela com o queixo. Ele assente, entendendo.

Está quase na hora.

Não notei quando a lembrança invadia minha mente, mas agora vejo que a mulher faz parte de uma propaganda de marca de maquiagem. Vejo-a acariciar suavemente o próprio rosto, antes que a imagem mude e apareça uma logomarca.

Depois disso, tudo acontece exatamente como me lembro.

A voz, agora conhecida, repete o anúncio: "Este é o trem 6 para o Bronx. Próxima parada, rua 59."

Então, sinto um tapinha nas costas. Ao contrário da lembrança, não me assusto. Eu o previa. Eu me viro e vejo o homem que seguimos segurando sua placa de papelão.

TENHO FOME.

Seus dedos sujos se abrem diante de mim. Dou um sorriso rápido e gentil e meneio a cabeça. Quero ajudar – quero lhe dar comida –, mas, como na lembrança, não tenho nada a oferecer.

Eu me viro para a tela e observo a imagem passando ao noticiário. Exatamente como eu me lembrava, o repórter está na frente de um prédio. Desta vez, porém, levo um instante para ler parte da transcrição de sua fala:

"O CDC divulgou uma declaração oficial esta manhã relatando que infelizmente eles não estão mais perto de criar uma vacina bem-sucedida contra a febre branca, que já levou quase mil vidas em todo o país e confinou outras cinco mil pessoas em quarentenas hospitalares. Eles nos garantiram que trabalham arduamente para aperfeiçoar uma vacina, mas pediram que lembremos a todos para procurar socorro médico imediatamente se apresentarem alguns sintomas listados em sua tela."

Meus olhos se estreitam enquanto vejo a lista aparecer junto do rosto do repórter.

Febre. Calafrios. Fraqueza e fadiga. Sensibilidade muscular. Um tremor toma meu corpo.

São os sintomas de Zen.

Mas é impossível. Ele não pode ter a doença de que falam. Zen adoeceu antes mesmo de chegarmos aqui. Como pode ter contraído uma doença do século XXI enquanto vivia em 1609?

Meus pensamentos são distraídos pelo guincho dos freios quando o trem sofre um solavanco, para e as portas se abrem, fazendo com que outras pessoas entrem e saiam.

Kaelen me lança um olhar severo, para eu prestar atenção. Esta é a parada de minha lembrança. Foi onde a lembrança terminou. O que significa que a qualquer instante verei algo que...

Meu olhar paira em uma criança pequena de casaco pesado, chapéu e luvas que entra no trem. Uma das mãos segura firmemente a de sua mãe. A outra traz um veleiro de brinquedo.

Começa o latejamento, alertando para a lembrança iminente.

Eu me esforço para ficar de olhos abertos. Olho para Kaelen. Ele está distraído, espiando o trem com curiosidade. Procura um possível gatilho. Não sabe que já o encontrei.

E, de repente, percebo que a hora chegou.

Minha única chance de ficar um passo à frente.

Se de algum jeito eu conseguir continuar consciente, impedir que a dor transpareça em meu rosto, posso esconder a lembrança dele. Posso impedir a Diotech de conseguir o que quer.

O latejamento continua, intensificando-se a cada segundo. A criatura por dentro ameaça arrastar e abrir meu crânio. Seguro o poste com força, tento canalizar toda a dor para as mãos, para aquele pedaço de metal.

Você pode fazer isso, digo a mim mesma.

Controle-a.
Contenha.
Esconda.

Fecho os olhos, respiro fundo várias vezes, reprimo um grito de agonia que transborda na garganta, pressionando meus lábios, implorando para ser libertado.

Quando abro os olhos à força, noto que Kaelen me observa. Ele me examina. Vira a cabeça de lado.

— Você está bem? Viu alguma coisa?

Forço um sorriso rígido e nego com a cabeça, mantenho os lábios bem apertados por medo de que o grito escape se eu tentar falar.

— Tem certeza? — Ele pressiona, dando um passo na minha direção, a mão estendida para minha testa.

O trem entra em movimento aos solavancos e faz Kaelen cambalear para trás.

Engulo em seco enquanto a lembrança rasga meu cérebro com garras afiadas. Corta até o fundo de meus globos oculares.

Abro a boca devagar, finalmente conseguindo responder numa voz rouca:

— Tenho certeza.

— Bem, o gatilho deve estar em algum lugar por aqui. — Kaelen ainda olha ansiosamente o trem.

Enquanto isso, a lembrança se libertou, atacou minha mente. Prepara-se para se mostrar. Sinto vertigem, o piso vibra muito mais do que deveria. As paredes escurecidas dos túneis do metrô passam pelas janelas muito mais rápido do que deveriam.

Não desmaie, ordeno a mim mesma.

Não desmaie!

Meus joelhos se vergam. Aperto todo o corpo contra o poste de metal, mantendo-me reta. Mordo a face interna da bochecha, tirando sangue. A dor por trás das têmporas chega a um clímax épico.

"Encontre-me", vem a voz delicada e nebulosa.
E de súbito estou...

Parada no meio de um longo corredor vazio e ladeado de portas.
Tudo é limpo, cintilando com a luz artificial lançada do teto.
Dou um passo, caindo em uma sombra tranquila entre as lâmpadas. Noto os números nas portas.
408
409
410
Sei que estou sendo levada a algum lugar. Que uma dessas portas me chamará. Esticará um dedo ossudo e comprido por minha coluna, provocando tremores por toda parte.
A questão é qual delas.
411
412
413
O corredor está deserto. Sem vida. Todas as portas fechadas.
Passo por uma janela. Está escuro lá fora. A calçada abaixo está quase vazia, indicando que deve ser tarde da noite. Ou de manhã muito cedo.
414
415
416
Sinto meu sangue esquentar. Estou chegando mais perto. Sei disso.
Porém, mais perto do quê?
Uma parte de mim tem medo de descobrir. Uma parte, não... meu corpo inteiro.
Uma tela plana e grande está embutida na parede à direita, mas não exibe nenhuma imagem. Apenas uma tela vazia em azul brilhante. Uma mensagem pisca, dizendo Sem Sinal. E uma data. No canto inferior direito.
12 de fevereiro, 2h13.
417
418

419

Fico paralisada. É esta. Esta é a porta. Eu sinto. Cada célula do meu corpo me alerta para isso.

Minha mão se estende, trêmula. Mal consigo segurar a maçaneta. Giro-a e empurro.

Lá dentro há uma longa bancada de metal reluzente com vários computadores e instrumentos científicos espalhados por ela.

Ergo os olhos da bancada e vejo um homem. Sozinho. Recurvado sobre um computador. Seu cabelo louro ondulado brota para todo lado. Seu rosto parece cansado, coberto pela barba por fazer. Ele é alto. Desengonçado. Veste um casaco branco, comprido e amarrotado.

Eu o examino por um instante, meu olhar atraído a seus dedos, que digitam em um teclado uma série de números que não consigo ver.

Por algum motivo, tenho consciência de que esses números são importantes, mas não sei por quê.

Dou um passo até ele para ver melhor e o homem se assusta, sentindo minha presença pela primeira vez. Seus olhos azuis e cansados disparam para a porta.

Para mim.

Ele me parece conhecido. Dolorosamente conhecido. Ainda assim, não consigo situar de onde.

Até que meu olhar cai no bolso do peito de seu casaco. Até que vejo o pequeno crachá digital preso na lapela, iluminado com um texto, como uma tela minúscula.

Até que leio seu nome, que aparece pouco abaixo das palavras Laboratório de Pesquisa GenZone.

E então todo o meu mundo fica nebuloso.

Não.

Não pode ser. Não é ele. Ele não pode fazer parte disso.

Ele me olha de cima a baixo. Sua expressão combina perfeitamente com a minha. Somos gêmeos na incredulidade.

Incapazes de aceitar o fato de nos encontrarmos aqui. Agora. Neste futuro estranho e incerto.

Abro a boca para falar. Mas não sai som nenhum.

—Você... — ele fala com a voz rouca e baixa. Baixa demais. Séria demais. Madura demais. Provoca vibrações vertiginosas em meu cérebro.

—Você não devia estar aqui — diz ele.

Meneio a cabeça, sentindo o gelo vagar por mim. Tento falar de novo, mas minha voz ainda está perdida em algum abismo profundo. Não posso dizer a ele o que quero. Não posso responder com o único pensamento que passa agora por mim:

Nem você.

30
MOTIVAÇÕES

❖

"Aonde gostaria de ir?", pergunta a voz feminina simpática quando entramos em um táxi na frente da estação do metrô de Pelham Bay Park.

– Não entendo – diz Kaelen. – Como é possível que não houvesse um gatilho? Fomos exatamente aonde a lembrança orientou você.

Ele não parou de reclamar disso desde que saímos do trem, depois de percorrer outras 36 paradas, até o fim da linha, momento em que fomos obrigados a desembarcar. O tempo todo ele ficou parado lá, me encarando, esperando que algo acontecesse. E o tempo todo eu insisti, convincente, que não tinha nada.

"Desculpe-me, não estou familiarizada com esse destino", responde o táxi, referindo-se às queixas de Kaelen.

– Eu não sei – digo a ele, recusando-me a olhá-lo nos olhos por medo de que ele consiga rastrear a mentira. – Talvez tenha havido um gatilho, mas vai levar algum tempo para ativar. Você mesmo disse que as MT são ativadas por gatilhos físicos, ou depois de se passar algum tempo. Talvez este seja um gatilho temporizado.

Ele pondera, a expressão neutra com uma leve sugestão de irritação.

"Desculpe-me", repete o táxi. "Não estou familiarizada com esse destino também. Aonde gostariam de ir?"

Olho para Kaelen.

— Talvez a gente deva voltar ao apartamento e esperar. — Rezo em silêncio para que ele concorde. O resto de meu plano só vai funcionar se ele concordar.

Prendo a respiração.

Kaelen suspira com irritação.

— Suponho que esta seja uma proposta aceitável.

Solto o ar.

Alívio.

Ele pega dois cartões de identidade forjados no bolso e os agita na frente do scanner.

— Rua 72 Leste, 173.

Um sinal soa da tela a nossa frente, exibindo nossas fotos lado a lado de novo.

"Obrigada", responde a voz. "Sua conta foi debitada. Gostariam de ver TV durante a viagem?"

— Não — respondemos em uníssono.

Não posso me distrair. Preciso de todas as minhas forças e minha concentração para sair dessa.

O carro arranca do meio-fio. Pelo canto do olho, noto que Kaelen relaxa no banco, parecendo cansado.

Ótimo, penso. *Certamente isto ajudará.*

Seguimos em silêncio, vendo as ruas movimentadas de Nova York passarem pela janela.

"Com base nas condições atuais do trânsito, chegaremos a seu destino em aproximadamente vinte minutos", anuncia o táxi.

Vinte minutos, penso. Deve me dar tempo suficiente.

Aparentemente, Kaelen está perdido em pensamentos. É provável que esteja varrendo o download da lembrança que roubou de mim, tentando entender o que pode ter dado errado. O que talvez tenhamos deixado passar.

Um olhar rápido de minha parte e noto o pequeno volume no bolso esquerdo de sua calça.

O Modificador.

Eu me lembro de que ele o retirou do bolso no apartamento, antes de sairmos. Se eu conseguir colocar as mãos nele, meu plano pode dar certo. Mas, como Kaelen é nitidamente mais forte e mais rápido do que eu, o elemento surpresa é minha única chance verdadeira.

Meus dedos formigam de expectativa. As pernas ardem de calor. Preparo o corpo para correr, escorando-me mentalmente para a corrente que sem dúvida será descarregada por meu corpo no momento em que nos tocarmos.

E vamos nos tocar.

É inevitável.

Nossa pele fará contato. A pulsação misteriosa de energia me iluminará de dentro para fora. O magnetismo impiedoso me sugará como um campo gravitacional.

O calor tomará meu corpo, espalhando-se para todo lado. Apagará tudo...

Foco, ordeno a mim mesma.

Penso em Zen. Deitado naquela cama, a apenas vinte minutos daqui. Preciso ajudá-lo. Não posso confiar na Diotech para isso. Eles jamais cumprem sua parte no acordo. Assim que seguirem esse mapa dentro da minha cabeça e colocarem as mãos no que esperam alcançar, todas as promessas serão descartadas.

Voltarei ao complexo da Diotech, presa a uma cadeira enquanto eles reequipam meu cérebro e me transformam em alguém incapaz de questionar qualquer coisa.

Alguém como *ele*.

Olho o volume do Modificador em seu bolso outra vez e fecho os punhos rigidamente, preparando-me para atacar.

Puxo o ar com coragem e disparo contra ele, com o braço esticado, apontado para seu rosto, enquanto o outro se volta rapidamente para o bolso.

Kaelen vira a cabeça justo quando começo a me mover e então paro de súbito. Rapidamente volto a me acomodar no banco, fingindo que só estava alterando meu peso para ficar mais confortável e coçar a cabeça.

Ele vira a cabeça de lado por um momento enquanto me examina, aparentemente tentando entender minha estranha manobra. Kaelen abriu a boca para falar, e tenho certeza de que vai me repreender por tentar atacá-lo quando ele dá as costas.

— Por que você fugiu do complexo da Diotech? — pergunta, por fim.

Eu o encaro, absolutamente perplexa com a pergunta inesperada.

— O quê?

— As informações que recebi antes de ser enviado para apreender você. Diziam que você fugiu do complexo com o filho de uma cientista da Diotech. Mas não esclareciam os motivos de sua partida. O que motivou você a fazer isso?

Consigo relaxar. Meu coração volta a um ritmo normal e constante.

Hesito, sem saber até que ponto quero entrar em detalhes sobre minhas verdadeiras motivações para partir. Particularmente com alguém que não pode entendê-las.

— Você viu todas as minhas lembranças — argumento com um tom azedo. — Devia saber.

— Sim — ele confirma —, mas muitas são incompreensíveis.

Tenho que rir.

— Acho que fui embora porque não estava feliz lá. E pensei que eu *poderia* ser feliz em outro lugar.

Sei, pelas rugas em sua testa, que isso o confunde ainda mais.
— Feliz? — repete ele. — Por que isso é obrigatório?
Dou de ombros.
— Não sei. Simplesmente é. Ao que parece, nunca aceitei meu *propósito*, como você aceita o seu.
Mais uma vez, a confusão lampeja por seu rosto.
— Por que não?
Jogo as mãos para cima.
— Porque, ao contrário de você, eu realmente tenho a capacidade de pensar por mim mesma.
Assim que as palavras saem de minha boca, eu me arrependo delas. Foram grosseiras e imprudentes. Percebo que insultá-lo não é um curso de ação sensato neste momento. A última coisa de que preciso é que ele fique na defensiva ou, pior, zangado. Preciso dele calmo. Preciso que ele esteja de guarda baixa.
Rapidamente, tento pensar em algo a dizer que possa reverter os efeitos do erro que cometi.
— Acho que eu estava... *com defeito*, como você disse. — Rezo para que isso seja suficiente.
Mas suponho que nunca saberei. Porque Kaelen não responde. Apenas se vira de novo para a janela.
É agora ou nunca.
Sem hesitar nem por um instante, respiro fundo e lanço meu corpo contra ele.

31
PERTURBAÇÃO

❖

Meus movimentos são mais rápidos do que já senti. Tão rápidos que meus olhos mal conseguem acompanhar as mãos quando elas cortam o ar e caem nele. Minha mão esquerda atinge seu rosto, batendo sua cabeça contra a janela, enquanto a direita segura o dispositivo em seu bolso.

Puxo com força e o arranco pelo tecido da calça. Viro o polegar na chave, sentindo o dispositivo ganhar vida num zumbido, e levo a ponta com hastes de metal à testa de Kaelen.

Mas sou impedida a centímetros da linha do couro cabeludo por sua mão, que envolve meu punho e o empurra para trás. Pressiono para a frente, colocando-me de joelhos e jogando o peso do meu corpo nisso. Nós lutamos, mas logo fica evidente que ele é forte demais. Não consigo derrotá-lo desse jeito.

Kaelen joga o corpo para trás e mete a perna entre nós, usando a sola do sapato para me catapultar para longe dele. Bato no teto do táxi, minha cabeça se choca com força, meu pescoço é vergado para trás.

Enquanto mergulho de volta ao banco, giro o corpo, passo os braços pelo tronco de Kaelen e o arrasto para o piso comigo. Um estrondo reverbera pelo carro quando caio com Kaelen por cima de mim.

"Por favor, continuem em seus lugares." A voz cordial do táxi forma um contraste cômico com nossa batalha furiosa no banco traseiro. "Estão perturbando a viagem."

Segurando o Modificador ainda carregado, estendo o braço outra vez para o rosto de Kaelen, soltando um grunhido gutural de esforço ao empurrar a mão para cima. Ele me dá uma cotovelada no lábio e minha cabeça bate no piso. Sinto o sangue escorrer. Quase deixo cair o Modificador ao lutar para sair de baixo dele.

Coloco-me rapidamente de joelhos e o movimento faz com que Kaelen se choque na janela. Ele parece meio atordoado com o golpe. Uso isto em meu proveito, jogando o corpo contra o dele, o Modificador estendido, pronto para fazer contato.

"Por favor, permaneçam em seus lugares", a voz agradável do táxi aconselha de novo. "Estão perturbando a viagem."

Kaelen lança a palma aberta, batendo em meu peito, e me faz voar de costas pelo assento do banco.

Ele olha o Modificador em minha mão e acena na direção do objeto. Eu o seguro acima da cabeça, os nós dos dedos comprimindo a janela. O vidro é triturado em volta da minha pele e o ar frio do inverno penetra no veículo.

Kaelen se lança para a frente, caindo por cima de mim. Todo o ar de meus pulmões desaparece com o impacto.

Seguro o Modificador com toda a força que tenho, estendendo-o para a janela quebrada, sobre a rua que passa em disparada. Sinto os carros zunindo, ameaçando arrancar o dispositivo de mim.

Kaelen estende o braço para ele e parece mudar de ideia no meio do caminho. Sua mão altera o rumo, descendo para a minha testa.

Ah, não.

Ele entendeu o que está acontecendo. Sabe que tenho a lembrança. Kaelen tenta lê-la.

Eu me contorço, jogando a cabeça para evitar o contato. A ponta de seus dedos continua a mergulhar para o meu rosto. Uso a mão livre para bloquear, empurrando-o dali.

Não posso deixar que ele veja essa lembrança!

"Fiquem quietos, por favor", avisa o táxi, "ou notificarei à polícia."

Sei que sou incapaz de mantê-lo afastado por mais tempo. Só resta uma coisa a fazer. E, sinceramente, não quero fazer isso.

Além do mais, nem sei se vai dar certo. Mas estou sem opções. Perdi tudo.

Viro a cabeça para encará-lo, estendo a mão e seguro seu rosto, forçando-o a olhar para mim. Ele parece confuso com meus atos, sem saber o que tento realizar.

Passo a mão por sua nuca e puxo com toda a força. Trago seu rosto para o meu. Estamos com o nariz a centímetros de distância, quase se tocando. Cada vez mais perto, até que ele não tem mais para onde olhar. Até que sou a única coisa que ele pode ver.

BAM!

Nossos olhares se chocam.

Nossos olhos se prendem.

A atração é mais poderosa do que nossas forças. Irreprimível. Não há meio-termo. É completamente impossível de romper.

Deixa-nos imóveis. Inúteis.

A faísca se acende em algum lugar nos recantos mínimos e ocultos entre nós. Faz com que a eletricidade reverbere de um ao outro, de um ao outro. Feito um relâmpago que dança entre duas árvores. Mais forte a cada troca.

Eu não entendo. E nem quero entender. Mas não posso reprimir.

Ainda mais importante, ele também não pode.

Sinto-me puxada para ele. Como se ele fosse um sol perigoso e ardente, e eu apenas uma pedra solitária jogada pelo espaço. E de algum modo *sei* que ele sente a mesma atração misteriosa.

Sei disso como conheço a mim mesma. Como sei que meu braço se estenderá quando eu tentar estendê-lo. Como sei que meus dedos se fecharão quando eu lhes disser para se fecharem.

Como sei que se eu mover a boca para ele, ele me encontrará pelo meio do caminho.

É como se falássemos alguma língua estranha e silenciosa que apenas nós dois pudéssemos ouvir.

Agora!, grito para mim mesma. *Faça isso AGORA! Enquanto ele está imóvel. Enquanto é cativo desse feitiço inexplicável.*

Desative Kaelen!

Eu me obrigo a mexer meu corpo. A trazer o braço para dentro do táxi, tocar sua têmpora com o Modificador.

Mas simplesmente...

Não consigo.

Deixo meus olhos vagarem pelo seu rosto, vendo seu nariz bonito, o queixo forte e cinzelado, os lábios rosa-claro. Vejo que estão repuxados em uma careta. Parece que ele sente dor. Angústia. Luta contra isso tanto quanto eu.

Ainda nos aproximamos aos poucos.

Nenhum dos dois consegue ter controle.

Essa... coisa que nos aprisiona sem nosso consentimento.

Essa... inevitabilidade.

Nossos lábios *vão* se encontrar. Nossos mundos *entrarão* em colisão. A vida nunca mais *será* a mesma.

Vejo seus olhos se fecharem enquanto nossas bocas demoram-se à distância de um suspiro. Permito que a minha se aproxime também.

E, assim que elas se aproximam, vejo o rosto dele.

Não o de Kaelen.

Mas o de Zen.

E não doente e morrendo em uma cama. Não inconsciente e indefeso no tapete de agulhas de pinheiros na floresta. Mas vivo. Seus olhos escuros cintilam. Os lábios curvam-se naquele sorriso torto. A voz suave e gentil sussurra *"Sempre sim"*.

Meus olhos se abrem num átimo, meu braço é jogado para baixo. A ponta de metal do Modificador bate no crânio de Kaelen, atrás de sua orelha. Seu corpo desaba sem vida contra o meu, a cabeça baixa em meu ombro.

Solto um suspiro alto, exalando os últimos cinco minutos de meus pulmões. Contorço-me para sair de baixo dele e apoio sua cabeça no banco, virando-o de modo que a face fique encostada no estofamento.

Com as mãos trêmulas, viro seu punho e olho o relógio. São 15h30.

Retiro o cartão PID de seu bolso com minha foto e o pequeno disco rígido do corpo. Em seguida, descolo cuidadosamente os três receptores de sua cabeça, depositando todos os objetos em meu próprio bolso enorme. Afastando a gola de sua camisa, abro o fecho do medalhão e o coloco em meu pescoço. Depois, abro a porta em formato de coração e espero que o interior do táxi desapareça no esquecimento.

32
LEIS

❖

A transessão cobra um preço do corpo de quem a faz. Foi algo que aprendi quando Zen e eu chegamos em 1609. A desorientação e a náusea foram impressionantes; duraram algumas horas para mim e dois dias inteiros para Zen. Aparentemente, quanto mais longe você transede, mais difícil é a adaptação para seu sistema.

Embora agora eu só tenha me deslocado alguns quilômetros, algumas horas no tempo, ainda me preparo para a náusea. A contorção dos órgãos. A pressão dos pulmões batendo no esterno. A sensação vertiginosa de cada partícula do meu corpo virada de cabeça para baixo.

Espero por isso. E espero. E espero.

Mas não chega nunca.

Estou exatamente onde estava. Dentro de um táxi, percorrendo as ruas da cidade de Nova York, com Kaelen desativado e esparramado no banco traseiro.

Alcanço a frente de minha blusa, certificando-me de que o medalhão está aberto.

Ele está.

Respiro fundo, fecho os olhos e tento de novo. Concentro-me ao máximo no interior do apartamento. Mantenho a imagem cativa em minha mente. Imagino Zen dormindo na cama, as paredes brancas e vazias, os cômodos despojados e solitários. Bloqueio qualquer outro som, qualquer outro cheiro, qualquer outra sensação. Até que praticamente posso me *sentir* lá.

Mentalmente, repito a data e a hora sem parar, até recorro ao sussurro:

"11 de fevereiro de 2032. 12h40."

"11 de fevereiro de 2032. 12h40."

"11 de fevereiro de 2032. 12h40."

Dez minutos depois de Kaelen e eu sairmos do apartamento para irmos a Chinatown. Imagino que isso me dê muito tempo para fazer o que preciso.

Ainda assim, quando abro os olhos, nada aconteceu.

Não me movi nem um centímetro. Nem um segundo.

Solto um gemido de frustração. O que está havendo? Por que não funciona? O medalhão está aberto. Faço exatamente o que sempre fiz.

Por que não consigo transeder?

A voz simpática do táxi interrompe meus pensamentos para me dar uma atualização: "Chegaremos a seu destino em 12 minutos."

Pense, ordeno a mim mesma.

Será que meu gene da transessão foi desativado permanentemente de algum modo? Será que o colar foi danificado no fogo? Isso não, porque Kaelen conseguiu me trazer para cá.

Será que *ele*, de algum jeito, desativou meu gene? Para eu não poder fugir?

Olho para seu rosto adormecido.

Não, isso também não está certo. Ele *queria* transeder comigo para Chinatown, em vez de pegar um táxi. Tentou fazer isso no apartamento. Fui eu que me recusei.

Minha cabeça se ergue subitamente quando me vem uma lembrança. Não é artificial. Uma lembrança real. Algo que Kaelen disse algumas horas atrás. Depois de ter acordado naquela cama. Naquele quarto.

Perguntei a ele se poderia voltar a 1609 para buscar Zen, e ele me disse que era impossível, porque eu já havia estado lá.

"As leis básicas da transessão não permitem que você ocupe espaço no mesmo momento do tempo mais de uma vez."

Então o problema é esse? Será que Kaelen estava dizendo a verdade? Sou de fato incapaz de transeder a um momento no tempo em que já estive?

Isso explicaria por que não consigo transeder de volta às 12h40. Porque às 12h40 eu estive lá. Estive com Kaelen, indo para Chinatown. Estive ocupando espaço naquele exato momento do tempo.

"Você é fisicamente incapaz de transeder a um momento em que já existiu. Significaria a existência de dois exemplares de você, o que é uma impossibilidade quântica."

Sim, é isso mesmo. Se eu transedesse de volta ao apartamento às 12h40 de hoje, essencialmente *existiriam* duas de mim. Uma com Zen e a outra com Kaelen.

O que significa que o único jeito de voltar ao apartamento enquanto Kaelen está inconsciente é transeder para lá *agora*. Neste exato momento, enquanto ele ainda está desativado neste táxi.

Tudo bem, isso representa um estorvo claro em meus planos. Em especial se a motorista invisível tiver razão e estivermos para chegar em 12 minutos.

O carro reduz e para em um sinal vermelho. Olho ansiosamente para Kaelen. Suas pálpebras se contraem, o que me assusta.

Será que ele está despertando?

Quanto tempo ficará desacordado? Não estou familiarizada com o funcionamento complexo do Modificador. Ele pode ficar desativado por mais uma hora. Ou pode despertar... agora.

Não posso correr nenhum risco. Preciso agir rapidamente.

Fecho os olhos com força e concentro os pensamentos no interior do apartamento. Desta vez, porém, mudo a hora mentalmente para agora.

Solto um enorme suspiro de alívio quando sinto o turbilhão familiar do ar a minha volta. A torção desconfortável no estômago. A mudança de minhas células que se preparam para me separar deste espaço e me remontar em outro.

Ouço a respiração laboriosa de Zen em algum lugar por perto, o que me diz que voltei. Que consegui voltar para seu lado.

Assim que abro os olhos e o vejo deitado ali, ainda inconsciente, cada molécula de oxigênio é arrancada de mim e sinto que vou desmaiar novamente. Mas obrigo meu corpo a ficar de pé. Alerto meus pensamentos para que fiquem calmos.

O tempo está passando. O táxi que carrega meu inimigo estará aqui em menos de dez minutos. E, nesse tempo, tenho apenas um objetivo: retirar Zen deste apartamento.

33
EMPRESTADO

❖

A transessão está fora de cogitação. Zen está fraco demais. Depois do que aconteceu quando Kaelen o trouxe para cá, tenho medo de tentar transedê-lo um centímetro que seja e matá-lo. Não tenho alternativa senão movê-lo fisicamente.

Apresso-me até ele, passo um braço por seus ombros e o outro abaixo dos joelhos. Testo, levantando um pouco, e observo sua reação. Ele solta um leve gemido, o desconforto aparecendo em seu rosto.

– Desculpe – sussurro em seu ouvido –, mas é o único jeito. Acho que encontramos alguém que pode nos ajudar.

Eu o pego delicadamente nos braços, segurando-o perto do peito. Seu peso não é problema. Eu poderia carregar dez deles sem fazer esforço. Mas a dor evidente que Zen está sentindo, pelo mais leve movimento, faz com que meus joelhos deem sinais de que vão se vergar.

Respiro fundo várias vezes e tento me acalmar.

Não há tempo.

Vá agora!

Corro pelo apartamento, transferindo a maior parte da massa de Zen para um braço, de modo que possa abrir a porta e apertar o botão do elevador. Concentro-me em caminhar suavemente, deslizar pelo chão, porém, por mais que me esforce, ele ainda solta leves gemidos de agonia a cada passo que dou.

A parte mais difícil é parar um táxi. Sem contar os olhares que recebo de várias pessoas que passam. Consigo equilibrar Zen, instável, de pé, liberando a mão direita para acenar a um grupo de carros de passagem.

Um veículo amarelo sai do trânsito numa guinada e para junto ao meio-fio. A porta se abre automaticamente e, com delicadeza, deito Zen no banco traseiro, sussurrando palavras tranquilizadoras em seu ouvido.

Levanto suas pernas e me meto ali, colocando-as atravessadas em meu colo.

"Boa tarde", diz o táxi, e de imediato reconheço que é uma voz diferente, desta vez masculina, o que me faz perguntar quantos taxistas falsos eles criaram. "Aonde gostaria de ir?"

– Laboratório de Pesquisa GenZone – informo. – E, por favor, rápido.

"Peço desculpas, mas tenho permissão para dirigir apenas no limite de velocidade."

Esforço-me para não gemer.

– Tudo bem. Então vá.

"Laboratório de Pesquisa GenZone", repete a voz com cordialidade. "Localizei este destino. Fica no Brooklyn. Está correto?"

Não sei se está correto, mas, neste segundo, qualquer coisa é melhor do que ficar aqui. Olho pela janela, passando os olhos pelo meio-fio, procurando pela chegada de veículos amarelos que possam ter Kaelen em seu interior.

Eu me pergunto como ele reagirá quando despertar e descobrir que não estou ali.

– Sim, está correto – digo apressadamente.

"Excelente", responde o táxi. "Por favor, valide sua identidade para que eu deduza minha tarifa."

Recosto-me para retirar do bolso o cartão PID que roubei de Kaelen e agito o plástico na frente do scanner, como o vi fazer duas vezes. Espero pelo sinal sonoro e a palavra *liberado* piscar na pequena tela a minha frente, mas ela continua obstinadamente escura.

Sinto a ansiedade roncar na garganta e agito o cartão novamente. Mas ainda não há resposta.

"Peço desculpas", diz o táxi por enfim, "mas consigo ler apenas um passe de identificação digital. Porém, meus sensores detectam dois passageiros no veículo."

Meu punho se fecha de frustração e quase solto um grito.

– Você está enganado – digo. – Apenas eu estou aqui.

Há uma longa pausa confusa antes de o motorista inexistente responder "Sem dúvida detecto dois passageiros. Por favor, passe o segundo cartão desta vez".

– Você não pode simplesmente ir? – grito, apressada, perdendo a pouca paciência que eu tinha.

"Peço desculpas", diz o táxi pela terceira vez, "mas não estou autorizado a deixar o meio-fio antes que ambas as identidades tenham sido validadas."

Se houvesse um motorista de verdade no banco da frente, seria a essa altura que eu me curvaria para estrangulá-lo.

Com um grunhido, abro a porta aos chutes e saio do táxi antes de gentilmente retirar o corpo inerte de Zen e colocá-lo em meu ombro. Olho pela rua, apressada, à procura de outra opção.

Vejo outro táxi encostando-se ao meio-fio, e sua porta automática se abre.

"Este é seu destino. Por favor, saia do veículo", diz a conhecida voz feminina.

Noto a ponta do sapato de Kaelen pendurada para fora da porta aberta, torcendo-se um pouco enquanto ele recupera a consciência.

E é aí que entro realmente em pânico.

Meu olhar corre a rua até localizar um homem que se aproxima de um veículo verde estacionado perto dali. Ele passa a ponta do dedo por um painel na porta do carro e gera um sinal sonoro fraco, junto com uma voz que vem do interior do veículo: "Boa tarde, sr. Hall. Como foi o seu dia?"

Ele não responde; apenas se senta no banco e bate a porta. O motor ganha vida, zumbindo.

Não perco nem mais um segundo. Corro até o carro e abro a porta num puxão.

O homem olha para mim, para o corpo de Zen jogado em meu ombro e sua expressão perplexa rapidamente é transformada em raiva.

— Ei!

— Saia — rosno, tentando parecer o mais ameaçadora possível.

— Não! — grita ele em resposta, e estende a mão para a porta se fechar em mim.

Mas não lhe dou essa oportunidade. Antes que ele possa piscar, minha mão livre está dentro do carro, agarra-o pelo braço e o arrasta para fora. Ele sai derrapando pela rua com uma expressão de horror que distorce seu rosto.

Espio o táxi de Kaelen. Seu pé não está mais ali, e vejo através do para-brisa que ele lentamente começa a se sentar.

O homem coloca-se de pé rapidamente, retraindo-se ao correr para a calçada.

Resmungo um agradecimento apressado a ele e coloco a mão na cabeça de Zen para protegê-lo e baixá-la para dentro, posicionando-o no banco do carona e descansando sua cabeça flácida na janela.

Depois de entrar, avalio o painel de instrumentos. O último carro que dirigi era do ano de 2014, completamente diferente. Primeiro, tinha transmissão manual. Este carro não parece ter nada semelhante a uma alavanca de marcha. Segundo, não há tantos botões ou chaves neste veículo. Quase todo o painel é liso.

Com certeza não tenho tempo para ler o manual do carro, como fiz da última vez. Nem em minha velocidade de leitura. Olho pelo retrovisor e vejo Kaelen sair, tonto, de seu táxi.

Por que não pensei em mandar o táxi a outro lugar antes de sair dele por transessão?

Esta seria a atitude inteligente. Mas, pelo visto, eu estava distraída demais com a ideia de chegar a Zen para fazer algo inteligente.

— Vá! — digo ao carro. Mas ele não se mexe. Passo os dedos pelo painel, tentando encontrar um comutador ou algum tipo de botão. Só consigo jogar ar quente na minha cara.

— Ande! — tento de novo. Nada ainda.

— Dirija! — É minha terceira tentativa.

Parece funcionar. Uma letra D pisca duas vezes em um dos painéis planos e o carro avança um pouco. Desço o pé no pedal do acelerador e arranco do meio-fio. Para longe de Kaelen. Para longe da Diotech. Para o que só posso torcer que seja a segurança.

34
VISITANTE

✦

"**Você chegou a seu destino**", o carro me diz em uma voz que parece tão humana que é de arrepiar. "Gostaria de ativar o sistema de estacionamento automático?"

Na metade da viagem ao Brooklyn, aprendi por que os carros em 2032 não têm um botão nem chave no painel de instrumentos. Por que desperdiçar energia apertando botões quando você pode simplesmente falar e o carro o entenderá?

— Sim — respondo, e minhas mãos de imediato saltam do volante quando sinto que ele gira sozinho, tranquilamente dando a ré no veículo e virando à esquerda até ficarmos espremidos entre outros dois carros em um espaço no meio-fio em que eu jamais imaginaria que coubéssemos.

Depois que paramos, puxo a maçaneta da porta, mas ela não cede.

— Abra — ordeno.

"As portas não podem ser abertas enquanto o carro ainda está em modo de direção."

Gesticulo freneticamente, tentando pensar no comando correto.

— Hmm. *Não* dirija.

Nada, não é esse.

— Pare.

Ainda nada.

Felizmente, o carro parece sentir meu desespero e me ajuda.

"Está tentando ativar o modo estacionar?"

Solto um suspiro.

— Sim!

Um pequeno E vermelho pisca no painel e as portas são destrancadas. Abro a porta, empurrando-a pelo resto do caminho com o pé. Mas, ao que parece, chutei com força demais, porque ouço o rasgo alto da grande placa de metal, que voa das dobradiças e desliza na rua. No mesmo instante sou lembrada da última vez que sem querer arranquei aos chutes a porta de um carro. Eu estava na entrada da casa de minha família adotiva. Jamais me esquecerei da expressão de Heather quando viu o que fiz.

Olho o pedaço de metal verde jogado no meio da rua e os carros que se desviam dele.

Preciso mesmo parar de chutar portas.

Contorno às pressas até o banco do carona, abro a porta de Zen e o puxo para fora. Ele está um pouco mais consciente e parece tentar se levantar.

— Você consegue andar? — pergunto.

Sua cabeça balança em um gesto ambíguo. Jogo seu braço em meu ombro e o ajudo a chegar ao prédio, os pés raspando o calçamento.

Assim que entramos, sou parada por um homem parrudo atrás de uma mesa.

— Posso ajudá-la?

Tento agir com naturalidade. Com a maior naturalidade que posso com um homem quase inconsciente arriado junto de mim.

— Vou para a sala 419.

O guarda me lança um olhar muito cético.

— É uma visitante esperada?

Isso quase me faz rir. Se ele soubesse quanto sou *inesperada*...

— Sim — minto.

Fica evidente que ele não acredita em mim.

— Terei de telefonar. — Ele bate em uma tela transparente embutida na mesa, depois gesticula para um leitor digital no balcão. — Por favor, passe seu cartão PID para que eu valide sua identidade.

Abro um sorriso, invoco a educação.

— Claro, sem problema. — Depois de ajudar Zen a se sentar em um sofá a meu lado, coloco a mão no bolso como se estivesse prestes a pegar minha identificação. Em vez disso, porém, passo os dedos com força pela base do Modificador, ligando a chave com a ponta do dedo.

Aproximo-me da mesa com um sorriso leve colado no rosto. O guarda não tira os olhos de Zen. O que, para mim, é vantajoso. Mas não preciso de distração nenhuma. Minha mão se move bem mais rápido do que ele poderia esperar acompanhar.

Antes que ele consiga piscar, a ponta de metal está encostada em seu maxilar. Seu corpo vibra por um breve segundo e arria na cadeira.

Corro de volta a Zen, pego-o nos braços e encontro o caminho para um elevador à espera.

Ao chegarmos ao quarto andar, localizo as diferenças gritantes entre o corredor comprido de agora e aquele de minha lembrança. A maior diferença, naturalmente, está no número de pessoas.

O corredor é movimentado, está vivo de comoção. Quase todas as portas estão abertas, e homens e mulheres de jaleco de laboratório entram e saem das salas, falando, gesticulando, trocando informações em tablets que parecem chapas de vidro.

Recebo vários olhares inquisitivos ao caminhar apressada pelo corredor com Zen nos braços, mas ignoro todos eles e chego à porta com a placa 419.

Esta, ao contrário das outras pelas quais passamos, está fechada.

E então um pensamento inquietante ecoa em minha mente: *E se ele não estiver aqui?* E se eu cheguei cedo demais e ele só vier para cá à noite? Não posso esperar tanto tempo.

Não me importa o que diz a lembrança. Preciso da ajuda dele *agora*.

Giro a maçaneta e empurro a porta com o ombro. O homem dentro da sala está de branco da cabeça aos pés e usa touca e óculos de proteção. Ele insere delicadamente uma agulha em um pequeno prato cheio de um gel amarelo e pegajoso.

O homem se assusta com minha entrada repentina e quase derrama o conteúdo viscoso do prato.

– Mas o que... – ele começa a gaguejar, zangado, mas para assim que seus olhos me encontram. A mão que segura a seringa fica flácida a seu lado. Ele fica petrificado por um tempo muito, muito longo.

Sua boca é a primeira a se mexer. Ela se abre.

Quando as mãos enfim saem da paralisia, ele coloca a seringa com delicadeza na bancada de aço e lentamente tira os óculos escuros de proteção.

É quando finalmente consigo ver seus olhos grandes e fixos.

É quando tenho certeza de que é ele.

É quando sei que isso é real. É tudo real demais.

Não sei o que ele está fazendo aqui. Em Nova York. Em 2032. Parado ali, diante de mim. Mas sei que de algum modo eu deveria encontrá-lo.

A convicção pulsa em cada osso do meu corpo.

– Cody – digo, o desespero estrangulando minha voz –, sou eu. Violet. Preciso de sua ajuda.

35
ADULTO

❖

— Não — diz o homem em voz baixa, com urgência. **Ele recua um passo, cauteloso, seus olhos jamais deixam os meus.** — Não é possível.

Embora seu crachá tenha me ajudado a fazer a identificação em minha lembrança, foram seus olhos que a solidificaram. O cabelo pode estar mais escuro e um pouco menos crespo. Seu rosto pode estar mais velho, mais cheio e com rugas de preocupação, dos 32 anos de vida. Mas os olhos. Os olhos nunca mudaram.

Quando vi aqueles olhos em minha lembrança, eu o vi.

O garoto de treze anos que me ajudou todo aquele tempo atrás, quando eu estava perdida, sozinha e sem nem um fiapo de lembrança. E o homem de trinta e dois anos que ele se tornou, a quem rezo para que possa me ajudar outra vez.

É claro que agora meus problemas ficaram significativamente maiores. Significativamente mais complicados.

Naquela época, o problema era buscar informações na internet e escapulir da casa de seus pais para pegar um ônibus até a cidade. Agora, é a cura para uma doença misteriosa da qual não sei absolutamente nada e que talvez nem venha a existir por mais uns oitenta anos.

Mas que alternativa tenho? Esperar que a Diotech me traia de novo? Esperar que Kaelen consiga o que veio procurar, depois dê as costas completamente a Zen?

Este homem – este antigo amigo – é minha única esperança.

– Cody – sussurro. – Sou eu. Eu juro.

– Não – repete. Observo seu olhar em uma tela embutida na bancada. A palavra SEGURANÇA brilha em vermelho no canto superior esquerdo.

Coloco Zen em uma cadeira próxima e me aproximo de Cody. Seus olhos se arregalam. Seguro seu braço.

– Cody, *por favor*. Eu preciso muito de você.

Ele me olha com uma expressão entre a curiosidade e o medo.

– Mas... – argumenta em voz baixa. – Mas... você está... – Ele não consegue pronunciar as palavras. Assim, termino por ele:

– Exatamente a mesma, eu sei.

– C-c-como? – Ele gagueja. – Como é possível?

Ouço um tumulto atrás de mim e um segundo depois cinco guardas entram de rompante na sala, armas em punho.

– Tenho a invasora na mira – diz um deles em um microfone cintilante.

– Dr. Carlson – ele alerta Cody. – Por favor, afaste-se para colocarmos a invasora sob custódia.

Olho ansiosamente dos guardas para Cody, implorando-lhe com os olhos. Ele está visivelmente dividido.

– Está tudo bem. – Enfim ele cede, com um suspiro. – Ela não é uma invasora. Eu a conheço. Ela é minha... visitante.

Os guardas ficam confusos. Um deles parece mesmo decepcionado.

– Tem certeza? – O chefe dos guardas pede confirmação.

Cody assente:

– Tenho certeza. Obrigado, rapazes. E peço desculpas pelo incômodo.

A equipe de segurança sai da sala, resmungando algo sobre um falso alarme em seus microfones. Cody os acompanha e fecha a porta depois que o último deles sai.

— O que está acontecendo? — ele exige saber. Vira-se e olha para Zen, arriado em uma de suas cadeiras. — Quem é esse homem?

— Este é Zen — digo, lembrando que todas as recordações que Cody tinha dele foram apagadas. — Ele é... — Mas de imediato percebo que não sei como chamá-lo. Não é meu marido, como dissemos a todos em 1609. Cody certa vez me ensinou a palavra *namorado*, mas ela nunca fez sentido para mim. Nunca me pareceu ter peso suficiente.

— Ele é... importante — concluo por fim.

— Ele morreu?

A pergunta é um soco no peito.

— Não. — Consigo bufar e não cair. — Mas precisa de ajuda. Da *sua* ajuda.

As mãos de Cody vão para o ar.

— Peraí, peraí, peraí. Dá um tempo. Você some por dezenove anos e aparece no meu laboratório como se não tivesse envelhecido nem um dia, com um cara em coma nos braços, vestido como se tivesse saído de uma Feira da Renascença, e só o que pode dizer é "ele precisa de ajuda"?

— Cody, sei que te devo uma explicação — começo suavemente.

Ele ri. O riso é amargurado.

— Acha mesmo? Você desapareceu de nossa casa no meio da noite. Meus pais procuraram por você por quase *dois* anos. Minha mãe se culpava. Ela caiu numa depressão horrível.

A culpa rasga meu coração feito um animal aprisionado.

— Eu sinto muito. Mas não sei mais o que fazer. Nem aonde ir. Você é minha única esperança.

Os olhos de Cody disparam contra Zen.

— E como exatamente espera que eu o ajude?
Aponto em desespero para o crachá de Cody.
— Bom, você é um doutor, não é?
— Sou *cientista* — corrige. — Não sou um doutor médico. — Ele gesticula para o ambiente. — Isto é um laboratório científico.
— Mas você deve ter *algum* conhecimento médico. Não pode pelo menos examiná-lo?
Cody suspira e retira objetos de seu espaço de trabalho.
— Coloque-o na bancada.
Eu me apresso a pegar Zen nos braços e deposito seu corpo delicadamente na mesa de metal. Cody pressiona a ponta de dois dedos no pescoço de Zen, aparentemente para verificar a pulsação, mas ao sentir o calor intenso que irradia de sua pele, dá um salto para trás.
— Meu Deus — exclama Cody —, ele está ardendo. Quais são os outros sintomas?
Respiro fundo, relaciono tudo que notei desde aquela manhã em 1609: os calafrios, a vertigem, tossindo sangue.
Os olhos de Cody se arregalam e ele vai ao canto da sala, abre a água e lava vigorosamente as mãos.
— Ah, meu Deus — diz ele a meia-voz. — Ele tem... ele está infectado com aquela... — Uma gota de suor começa a se formar em sua testa. — Ele contraiu a febre branca?
Nego com a cabeça.
— Não.
Cody não parece convencido.
— Os sintomas são idênticos. Ele esteve em contato com pessoas doentes recentemente?
— Não — garanto a ele. — Juro que não esteve.
Cody vasculha dentro de uma mesa, até que aparece com uma máscara de papel azul. Ele se atrapalha para colocá-la na cabeça, mas o elástico arrebenta, então Cody se resigna a segurá-la, cobrindo o nariz e a boca.

— Você precisa tirá-lo daqui. Não posso correr o risco de ser infectado.

— Cody, *por favor* — peço de novo. — Tenho certeza de que ele não tem febre branca. Seria literalmente *impossível* ele ter contraído.

Cody ainda respira freneticamente na máscara.

— Como pode ter tanta certeza?

Suspiro. Eu sabia que um dia teria que lhe contar tudo. Sabia que não poderia me safar guardando segredo por mais tempo. Só esperava que a verdade aparecesse em circunstâncias melhores. Em circunstâncias *mais tranquilas*.

— Porque — começo, mantendo a voz controlada. Estudada. — Ele adoeceu antes de chegarmos aqui.

— E que importância tem isso? — retorque ele. — Houve surtos da doença por todo o mundo. Nas últimas três semanas. Não só em Nova York.

— Sim — digo com brandura —, mas o que estou dizendo é que não estivemos *aqui* nas últimas três semanas.

Vejo os olhos de Cody se estreitarem acima da máscara.

— O que quer dizer com não esteve *aqui*?

— Quero dizer — dou um passo para ele e sustento seu olhar — que estivemos vivendo em outro século.

36
CÉTICO

Um ruído peculiar sai da boca de Cody. Começa como algo semelhante a um riso, mas rapidamente sofre uma metamorfose para um som muito mais enervante. Como um espasmo gutural.
— Que ótimo. É mesmo ótimo. — Reconheço imediatamente o sarcasmo, mesmo através da máscara de papel azul. E meu corpo murcha de decepção.
— Cody... — tento explicar. Mas ele nem me deixa terminar.
— Oooh! — Ele canta, o tom rígido de zombaria, mexendo os dedos da mão livre. — Viagem no tempo! *Muito* original.
— Cody — insisto, tentando ignorar sua censura óbvia —, você é uma pessoa lógica. Sempre foi. Pense nisso. Faz *sentido*. Por isso não envelheci. Por isso estou exatamente a mesma. Só estive fora alguns meses. Mas, para você, foram dezenove anos. Você se lembra do acidente de avião? Lembra que eu não estava na relação de passageiros? Lembra que fui a Los Angeles falar com a agente de embarque e ela me disse...
— É claro que me lembro! — ele vocifera, a zombaria substituída pela fúria fervilhante. — É meio difícil esquecer alguém que insinua ter acabado em um acidente de avião sem nem mesmo ter estado *a bordo* dele.
— E ela estava certa. Eu não estava no meio daquele oceano por causa do desastre aéreo...

Deixo a ideia vagar, na esperança de que Cody possa concluí-la sozinho. E sei que ele pode. Agora a questão é se ele pode acreditar ou não.

Ele pisca.

— Está dizendo que você não *caiu* ali? Que *viajou no tempo* para lá?

Solto um suspiro, agradecida porque ele finalmente parece mudar de ideia.

— O termo oficial é *transessão*, mas, sim. É exatamente o que estou dizendo. Vim do ano de 2115. De algum modo, por acidente, caí em 2013, cercada pelos destroços do avião. Não sei por quê. Só sei que deveria ir para outro lugar e...

Penso no que Zen me disse em 1609:

"*Você soltou.*"

Rapidamente, eu me livro de um estremecimento.

— ... Bem, algo deu errado — continuo. — Por isso eu não tinha família, nem amigos, nem ninguém que fosse me reclamar. Por isso meu DNA não estava em nenhum banco de dados. Eu nem mesmo estava viva na época!

— Você sinceramente espera que eu acredite nisso? — grita ele. — Acha que só porque eu lia ficção científica quando criança vou ficar todo ah, que máximo, aaaah, viagem no tempo! Nooooooossaaaaaa! Ai, que legal! Você veio do futuro! Está aqui para exterminar a mãe do líder da rebelião? Posso pegar uma carona no seu DeLorean?

Não reconheço sua voz. Ficou muito aguda e quase ofegante. Não acho que ainda seja sarcasmo. É outra coisa. Alguma loucura. E tenho certeza de que nem ele entende o que fala. Além disso, seus olhos ficaram arregalados e meio assustados.

Eu me afasto um passo.

— Cody?

— Você é louca! — ele ruge. — Saia do meu laboratório!

Suspiro. Eu devia saber que ele não ia acreditar em mim. Devia saber que chegaria a isso.

— Tudo bem, está bem. — Levanto as mãos num gesto de rendição. — Vou provar a você. É isso que está faltando?

Cody não responde. Cruza os braços e me fuzila com os olhos, do outro lado da sala.

Vejo Zen de relance, ainda descansando na bancada de Cody.

— Vou transeder para um minuto no futuro. Você me verá desaparecer daqui e reaparecer exatamente um minuto depois.

Cody estreita os olhos. Tomo isso como um sinal de que tenho sua atenção.

Abro a ele um sorriso rápido, que ele não retribui.

— Muito bem — repito. — Observe atentamente.

Olho o relógio na parede: 4h52. Fecho os olhos e preparo minha mente, oriento todos os pensamentos a este exato lugar, só que um minuto depois.

Sinto que o ar assovia ao meu redor, o zumbido das moléculas do espaço vibrando para me libertar. Meu corpo se retrai. A pressão aumenta em minha cabeça.

E a última coisa que ouço antes de desaparecer completamente é o ruído baixo da máscara de papel azul de Cody flutuando para o chão.

Quando chego, como planejado, o relógio diz 4h53 e vejo que Cody ainda olha boquiaberto o espaço onde acabo de me materializar. O padrão de piscadas de seus olhos tem uma velocidade maior. E um estranho balbucio sai do fundo de sua garganta. Ele oscila um pouco, antes de finalmente cair em uma cadeira próxima.

Ajoelho-me na frente dele.

— Cody, olhe para mim.

Mas ele não olha. Ou não consegue. Seus olhos estão perdidos e sem foco, vagando sem rumo. Como se ele tentasse acompanhar um milhão de partículas de poeira que viajam de um lado para outro.

Seguro sua mão e puxo com firmeza.

— Cody.

Seu olhar vem rapidamente a mim e por um breve momento tenho sua atenção.

— Agora — digo com determinação — você pode me ajudar, por favor?

37
TRANSPLANTE

❖

Cody guarda no furgão o que resta dos suprimentos que pegou e bate a porta. Subo na traseira com Zen e me sento no chão, ao lado de uma caixa de seringas e tubos de ensaio, segurando sua cabeça em meu colo. Ele perde a consciência e volta enquanto Cody dirige pelas ruas do Brooklyn o veículo grande com o nome GENZONE gravado na lateral. Olho fixamente o rosto de Zen, acariciando sua face e seu cabelo, de vez em quando sussurrando em seu ouvido, garantindo-lhe que tudo vai ficar bem.

É claro que não sei disso.

É claro que é possível que Cody não consiga deduzir o que há de errado com ele. Mas, pela primeira vez em algum tempo, eu me sinto segura novamente. Sinto que avanço *para* uma solução, em lugar de me afastar dela. Sinto que posso respirar fundo sem que meu peito afunde em mim.

Fiquei aliviada quando Cody sugeriu que levássemos Zen para sua casa. Ele prontamente descartou um hospital, alegando que era perigoso demais, em particular porque Zen não tinha identificação válida e eles o colocariam de imediato em quarentena, por suspeita de ter a febre branca.

Sem mencionar o fato de que eu sabia que assim que Kaelen notasse o meu sumiço — o que deve ter acontecido uma hora atrás – ele voltaria a procurar por mim. E isso quer dizer que temos que ser extremamente cuidadosos mais uma vez. Sem registros. Sem documentos. Nada de hospitais.

Além dessa sugestão, Cody não falou muito. Acho que talvez ele ainda esteja em choque, processando a informação lenta e metodicamente, como faria qualquer bom cientista.

O percurso de carro é curto. Chegamos em menos de dez minutos. A casa de Cody, como ele chama, é linda e espaçosa. Há nela algo de caloroso e acolhedor em suas cores vivas e na madeira escura. Mas não presto muita atenção. Estou concentrada demais na transferência de Zen do furgão para o cômodo que Cody chama de quarto de hóspedes.

No início, Zen tenta andar, colocando lentamente um pé na frente do outro, mas seus joelhos cedem tantas vezes que por fim o pego nos braços e carrego pelo resto do caminho.

Meu ato sem qualquer esforço provoca uma onda de suspeita no rosto de Cody, mas ele não diz nada.

Deito Zen na cama enquanto Cody trabalha na montagem de todo o equipamento que surrupiou no depósito do porão do prédio onde trabalha. Ele insere uma intravenosa no braço de Zen e o conecta a uma variedade de aparelhos para monitorar a respiração, os batimentos cardíacos e a pressão sanguínea.

Sinto uma onda de náusea quando, instantaneamente, me recordo do quarto de hospital em que fiquei internada. Depois do acidente de avião do qual pensavam que eu havia sobrevivido. Quando injetaram coisas em minhas veias e me prenderam a tubos sem necessidade, como Cody faz agora com Zen.

Mas desta vez não é desnecessário.

Desta vez é essencial.

Eu me lembro de quando Zen apareceu no quarto do hospital na primeira noite que passei ali. Ele tentou me levar. Tentou transeder comigo. Isso foi antes de sabermos sobre o desativador em meu medalhão.

Agora tudo está invertido. Agora é ele que está preso a tubos e monitores. É ele que está na cama. E sou eu que tento tirá-lo daqui. Do jeito que puder.

Zen está indócil neste lugar novo. Não parou de se contorcer e gemer desde que o deitei. Como se tentasse escapar da própria pele. Ele treme de febre e eu o cubro com um cobertor, do qual ele se livra aos chutes alguns minutos depois, quando os arrepios se transformam em labaredas.

Sempre que tento tocar seu rosto, acariciar seu cabelo ou passar a mão em seu braço, ele enxota minha mão, fraco, como quem espanta uma mosca.

— Zen — tento falar com ele, na esperança de que minha voz o acalme. — Zen, sou eu. Está me ouvindo? Vai ficar tudo bem. Estamos a salvo aqui. Você se lembra de Cody? Meu irmão adotivo. Estamos na casa dele. Ele está tentando entender por que você adoeceu. Ele vai fazer você melhorar.

Cody me lança um olhar severo, como um aviso para que eu não faça promessas que nós dois sabemos que ele não pode cumprir. Mas eu ignoro.

— Zen — repito, tentando mais uma vez afagar sua mão —, canela.

Mas ele puxa a mão abruptamente, quase batendo em meu rosto. Seu monitor cardíaco dispara e a pulsação acelera. Está claro, pelo tormento em suas feições e pela agonia de seus gemidos, que ele está consternado. Que essa doença que corre pelo seu sangue o está destruindo um pouco a cada minuto. Mas não sei o que fazer por ele. Não sei como ajudá-lo.

Ele se debate, inquieto, soltando um grito de agonia que perfura meu coração. Eu me viro para Cody.

— Faça alguma coisa.

Cody morde o lábio, depois procura em uma das caixas, até encontrar um frasco com líquido. Puxa o fluido com uma seringa e insere na intravenosa de Zen.

— Isso deve acalmá-lo.

Observo a droga funcionar quase de imediato. Os espasmos de Zen se reduzem e param. Suas feições ficam livres das contorções. A respiração parece se acomodar em um ritmo estável. Ele cai num sono profundo, que rezo para que seja tranquilo e sem sonhos.

Eu me jogo em uma cadeira ao lado da cama e seguro a mão de Zen. Desta vez ele não luta. Enxugo as poucas lágrimas errantes que escorreram de meus olhos durante a comoção.

Pela primeira vez em muito tempo, quando olho seu rosto, enxergo o antigo Zen.

Aquele que eu costumava ver dormir. Que sempre parecia tão calmo e sereno. Protegido de todos os horrores do mundo pela bolha protetora que de algum modo ele conseguia manter firme a sua volta. Por mais caóticas que as coisas fossem.

É algo que sempre admirei nele.

Algo que sempre quis reproduzir, mas nunca parecia capaz.

Zen tem essa qualidade mágica. Eu a vi no modo como ele contava histórias aos Pattinson para atenuar seus temores a respeito da estranha menina que morava em sua casa. Em como ele me envolvia com os braços depois de um dos muitos pesadelos e me convencia de que eu estava a salvo. Em como ele deixou sua casa, os amigos e a família, e nunca olhou para trás.

Vê-lo assim, traumatizado, descontrolado, assim tão atormentado, é como ver a pessoa que ele é ser dilacerada. Sua identidade, roubada. Sua alma, pilhada.

E minha impotência para impedir isso é completa. Agora é a minha vez de ser a parte forte, a parte estável, aquela cuja confiança não pode ser abalada, e estou fracassando. Eu estou fracassando.

Estou fracassando.

Cody insere uma agulha na veia de Zen e retira sangue.

— Isso deve me dar um começo — diz ele com gentileza, fechando uma tampa no frasco mínimo e segurando-o contra a luz. — Alguns testes serão meio demorados. Talvez a gente só saiba de alguma coisa amanhã.

Por vinte minutos, observo Cody adejar pelo quarto. De Zen até o computador, e então voltando a ele. Cody coleta mais sangue, verifica sem parar sua temperatura, adiciona dados no computador. Procuro guardar silêncio, não quero distraí-lo. Fico confinada em minha cadeira, mantendo a mão de Zen bem apertada na minha.

Por mais que eu queira ser otimista, por mais que eu queira ter fé na capacidade de Cody de fazer alguma coisa, simplesmente não consigo deixar de pensar no pior.

E se ele não descobrir o que está deixando Zen doente? E se a Diotech mentiu e nem *eles* souberem? Não posso perdê-lo de novo. Já o perdi uma vez e não suportaria outra.

— Então, Violet é seu nome verdadeiro? — pergunta Cody, interrompendo meus pensamentos. Levanto a cabeça e o pego olhando para mim por cima do monitor do computador.

Nego com a cabeça.

Eu me lembro da primeira vez em que ele ouviu meu nome verdadeiro. Foi na frente da casa da festa, onde Cody nos ajudou a pegar um carro para fugirmos da Diotech, depois que descobriram nossa localização.

Isso foi antes de eles sequestrarem Zen e o manterem como refém. Antes de eu ligar para Cody, pedindo sua ajuda, e ele se encontrar comigo na cidade de Bakersfield com seu laptop. Antes de encontrarmos Maxxer e ela nos levar a seu depósito. Antes de Cody ouvir Maxxer me contar sobre o gene da transessão e de onde eu realmente vinha.

E foi então que Maxxer eliminou as lembranças de Cody. Ela apagou todas as suas recordações daquele dia e as substituiu pela lembrança de estar na casa de um amigo, jogando videogame. Para Cody, aquele dia nunca aconteceu. Ele jamais soube meu verdadeiro nome. Não conheceu Zen, nem Maxxer. Ele nunca soube quem eu realmente era.

Para Cody, eu fugi no meio da noite e nunca mais voltei.

Até agora.

Por algum motivo, pensar em Maxxer suscita uma emoção peculiar em algum lugar dentro de mim. Uma fúria silenciosa que se agita e inflama. Feito uma amargura que esteve latente durante anos e só foi despertada agora.

A sensação me confunde. Que motivo eu teria para ficar furiosa com Maxxer? Ela *me ajudou*. Veio em meu resgate quando ninguém mais fez isso.

— Então, qual é? — Cody me traz de volta à conversa. — Seu nome verdadeiro?

— Seraphina — sussurro.

— Seraphina — repete Cody num tom curioso. É quase como se de algum modo ele se lembrasse. Em algum nível. — É bonito — diz. Um eco de dezenove anos atrás. — Ainda não entendo por que você não sabia quem era, nem conseguia se lembrar de nada quando a conheci.

Encolho-me por dentro. Sei que não seria capaz de escapar das perguntas de Cody por muito tempo. Se é que conseguiria. Ainda há muito que ele não sabe. A transessão é só o começo. Uma lasca da história toda. Ele não sabe sobre mim, o que sou, as lembranças implantadas em meu cérebro, nem aquelas que pedi que fossem removidas. Não sabe das pessoas que me criaram e que agora me querem de volta. Nem do jovem agente que está lá fora, em algum lugar, sem dúvida à minha procura.

Devo uma explicação a ele. Uma explicação de verdade. Completa. Ele merece isso.

Mas também sei que a ideia de contar tudo isso — de reviver aqueles detalhes agonizantes da minha vida imperfeita como ser humano perfeito – é demasiada. Não tenho energia nem resistência, nem estômago para passar por isso novamente.

Eu me levanto e procuro nos bolsos até encontrar o minúsculo disco rígido em formato de cubo que roubei de Kaelen e os receptores que arranquei de sua cabeça.

Depois, lentamente, contorno a cama de Zen na direção de Cody, que recua por instinto quando nota minha aproximação.

Seguro os três discos finos.

– Eles se chamam receptores – explico, a voz ainda fraca e frágil. – Vou colocar em sua cabeça. Eles darão a seu cérebro acesso a tudo que está armazenado neste disco rígido.

Cody estreita os olhos, encarando com ceticismo os vários objetos em minha mão.

– Peraí. *Como é que é?*

– É uma tecnologia que ainda não foi inventada. Chamam de recognição. – Repito as exatas palavras que Zen usou quando colocou os receptores em mim pela primeira vez. A lembrança daquele dia me corta como uma faca.

Aponto o cubo pequeno.

– Este disco rígido se tornará essencialmente uma extensão da sua mente. Você só precisa fazer as perguntas certas e as respostas aparecerão para você.

Ele se retesa um pouco quando posiciono o primeiro disco atrás de sua orelha esquerda, depois o segundo na base do pescoço e o terceiro atrás da orelha direita. Passo o polegar pela superfície do disco rígido, fazendo-o brilhar, verde. Cody tem um sobressalto ao ver.

– Não entendo – diz ele –, o que *exatamente* está armazenado neste drive?

Abro um sorriso carinhoso, vendo minha própria confusão de meses atrás espelhada em seu rosto ansioso.

– Todas as minhas lembranças.

38
PROCESSO

❖

Os olhos de Cody permanecem fechados por um bom tempo. Observo atentamente sua reação, tentando deduzir a que lembrança ele está assistindo em dado instante. Quando ele se retrai, eu me pergunto se vê o momento em que a sra. Pattinson me chamou de bruxa diante de um tribunal inteiro. Quando seu rosto se contorce de tristeza, eu me pergunto se ele testemunha o momento em que Zen me contou quem eu era e de onde realmente vinha. E quando seu rosto se suaviza e um leve sorriso abre caminho para os lábios, eu me pergunto se ele está se lembrando do jeito como Zen sempre conseguia fazer com que eu me sentisse segura.

Não sei quanta informação ele recebe, em que ordem tem acesso ou que lembranças estimula com suas perguntas. Só o que sei é que tudo está neste drive. Os últimos seis meses da minha vida.

A verdade de quem sou. O que posso fazer. Por que fugimos.

Os destroços de um avião em que nunca estive. A família que me acolheu em sua casa. O menino que me encontrou e me ajudou a lembrar.

A cidade que descobriu meu segredo. Que me chamou de bruxa. Que quis me queimar na fogueira.

As lembranças artificiais criptografadas em minha mente. Levando-me a algum lugar. Um lugar que a Diotech quer encontrar.

O jovem dos olhos de água-marinha. Que é igual a mim. Que está lá fora, me procurando.

O cientista que morreu diante dos meus olhos. E aquele que espera com impaciência pela minha volta.

Kaelen roubou tudo isso. Exceto pela última lembrança. Aquela que me trouxe até aqui. Até Cody.

A que guardei para mim.

Não sei que lembrança finalmente faz com que sua expressão fique sombria e sinistra, seus olhos se abram repentinamente e suas mãos indóceis arranhem os receptores presos à cabeça, arrancando-os e jogando-os na mesa.

Não sei qual das incontáveis verdades horrendas enfim o empurram pela beira do abismo, mas de súbito ele se levanta e sai do quarto, sem me dizer uma só palavra. Escuto com atenção, procurando a porta da frente, rezando para não ouvi-la se abrir e se fechar. Não suporto ver Cody partir. Não agora. Mas também sei que não devo ir atrás dele.

Ele precisa de tempo para processar tudo. Como eu quando soube da verdade.

Felizmente, a porta principal continua fechada. O que significa que Cody ainda está em algum lugar dentro da casa. Lidando com a realidade perturbadora da minha vida da maneira que ele precisa. É muita informação para saber de uma só vez.

Dou esse tempo a ele.

Respirando fundo, volto a me acomodar na cadeira. A pressão de meu próprio cansaço me atinge como uma muralha de pedra. No início eu a combato, recusando-me a deixar que os olhos se fechem mesmo que por um segundo. Mas, depois de um tempo, fica demais e eu me entrego à correnteza da exaustão.

Passo a meia hora seguinte cochilando e despertando na cadeira.

Quando acordo, meus olhos estão colados em Zen e nos monitores ao lado de sua cama. Há um bipe suave que toca a cada segundo, garantindo-me que ele ainda está vivo. Que ainda está comigo.

Entretanto, cada silêncio que cai entre um sinal sonoro e outro é um tormento maior do que o anterior. Esperar pelo bipe seguinte, aquele próximo sinal de vida, é como esperar a passagem de uma eternidade. É como cair de um penhasco sem parar. Cada segundo vazio que passa sem um bipe é a gravidade que me puxa para a morte.

Quando durmo, sonho com Kaelen. Seus olhos de oceano fixos em mim. Eu os encaro, encontrando um belo alívio. Encontrando uma escapatória dessa realidade monstruosa em que vivo.

Ele estende a mão devagar para tocar meu rosto. Prendo a respiração, na expectativa de seu toque. O calor que sei que trará. A serenidade que sei que virá.

Mas desperto antes de o sonho chegar lá, com mil agulhas mínimas perfurando meu coração. A vergonha que sinto por querer que ele toque em mim – ainda que em sonho – me abafa como um cobertor grosso e áspero que arranha a pele.

De repente, ficou irritada e zangada.

Zangada por não conseguir tirá-lo de meus pensamentos.

Zangada porque quando durmo, quando seu rosto está em minha mente, eu não *quero* acordar.

Mas eu *devia*. Devia querer acordar.

Zen é real. Está aqui. Agora. E precisa de mim.

Kaelen é algum tipo de erro. Uma confusão. Um equívoco.

Alguém que eu não devia querer que existisse. Alguém com quem eu não devia querer sonhar. Alguém que eu não devia querer.

— Sera? — A voz fraca de Zen interrompe meus pensamentos e pisco para ele, forçando um sorriso despreocupado que faz com que eu me sinta uma fraude.

— Estou aqui — respondo e aperto sua mão.

— Onde estamos? — Sua voz é tão aérea, tão leve que parece que vai voar se eu soltar o ar com muita intensidade.

— Estamos no ano de 2032. Na casa de Cody. Você se lembra dele?

— Sim.

— Ele está tentando descobrir qual é o seu problema. Vai fazer você se sentir melhor.

— Eu quero melhorar.

Mordo o lábio para não cair em prantos.

— Eu sei. Eu também quero.

— Assim podemos fugir de novo.

— Exatamente — digo. — Para onde você quer ir?

Seus olhos permanecem fechados, e ele se mexe, desconfortável.

— Para a Lua?

Abro um sorriso.

— Parece uma boa ideia. Quem sabe Vênus?

— Muito quente — sussurra ele.

Solto uma risadinha.

— Tudo bem, Vênus não.

Há um longo silêncio, e acho que talvez ele tenha adormecido de novo, mas depois outro sussurro frágil irrompe.

— Sera?

— Sim?

Sinto a mais leve pressão na mão quando ele tenta apertá-la.

— Eu já lhe contei sobre o banco?

Franzo a testa.

— Que banco?

— Acho que não.

— Por que não me conta agora? — sugiro, desesperada para que esse raro momento de coerência dure o máximo possível.

— Era de mármore branco — continua ele com dificuldade.

— Em seu jardim.

— No complexo?

Zen tem uma tosse entrecortada, e um pouco de sangue espirra nos lençóis.

— Sim.

Pego um lenço de papel e limpo sua boca.

— Era como eu sabia toda vez que eles tinham apagado sua lembrança de mim.

— Por um banco? — Tento esclarecer, em dúvida, perguntando-me se a febre o deixou delirante.

Ele tenta assentir, mas a cabeça mal se mexe.

— Toda manhã, quando você acordava, devia enterrar algo embaixo do banco.

— Enterrar algo? O quê?

Seu sorriso é tenso enquanto ele se lembra.

— Sempre era diferente. Em alguns dias, uma flor. Em outros, uma pedra. Certa vez você enterrou uma colher. Era seu sinal para mim de que você se lembrava.

— Me lembrava do quê?

— De mim.

Fico em silêncio, apertando os lábios.

Zen continua:

— Se eu chegasse e não encontrasse nada enterrado embaixo do banco, sabia que eles tinham me apagado de novo. E eu teria que recomeçar.

— Como você encontrou forças para fazer isso tantas vezes? — pergunto. — Por que continuou voltando, quando sabia que eu o olhava como se fosse um estranho?

Ele fecha os olhos e por um instante penso que voltou a adormecer. Mas, então, sussurra:

— Você nunca me olhou como se eu fosse um estranho. Era assim que eu sabia que eles nunca venceriam.

Descanso a cabeça em seu peito e ouço seu coração bater, irregular.

— Eu não me esqueci, sabia? — diz ele.

— Não se esqueceu do quê?

— Do que prometemos fazer. Na mata. Você ainda está preparada? — Suas palavras saíram entrecortadas. Desconjuntadas.

Fecho os olhos, e me lembro daquele desejo desconhecido que senti quando estava deitada por cima dele. O desejo quente que tomou meu corpo. A promessa de Zen de que isso nos deixaria ainda mais próximos. O mais próximos que poderíamos chegar.

Eu me lembrei de que fomos separados — pela doença, pelos guardas, pela Diotech — antes de podermos cumprir nossa promessa.

Ergo a cabeça e encaro seus olhos escuros.

— É claro. Mal posso esperar.

Seus lábios se curvam em um sorriso fraco e ele cai no sono assim. Sua respiração volta a um ritmo tranquilo e o corpo fica imóvel mais uma vez.

Olho o relógio na mesa de cabeceira. São 19h05.

Não sei se Cody teve muito tempo para digerir tudo o que descobriu, nem em que estado mental ele se encontra, mas preciso sair deste quarto. Preciso respirar um ar diferente. Ver outros rostos. Ocupar um novo espaço. Eu me curvo para dar um beijo na mão de Zen e a coloco junto de seu corpo. Levanto-me dolorosamente e abro a porta. Em absoluta incerteza do que encontrarei do outro lado.

39
DESCENDENTE

❖

O cheiro delicioso de comida sendo preparada vaga para as minhas narinas e quase me derruba assim que chego ao corredor. Minha boca saliva, e um ronco emana do estômago. Suponho que não deveria me surpreender. Não como nada desde... bom, desde 1609.

E a última refeição que fiz foi pão velho e água em uma cela suja de prisão.

Dizer que estou com fome seria minimizar muito a verdade.

As paredes do corredor que levam à área principal da casa são cobertas de molduras quadradas. Cada uma delas contém uma pequena tela que passa uma série de fotos e vídeos em um ciclo constante.

Não devo ter percebido quando entrei, distraída demais ajudando Zen. Agora, no entanto, paro por tempo suficiente para ver uma delas completar seu ciclo, a começar pela foto de um bebê minúsculo enrolado em uma manta azul, que faz a transição para o vídeo de um bebê maior e gorducho dando passos desajeitados por um carpete, depois um garotinho de cabelo vermelho-vivo e sardas no rosto soprando enfaticamente duas velas em um bolo e, por fim, terminando em uma fotografia do mesmo menino, de camisa branca e short azul-marinho, com uma mochila no ombro.

— Esse foi o primeiro dia de escola dele no ano passado — diz Cody ao chegar a meu lado. — Não conseguimos colocar o vídeo no quadro porque a imagem estava tremida demais. Minha mulher chorava muito.

Por um momento, fiquei sem fala. Olhei boquiaberta para Cody.

— Você é pai?

Ele me olha, radiante. De repente, a antiga versão sinistra dele que saiu intempestivamente do quarto não está em lugar nenhum.

Ele assente:

— Ele é meu mundo inteiro.

Agora é a minha vez de ficar completamente abalada pela verdade. Cody? Um marido? E um pai?

É demais.

Quando olho para ele, ainda vejo o menino de treze anos rabugento, com a cara cheia de espinhas, que ficou de castigo por me ajudar a fugir de casa.

— Qual é o nome dele? — pergunto.

— Reese. — Fico admirada de como seu rosto se ilumina quando ele diz isso. É como se alguém o acendesse de dentro para fora. — Tem cinco anos e estou convencido de que já é mais inteligente do que eu.

— Bem, não é assim tão difícil — eu brinco.

Cody ergue as sobrancelhas.

— Olha só quem dominou o sarcasmo.

— Você se lembra.

— Eu me lembro de tudo sobre você. — Vi seu rosto assumir aquele tom familiar de vermelho enquanto ele vira a cara. Fico feliz em ver que algumas partes dele nunca mudaram. — Acho que você era um *crush* sério.

— *Crush*? — pergunto.

Ele ainda se recusa a me olhar nos olhos.

— Eu gostava de você. Muito. — Ele solta um leve bufo. — Não conte a minha mulher.

Olho o quadro novamente, admirando os olhos azuis e redondos do menino e seu rosto sardento.

— Ele é parecido com você.

— Bem, só torço para que aos treze anos ele comece a ficar mais parecido com a mãe.

Solto um riso que parece ter estado preso em mim por anos.

— Eu me lembro de sua mãe me dizendo que você estava numa idade desajeitada quando nos conhecemos.

— Minha mãe sabia subestimar a verdade. Eu era um nerd completo.

— Nem mesmo sei o que é isso.

Ele tira uma mecha de cabelo louro-escuro da testa.

— É algo que você nunca precisa se preocupar em ser. — Ele fica em silêncio.

— Olha — diz ele depois de um momento, a voz séria. — Quero agradecer a você.

Isso me surpreende.

— Pelo quê?

— Por confiar em mim com... bem, com tudo. Sei que foi preciso muita coragem para me mostrar essas coisas. Peço desculpas se saí do quarto. Mas foi... — Ele se interrompe, lutando com as palavras — ... foi demais para processar. Ainda estou tentando entender tudo. Sabe como é, encontrar sentido.

— Eu sei — digo em voz baixa.

Sinto algo quente em minha mão, e quando olho percebo que Cody entrelaçou seus dedos nos meus.

— Vamos descobrir qual é o problema dele — jura ele.

A gratidão cresce dentro de mim, ameaça transbordar pelos olhos.

— Obrigada — sussurro.

Ele dá um puxão em minha mão.

— Vem. — Todo seu comportamento muda, fica mais leve. — Quero que você conheça minha família.

Não sei o que Cody contou à esposa sobre a estranha adolescente em sua casa — se é que chegou a ter a oportunidade de contar alguma coisa. Estremeço quando entro na cozinha e vejo uma mulher baixa, magra e atraente, de cabelo ruivo comprido, servindo um líquido vinho de uma garrafa em dois copos com haste. Acho que depois de ver como a sra. Pattinson agiu ao me receber em sua casa passei a esperar o pior quando conheço alguém novo.

Mas rapidamente fica claro que a mulher de Cody não é *nada* parecida com a sra. Pattinson porque, quando olha para mim, ela abre um sorriso radiante. Passa a mão rapidamente em uma toalha pendurada no fogão e vem em minha direção.

— Seraphina! — diz ela, alegremente. — É um grande prazer conhecer você!

Ela me puxa em um abraço, um cumprimento que ainda me confunde, mas consigo corresponder ao gesto com um tapinha desajeitado em suas costas. Ela me solta e me mantém à distância de um braço.

— Meu nome é Ella.

— É um prazer conhecer você também.

— Quer beber alguma coisa? Uma água?

Faço que sim com a cabeça.

— Sim, por favor.

Ella pega um copo no armário e enche de água de uma torneira fina instalada na pia. Quando entrega a mim, a primeira coisa que percebo é que é transparente feito cristal. Fiquei acostumada à cor pardacenta da água que bebíamos na fazenda dos Pattinson. Meu primeiro gole é glorioso. É tão fresca e limpa. Como se eu estivesse bebendo diretamente do céu. Termino todo o copo em apenas um gole.

Ella ri e pega o copo de minha mão.

— Com sede?

— Acho que sim. Foi um longo dia.

Com certa pena, Ella me olha da pia, onde voltou a abrir a torneira.

— Espero que seu amigo melhore logo.

— Eu também — digo em voz baixa.

— Bem, você deve jantar conosco — diz ela, entregando-me outro copo cheio. — Cody é um excelente cozinheiro.

Ergo as sobrancelhas para Cody. Por algum motivo, simplesmente não consigo imaginar o menino de treze anos de minha lembrança, que não fazia nada além de ler revistas científicas e jogar videogame, preparando uma refeição.

— É mesmo?

Cody ri.

— Foi uma questão de necessidade. Aprender a cozinhar ou ser obrigado a comer na rua toda noite. — Ele vai até a esposa e lhe dá um beijo carinhoso no ombro.

Ela se rende.

— Culpada da acusação. Cozinhar simplesmente não está em meu DNA.

Cody e eu trocamos um rápido olhar, e ele dá um pigarro.

— Vamos comer.

— Amor — Ella diz a Cody —, pode dizer a Reese para descer?

Cody vai à escada da sala e grita: "Reese! Jantar!"

— Pensei que você ia trabalhar até tarde hoje — Ella fala com o marido.

— Era o que eu pretendia. Mas apareceu algo mais importante. — Ele dá de ombros e pisca para mim.

Trabalhar até tarde?

Automaticamente, volto à lembrança. Aquela que acontece às duas da madrugada de amanhã. Mas meus pensamentos são interrompidos pelo bater de pés pequenos e animados enquanto um borrão vermelho desce zunindo a escada. Tenho certeza de que ele corre tão rápido quanto eu. O garotinho pula os últimos dois degraus e salta com energia nos braços do pai.

Cody ri e balança o menino de um lado para o outro.

— E aí, garoto?!

— Papai — diz Reese, depois começa a falar com tal rapidez que mal consigo acompanhar. — Você nunca vai adivinhar o que aconteceu hoje na escola. — Ele não dá a Cody a chance de adivinhar, simplesmente continua falando: — Aquela garota, a Rhi, ela levou o sapo dela para mostrar na aula e a sra. Beecher não gosta de sapos. Ela acha que eles são pegajosos. Mas os pais de Rhi falaram que ela precisava levar o dela mesmo assim, porque a sra. Beecher não pode dizer quem pode ou não pode levar coisas, só se forem coisas perigosas, como facas e serpentes. E aí Rhi levou o sapo e aquele menino, Brayden, ele devia colocar o sapo no aquário dele, mas ele não fechou a porta toda e o sapo ficou solto e subiu na cadeira da sra. Beecher e ela ficou gritando e batendo os braços igual a uma doida. — Reese agita as mãos no ar para demonstrar sua história, e Cody continuamente precisa abaixar a cabeça para não ser estapeado na cara. — E todo mundo ficou rindo, menos a sra. Beecher, que gritou, e ninguém ajudou porque era engraçado demais.

Quando termina a história, o garotinho respira fundo. Penso que ele usou todo o oxigênio contido num raio de dois quilômetros.

Em seguida, ele se vira e parece notar minha presença pela primeira vez, porque solta um gritinho e fica muito quieto.

— Quem é ela? — cochicha ele para o pai.

Cody ri e dá um passo em minha direção.

— Esta é minha amiga Seraphina. Seraphina, este é meu filho, Reese.

Abro um sorriso luminoso.

— É um prazer conhecer você, Reese.

Mas Reese, milagrosamente perdendo a capacidade de falar, vira-se e enterra a cara no ombro do pai.

— Ora, o que é isso? — Cody tenta convencê-lo. — Não seja tímido. Ela é muito legal.

Leva um momento, mas por fim Reese sai de seu esconderijo na camisa de Cody e se vira para me olhar. Coloca dois dedos na boca, mas Cody de imediato os retira.

— Sabe jogar Super Suds Sub? — pergunta Reese.

— Humm. — Olho para Cody, procurando ajuda.

— É um jogo, um simulador virtual — ele me diz. — O preferido dele.

— Você tem que pilotar um submarino — Reese explica ansiosamente.

Olho para Cody em busca de uma definição da palavra *submarino*. Ele parece entender meu pedido silencioso.

— Uma embarcação que viaja dentro da água.

— É — continua Reese, o rosto iluminado como uma lanterna enquanto ele corta o ar com a mão. — Eles descem muito fundo no mar. Zum! Zum! Muito rápido! E sopram bolhas de sabão e você olha os peixes e toca instrumentos musicais!

— Nossa — digo, arregalando os olhos. Sou lembrada da pequena Jane Pattinson e de como suas feições se iluminaram quando lhe contei a história da princesa mágica. Meu coração se condói em silêncio por ela.

— Parece divertido — respondo. — Infelizmente, eu não sei jogar.

Reese dá a impressão de que acabo de assassinar toda sua família.

— Mas — diz Cody, vindo em meu resgate —, talvez, depois do jantar, você possa *ensinar* Seraphina a jogar.

As sobrancelhas de Reese se erguem de esperança e ele me olha, procurando confirmação.

— Eu... eu adoraria.

Fico aliviada ao ver que evidentemente isso apagou todos os danos que eu possa ter causado. Reese pula dos braços do pai e corre para a sala de estar.

— Vou carregar o jogo!

— Depois do jantar! — Cody o chama.

— Só vou deixar preparado! — grita Reese em resposta.

Cody põe as mãos nos bolsos.

— Desculpe, espero que você não tenha nenhum plano para esta noite. É muito difícil dizer não a ele.

— Ele é muito... — procuro pela palavra certa — ... interessante.

Cody ri.

— Obrigado. Partindo de alguém tão literal como você, vou tomar como um elogio.

Um pânico repentino me domina.

— Mas foi um elogio!

— Eu sei. — Cody esbarra em meu ombro. — Senti sua falta de verdade.

Um sorriso se abre e cobre todo meu rosto. É bom.

— Senti sua falta também, Cody.

40
NORMALIDADE

❖

Ella estava certa. Cody é um excelente cozinheiro. Talvez seja porque estou incrivelmente faminta, ou talvez porque a culinária da sra. Pattinson é muito suave e sem sabor, mas esse frango é a coisa mais maravilhosa que já experimentei. Ainda melhor do que o sanduíche de queijo quente que a mãe de Cody, Heather, fez para mim em minha primeira noite na casa deles.

É tão intenso, suculento e cheio de temperos deliciosos que nem consigo começar a identificar.

– E então – diz Ella, bebendo um gole do vinho –, Cody me disse que você era amiga da família quando ele era adolescente?

Cody faz um gesto de cabeça clandestino para mim, indicando que ela não ouviu a verdade a meu respeito.

Abro um sorriso caloroso para ela.

– É isso mesmo. – Embora as palavras que saem de minha boca possam ser desonestas, meu sorriso é sincero. A mulher de Cody tem uma alegria contagiante. É difícil *não* sorrir.

– Você devia ser muito nova na época – calcula ela –, porque agora não parece muito mais velha do que uma adolescente.

– Ela tem vinte e cinco anos – intromete-se Cody rapidamente.

Faço que sim com a cabeça.

— É verdade. — Sei bem por que ele mentiu sobre minha idade. Não posso ser adolescente. Isto significaria que eu não teria nascido em 2013.

— Você parece tão nova. — Ela observa, engolindo uma porção de frango. — E é tão incrivelmente bonita. Tenho certeza de que você se deu bem.

Sinto meu rosto esquentar e baixo os olhos para o prato.

— Quero dizer que é deslumbrante — continua ela. — Parece uma modelo. — E então se vira para Cody. — O que me lembra de uma coisa... você viu o cartaz novo que apareceu ao lado do mercado? Juro que a mulher daquela propaganda de roupa está cada vez mais magra. Dá até vontade de parar de comer para sempre.

— Amor — diz Cody, olhando para ela com carinho. — Você sabe que as modelos não são gente de verdade. São geradas por computador.

Ela bebe outro gole do vinho e suspira.

— Eu sei. Mas deveria ser ilegal. Como posso comprar roupas quando as lojas de departamentos estão cheias de projeções digitais de pessoas *sintéticas* que não têm nem uma curva, nem uma ruga?

Cody e eu nos olhamos outra vez. Felizmente, ele muda de assunto, perguntando a Reese sobre o incidente na escola.

Depois de terminado o jantar, Cody e Ella lavam os pratos e Reese me pega pela mão e me leva para a sala de estar, explicando tudo que preciso saber para me tornar uma mestre no simulador virtual chamado Super Suds Sub.

O jogo é magnífico. Não é jogado em uma tela comum de televisão, mas em um mundo digitalmente simulado que nos cerca completamente.

Eu me coloco ao lado de Reese, com os controles presos em cada punho, conduzindo uma embarcação gigantesca e desajeitada por um universo subaquático, enquanto Reese usa seus controles para identificar criaturas marinhas que estejam de passagem.

O volante projetado em minhas mãos tem peso e resistência físicas. O peixe solta bolhas que flutuam por minha cabeça, estalando em meus ouvidos.

— Não é legal? — pergunta o garoto.

Mas nem consigo responder. Está além do legal. É a coisa mais legal que eu já vi.

Jogamos várias vezes. Até Cody aparecer e conduzir o submarino por um tempo e Ella ficar no fundo da nave, tocando um piano holográfico, combinando as notas com teclas codificadas por cor para nos dar mais combustível e aumentar nossa velocidade.

Depois de algum tempo, peço licença e me sento no sofá, vendo a família Carlson deslocando-se por uma paisagem superquântica invisível. Deste ângulo, de fora da projeção digital, parece ridículo. Cody manobrando um volante que não existe, Ella batendo os dedos com ritmo no ar e Reese dançando com um golfinho imperceptível.

Cody sai do reino submarino alguns minutos depois.

— Assuma o comando da nave, capitão — diz ele a Reese, e desaparece na cozinha para completar a taça de vinho. Eu o acompanho e ele me pergunta como estou me saindo.

— Bem — respondo. Gesticulo para a sala. — Ele me lembra muito você.

Cody sorri, bebericando o vinho.

— É engraçado. Eu me vejo nele cada vez mais todo dia. É estranho quando se tem um filho. Porque eles pegam muita coisa da sua personalidade sem nem mesmo tentar. Está enterrado em seu código genético... — Sua voz falha e seu olhar dispara de mim para a taça em suas mãos.

De súbito, fico curiosa.

— Está dizendo que a personalidade é transmitida em seu DNA?

Cody olha com ansiedade para a esposa e o filho no cômodo ao lado. É a primeira vez que falamos sobre quem eu sou desde que o deixei assistir a minhas lembranças.

— B-b-bem... — ele gagueja, mantendo a voz baixa — sabe como é, é a crença comum. As teorias são muitas. É difícil dizer.

— Está tudo bem, Cody. Você pode me contar.

Ele respira fundo.

— O estranho é o seguinte. Descobriram genes da personalidade no genoma humano. Mas você... — Mais uma vez, ele fica nervoso demais para continuar.

Ergo as sobrancelhas, encorajando-o.

— Bem, como seu DNA foi produzido por um computador, sem uma fonte parental, não sei de onde vem sua personalidade. Tecnicamente, você *deveria* se comportar como um robô. Mas não é assim. O que significa que você deve ter recebido isso de algum lugar.

Foi exatamente o que Alixter me disse. Acreditava-se que eu me comportaria como uma máquina. Que eu não teria muita personalidade. Mas eu tinha. E, por isso, Rio mudou de ideia a meu respeito. Por isso concordou em ajudar a me libertar.

Então, o que deu errado? De onde veio minha identidade?

Será possível que os cientistas estivessem enganados sobre de onde vinha a personalidade de alguém?

— Pai! — Reese chama da sala ao lado. — Não consigo pilotar sozinho!

— Já vou! — Cody olha para mim pedindo desculpas e volta ao jogo.

Eu observo enquanto sua quarta-feira normal continua inocentemente pela noite. Como se o mundo não estivesse se desfazendo em pedaços do lado de fora da janela. Como se um super-humano perigoso do futuro não estivesse em algum lugar lá fora procurando por mim pela cidade. Como se não houvesse nada mais importante na vida do que um menino de cinco anos e seu jogo.

Tento me saturar do riso deles. Deixo que tome minha pele. Talvez, em algum lugar, bem no fundo de mim, vá se acomodar, grudar e vencer a tempestade que sei que está longe de acabar.

Procuro capturar a felicidade deles e me embrulho nela, na esperança de que me ajude a criar minha própria bolha. Como aquela em que Zen viveu por tanto tempo. Eu a uso para tentar bloquear meus pensamentos, esvaziar a mente, silenciar meus temores.

Assim, não precisarei me perguntar se um dia terei isso ou não.

Se um dia farei parte ou não de uma família de verdade.

Assim, nunca terei que enfrentar a resposta. A verdade.

A verdade que, muito provavelmente, não terei.

A realidade angustiante da situação me atinge de súbito. Colide em mim como um planeta.

Esta noite despreocupada e idílica de quarta-feira é emprestada. É temporária. Jamais será minha. Porque nunca poderei me sentar em uma sala e não me perguntar se alguém está esperando do outro lado da porta para me levar. Nunca poderei ouvir o riso de uma criança sem voltar o outro ouvido para a noite silenciosa demais. Nunca conseguirei dormir sem sonhar com máquinas que serram o coração pela metade e cientistas que querem remover cirurgicamente sua alma.

No fim, não importa o que eu faça, não importa aonde eu vá, não importa se vou salvar ou não a vida de Zen – eu nunca ficarei livre deles.

A Diotech sempre persistirá do lado de fora da minha janela.

Esperando que eu me revele.

Enquanto Cody e sua família ainda se distraem com o jogo, saio do sofá sem fazer barulho e caminho pelo corredor até o quarto de hóspedes. Abro uma fresta da porta e entro no quarto escurecido, iluminado apenas pelo brilho branco e suave do computador de Cody. Cerro a porta em silêncio, descanso a testa ali e fecho os olhos, procurando ouvir os sons tranquilizadores da respiração de Zen e da pulsação das máquinas que monitoram sua vida.

Em seguida, subindo na cama, ao lado dele, aproximando o corpo ao máximo que posso, choro na superfície sólida e inabalável de seu rosto.

41
ATAQUE

❖

Água jorra em meus pulmões. Morna e choca. Tem gosto de carne e poeira do deserto. Não tenho alternativa senão deixá-la entrar. Deixar que se espalhe. Que substitua o ar por líquido. Uma respiração pesada e ofegante com silêncio.

Eu tento. Tento de verdade. Eu me debato. Esperneio. Meus braços estão pouco acima da superfície e socam o ar. Mas é inútil. Não acerto nenhum golpe. Meu agressor é rápido demais. Sintonizado demais com minhas limitações.

Agora a luta acabou.

Abro os olhos e me esforço para enxergar pelas ondas vagarosas. Os respingos pararam. Seu rosto fica mais nítido à medida que a água se acomoda. Mas ainda não está claro o bastante. Só consigo distinguir a determinação em seus olhos. A fúria que contorce suas feições. O olhar de um louco.

Suas mãos grandes ainda pressionam meus ombros. Prendem-me à superfície dura do fundo da banheira. Se eu pudesse falar, diria a ele que agora pode me soltar. Eu já cedi.

A luz começa a falhar. O apagão está chegando. Anseio por ele. Recebo-o de braços abertos. Pelo menos dará um fim a essa ardência insuportável no peito. O latejamento nas têmporas. A expressão em seus olhos.

As sombras se esgueiram como um véu grosso e pesado. Sinto a pressão sair de meus ombros. Sua tarefa está concluída. Meu corpo sem peso começa a flutuar. Até a superfície. Para a luz.

Quando chego à tona, vejo seus olhos de água-marinha radiantes penetrando a escuridão e então entendo.

Eu sempre soube.

Acordo embolada nos lençóis e encharcada de suor. Poderia parecer que minha rotina matinal não mudou desde que saí da fazenda dos Pattinson.

A luz quente do dia entra pela janela, ilumina o quarto de hóspedes da casa de Cody e me lembra de onde estou, de tudo o que aconteceu.

Zen ainda dorme tranquilamente ao meu lado. Parece não ter sido perturbado por meu pesadelo e pela agitação que mais provavelmente ocorreu em meu corpo como resultado dele.

Eu me pergunto se Cody injetou em Zen mais daquela droga que usou para dominá-lo na noite anterior.

Saio da cama e vou até a cozinha na ponta dos pés. A casa está deserta. É como se Zen e eu fôssemos os únicos ali. Na cozinha, encontro um prato de comida na bancada e um bilhete digital ao lado dele.

Fui ao laboratório fazer alguns testes.
Volto logo.
C

Eu não tinha notado na noite passada, mas a bancada parece fazer as vezes de uma tela gigantesca. Passo alguns minutos brincando com ela, maravilhada com sua funcionalidade. Posso arrastar o bilhete pela superfície larga com a ponta dos dedos, girá-lo para o lado que quiser, aumentar ou diminuir, beliscando com o polegar e o indicador ou separando os dedos. Posso colocar por cima de fotos e documentos que estão espalhados por ali, criando pilhas virtuais.

Um dos itens digitais chama minha atenção. É um quadrado com um gradiente laranja e branco e uma única fileira de números pretos. No alto, diz *Loto Magnum*, com uma data da semana passada. Incapaz de entender, volto à pilha e corro uma coleção de fotos.

Quando acaba a novidade da tela da bancada, eu me sento em uma das banquetas e tomo o café da manhã que Cody deixou para mim. Mais uma vez, é uma delícia. Uma espécie de ovo macio, misturado com vários vegetais e queijos. O prato de metal coberto em que a comida é servida manteve a refeição aquecida de algum modo. Eu quase tinha devorado tudo quando uma pequena bolha azul aparece na tela abaixo do prato.

É uma mensagem de Cody:

Acordou?

Clico no botão "Responder" e aparece um teclado. Arrasto-o para a direita, longe do prato, e digito uma resposta:

Sim.

Depois de pressionar "Enviar", vejo a palavra desaparecer e se rematerializar como uma bolha verde abaixo da pergunta de Cody. Alguns segundos depois, a mensagem seguinte de Cody aparece em azul:

Pode vir ao laboratório? Tem uma coisa que eu acho que você devia ver.

O pânico me domina.

Ele descobriu alguma coisa.

Algo sobre Zen.

Eu nem havia acabado de mastigar quando transedi para o laboratório de Cody, equilibrando-me junto da parede enquanto a pequena onda de vertigem desaparecia.

Ele toma um susto quando me vê.

— Nossa. Não sei se um dia vou me acostumar com isso.

– O que foi? – pergunto com a voz frenética. – O que você descobriu?
– Conseguiu tomar o café da manhã que deixei para você?
Ele está embromando. Protelando a má notícia.
– Cody. – Meu tom é cheio de desespero. Eu suplico. *Por favor, não me faça esperar por isso.*
Cody parece entender.
– Tudo bem. – Ele concorda e respira fundo. Juro que sinto cada partícula de dióxido de carbono que ele exala bater em meu rosto como um milhão de gotas mínimas de ácido. – Bem, terminei de fazer todos os exames.
A nebulosidade começa a cobrir minha visão.
– E...
É a única palavra que consigo pronunciar. Uma sílaba. Uma única letra. Um universo de massa montado nela. Engulo em seco, umedeço a garganta ressecada, mas não adianta. A umidade evapora instantaneamente.
Ele coça o queixo e acena para que eu me aproxime de sua mesa. Aponta um grande monitor ultrafino em cima dela.
Cody entra com uma senha numérica para destravar a tela. Seus dedos voam rapidamente pelo teclado, mas meus olhos pegam a série de dígitos aparentemente aleatórios que ele insere.
7123221157778
A tela pisca e revela um conjunto de dados que não entendo. Filas e mais filas de letras e valores que não fazem nenhum sentido para mim. Cody aponta uma coluna.
– Este é o código de um genoma humano normal. – Depois, ele aponta para a coluna ao lado. – Este é um fragmento do DNA de Zen.
A discrepância me salta imediatamente aos olhos. Aponto uma fila de dados.
– Este é diferente.
Cody concorda com a cabeça.

— Sim. — Ele bate o dedo na tela, ampliando essa parte, até que só fica visível um pequeno subconjunto de letras. — Esse é o motivo da doença de Zen.

Minha boca se abre e eu o encaro.

— É por causa do DNA dele?

— Por causa desse gene no DNA dele. Nunca vi um gene parecido em minhas pesquisas. É muito complexo. Sem dúvida, é artificial. E o corpo de Zen o está atacando.

Eu pisco.

— O quê?

— Parece que o gene é poderoso demais, e o sistema imunológico de Zen o trata como um vírus. Está tentando se livrar dele. Essencialmente, o próprio corpo de Zen está se destruindo.

— Mas o que é isso? — pergunto, em pânico. — Por que Zen teria um gene que ninguém mais tem? Ele é só um garoto normal...

Minha voz falha. Nem acredito que não pensei nisso antes. Rio me alertou. Ele me avisou quando o entregou a mim. Disse que isso poderia acontecer. E eu ignorei. Bloqueei da memória. Até agora.

"Se algo der errado e você não tiver como desativar, o gene pode destruí-la. Devorará você viva aos poucos, por dentro. Você só saberá quando for tarde demais."

Por isso ele me deu o medalhão, antes de tudo. Para que eu tivesse a capacidade de ativar e desativar o gene. Mas Zen não recebeu nada. Eu sabia que jamais conseguiria fazer com que ele confiasse em Rio o bastante para permitir que instalasse algo parecido em seu código genético. O que significa que o gene dele esteve ativo todo esse tempo, destruindo-o lentamente.

— É seu gene da transessão — respondo, entorpecida, quase me esquecendo de que Cody está na sala comigo. — O gene o está matando.

— Foi minha conclusão também — admite Cody com brandura, e percebo que ele deve ter visto aquelas lembranças: aquela em que eu aprendo sobre o gene da transessão e a outra, em que Rio me contou sobre o medalhão.

Espere um minuto, penso. E Kaelen?

Ele não tem nada que ative ou desative seu gene. Pelo menos não que eu saiba. Por que o gene não está fazendo Kaelen adoecer? Será que o gene de Zen tem algum defeito? Deu algo errado quando o implantaram?

Qualquer que seja o problema, só há um jeito de corrigi-lo. Seguro as mãos de Cody, apertando-as com urgência.

– Você precisa desativar o gene. Tire-o dali. Não me importa que Zen fique preso aqui para sempre, pelo menos estará vivo.

Mas Cody meneia a cabeça com pesar.

– Não posso. Como eu disse, é complexo. Muito entrelaçado com o resto do DNA. Não há um cientista vivo hoje que seja capaz de removê-lo. Aprendemos muito sobre a genética nas últimas décadas, mas isso é outra coisa. Algo que nunca vi. Um código genético humano parece uma tapeçaria complicada. Se você puxar um fio para o lado errado, a coisa toda se desintegra.

– Está dizendo que não há nada que você possa fazer? – Agora minha voz se eleva, em choque, desesperada. – Que devemos ficar parados, vendo-o morrer?!

Cody faz uma careta e tenta tocar minha mão.

– Não! – grito, afastando bruscamente a mão. – Eu não faria isso. Deve haver um jeito de impedir sua morte!

E de repente sinto uma camada fina de gelo cobrir minha pele enquanto repasso as palavras de Cody. Enquanto elas soam sem parar em meu cérebro feito um badalo de sino.

"Não há um cientista vivo hoje que seja capaz de removê-lo."

Não creio que ele perceba quanto tem razão.

– Sei quem pode desativar o gene – digo, e minha voz parece vir de muito longe. De algum lugar arraigado no futuro. Dali a 83 anos, para ser mais precisa.

As sobrancelhas de Cody disparam para cima.

– Quem?

Inspiro profundamente, sentindo que o ar me energiza. Renova minhas esperanças. Só há uma pessoa no mundo que sabe o suficiente sobre o gene da transessão para salvar a vida de Zen.

– A mulher que o criou.

42
DEDUÇÃO

❖

Caminho pela extensão do laboratório de Cody. Lembranças, números e dados fluem por minha mente como chuva. Essa descoberta de repente virou tudo de pernas para o ar.

É o gene que está adoecendo Zen. E não alguma enfermidade misteriosa.

E se Kaelen disse a verdade e ele sabia o tempo todo que era um gene, então também deve saber como desativá-lo, o que me deixa essencialmente com duas opções a essa altura.

E a segunda – aquela que exige que eu dê à Diotech o que ela quer – está totalmente fora de cogitação.

O que significa que terei que ficar com a primeira opção. Significa que, agora, só existe uma pessoa que pode me ajudar.

– O nome dela é dra. Rylan...

– Maxxer – termina Cody, a voz rígida e distante.

Mais uma vez, por algum motivo, o nome dela provoca uma labareda inesperada de raiva em mim e sou obrigada a parar de andar e me agarrar a alguma coisa para me estabilizar.

O que foi isso?

Foi como uma fúria quente. Como se eu tivesse atravessado uma linha de batalha invisível para território inimigo e pudesse apalpar o ressentimento ainda no ar, perdurando como fumaça.

Mas, assim como veio, a sensação passou.

Examino a expressão indignada de Cody.

— Então você sabe.

— Que eu a encontrei e que ela apagou o dia todo de minha mente e o substituiu por uma lembrança falsa de algo que nunca aconteceu? Sim. — Seus olhos estão fixos em um ponto do outro lado da sala. Seu maxilar está rígido.

Sei que ele está zangado. E de repente eu *sei* que essa foi a lembrança que finalmente o empurrou no abismo. O motivo para ele arrancar os receptores e sair do quarto.

— Ela fez isso para proteger você.

— Ela não tinha o direito de tomar essa decisão por mim! — rosna Cody em resposta. — Não tinha o direito de mexer com a minha cabeça daquele jeito.

— Sei como você se sente — solidarizo-me com ele. — Houve uma época em que eu tinha mais lembranças falsas em minha cabeça do que verdadeiras.

Cody resmunga e cruza os braços.

— E aquela coisa que ela usou para me fazer desmaiar? Como se chamava mesmo?

Retiro o dispositivo preto do bolso e o deposito na bancada.

— Um Modificador.

Cody solta um silvo ao olhar o aparelho em seu laboratório. Ele se curva e o examina sem se atrever a tocá-lo.

— Não sei exatamente como funciona — digo. — Só sei que faz algo com suas ondas cerebrais e basicamente coloca você para dormir.

Cody meneia a cabeça.

— Que confusão.

— Sim — concordo. — Mas, nesse momento, a dra. Maxx... — Paro antes de completar seu nome, sentindo a estranha fúria borbulhar outra vez. — Aquela mulher é a única que pode me ajudar. Que pode ajudar Zen. Preciso encontrá-la.

— Bem, tem alguma ideia de onde ela pode estar?
Jogo as mãos para o alto.
— Não! O problema é esse. Não tenho nem uma pista. Ela pode estar em qualquer lugar. Você viu quanto trabalho ela teve para guardar segredo de seu paradeiro. — Gesticulo para o Modificador ainda na bancada. — É esse o motivo para ela ter desativado a nós dois. Assim, não poderíamos ver onde ela se escondia.

De repente, Cody fica imóvel. Quase parece que seu corpo começa a se retrair para dentro dele mesmo.

Estreito os olhos para ele.

— Cody?

Ele não responde. Só olha fixamente um local não identificado na sala. Dou um passo cauteloso em sua direção, quase temerosa de assustá-lo se eu me mexer muito rápido.

Mas, na verdade, é *ele* que acaba me dando um susto.

De súbito, Cody entra em ação, disparando até a parede atrás de mim, que agora vejo que é um quadro-branco virtual gigantesco. Ele elimina todas as anotações e símbolos existentes com um golpe de mão e pega um ímã próximo a um dispositivo que parece uma caneta.

— Cody — começo, com cautela. — O que está fazendo?

Mais uma vez, ele não responde. Apenas escreve.

No alto do espaço, escreve *Inventa a Transessão* e traça um círculo em volta.

Depois, no sentido horário, à direita, escreve *Lembranças de Cody Apagadas*. E circula.

Ele continua em um arco com as expressões *Localização Oculta*, *Mapa de Lembrança Implantada* e *Capaz de Desativar Gene Disfuncional*, até formar um círculo completo.

— Não está vendo? — pergunta, batendo no centro, vazio. — Essa Maxxer é o único fator em comum em tudo isso.

Ele escreve *Maxxer* no meio do círculo e sublinha duas vezes.

Estreito os olhos para o diagrama, tentando entender aonde Cody quer chegar.

— Você mesma disse — Cody pressiona. — Ela teve muito trabalho para guardar segredo do seu paradeiro. Sabe de mais alguém que tenha motivos para fazer isso?

— Acho que não.

— Ela está fugindo, como você. Ela lhe disse isso. Está se escondendo das mesmas pessoas de quem você se esconde.

— Da Diotech — digo sem pensar.

— Sim — Cody confirma. — E, se ela estava disposta a tanto esforço para esconder sua localização deles antes, tem sentido que faça o mesmo outra vez.

Ele leva a ponta da caneta até o próprio nome.

— Pense nisso. Se ela foi capaz de *eliminar* as lembranças da minha mente, não seria capaz também de colocar lembranças *dentro* da sua?

Cada centímetro meu fica entorpecido. Exceto pelo cérebro. Meus pensamentos giram freneticamente. Olho o diagrama de Cody em completa incredulidade. Por que não vi isso antes? Agora faz muito sentido.

O Modificador.

Ela o usou nele. Mas também o usou em mim. Quando entramos em seu carro, Maxxer o usou em nós dois. Disse que era para protegê-la. Para que a lembrança de sua localização não pudesse ser roubada depois.

Despertei no piso de concreto frio de seu depósito. Não sabia quanto tempo tinha ficado inconsciente.

Ela teve total e completo acesso ao meu cérebro o tempo todo.

Arquejo e levo a mão à boca.

— Você tem razão! — exclamo. — Maxxer é a única outra pessoa que conheço com motivos para se esconder da Diotech. Mas ela não poderia apenas me *dizer* onde estava. Nem implantar uma lembrança de sua localização. Seria fácil demais para a Diotech roubar. Ela deixou pistas. Pistas que só podiam ser despertadas *por mim*.

As peças giram ao meu redor enquanto, ansiosa, pego cada uma delas e as coloco no lugar certo.

"*Encontre-me.*"

Aquela voz foi inserida no início de cada lembrança. Como um rótulo. Como um cabeçalho. Ligando tudo. Dizendo-me o que fazer.

— Ela estava me levando *até ela*.

A empolgação de nossa revelação é tão dominadora que preciso me sentar. Escorrego para uma das cadeiras.

Esse tempo todo, Maxxer esperou que eu fosse até ela.

É quase como se *soubesse* que eu não ficaria em 1609. Que algo daria errado e um dia eu precisaria encontrá-la.

Se ela realmente implantou essas lembranças quando eu estava inconsciente em seu depósito, isso quer dizer que ela já planejava nosso reencontro. Já estava a três passos a minha frente.

— Espera aí! — eu me espanto. — Por que a *Diotech* ficaria tão interessada em encontrar Maxxer? Por que mandariam alguém simplesmente para localizá-la por meu intermédio?

Por que ela fugiu? Isso não parecia certo. Por que se arriscar a me perder — um investimento de 1 trilhão de dólares — só para trazer de volta uma cientista desgarrada?

— Isso não faz sentido — digo em voz alta. — Eles têm o gene da transessão. Não precisam mais dela.

— A não ser — diz Cody, batendo a caneta no texto circulado que diz *Capaz de Desativar Gene Disfuncional* — que Zen não seja o único doente.

Há um rangido nas tábuas do piso. Nós nos assustamos e nos viramos juntos para uma figura alta e estatuesca que se junta a nós no laboratório de Cody. Não sei há quanto tempo ele está parado ali, ou quanto ouviu. Mas tenho a sensação de que já faz muito tempo e que ele ouviu demais.

Um sorriso irônico e desconcertante dança em suas feições perfeitas quando ele abre a boca e observa, naquela voz aveludada, grave e irresistível: "Sujeito inteligente."

43
GUERRA

❖

Não consigo explicar o que aconteceu comigo naquela hora.
É quase como se meu corpo declarasse guerra contra si mesmo. Metade de mim fica apavorada. Furiosa. Quer transeder de volta àquele quarto de hóspedes, pegar Zen nos braços e saltar de uma janela do décimo andar. Independentemente de ele sobreviver ou não à queda.
Mas a outra metade...
Essa é a metade que me dá nojo. A que parece uma onda dominadora de alívio. A parte de mim que esteve doentiamente *torcendo* para que ele me encontrasse. Para que eu o visse novamente. É aquela que deseja correr para ele agora. Tocar nele. Sentir a onda gloriosa de energia que me eletriza sempre que nossa pele entra em contato.
É a parte de mim que não entendo.
Que temo jamais entender.
Elas batalham. Ódio lógico e desejo inexplicável. Ele é meu inimigo jurado; entretanto, jamais consigo me obrigar a derrotá-lo. Ele é desprezível, porque foi feito pelas mãos da pessoa que procura destruir minha felicidade. Entretanto, nós somos iguais.
— Kaelen — sussurro seu nome. Escapole da minha boca, repleto de um desejo peçonhento. Um fascínio enlouquecedor. Uma atração repulsiva.

Ele se posta imóvel do outro lado da sala, a minha frente, e apesar de minha capacidade crítica, deixo que meus olhos encontrem os dele. Que fiquem ali. Fixos.

A sensação revigorante que corre por mim é avassaladora.

O que é isso?

Por que não consigo combater?

Por que não consigo odiar? Como eu gostaria de odiar. Como *anseio* por odiá-lo.

Sinto meus pés formigarem. Eles me ordenam a ir até ele. Como se o caminho entre nós agora – os meros dez passos – fosse entalhado em pedra. Como se não houvesse outra saída. Nenhuma outra estrada.

Mas não vou.

Não vou.

Não vou.

Finalmente eu me obrigo a virar o rosto, a romper o vínculo. A partir o fio invisível entre nós, ficando com a sensação nítida de queda.

Ouço sua respiração. E não só porque minha audição é excepcional. Mas porque sua respiração é laboriosa. Ele também luta. Entretanto, eu não precisava ouvir para saber.

Parte de mim já sabe.

Parte de mim entende as emoções dele com a facilidade com que entendo as minhas próprias.

– Cody tem razão, não é? – exijo saber dele, encontrando minha voz. – Alixter deu a si mesmo o gene quando veio me pegar em 2013. Ele também está doente.

Kaelen permanece estoicamente calado.

– Por isso ele mandou você – continuo, sem me abalar. – Por isso suas ordens não eram me levar de volta prontamente. Alixter precisa da cura também. Você mentiu. – Eu o acuso. – Você me disse que tinha a cura.

— Eu lhe disse que sabia onde ela estava — Kaelen me corrige. Ele ainda não confirmou minha teoria, mas não é preciso. Sei que é a verdade. Eu *sinto*, por sua linguagem corporal. Por sua energia. Assim como soube o que ele estava sentindo na primeira vez em que nos tocamos.

E não importa se tenho ou não razão.

Se Maxxer pode ajudar Zen, então preciso encontrá-la. Preciso ir até ela. Exatamente como Maxxer queria. Ela esteve me chamando desde o início.

E agora apenas uma coisa me atrapalha.

Ou melhor, uma pessoa.

Encaro Kaelen com ódio.

— Como você me encontrou?

— Sera — diz ele. E lá está de novo. Meu nome em seus lábios. — A essa altura, você devia entender que *sempre* vou encontrar você.

Seu tom é sinistro. Cheio de alerta. É algo que Alixter diria. E isso faz total sentido. Ele está obedecendo às *suas* ordens. Reage a *sua* programação.

Todavia, nas palavras de Kaelen, pronunciadas pela boca de Kaelen, ouço algo mais. Algo bem menos sinistro. Algo tranquilizador.

"*Eu sempre encontrarei você.*"

E sinto que a metade rebelde — aquela metade que desprezo — rejubila-se em silêncio.

Minha mente gira. Como ele *me encontrou*? Não houve documento nenhum. Nenhum registro. Não deixei rastros. Será que alguém tirou uma foto sem que eu percebesse? Mas algo me diz que ainda há uma peça do quebra-cabeça que eu não tenho. Que há mais nessa história. Que ela é muito maior, muito mais complicada do que simplesmente pesquisar registros históricos.

E é quando a outra parte de mim — a parte saudável e racional que *sabe* que Kaelen é um inimigo que não merece confiança — entra em pânico.

Ele dá um passo lento e decidido na minha direção e sinto que começa tudo de novo. Aquela atração. Aquela energia. Como se as moléculas no espaço entre nós girassem em frenesi. Fecho os olhos, tentando combatê-la.

E então eu sinto. A ponta de seus dedos. Roçando em minha testa. Pressionando-me. Provocando um formigamento por todo o meu corpo. Todo o meu corpo está vivo. Não quero que suas mãos jamais me deixem. Não quero que ele pare nunca.

Mas então ele para.

Cedo demais, e fica o brilho de seu toque desbotando. Como os tons rosados e cinzentos gloriosos que o sol deixa depois de desaparecer no horizonte. E a tristeza de saber por que ele realmente tocou em mim, o que ele procurava.

A lembrança.

Ele a pegou. Aquelas mãos mágicas que de algum modo são capazes de acariciar meu espírito também roubaram uma parte da minha mente.

E quando abro os olhos, percebo que ele também pegou outra coisa.

Meu medalhão está pendurado na ponta de seu dedo, ligando meu destino com o dele pelo restante dessa jornada. Ele o joga para cima e pega habilidosamente, trazendo o punho fechado para perto do meu rosto.

– Eu a aconselharia fortemente a não tentar escapar de novo.

Desta vez, o caráter ameaçador de sua voz não me passa despercebido. Não é abafado por algum filtro perturbador que a faça parecer onírica e reconfortante. É uma mensagem clara. Um aviso de seu criador. De *nosso* criador.

Quase posso ouvir a voz de Alixter atravessando tempo e espaço para falar por intermédio de Kaelen.

Ele fica imóvel por um momento, aparentemente perdido numa profunda reflexão. Quando volta a falar, parece furioso:

– Você percebe o que fez?

Olho para Cody pela primeira vez desde a chegada surpresa de Kaelen, sua expressão petrificada. Imagino que depois de tudo o que ele viu em minhas lembranças, tudo o que sabe a respeito da Diotech, a visão de Kaelen em seu laboratório seja apavorante.

— Eu só estava tentando salvá-lo — eu me defendo, supondo que ele ainda se refira a minha tentativa frustrada de fuga.

Vejo os punhos de Kaelen se fecharem junto ao corpo, como se ele se esforçasse para não socar alguma coisa. Eu.

— Você destruiu nossa única chance de encontrar a dra. Maxxer e o antídoto.

— O quê? Isso é um absurdo.

— Parece que você não entende plenamente a gravidade da situação, nem a extensão de seu erro.

— Meu *erro*? — repito, enojada.

— A lembrança indicou claramente que você esteve em contato com o sr. Carlson na noite *passada*, em seu laboratório — diz Kaelen, e logo percebo o que ele esteve fazendo naquele breve momento de quietude. Observava as lembranças que havia roubado de minha mente. Colocava-se em dia com tudo o que perdeu desde que o deixei naquele táxi. Eu me inclino para a direita, capaz de distinguir um novo disco receptor preso atrás de sua orelha.

— É, e daí?

— Mas você insistiu em interceptá-lo antes do que instruiu a lembrança — continua ele, com o olhar faiscando momentaneamente para Cody. — E, agora, a oportunidade de determinar a próxima pista foi perdida.

Dou de ombros.

— Então, por que não podemos simplesmente voltar à noite passada e pegá-la?

É claro que assim que a sugestão sai da minha boca, reconheço o defeito em sua lógica.

"As leis básicas da transessão não permitem que você ocupe espaço no mesmo momento do tempo mais de uma vez."

Eu já estive lá. Já ocupei espaço no período da noite passada. Estive na casa de Cody, com ele e a esposa. Tornei praticamente impossível voltar para pegar a lembrança.

— Mesmo que você *fosse* capaz de transeder para lá – esclarece Kaelen –, e você não é, a lembrança não é mais válida. O sr. Carlson não estaria onde deveria...

— Tudo bem – Cody o interrompe –, podemos parar de falar a meu respeito como se eu não estivesse aqui? E toda essa história sobre mim em sua lembrança? Ela levou você *até mim*? Foi como você me encontrou?

Mas eu o ignoro.

— Por que não? – pergunto a Kaelen.

— Porque você alterou efetivamente o curso dele. A lembrança especificava que o sr. Carlson estava em seu laboratório na noite passada. Trabalhando até tarde. Mas ele não esteve.

Cody parece pensativo.

— Na verdade, ele tem razão. Eu *pretendia* trabalhar até tarde na noite passada.

— Mas eu apareci com Zen e fomos para a sua casa – percebo em voz alta.

— Sim. – É a resposta vazia de Kaelen.

A culpa é minha.

Eu fiz isso. Fui contra o que a lembrança me disse para fazer e estraguei tudo.

— Você nos impediu de obter a última pista, que acreditamos que revelaria o paradeiro da dra. Maxxer – diz Kaelen, sedimentando minha culpa.

Pressiono as têmporas com os dedos.

— Espere um minuto. A última pista. Está dizendo que Cody é a última parada no mapa?

— Sim.

— E como sabe disso?

— Como eu já declarei — ele zumbe —, conseguimos identificar as lembranças temporizadas implantadas em seu cérebro; simplesmente não conseguimos decodificar antes que fossem corretamente ativadas. Contamos três no total.

Três.
Chinatown.
Estação da rua 59.
Cody.

— Mas se eram apenas três — raciocino —, Cody não poderia ter ativado outra lembrança. Quando eu o encontrei, não restava nenhuma outra lembrança a ser ativada. Então, como o paradeiro de Maxxer poderia ser revelado?

Kaelen hesita por um instante e, enfim, admite:

— Parece que a última parte da informação não está implantada em *seu* cérebro.

Inspiro numa tomada de ar entrecortada, sentindo o peso de tudo me esmagar.

— Espere um minuto. — Cody se intromete antes que eu tenha a oportunidade de falar. Ele se vira para mim. — Ele está insinuando o que eu *penso* que esteja insinuando?

Sinto a cabeça cair em um gesto afirmativo e perplexo.

— Acho que sim.

A última pista.

A localização oculta de Maxxer.

A chave para curar Zen.

Está enterrada na mente de *Cody.*

44
ENTERRADA

❖

Foi por isso que Maxxer me mandou até ele. Por isso Cody está envolvido. Ela deve ter implantado a última parte do mapa em seu cérebro quando apagou suas lembranças. Deve ter armado para ser ativada quando eu aparecesse. E isso deveria ter acontecido na noite *passada*. Em seu laboratório. Mas, agora, eu estraguei isso. Agora, talvez, nunca seja ativada.

— Não. Não, não, não, não, NÃO. — Cody anda pela sala. — Deve ter havido algum engano. Eu não sei de nada. Eu juro.

— Cody — chamo, segurando-o enquanto ele passa por mim e tentando colocar a mão, tranquilizadora, em seu ombro. — Não seria algo que você soubesse *agora*. — Eu me viro para Kaelen. — Está dizendo que Maxxer colocou uma dessas lembranças temporizadas na mente de *Cody* também?

— Na verdade, isso seria impossível — responde Kaelen.

Estreito os olhos para ele, confusa.

— As MT não podem ser implantadas no cérebro mediano.

Cody para de andar e olha feio para Kaelen.

— Ei! Quem você diz que tem *cérebro mediano*? Informo a você que tenho um QI de 172. Estudei em Harvard.

Mas Kaelen desconsidera isso prontamente.

— Elas só podem ser implantadas em sistemas neurologicamente aprimorados.

— Como você e eu — digo num torpor.
— Exatamente.
Cody olha entre nós, ansioso.
— Não entendo. O que isso significa?
— Significa — continua Kaelen rigidamente — que a lembrança sempre esteve ativa. Talvez você não reconheça o que ela de fato significa.
— Então, não importa se não vim aqui na noite passada! — Uma montanha de culpa sai de meus ombros. — Se a lembrança já está ativa, ele já tem a informação de que precisamos.
— Não, eu não tenho! — grita Cody. — É o que estou tentando dizer a vocês. Eu não sei DE NADA!
Kaelen aponta para ele com o queixo, concordando.
— Só porque está ativa, não quer dizer que ele saiba como ter acesso a ela. Ele próprio disse, não sabe o que estamos procurando. O que significa que a dra. Maxxer dirigiu você para cá na noite passada com a intenção específica de atrair a lembrança enterrada do cérebro de Cody. Mas como você não seguiu sua orientação, o estímulo correto nunca foi introduzido. Assim, nossa única opção é descobrir a informação de outro jeito.

Kaelen dá um passo ameaçador e vejo sua mão se levantar lentamente, estendida para a testa de Cody.

— Não! — Dou um salto e me coloco entre os dois, de braços abertos, protegendo Cody. Protegendo sua mente. Não vou deixar que ele se torne o que eu me tornei. Um banco de dados humano. Um disco rígido. Não permitirei que Kaelen vasculhe seu cérebro como quem revira uma gaveta.

Eu me lembro de como Cody se sentiu traído ao descobrir o que Maxxer fez com ele naquele depósito. Não o obrigarei a passar por isso de novo.

Não mesmo.

— Deve haver outro jeito — digo.
— Não há.

Eu me viro e fico de frente para Cody, colocando as mãos com urgência em seus braços.

— Cody, por favor. Procure se lembrar. Você é a única esperança de Zen.

Cody se desvencilha de minhas mãos.

— O que você pensa? Que estive escondendo isso de você? Que sei onde ela está e guardo tudo para mim? Não sei quantas vezes eu posso lhe dizer isso. EU. NÃO. SEI. DE. NADA! Você está apontando para o alvo errado.

Mas não me deixo derrotar.

— Pense, Cody — eu insisto. — Pense em tudo o que aconteceu depois do dia em que desapareci. Procure se concentrar em qualquer coisa incomum que tenha ficado em sua cabeça. Algo que não se encaixasse bem.

Cody balança a cabeça em negativa e vai até sua mesa.

— Isso é inútil.

— Concordo — acrescenta Kaelen de algum lugar atrás de mim. Eu me viro e olho feio para ele.

— Por favor — imploro.

Cody abre uma gaveta e pega uma garrafa cheia de um líquido marrom-claro. Abrindo a tampa, toma um longo gole, depois faz uma careta com o sabor.

Ele suspira.

— São dezenove anos de lembranças. Você está me pedindo para encontrar uma agulha em um palheiro. Uma agulha que ainda não estou convencido de que esteja ali.

— Isso é ineficaz — determina Kaelen, e parte novamente na direção de Cody, que se retrai e recua atrás da mesa. Mais uma vez, eu me coloco entre eles.

— Dê uma chance a ele.

— Não — afirma Cody, batendo com a garrafa. — Sabe do que mais? Não quero uma chance. Estou cheio disso. De tudo isso. Só... me deixa em paz, tá legal? – Ele passa por mim me empurrando e só para quando já está do lado de fora da porta.

Sinto Kaelen reagir a meu lado, preparando-se para segui-lo, mas eu o impeço com uma única palavra:

– Não.

Ele me olha, claramente considerando que estou louca.

– Dê um tempo a ele. Cody só precisa processar isso. Ele vai nos ajudar. Sei que vai.

Kaelen cruza os braços.

– Ele tem uma hora. Depois, será do meu jeito.

45
MUDANÇA

◈

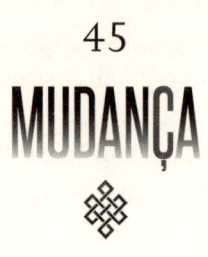

A pracinha do outro lado da rua de Cody é fria e sombria. Há uma fonte no meio, completamente congelada, e os pequenos pardais castanhos estão em sua superfície sólida. Kaelen e eu estamos sentados em um banco com a maior distância que conseguimos. Ficamos em completo silêncio. Ouço o riso fraco de crianças em um parque próximo. Eu o convenci a esperar até Cody chegar em casa, sabendo que ele só precisava de tempo para processar.

Observo Kaelen pelo canto do olho. Apesar de suas feições bonitas e cinzeladas, ele parece cansado. Uma fina camada de poeira escurece suas mãos. O cabelo precisa ser penteado. E suas roupas estão amarrotadas. Ainda existe um corte grande e irregular na lateral da calça, de onde arranquei o Modificador de seu bolso.

Ele olha as outras pessoas na praça, completamente enfeitiçado. Como se visse seres humanos pela primeira vez.

Depois de alguns minutos, lindos flocos brancos começam a dançar no céu, caem a nossa volta, cobrem o chão a nossos pés com uma poeira branca e fofa. Kaelen parece um tanto assustado ao olhar para cima.

— Chama-se neve — digo a ele, imaginando, com sua reação, que ele nunca viu neve antes.

Porque é a mesma reação que eu tive quando vi pela primeira vez.

Seis meses atrás. Tínhamos acabado de chegar à fazenda dos Pattinson. Era o início da primavera. O céu estava nublado e cinzento, a temperatura havia caído e de repente, do céu, veio esse pó branco magnífico. Rodopiei embaixo dele, adorando vê-lo cobrir meu vestido com pontinhos mínimos e faiscantes. Não queria que acabasse nunca.

Foi tão bonito.

Kaelen olha para cima sem qualquer expressão. Se vê alguma beleza na chuva congelada, não demonstra.

— Como você me encontrou? — pergunto. Mantenho a voz baixa, quase um sussurro, mas sei que ele pode escutar.

Mesmo assim, ele não responde. Continua apenas olhando para o alto.

—Você esteve perto o bastante para me localizar? — adivinho, embora nunca tenha sentido minha tatuagem vibrar, então sei que a resposta não deve ser essa.

Mas ele ainda não responde.

Olho para seu punho esquerdo, a própria marca preta espiando por baixo da camisa.

—Você sabe que deram uma a você também.

Percebo seu olhar baixando rapidamente, mas ele permanece em silêncio.

— Isso implica que eles não confiam inteiramente em você. Que é possível que tenha as mesmas tendências que eu. A desobedecer. A fugir.

— Eu jamais desobedeceria ao dr. Alixter. — É a primeira coisa que ele diz desde que nos sentamos, e sei, pelo modo como sua voz entra naquele tom monótono e sinistro, que ele recita uma de suas respostas automáticas. Algo que foi programado para dizer. Sem nem mesmo saber o que fala.

— É verdade — eu concordo. — Porque ele age pelo seu bem.

Sua cabeça estala para mim.
— Sinto insinceridade em sua voz.
Eu bufo:
— Como você é observador.
— Por que está sendo insincera?
— O nome é sarcasmo.
— Sarcasmo — repete Kaelen. — Usado para transmitir desprezo ou insulto.
Tenho que rir de quanto ele se parece comigo quando fugi do complexo. Na verdade, é *idêntico* a mim. E imediatamente eu percebo que eles devem ter carregado as mesmas definições em nossos cérebros.
— Quer dizer que estou ridicularizando você — explico.
Ele me olha e vira a cabeça de lado, inquisitivo.
— Por quê?
— Porque você não faz ideia do que está falando! Porque você sofreu uma lavagem cerebral completa, assim como eu; você regurgita tudo o que lhe ensinaram a acreditar cegamente. Porque Alixter não pensa nos interesses de ninguém, apenas nos dele. — Minha voz se eleva numa velocidade alarmante. Preciso respirar fundo várias vezes para me acalmar.
Segue-se o silêncio. Pesado e desagradável. Perdurando no ar como a umidade.
E depois:
— Está insinuando que o dr. Alixter é um homem desonesto?
Repreendo a mim mesma por ter ficado tão perturbada. Por deixar que ele me afetasse desse jeito. Minhas palavras são um desperdício de fôlego. Um desperdício de energia. Eu devia saber que não há nada que possa ser feito para consertar. A lavagem cerebral dele é profunda. Profunda demais. Muito mais do que a minha, até. Ele já me provou isso. Alixter descobriu o defeito em meu equipamento, aquele que me permitiu um dia romper a programação e ver a verdade. E ele consertou. Em Kaelen.

Esse pensamento provoca a quebra de uma onda de solidariedade em mim.

Ele nunca teve alternativa.

Apesar do que levaram Kaelen a acreditar, apesar de quanto Alixter foi capaz de fazê-lo se sentir agradecido por quem ele é e o que é capaz de fazer, Kaelen nunca foi indagado se queria ser especial. Se gostaria de ser trazido a este mundo de um jeito tão artificial. Se queria travar uma batalha que ele nem mesmo sabia por que lutava.

E é quando eu percebo...

Kaelen também é uma vítima.

Uma vítima da Diotech. Uma vítima da ciência. Uma vítima da ganância de Alixter.

Eu, pelo menos, tive alguém para me libertar. Kaelen não tem ninguém.

– Sim – digo em voz baixa. Desta vez meu tom é compassivo, e não amargurado. Terno, não zangado. Irritado, não sarcástico. – É o que estou insinuando.

Kaelen parece digerir a informação. Decido, sabendo como funciona seu cérebro, que é melhor não lhe dar tempo para processar.

– Kaelen – digo com a gentileza que posso –, Alixter não é um aliado. Ele é um inimigo. Não se importa com você. Só se importa com seus próprios planos.

Quisera eu saber quais são.

– Meus planos *são* os planos do dr. Alixter. – Outra resposta imparcial, informando que não faço progresso nenhum.

Mas não posso parar agora. Preciso pelo menos tentar.

Porque acredito, apesar de todas as provas em contrário, que em algum lugar ali dentro pode haver uma pessoa de verdade. E essa pessoa merece uma chance.

– Quem disse? – eu o contesto. – Quem pôs essa ideia em sua cabeça? De onde veio essa resposta? Você não vê que é só uma reação pré-programada? Não é *você* que está falando. Para ele, você não passa de um computador. Você não quer ser mais do que isso? Ser você mesmo? Ter os próprios pensamentos? Viver a própria vida?

– Qual é o propósito disso?

Eu suspiro, me recosto no banco e me sinto desanimada. O programa é forte. Não sei se conseguirei passar por ele.

Entretanto, de algum modo, Zen conseguiu.

Por mim.

Então, pressiono, ataco com tudo. Talvez, se eu sobrecarregar seu sistema de dados, tenha uma chance de invadir. Encontrar uma brecha. Uma fresta na armadura.

– Assim você não precisa ser um prisioneiro! – exclamo num tom tenso e baixo. – Não entende que você não é melhor do que eu era naquela cela em 1609?! Ele está controlando tudo o que você faz. Tudo o que você pensa. Tudo o que você diz. Qualquer pensamento que entre pelo seu cérebro é projetado em benefício dele. Qualquer desejo que você sinta é algo que *ele* idealizou. Tudo para servir a *ele* e àquela empresa. Mas não precisa ser assim. Você pode sair. Pode se libertar. Você tem uma *escolha*. Quer saber por que fugi do complexo da Diotech? Porque eu não queria ser *dele*. Eu queria ser *dona de mim mesma*. Queria ser *eu*. – Faço uma pausa e respiro antes de acrescentar com seriedade: – Queria entender quem eu era.

Vejo um leve tique em seus olhos. Depois, seu rosto fica rígido. Ele parece frustrado. Esmurra o banco com tanta força que a madeira lasca, provocando o olhar curioso de vários transeuntes na praça. Mas, pela primeira vez, eu não me importo de fazer uma cena ou chamar atenção. A raiva – o desequilíbrio – significa que está funcionando. Estou chegando a algum lugar.

– Você só está dizendo isso para me distrair, assim você poderá fugir de novo – argumenta ele e eu ouço. A menor e mais leve rachadura em sua voz, que deveria ser estável.

Olho para ele com pena. Lamento por ele. Lamento muito. Eu me lembro de como foi quando soube que minha existência era uma mentira. Eu me lembro da sensação de inutilidade. De irrelevância. De traição.

— Estou dizendo isso para *ajudar* você.

Há um silêncio longo e arrastado. Kaelen olha fixamente o chão. Mas observo seu rosto com atenção. Em busca de sinais de mudança.

Depois de quase um minuto inteiro, enfim vejo alguma coisa. Seu maxilar se endurece. Ele trinca os dentes. Os punhos se fecham como se ele fosse esmurrar o banco mais uma vez. Uma sensação de vitória estremece por mim. Consegui. Entrei. Ele está tão pálido quanto eu quando finalmente soube da verdade. E não posso culpá-lo por se zangar, se enojar, se enfurecer. Todo o seu mundo, tudo o que ele pensa saber, acaba de se esfarelar ao seu redor.

Kaelen abre a boca para falar e lhe dou toda a minha atenção; quero estar presente para ele. Para apoiá-lo enquanto ele passa por essa difícil descoberta.

— O dr. Alixter me avisou que você faria isso. — Ele fervilha. — Ele me disse que você usaria dos meios que fossem possíveis para me afastar de minha missão. Não permitirei que isso aconteça.

Kaelen se vira para mim e logo percebo que devo ter disparado alguma armadilha. Um campo minado. Sua raiva não é dirigida à Diotech. É dirigida a mim. Alixter preparou-se para isso. Ele se preparou para as minhas tentativas de influenciar. E ele, evidentemente, embutiu garantias.

Outra reação pré-programada.

Esta, porém, não é benéfica.

É um monstro.

Os olhos de Kaelen estão arregalados de fúria. Seu rosto é mais assustador e mais ensandecido do que já vi. O Kaelen calmo, controlado e firme desapareceu. E algo muito mais assustador tomou seu lugar.

— Se tentar isso de novo — rosna ele —, matarei Zen com minhas próprias mãos.

46
SORTE

❈

A conversa foi encerrada. Eu me recuso a dizer qualquer outra coisa por medo de que piore o que despertou essa transformação repentina em Kaelen. E ele parece colérico demais para falar.

Ficamos sentados no silêncio frio e cansado, com a neve se acumulando a nossos pés, até que o sol baixa. Alguns minutos depois, vejo Cody andar pela calçada do outro lado da rua, evidentemente a caminho de casa. Parece abatido, cansado, esgotado, como se o peso de um planeta tivesse caído em seus ombros. Ele some dentro de casa.

Kaelen também deve tê-lo visto, porque começa a se levantar. Ergo a mão para impedi-lo.

– Espere.

Para minha surpresa, ele de fato rompe o foco e me olha, na expectativa.

– Deixe-me entrar sozinha. Deixe-me tentar.

Sei, por sua expressão, que essa não é sua ideia favorita. Mas ele também não nega. Então, continuo:

– Ele está sobrecarregado. E você, invadindo a casa, não vai ajudar. Acho que posso extrair isso dele.

– Você nem mesmo sabe o que procura – argumenta Kaelen.

– Nem você – observo.

Isso parece desconcertá-lo. Ele baixa no banco.

— Você tem quinze minutos — diz.

— Vinte — argumento.

Kaelen me olha sugestivamente.

— Quinze — declaro em voz baixa e saio do parque, atravessando a rua correndo até a casa de Cody. Salto pelos cinco degraus, aperto o dedo na campainha e espero.

Ninguém atende.

Toco de novo, demorando-me mais.

Por fim, ouço uma voz pela caixa pequena afixada na parede de tijolos aparentes.

— Vá embora.

Olho diretamente a câmera.

— Cody — digo com a maior gentileza possível —, posso conversar com você, por favor?

— Por que você não aparece como que por mágica? Com seu gene idiota da transessão ou coisa assim?

Abro um leve sorriso.

— Não quero fazer desse jeito. Eu quero que você me deixe entrar.

— Eu não sei de nada! — grita ele. Tem eco na rua abaixo.

— Eu sei — digo em voz baixa. — Acredito em você.

Há uma longa pausa, e por fim escuto um apito e a tranca da porta se abre. Entro no hall. Cody espera por mim.

Espano a neve dos ombros e do cabelo e entro mais um pouco, olhando o corredor que leva ao quarto de hóspedes. A ideia de Zen ali atrás, doente, enterra um caco de vidro em meu coração.

— Nenhuma mudança ainda — Cody me informa, como se lesse meus pensamentos.

— Onde está Ella? — pergunto, olhando os cômodos vazios.

— E Reese?

— Eu a convenci a levá-lo para a casa dos pais dela. Pensei que assim seria mais seguro.

Mordo o lábio e concordo com a cabeça.

Mais seguro.

De Kaelen.

De mim.

— Posso me sentar?

Desanimado, Cody gesticula para o sofá. Eu me sento e solto a respiração. Cody se vira para a tela na parede e alcança um pequeno controle branco de videogame em um armário. Joga-se a meu lado.

— Eu ia jogar um game.

— Tudo bem.

Ele vira um botão pequeno no controle e a tela se ilumina com a imagem de uma zona de batalha destruída. Cody manobra com cautela um guerreiro animado por ali.

— Por que não é como aquele que jogamos outra noite? — pergunto, lembrando-me do reino subaquático que nos cercava de todos os lados, bloqueando o mundo real, protegendo-nos de seus horrores. Esse jogo parece se limitar à tela na parede.

Cody não desvia os olhos. Tem a língua para fora, concentrado, tenta deslocar seu homem por uma série de barris com a palavra EXPLOSIVOS em grandes caracteres vermelhos.

— Este aqui é um game mais antigo. De quando eu era adolescente. Gosto de jogar quando tenho um dia ruim.

Um dia ruim.

Acho que isso seria eu. Eu sou a causa de seu dia ruim. Parece que não importa aonde eu vá, não importa que ano seja, não importa quanto Cody fique velho ou maduro, sempre consigo me intrometer e estragar sua vida.

Eu me recosto no sofá e assisto a ação por um momento. Noto a facilidade com que o homem na tela consegue abrir caminho pela cidade arrasada. Ele combate inimigos a uma taxa impressionante. Eu me lembro do tempo em que passei na mata com Zen. Quando ele tentou me ensinar a lutar. Quando pensávamos que só precisávamos nos proteger assim. Alguns movimentos de combate.

Ah, como tudo ficou bem mais complicado.

— Onde está seu amigo? — pergunta ele, o foco ainda no jogo.

O termo me pega de surpresa. *Amigo?* Eu não chamaria Kaelen de *amigo*. Desde o momento em que nos conhecemos, eu o considerei meu inimigo. Porque Alixter era meu inimigo. E Kaelen trabalha para Alixter.

Observo um dos inimigos fictícios que Cody acaba de matar no jogo, prostrado no meio da rua desenhada.

Será que eu poderia *matar* Kaelen? Até essa ideia me deixa nauseada.

— Eu o deixei lá fora. — Vejo os dedos rápidos de Cody. — Posso experimentar?

Ele interrompe o jogo e me olha pela primeira vez desde que nos sentamos.

— Quer jogar?

— Quero.

Ele considera por um momento, depois dá de ombros.

— Claro. Podemos formar uma equipe.

Cody vai até o armário e pega um segundo controle, idêntico ao dele. Aperta um botão e uma luz azul se acende. Depois, ele o entrega a mim.

— O que vamos fazer? — pergunto, olhando com curiosidade o controle.

— Vencer a Segunda Guerra Mundial.

— Tudo bem.

— Atire em qualquer coisa que tenha uma suástica.

— O que é uma suástica?

Ele aponta o estranho símbolo vermelho na tela.

— Aquilo ali. — Ele me mostra seu controle e as várias chaves e botões.
— O joystick move você para trás e para a frente. Esse botão faz você atirar. Esse faz você pular. Esses dois juntos fazem você se abaixar. E esses dois juntos fazem você rodar.
Pisco, memorizando as informações.
— Entendi.
Cody me olha por um momento.
— A garota que provou a conjectura de Goldbach? É, deve ter entendido mesmo.
Ele recomeça o jogo e partimos. Pego o jeito com facilidade. Meus dedos se movem rapidamente pelos controles. É agradável. Ocupa minha mente tonta. Entendo por que Cody se volta para ele quando tem um dia ruim.
Sobrevivemos a um ataque-surpresa na ponte e partimos para um acampamento inimigo adormecido. Consigo aniquilar todo mundo em questão de segundos. Antes mesmo de Cody sair da ponte. Ele assovia, impressionado.
— Você tem alguma vendeta secreta contra os nazistas? — pergunta.
Solto uma risada, mas não respondo. Simplesmente vou em frente. Continuo atirando. Continuo dando socos. Desviando--me de bombas. Continuo lutando.
Nunca. Parar. De. Lutar.
O que Cody não sabe é que quando olho a tela, quando estou de olhos fixos nos olhos desses soldados gerados por computador, não vejo seus rostos planos e bidimensionais. Eu vejo Alixter.
Em cada um deles.
Vejo seus olhos azuis arrepiantes. Seu cabelo louro, quase branco. As feições presunçosas e bonitas. Seu sorriso sem alma.
E o destruo.
Queria que fosse assim tão fácil.

Mas, então, eu me lembro de Kaelen esperando do lado de fora, contando os segundos até o fim dos meus quinze minutos, e sei que não posso me esconder aqui o dia todo. Nenhum de nós pode. A qualquer instante, Kaelen estará transedendo pela porta, disposto a usar dos meios que forem necessários para obter a informação que procura na cabeça de Cody.

— Cody? — digo com cuidado, os olhos colados na tela enorme.

— Sim?

— Por que você acha que as lembranças em minha cabeça me trouxeram até você?

Ouço um suspiro a meu lado. Sei que infringi as regras. Toquei no assunto que não deveria. Mas que alternativa tenho?

Se eu quiser proteger Cody da ira de Alixter por meio de Kaelen e salvar a vida de Zen, preciso obter eu mesma a informação.

— Já te falei — diz ele, irritado. — Eu não sei.

Abro a boca para argumentar, mas sou interrompida por um sinal sonoro forte. Uma caixa de notificação apareceu no canto superior esquerdo da tela: *O anúncio da loteria será transmitido em dois minutos. Gostaria de mudar o input?*

— Sim — diz Cody à tela, interrompendo o jogo e largando o controle a seu lado. Ele bate na superfície da mesa de centro, fazendo-a mudar para outra tela plana enorme. Como aquela embutida na bancada da cozinha. Ele manobra os diversos conteúdos digitais até dar em um pequeno quadrado laranja e branco com uma fila de números no meio. Eu os reconheço. Vi algo parecido na bancada de Cody esta manhã. Mas aquela tinha quase uma semana. Esta tem a data de hoje.

A tela na parede mudou. Agora vejo uma projeção tridimensional de uma mulher em tamanho natural que parece estar de pé no meio da sala. Ao lado dela há um recipiente grande e transparente cheio de bolinhas brancas com números impressos.

— O que é isso? — pergunto.

– É a Loto Magnum.

Observo as bolas no recipiente começarem a se misturar, pular e dançar, até que uma delas é soprada a um tubo no alto e rola até a base. A mulher na sala pega a bola e lê o número em voz alta. Continua a fazer isso até ter lido sete números.

Cody, que esteve de pé bem na frente dela, senta-se e passa a ponta do dedo pela mesa de vidro, minimizando o quadrado branco e laranja para o canto.

– O que houve?

– Não ganhei – diz ele, deprimido.

Eu me curvo para a frente e arrasto o bilhete de loteria digital de volta ao meio da mesa de centro.

– Como isso funciona?

– Mude para o modo game – ele ordena à tela na parede. Depois se afunda no sofá e pega seu controle de novo. – Duas vezes por semana, eles sorteiam sete números ao acaso. Se seus números combinarem, você ganha o grande prêmio. Esta semana chegou a 1,1 bilhão.

– Quantos números são no total?

– Oitenta e cinco.

– Mas – protesto – a chance de você ter os mesmos sete números daqueles escolhidos ao acaso entre as 85 opções é de uma em duzentos milhões.

Cody revira os olhos.

– É isso mesmo. Eu tinha me esquecido de que você é uma calculadora ambulante.

Olho os números em seu bilhete.

7 12 15 21 32 77 78

Eles me parecem conhecidos. Mas não consigo me lembrar por quê.

— Por que você escolheu esses números? — pergunto.

Cody suspira e recomeça o jogo. Mas não pego meu controle. Ele continua o jogo sem mim.

— Parece que eles me dão sorte. Estou convencido de que um dia vou ganhar.

E, de repente, sei onde os vi. Esses são os números *exatos* exibidos no bilhete de loteria que encontrei esta manhã. Com a data de uma semana.

— Você sempre joga a mesma combinação?

Seu olhar ainda está fixo e atento no porta-aviões em que seu avatar embarcou.

— É.

— Há quanto tempo você faz isso?

Ele dá de ombros.

— Não sei. Provavelmente desde que tive idade para jogar.

— E quando foi isso?

Ele fica irritado com meu interrogatório constante.

— Dezoito anos. Agora pode voltar para o jogo, por favor? Não consigo derrotar esses caras sozinho.

Mas não toco no controle.

— Você vem jogando esses exatos números há quatorze anos?

— É — repete ele, distraído.

Isso faz meu coração saltar.

— Por que *esses* números?

— Como eu disse, parece que eles me dão sorte. Pode chamar de pressentimento.

Um pressentimento.

— Cody — digo, tirando o controle de sua mão.

— Ei! — Ele protesta, mas o ignoro e jogo o controle no sofá.

— De onde você tirou esses números?

Ele se recosta, carrancudo.

— Não sei. Eles sempre estiveram na minha cabeça.

Pelo canto do olho, vejo Kaelen se materializar na sala de jantar. Meu tempo acabou. Mas levanto a mão, sinalizo a ele para me dar um segundo.

Estou chegando a alguma coisa. Sei disso.

— Por quanto tempo? — pressiono Cody.

Ele abre a boca para responder, mas de repente não sai nada além de um guincho estranho de camundongo.

— Cody? — insisto.

— Eu... — Ele cambaleia, assustando-se um pouco quando também nota que Kaelen chegou. Estalo os dedos na frente de seu rosto para mantê-lo concentrado.

— Há quanto tempo esses números *estão na sua cabeça*?

Cody passa a mão na calça, deixando um rastro de suor.

— Eu... não sei.

Assinto.

— Você *sabe*.

Seus olhos vagam para cima e para a esquerda, e ele se esforça para se lembrar.

— Eu... — Cody tenta pela terceira vez.

— Pense — ordeno a ele. — Pense *bem*.

— Eu... acho que desde que — seus olhos se fecham — eu tinha uns treze anos.

47
SUBMERSA

❖

Saio do sofá e corro até a cozinha antes mesmo que Cody abra os olhos. Bato na bancada de vidro, tirando-a de sua hibernação.

— Números — digo a Kaelen, que chega a meu lado num relâmpago. — Ela deixou a última pista numa sequência de números.

Com um golpe de sua mão, Kaelen elimina o amontoado de fotos, documentos e vídeos virtuais a nossa frente e abre um quadro em branco. Pego um dispositivo de caneta em um suporte na porta da geladeira, igual àquele do laboratório de Cody, e escrevo os números que ele joga duas vezes por semana na loteria.

> **12 7 15 21 32 77 78**

— Tem certeza? — pergunta Kaelen, virando a cabeça de lado para ler o que escrevi.

— Maxxer sabe que meu cérebro é projetado para enxergar padrões. Faria sentido que ela tentasse falar comigo por números.

Examino a sequência, e noto de cara que estão em ordem crescente.

— Cody! — grito para a sala de estar. — Você se lembra deles nessa ordem?

Segue-se um silêncio e me recosto no canto da parede da cozinha, vendo que Cody ainda está no sofá, fita o vazio, parece atordoado.

— Cody? — repito.

— Não. — Ouço sua voz baixa. E depois: — A máquina de loteria os coloca nessa ordem quando imprime o bilhete.

— Então, em que ordem você se lembra deles?

Por um minuto, ele não responde. Acho que está entrando em choque. Dezenove anos de sua vida correm a sua volta. Sem saber jamais o que era. Sem entender por quê. Sem jamais esperar que um dia uma garota surgiria do nada, alegando ser de outro século, perguntando sobre uma série de números aparentemente insignificantes em sua mente, dizendo-lhe que representam alguma coisa. Que eles *levam* a alguma coisa.

Acho que entendo por que ele fica meio estupefato.

Por fim, ele fala. Sua voz é fraca. Como que num transe. Relaciona os números, um por um, parando por um longo tempo entre eles. Como se recitar cada dígito roubasse cada grama de energia que lhe resta e ele tivesse que esperar para reabastecer antes de recomeçar.

Apago a série original e transcrevo cada número que ele anuncia, até que tenho uma nova sequência olhando para mim.

12 7 32 21 15 77 78

Solto um grunhido e cubro a boca.

— O que foi? — pergunta Kaelen, os olhos percorrendo os dígitos.

— A senha. No computador de Cody. É a mesma sequência. Vi quando ele entrou com os números hoje cedo. E na lembrança...

— Ele estava entrando com uma senha invisível em um computador — Kaelen termina o pensamento quando chegamos simultaneamente à mesma conclusão.

— Esse devia ser o gatilho — deduzo, sentindo-me mais confiante do que nunca. — A senha. Por isso fui atraída para ela na lembrança. A sequência me diz aonde e quando devo ir.

Kaelen e eu fitamos os números, os olhos em foco, os lábios bem fechados. Concentrados. Procurando por um sinal de tempo e lugar.

Circulo o 32.

— Esse deve ser o ano.

— Você não sabe disso — Kaelen discorda. — Qualquer um desses números pode indicar um ano.

Balanço a cabeça em negativa.

— Por que de repente me mandar para um ano completamente diferente? Ela me queria aqui. Todas as pistas estavam *neste* ano.

— Talvez porque *ele* esteja aqui — sugere Kaelen, olhando para Cody, que ainda não se mexeu.

Mas eu o refuto outra vez.

— Ele está em muitos anos. Há um motivo para ela ter me mandado para 2032. Só não sei qual é.

— Tudo bem — Kaelen cede. — E os outros números?

Analiso a sequência.

— Se 32 é o ano — digo, apontando para ele —, então é lógico que os dois números anteriores também fazem parte da data.

— 12, 7, 32 — Kaelen lê em voz alta.

— Dia 12 de julho de 2032. — A empolgação ferve dentro de mim. E embora eu saiba que temos motivações diferentes — embora eu saiba que depois de adquirir o que o mandaram para procurar ele não vai hesitar em me arrancar de Zen —, sinto uma espécie de laço se formar entre nós. A ligação de um objetivo em comum. Um terreno em comum.

Olho de relance para Kaelen e por uma fração de segundo nossos olhares se encontram. Começa aquela troca de energia. Aquela atração. Ele me abre o mais leve dos sorrisos.

Mas não é a expressão em si que me surpreende. É a emoção por trás dela.

Parece autêntica.

Real.

Não programada.

Pisco e volto a me concentrar na bancada.

— Se essa é a data — especula Kaelen —, os dois números seguintes devem dar a hora.

Com um golpe dos dedos, ele puxa os números 21 e 15 da sequência e coloca acima da série original.

21h15.

— Nove e quinze da noite.

Nós dois examinamos os últimos dois números: 77 e 78.

— Quando estive com Maxxer, recebi uma mensagem de Alixter — observo. — Eram dois números de dois dígitos, como estes.

— Coordenadas de GPS? — sugere Kaelen.

Concordo, sinalizando com a cabeça.

— É no que estou pensando. Ela sabe que eu os reconheceria, porque já os segui antes. E, se for assim, ela está me dizendo para ir a este local — aponto os últimos dois números —, nesta data — indico os dois primeiros números —, nesta hora exata.

— Aponto a sequência do meio.

Kaelen está um passo a minha frente, batendo em um ícone na base da bancada. Um mapa enorme de Nova York se abre pelo vidro, tomando cada centímetro da superfície.

Ele arrasta as coordenadas para uma caixa de busca acima do mapa.

Imediatamente o mapa se transforma e estamos voando sobre a terra, para o leste, pelas ruas de Nova York, saindo da beira de uma ponte e caindo no mar. Viajamos quilômetros e mais quilômetros de oceano, numa guinada para cima. Atravessamos mais terra. Vejo as legendas no mapa:

Irlanda.

Noruega.

Suécia.

Rússia.

O terreno ficou branco de neve. E ainda estamos subindo. Entramos em um trecho de água azul e cristalina repleta de imensos blocos de gelo. O mapa o identifica como o mar de Kara.

E de repente ele para. Um pontinho laranja pisca e indica que chegamos ao local das coordenadas.

Quase no topo do mundo.

No meio do nada.

— Onde fica isso? — pergunto e viro a cabeça de lado para tentar encontrar uma massa de terra próxima. Uma ilha. Talvez até algo que flutue na água. Mas não parece haver nada em volta por quilômetros.

É claro, penso. Aonde você iria se jamais quisesse ser encontrada? Que local garantiria a morte de qualquer um que tentasse transeder para lá sem a data e a hora exatas?

— Ela está na água? — pergunta Kaelen, estreitando os olhos para o mapa.

Nego com a cabeça, e me lembro da lição que tive da última vez que segui coordenadas de GPS: elas são bidimensionais. Só localizam direita e esquerda. Não em cima e embaixo.

— Não — digo com certeza, batendo no ponto laranja intermitente. — Ela está *dentro* dela.

48
INABALÁVEL

❖

As lâmpadas estavam apagadas no quarto de hóspedes. A única luz emanava do computador de Cody e dos vários monitores que cercavam a cama de Zen. Pedi cinco minutos a sós e, surpreendentemente, Kaelen concordou. Ele e Cody esperam na sala de estar. Quando eu sair, Cody terá voltado a seu jogo – desta vez será outro. É claro que algo mais moderno, porque nos últimos cinco minutos lutadores de rua tridimensionais de tamanho natural estiveram em batalha no meio da sala de estar. Eles parecem tão reais que não sei como se pode fazer diferença entre o game e a realidade.

Talvez não seja possível.

Talvez tudo *isso* seja um jogo.

Um jogo sobre uma menina de dezesseis anos de cabelo castanho-dourado e olhos púrpura que consegue levantar objetos pesados, correr como o vento, falar qualquer língua, calcular de cabeça como um computador. Que é bonita e forte. Que foi criada pela ciência para ser perfeita, mas cuja vida está muito longe disso.

Nesse nível, ela é obrigada a encontrar uma cura para salvar o garoto que ama enquanto é atormentada pela empresa que a criou. Se sobreviver e seguir em frente, deve encontrar a cientista desaparecida, a única que sabe como salvar sua alma gêmea, enquanto tenta combater a atração estranha, inexplicável e completamente infundada que sente pelo agente enviado para apreendê-la.

E depois, quando o jogo acabar, seja com sucesso ou fracasso, simplesmente desligarei o console e voltarei para minha vida real. Seja ela qual for.

Bem que eu queria...

Fecho a porta em silêncio depois de entrar. Ainda escuto os barulhos de morte e de avatares caindo do game de Cody vindos do cômodo ao lado. Tento bloquear. Concentrar tudo o que tenho no garoto a minha frente.

Aquele que me encontrou submetida à lavagem cerebral e indefesa do outro lado daquele muro de concreto. Aquele que me convenceu de que tudo que eu sabia, tudo que eu soube na vida, era uma mentira. Aquele que arriscou tudo para me tirar de tudo isso.

Aquele que me salvou.

E agora é minha vez de salvá-lo.

Puxo uma cadeira para o lado da cama e me sento. Os olhos de Zen estão fechados. Seu peito sobe e desce em um ritmo irregular.

– Zen – começo. Mas rapidamente me ocorre que não sei o que dizer. Partirei dali a alguns minutos. Com Kaelen. Vou encontrar Maxxer. Descobrirei a cura.

Mas na realidade não quero explicar tudo isso a ele. Primeiro porque não tenho certeza de que ele vá me ouvir. Mas principalmente porque, se eu não conseguir voltar, não quero que esta seja a última coisa que lhe falei.

A verdade é que não posso ter certeza se um dia voltarei para cá.

Embora ele nunca tenha dito isso com franqueza, tenho certeza de que a missão de Kaelen não é apenas conseguir a cura com Maxxer, depois deixar que eu siga meu caminho e tenha minha vida com Zen. Ele tem seus próprios motivos. Seus próprios planos, além daquele que criamos juntos.

E não posso garantir que eu consiga ludibriá-lo. Que vou deixá-lo para trás.

"*Sou igual a você... Só que melhor.*"

Então, o que digo agora a Zen? Como posso descrever o que sinto?

Tenho medo não é o bastante.

Me desculpe não é o bastante.

Nem *eu te amo* parece bastar.

E *adeus* só me fará perder a coragem de partir.

Meu tempo a sós com ele está se esgotando e receio ter que deixá-lo apenas com o silêncio.

Mas, de algum modo, de algum lugar dentro de mim, vem a resposta. Sei o que devo dizer. A *única* coisa que posso dizer.

Embora sejam palavras emprestadas e letras roubadas, o significado — a alma — pertence a mim.

Aperto bem os lábios para não tremer enquanto estendo o braço devagar e pressiono dois dedos no meio de sua testa, pouco acima da ponte do nariz. Minha garganta está contraída. Os olhos ardem das lágrimas. Mas consigo recitar o poema inteiro — o *nosso* poema — numa voz nítida e fluida:

"*Que para a união de almas sinceras*
Eu não admita impedimentos. Amor não é amor
Se ao enfrentar alterações se altera,
Ou se curva a qualquer pôr e dispor.

Oh, não, é um marco sempre constante
Que vê passar a tormenta com bravura,
É a estrela dos barcos errantes,
De valor obscuro, mas exata altura.

> O amor não é o bufão do Tempo, embora
> Sua foice não poupe lábios e sorrisos;
> O Amor não se altera com o passar das horas,
> Mas a tudo resiste até o Dia do Juízo.
> Se eu estiver errado, e se alguém provou,
> Nunca escrevi, ninguém nunca amou."

Ouço o rangido de passos do outro lado da porta. Kaelen vem me dizer que meu tempo acabou. Espero que a porta se abra, mas, para minha surpresa, ela continua fechada, permitindo-me mais alguns segundos de privacidade com Zen.

Curvo-me para perto de seu ouvido e sussurro "Não estou abalada".

Depois, pouso minha boca na dele, sentindo o fogo de sua febre me queimar. Sinto os fios persistentes de sua vida se estenderem para mim. Envolvendo-me. Entrelaçando-se com os meus. Criando algo que jamais poderá ser reproduzido.

Eu o convido a entrar, a encontrar alívio no calor. Na energia. A deixar que se espalhe por mim. Eu o memorizo. Sem saber quanto tempo seus lábios ficarão quentes. Sem saber a que distância estarei se eles esfriarem para sempre.

Quilômetros?

Meses?

Anos?

Décadas?

Apesar do que vai acontecer, é isso que desejo levar comigo. É disso que desejo me lembrar. E mesmo que eles vençam, mesmo que eu nunca retorne, mesmo que eles me levem de volta e destruam minha identidade e limpem completamente a minha mente, é isso que sempre terei.

É isso que continuará inesquecível.

49
SIGNIFICADO

Vou para o corredor e fecho a porta. Quando chego à sala de estar, Cody ergue os olhos do game.

— Como ele está?

Dou de ombros.

— Na mesma.

Ele interrompe o jogo.

— Vou verificar os fluidos dele e baixar seus sinais vitais.

Ele passa por mim a caminho do quarto de hóspedes. Eu o detenho assim que ele está para desaparecer atrás da porta.

— Cody?

Ele me olha.

— Sim?

— Se eu não voltar — digo, meu olhar indo rapidamente na direção de Kaelen. — Se acontecer alguma coisa — eu me corrijo —, cuide dele. Como você puder.

Cody sustenta meu olhar por um momento, concordando em silêncio antes de passar pela porta. *"Boa sorte"* é a última coisa que ele me diz.

— O que você disse a ele? — pergunta Kaelen, e noto sua expressão passar do habitual vazio desligado para a curiosidade e a intriga.

Eu me viro.

— A quem? Cody?

— Não — corrige Kaelen. — Zen. Eu ouvi palavras. Entendi cada uma delas. Mas, juntas, não fazem sentido nenhum.

O poema. Ele está falando do soneto de Shakespeare.

— Você me ouviu? — Penso no rangido que escutei do outro lado da porta e minha voz assume um tom acusador: — Você estava escutando?

Ele ergue uma sobrancelha e me sinto uma idiota. É claro que ele me ouviu. Eu estava a apenas um cômodo de distância e a audição dele é tão boa quanto a minha. Se não for melhor.

— Foi um poema — admito de má vontade. Detesto ter que partilhar com Kaelen o último momento de privacidade que tive com Zen. Que ele o tenha invadido sem convite.

— O que é um poema? — pergunta.

— É... — Eu me esforço para descrever, e me pergunto que palavras Zen usou para explicar a mim. Porque, tal como Kaelen, no início eu também não sabia o que era um poema. E a certa altura provavelmente também não fez sentido para mim. — É feito uma história — eu tento —, só que mais bonita. E enigmática. Quase como se fosse escrito em código. Você precisa sentir as palavras para entender o significado.

— E qual é o significado? — ele pergunta.

Mordo o lábio e olho para o chão.

— Esse poema especificamente fala do amor. Do tipo que nunca passa.

— É isso o que você sente por Zen? — A franqueza de sua pergunta me pega de surpresa. Mas acho que é simplesmente um testemunho de sua natureza. De sua programação. De como ele foi feito. Se há uma coisa que Alixter detestava em mim era o fato de eu ter me apaixonado. E isso significa que é seguro dizer que Kaelen foi criado sem essa capacidade. Alixter cuidaria para não cometer o mesmo erro.

Assim, não posso esperar que ele entenda nada do que digo a respeito de Zen. Apesar disso, respondo:
— Sim.
— E como é?
Paro e penso. Na verdade, nunca tive que descrever isso. Nem sei se consigo. E, mesmo que possa, estou certa de que não teria nenhum impacto em Kaelen. É claro que ele foi tão intricadamente condicionado que o que eu disser vai parecer uma tagarelice sem sentido para ele.
Mas decido tentar, mesmo assim. Por Zen.
— Parece com... — começo, hesitante — ... cair do céu.
Como suspeitei, a confusão aflora no rosto de Kaelen.
— É emocionante e apavorante ao mesmo tempo — acrescento.
Ele reflete por um instante.
— Cair do céu é igual a morrer.
Mordo o lábio para não rir.
— Só se tiver um solo abaixo de você — argumento.
— E há.
Dou de ombros.
— Mas e se não houvesse? E se você simplesmente caísse para sempre? Sem nunca saber se tem solo abaixo de você ou não?
— Isso não é possível — racionaliza Kaelen. — A não ser que você estivesse caindo em um vácuo.
Abro um sorriso.
— Então, talvez o amor seja isso. Cair em um vácuo.
Dou uma espiada em Kaelen pelo canto do olho. Seu rosto está muito sério e intenso.
— Isso não parece agradável — conclui ele por fim.
Concordo com a cabeça, imagino que antigamente eu sentia o mesmo.

— Por que você escolheu fazer isso?

Sua pergunta me sobressalta.

— Me apaixonar?

— Sim.

— Não escolhi.

Três rugas aparecem entre suas sobrancelhas.

— Não entendo.

— Não é algo que você escolha. É algo que simplesmente acontece.

— Contra a sua *vontade*? — Kaelen tenta esclarecer e definitivamente não me passa despercebido o fato de que escolheu as exatas palavras que usei com ele. Quando ele me encontrou e perguntei se incomodava ter sido criado sem sua permissão.

— Suponho que sim. — Mordo o lábio inferior, que começou a tremer.

— Eu me recusaria a isso — afirma Kaelen com confiança.

Balanço a cabeça.

— Acho que você não pode. Porque depois que acontece, depois que você *percebe* que aconteceu, é tarde demais. Já transformou você. E acho que não dá para voltar atrás.

Kaelen se vira. Sinto seus olhos em mim. Minhas faces ardem com eles. Continuo a olhar para a frente.

— Em nosso mundo — declara ele, em tom de desafio — você sempre pode voltar atrás. Você pode se desapaixonar.

Um estremecimento me domina enquanto minha mente disseca a variedade de significados tão inteligentemente escondidos nessa frase. Fico ansiosa para deixar esse assunto e passar ao que importa.

Encontrar Maxxer. Conseguir a cura para Zen.

Dou um pigarro.

— E então, pensou em como quer fazer isso?

Ele se posta rigidamente junto da bancada da cozinha.

— A dra. Maxxer provavelmente está em um submarino ou em outra embarcação submersa. Vamos transeder para as coordenadas de GPS juntos. Lá, vamos esperar até recebermos outras instruções ou alguma indicação de passos subsequentes.

— No meio do mar? — pergunto. — Que provavelmente estará congelante?

Kaelen parece não se incomodar com esse detalhe.

— Se ficar claro que não estamos no lugar certo, vamos transeder de volta para cá e reavaliar nossas opções.

Estremeço e sinto meu corpo se enrijecer. A ideia de transeder com ele, deixando que controle meu destino, contorce minhas entranhas. Tenho evitado isso até agora, e ainda tenho uma suspeita irritante de que tudo isso é um enorme truque. Uma trama para me levar de volta à Diotech. Que assim que meu medalhão se abrir e Kaelen tocar em mim, estarei dentro de uma cela, com um cientista pairando acima de mim, pronto para dissecar meu cérebro e me tornar "agradável".

Tornar-me igual a Kaelen.

Eu rapidamente me tranquilizo, porque, se Kaelen quisesse me levar de volta para lá, já teria feito. Teve incontáveis oportunidades enquanto eu estava inconsciente. Enquanto minhas feridas se curavam. Na verdade, ele não teria precisado me trazer a 2032. Poderia ter me levado diretamente ao complexo desde a fogueira.

Ainda assim, enquanto Kaelen dá um passo ameaçador na minha direção, pegando o medalhão embaixo da camisa, minha respiração se acelera. O coração dispara. Sinto uma ansiedade inquietante correr por minhas costas.

— Espere — digo, estendendo a mão. Ele para. — Não sei se pensamos nisso direito.

A cabeça de Kaelen estala ligeiramente para o lado, indicando que ele está disposto a me escutar.

— Maxxer deixou essas pistas para mim. Ela espera que eu apareça lá. Provavelmente sozinha. E se chegarmos lá e ela se recusar a nos dar qualquer instrução porque vê que estou com você? Não acredito que ela vá gostar do fato de que apareci com um agente da Diotech.

— Você não irá sozinha — declara Kaelen com um ar vago.

Eu tinha a sensação de que sua resposta seria essa.

— Bom, e se essa for a única opção?

— Não é.

— Você não tem certeza disso — observo.

— Recebi instruções específicas para seguir você até que fosse revelada a localização da dra. Maxxer e o antídoto fosse obtido — argumenta Kaelen, meio exasperado.

Essa é a primeira vez que ele admite algum detalhe de sua missão. Nós dois parecemos perceber isso ao mesmo tempo. Os olhos de Kaelen têm um leve tique.

— Ótimo — digo.

Ele olha o espaço entre nós. Estimo que seja de cerca de sete passos. Sei que ele está calculando a mesma coisa. Mas se aproximar de mim significa chegar perto de mim. Deixar que aquele magnetismo peculiar nos atraia. Tocar em mim significa eletricidade. Ondas de calor. Coisas estranhas que nenhum de nós é capaz de explicar ou entender.

Intencionalmente, chegar assim tão perto, fazendo contato pele com pele, contrariaria todas as regras tácitas que estabelecemos nos últimos dois dias.

Mas é o único jeito.

E nós dois sabemos disso.

Ele dá outro passo. E mais outro. Noto como suas passadas ficam mais lentas, menores, à medida que ele se aproxima. E ele continua. O zumbido de energia começa. A espiral vertiginosa do ar. Sinto que me puxa para ele. Como um vórtice. Como uma queda inevitável.

Como a gravidade.

Kaelen abre o colarinho. Sei que não vai deixar que eu use o colar. É arriscado demais. O que significa que ele terá que segurar minha pele para ativar o gene.

Ele puxa a corrente e tira o amuleto em formato de coração debaixo do colarinho da camisa. Não posso deixar de perceber como é errado vê-lo em seu pescoço. O presente que Zen me deu. O símbolo de tudo que temos. Refém desse agente alto e bonito da Diotech.

Ainda assim, também é apropriado.

A Diotech sempre se colocou entre mim e Zen.

Kaelen dá outro passo. A atração fica mais intensa. Tento ancorar meus pés no chão para não ser puxada a ele. Para não me atirar nele, envolvê-lo com os braços, colar minha boca na sua. E jamais soltar.

Ele cresce junto de mim. Levanto a cabeça para encontrar seu olhar. Sei que não adiantaria de nada. Sei que só pioraria tudo. Mas não há nada que eu possa fazer para impedir.

Vejo a tensão em seu rosto. A luta. Nós dois estamos lutando.

Ele estica o medalhão para o meu peito. A corrente não alcança. Vejo a irritação em seu rosto enquanto ele é obrigado a chegar ainda mais perto de mim. Seus pés se metem entre os meus. Sinto as pernas de sua calça roçando as minhas. Sua respiração laboriosa bate em minha pele como um vento inebriante. Meu cérebro se transforma numa pasta. Meus braços e pernas se liquefazem. Estou tonta. Muito tonta.

Engulo em seco e tento respirar pela boca.

Finalmente a corrente me alcança, a superfície fria e dura do verso do medalhão esfria meu corpo enquanto ele o pressiona em meu peito, abaixo da clavícula.

Quase sinto a gravação se enterrar em minha pele.

S + Z = 1609.

Como ficou obsoleta, sabendo que nunca mais voltaremos para lá. Nem mesmo se eu tiver sucesso hoje. Essa promessa já se perdeu. Esse sonho acabou.

Kaelen ergue a mão. De imediato sou atraída a ela. É preciso cada grama de força que tenho para não encostar o rosto em sua palma.

Ele olha a própria mão, aparentemente tentando decidir onde colocá-la. Onde fazer contato. Que parte do corpo produzirá o menor efeito?

Acho que isso não importa.

Onde quer que ele me toque, sentirei em toda parte. Nos pés. Nos dedos dos pés. Nas pernas. No peito. Em meu coração.

Completa, inteira e inegavelmente contra a minha vontade.

Contra a vontade de nós dois.

Ergo a mão também, oferecendo-a em silêncio como um ponto de encontro neutro. Ele entende. Sua mão vaga para a minha, nossas palmas estão quase unidas, os dedos prestes a se chocar. Fecho os olhos na expectativa de seu toque. Na expectativa da ferroada deliciosa. E durante esse tempo ainda tenho medo do que vai acontecer quando vier e onde estarei quando voltar a abrir os olhos.

Sinto o calor de sua pele pouco antes de ela fazer contato. E, de súbito, estou cercada de branco. Uma luz quente. Eu flutuo. Meus pés deixaram o chão. E não sei se é porque partimos ou porque ainda estamos aqui.

Todo o vazio que um dia senti de repente fica cheio.

Todo o silêncio que um dia ouvi de repente canta.

Toda a tristeza que um dia caiu sobre mim se perde para além da descoberta.

Nossos corpos convergem. Fundem-se. Combinam-se. Como se fôssemos duas pessoas, feitas da mesma substância estranha. Separadas por séculos. Esperando para nos reunir.

Esperando por este exato momento.

E então sinto a onda fria e penetrante da água gelada batendo em mim de todos os lados, me jogando de um lado para outro. Espirrando no nariz e na boca. Por instinto, bato as pernas e os braços para ficar à tona. Prendo a respiração.

Depois de alguns segundos, rompo à superfície. E quando abro os olhos, vejo que estou exatamente onde comecei.

Boiando no meio de um mar escuro e interminável.

PARTE 3

A DECISÃO

50
OBSERVADORA

❖

Diferente da última vez, em que me vi no meio de um oceano, agora não tenho partes quebradas de avião para me manter à tona. Kaelen e eu somos obrigados a bater mãos e pés para que a cabeça fique acima da superfície. Sem contar que precisamos nos aquecer. Apesar de nossa constituição para suportar temperaturas extremas, esta água é outra coisa. Parecem adagas de gelo apunhalando cada centímetro do meu corpo.

Nós dois precisamos de alguns segundos para pegar o jeito de remar sem sair do lugar e aprender a empregar a quantidade mínima de energia, mas depois fica fácil. É como correr. Posso fazer isso durante horas, sem jamais me cansar. Apesar da correnteza agitada da água e da ocasional onda maior que quebra em nosso rosto.

Quando conseguimos nos estabilizar, Kaelen fecha o medalhão.

— Vou nadar um pouco para baixo. Talvez consiga ver alguma coisa.

— Vou com você — respondo de imediato, sabendo que daqui para a frente não posso deixá-lo nem por um instante fora de vista.

Nós dois puxamos uma boa golfada de ar e mergulhamos. Assim que abro os olhos, fico surpresa por conseguir enxergar tão bem. Eu sabia que minha visão aprimorada me permitia enxergar por longas distâncias e no escuro, mas esperava que tudo dentro da água ficasse borrado e distorcido. Não fica.

O mundo abaixo é cristalino, nítido e cintilante. Kaelen parece dar uma parada para refletir também sobre essa descoberta.

Observo-o atentamente à espera de uma deixa. Ele mergulha ainda mais. Não consigo ver o fundo, mesmo com minha visão aprimorada, o que significa que não devemos estar nem perto dele. Não sei muito a respeito de submarinos, além das informações limitadas que recebi pelo videogame de Reese, mas tenho a sensação de que não são nada precisas. Sinceramente, duvido que a maioria dos submarinos solte bolhas de sabão ou tenha instrumentos mágicos que aceleram sua viagem. Mas sei que se houver alguma embarcação subaquática passando abaixo de nós certamente não consigo vê-la. E, a julgar pela expressão de Kaelen, ele também não.

Ele mergulha um pouco mais e eu o acompanho. É a primeira vez que nado. Pelo menos que eu consiga me lembrar, mas já sei que gosto. E sou boa nisso. A sensação de manobrar pela água é tranquilizadora.

Também é muito silencioso aqui embaixo. Pacífico.

Não sei se já ouvi esse silêncio. Com minha audição superior, sempre há um ruído em algum lugar. Mesmo que seja de longe. Uma raposa que uiva a quilômetros de distância, pessoas conversando em um apartamento do outro lado da rua, um ônibus que se aproxima do meio-fio a três quadras.

Mas, aqui embaixo, o mundo parece finalmente ter adormecido. Além do *shhh* suave da água e da ocasional marola das braçadas de Kaelen, meus ouvidos nada captam.

É maravilhoso.

Por um segundo, quase sou capaz de esquecer que está frio e tudo que acontece acima da superfície. Quase consigo me sentir bem de novo.

Kaelen e eu descrevemos um pequeno círculo abaixo do local onde pousamos. Ainda não há sinal de nada além de alguns cardumes que passam.

Não sei quanto tempo uma pessoa em média pode prender a respiração, mas estimo que estamos aqui embaixo há pelo menos três minutos e não sinto a necessidade de voltar à tona tão cedo. Porém, noto que quanto mais fundo vamos, mais pressão sinto entre as têmporas. E no peito.

Kaelen deve sentir também, porque de súbito, depois de tentar remar ainda mais para o fundo, ele para e começa a flutuar para cima.

Rompemos a superfície alguns instantes depois, e tiro a água do rosto e dos olhos. Ambos estamos tremendo.

— Viu alguma coisa? — pergunta ele com os dentes batendo um pouco.

Nego com a cabeça.

— E você?

— Nada.

Ficamos em silêncio na água, mas mantenho o olhar fixo em Kaelen. Seu cabelo molhado está puxado para trás, revelando mais do que eu já havia visto de sua testa lisa e arqueada. Não posso deixar de notar como a lua reflete na umidade de seu cabelo. É como se os cachos soltos estivessem entrelaçados com diamantes.

Ele percebe que está sendo observado e se vira, e por um momento a luz alcança seus olhos verde-azulados brilhantes.

Seria ridículo negar que esses olhos são bonitos. São de tirar o fôlego. Ainda mais contra o azul-escuro do mar e o céu escurecido atrás dele.

E então penso nos olhos castanhos e comoventes de Zen. Quando olho neles, vejo tudo. Vejo amor. Vejo luz. Vejo lar.

No entanto, de algum modo, infelizmente eles são suaves em comparação com os de Kaelen.

É como se, independentemente do que a natureza pode fazer, do tanto que se esforça, do tanto que ela tenta, dos resultados magníficos, a ciência sempre consegue encontrar um jeito de superar isso. Fazer as coisas não só magníficas... mas perfeitas. E me encontro pensando que isso é injusto. Que é desonesto.

Que a ciência, de certo modo, trapaceia no jogo.

E a natureza simplesmente não tem nenhuma chance.

Como se pode competir com olhos assim? Com uma pele tão impecável? Com um cabelo que brilha à luz da lua?

A resposta é óbvia para mim: não pode.

Ainda assim, isso não me impede de me perguntar o que Kaelen vê quando olha o mundo. Será que ele tem a capacidade de perceber com subjetividade? De olhar uma coisa e achar bonita? Ou Alixter eliminou isso também?

E de algum modo *essa* é a ideia mais triste de todas.

O que Kaelen enxerga quando vê o nascer do sol? É apenas uma sequência de pigmentos atmosféricos e padrões de luz? Ou ele consegue reconhecer que é magistral? E quando olha as estrelas? O mar? A neve caindo do céu? Será que ele só vê água congelada? Ou nota o caráter extraordinário de cada floco de neve único?

E quando ele olha *para mim*? Vê outro super-humano geneticamente aprimorado, cientificamente criado e fabricado pela Diotech? Uma criação cuja programação deu errado? Ou...

Será que ele me acha bonita?

A ideia vira meu estômago e por um instante eu paro de bater as pernas e começo a afundar. Kaelen me segura rapidamente, me puxando para cima, e mais uma vez o toque de sua pele não é nada parecido com o que já senti. É como se o mundo ganhasse vida. Como se eu ganhasse vida.

O frio cortante da água passa. De súbito, estou nadando em fogo líquido.

E então, assim que ele me solta, levando toda essa energia e calor, seu polegar pousa com curiosidade em minha testa. Kaelen lê meus pensamentos. Rouba minhas lembranças.

De repente, não parece mais que sou roubada.

Eu *quero* dá-las a ele.

Quero que ele veja as coisas como eu vejo. Que saiba o que eu sei. O que sinto.

– Sim – diz ele em voz baixa, respondendo a minha pergunta não verbalizada enquanto a ponta de seus dedos desliza de minha pele.

Sim.

Essa pequena palavra parece uma boia vagando de algum lugar desconhecido para ficar entre meus pés, mantendo-me à tona. Ela me deixa sem peso.

Mas a que pergunta ele respondeu? Àquela sobre ver o nascer do sol? Ou a neve? Ou àquela sobre mim? Sobre o que ele pensa quando olha para mim?

Deve ser a primeira. Ou a segunda. O sol nascente. Ou a neve.

Só que eu sei que não é.

Sei disso como sei de que lado fica o alto. Como sei que se eu parar de nadar, vou me afogar.

Sei a que pergunta ele respondeu. Apesar do que ele pensa da neve, do nascer do sol e das estrelas, Kaelen acha que eu *sou* bonita.

E de algum modo isso muda tudo.

Não sei como. Não sei por quê. Nem mesmo sei o que está diferente, mas sei que está.

Conseguimos nos separar um pouco, e eu nado em sua direção. Mas meu pé parece ter sido preso em algo. Tento soltá-lo, mas não consigo.

E de repente sou puxada para baixo. Com uma força incrível. Minha cabeça fica abaixo da superfície. Através das ondas da correnteza, ouço Kaelen chamar meu nome.

Luto para subir, para conseguir romper à tona. Porém, mais uma vez, sinto um puxão na perna que me arrasta para baixo.

Kaelen nada até mim, segura minha mão. Mas nossos dedos estão molhados e escorregadios, e deslizam um pelo outro.

— Kaelen! — grito, estendendo a mão para ele. O aperto em meu tornozelo é firme, e de repente volto para baixo.

Parece meu pesadelo. Só que tudo está de cabeça para baixo. Tudo está invertido.

Não é Kaelen tentando me manter dentro da água. Ele tenta me manter na superfície.

A água entra pela minha boca aberta, ameaçando me sufocar. Tento tossir, mas ela não é expelida. Bato as pernas e os braços, em vão. Minha mão se estende para cima, procurando algo em que agarrar.

Sinto o metal frio do meu medalhão em seu pescoço. Fecho os dedos ali e puxo. Ele arrebenta e afunda na água comigo. Seguro firme, lutando com os dedos escorregadios para abrir o medalhão.

Consigo abrir a porta mínima justo quando a água entra num jorro em meus pulmões. Gelada e salgada. Tem gosto de perda. Exatamente como no sonho, não tenho alternativa senão deixar que entre enquanto sou arrastada ainda mais para as profundezas desconhecidas do mar.

Não voltarei à superfície.

51
FRASCO

❖

Quando volto a mim, estou tossindo água em um piso frio de concreto. O sal queima minha garganta e meus pulmões, mas finalmente eu me livro de tudo. Pisco e olho ao meu redor, estremecendo com as roupas frias grudadas em meu corpo. Estou no meio de uma sala comprida e estreita, com um teto abobadado que parece de vidro. Acima dele, a água escura e rodopiante. Ou a água está em movimento ou somos nós.

O medalhão está em minhas mãos. A corrente está quebrada. Mais uma vez. Eu o seguro firme e coloco no bolso da calça encharcada.

A meu lado está um homem com traje de mergulho e máscara. Ele tem um tanque de metal amarrado nas costas. Um tubo fino corre sinuoso a um aparelho em sua boca. Suponho que seja algum dispositivo para respirar dentro da água.

— Você quase me afogou! — eu o acuso, minha voz ainda rouca de tanto tossir, arranhada pela água.

Ele retira o dispositivo da boca e solta um suspiro.

— Lamento por isso. Precisava afastar você de seu amigo.

Com esforço, eu me levanto e tento ficar de pé. Ainda estou trêmula e ensopada. Uma poça se forma a meus pés.

— Por que todo mundo insiste em chamá-lo desse jeito? Ele não é meu... — Mas paro de falar. Não vale a pena tentar explicar o que Kaelen é para mim. Principalmente quando eu mesma não tenho tanta certeza.

— Seja ele o que for — continua o homem —, a dra. Maxxer me deu instruções rigorosas para trazer você sozinha.

— Maxxer — digo em voz baixa e olho ao meu redor com olhos renovados, sentindo a mesma animosidade peculiar correr por mim à menção de seu nome. — Ela está aqui, não está?

Ele assente e tira a máscara do rosto. De imediato reconheço os olhos pequenos, o nariz redondo e a boca comprimida. Mas não consigo pensar onde o teria encontrado.

Ele sorri.

— Vou levar você para vê-la agora.

Ele gesticula para o final da sala estreita e começo a andar, mas por fim paro, me arrastando.

— Espere um momento. E quanto a meu... e quanto a *ele*? — Aponto o teto de vidro, o mar rodopiante.

Fico surpresa ao me ouvir fazendo tal pergunta. Eu não devia me preocupar com Kaelen, se ele está ou não afogado lá. Sem nem mesmo tentar, de algum modo consegui atingir meu objetivo. Encontrei Maxxer e ao mesmo tempo consegui escapar dele. Além disso, tenho o medalhão. O que significa que vai ficar tudo bem. Posso conseguir a cura, transeder de volta até Zen e, com sorte, tudo isso estará terminado em questão de horas.

Então, por que me sinto tão mal?

Por que me sinto tão vazia?

Não posso *querer* que ele esteja aqui. Ele só criaria complicações. Só me atrapalharia. Kaelen foi mandado para cá a fim de conseguir a cura para Alixter — meu inimigo. Depois, mais provavelmente, ele pretendia me levar.

Então, por que diabos me importo que ele não esteja aqui?

Não me importo.

Não quero me importar.

— Maxxer só confia em você — explica o homem vagamente familiar. — Ela não permitiria a admissão de mais ninguém nesta embarcação.

Tento responder. Mas até uma simples expressão como tudo bem é difícil de passar por meus lábios. Fica alojada em algum lugar no meio, asfixiando-me.

Tusso, expelindo mais algumas gotas de água do mar.

— É por aqui — diz o homem. Ele abre uma porta no final da sala coberta pelo domo e passamos por ela, pegando um corredor escuro. Quando ele me leva por uma segunda porta, no final, preciso parar. Um leve ofegar escapa da minha boca quando vejo a câmara gigantesca e milagrosa diante de mim.

Tem dois andares de altura, com janelas do chão ao teto que dão para quilômetros e mais quilômetros do oceano escuro. Um fogo artificial crepita em uma lareira transparente e cúbica no meio do salão. Um sofá curvo de cetim está por cima de um carpete branco e felpudo, formando um S em torno de uma mesa de centro de vidro com uma única flor branca em um vaso no meio. Uma escada em espiral sobe a um mezanino no segundo andar com vista para todo o espaço.

Do outro lado da escada, dois homens muito grandes e parrudos estão parados. Eles vestem uniformes brancos idênticos da cabeça aos pés. Acho estranha sua colocação impositiva, mas me contenho e não faço nenhuma observação.

— Não acredito que estamos dentro da *água* — digo, em vez disso. A ninguém em particular.

Mas é uma voz feminina e conhecida que me responde:

— É espetacular, não?

Olho na direção do som. A dra. Rylan Maxxer está no balcão do mezanino, olhando-me de cima. É a mesma de que me lembro. Cabelo grisalho cortado reto na testa e na altura dos ombros. Óculos com aros pretos envolvendo o rosto fino. Um corpo baixo tão magro que a faz parecer um tanto emaciada.

Não sei bem por que, mas de algum modo eu sabia que a veria de novo. Que o dia em que nos despedimos não foi o último.

Mas o que eu não esperava era como me sentiria quando isso acontecesse.

Aquele calor incomum gorgoleja em meu estômago. Borbulha para cima, perfurando meu peito. De repente, fico furiosa. Revoltada. O que é ridículo, porque claramente não tenho motivos para isso. Maxxer apenas se mostrou benéfica.

Ela me ajudou quando eu precisei.

Respondeu a todas as minhas perguntas sobre a Diotech, a transessão e meu passado.

Na verdade, ela me levou *de volta* a Zen.

E agora me trouxe para cá.

Maxxer é uma foragida. Como eu. Ela fugiu da Diotech ao descobrir como eles ficaram corruptos. Como Alixter era imoral. Nesse sentido, somos iguais.

Mas isso não me impede de sentir essa fúria estranha e infundada quando a vejo. Não é poderosa. É quase sutil. Como se fermentasse abaixo da superfície, esquentasse por trás dos meus globos oculares, fervilhasse em meu peito.

Tento afastar a sensação.

Maxxer desce a escada, um tanto elegante, apesar da calça preta e simples e do suéter vermelho.

Quando chega ao pé da escada, ela vem na minha direção e segura minhas mãos.

— Sera — diz com um sorriso radiante. — Bem-vinda a meu centro de comando. É muita gentileza sua vir aqui.

Tenho que rir.

— Você não me deu muitas alternativas.

Ela ri do meu comentário.

— Peço desculpas por toda a teatralidade. Veja bem, eu simplesmente precisava agir assim. Não podia correr o risco de você ser apanhada e suas lembranças escaneadas. Esse era o único jeito que eu conhecia de trazer você em segurança. E proteger minha localização.

— Na verdade — começo —, sobre isso...

Ela vira a cabeça de lado e olha para mim com ceticismo.

— O que foi?

— A Diotech fez uma varredura no meu cérebro. E, de algum modo, eles sabiam que você tinha me deixado essas lembranças.

Ela assentiu.

— Era o meu receio. Eles devem ter visto a impressão.

— Impressão?

— Só existem alguns computadores capazes de criar lembranças temporizadas, e eu tenho um deles. Cada um imprime a lembrança com um código especial, como uma marca, indicando que computador a criou. Assim, eles saberiam no mesmo instante que fui eu que as implantei. Desde que eles não consigam ter acesso a elas, estaremos em segurança.

— Sim, mas — continuo, com uma dor surda começando no peito — eles mandaram alguém para me seguir até aqui. Um agente. Só que ele é diferente de todos os outros. Ele é... igual a mim.

"*Só que melhor.*"

Deixo essa parte de fora.

Ela puxa o ar incisivamente, e fica claro que não esperava por essa.

— E onde ele está agora?

A dor surda começa a me apunhalar enquanto aponto as janelas com a cabeça.

— Em algum lugar lá fora. Não sei. Fui puxada para baixo e ele ficou para trás.

Maxxer abre um sorriso satisfeito para o homem que me trouxe aqui.

— Bom trabalho, Trestin.

Em resposta, ele assente rigidamente.

— Não se preocupe — responde Maxxer com gentileza. — A essa altura, ele já se foi. Estamos a uns cinco quilômetros das coordenadas que lhe dei. Outra precaução que tomei. Trestin foi instruído a transeder para lá e voltar com você. Assim, parece que conseguimos ludibriá-los. — Ela fica radiante de novo.

Também abro um sorriso. Porque parece apropriado. Um triunfo pequeno sobre a Diotech. Mas a comemoração sutil me angustia. Faz meu estômago virar. Parece tão... tão...

Errada.

No entanto, não digo nada. Tranquilizo-me sabendo que Kaelen não pode se afogar. Ele é um bom nadador. Como eu. Além disso, pode sair da água por transessão quando quiser. Ele não ficaria lá.

Isso alivia meu desconforto.

Ele não pode nos encontrar. Mas também não vai perecer.

Por um momento, eu me permito reter seu rosto em minha mente, seus olhos de água-marinha brilhantes e a pele branca e cremosa em foco. Eu lhe desejo uma despedida silenciosa. Venci. E isso quer dizer que não voltarei a ver Kaelen nunca mais.

Exatamente como deveria ser.

Entretanto, de algum modo, sempre achei que a vitória seria... não sei...

Melhor.

A dra. Maxxer vai até uma bancada na parede oposta. É iluminada de trás por uma luz azul e suave e abastecida com numerosos frascos de líquido.

— Quer beber alguma coisa? — pergunta ela. — Temos um bar completo aqui.

Dou de ombros.

— Claro.

Observo enquanto ela pega dois copos em uma prateleira, coloca alguns cubos de gelo em cada um deles e serve um líquido verde e fluorescente.

— Trestin — diz ela com doçura ao homem que me trouxe para cá —, dê alguns minutos para colocarmos tudo em dia, sim? O homem me olha e eu juro que vejo a dúvida faiscar por seu rosto.

— Você ficará bem?

Ela sorri e gesticula para os dois homens de branco que ainda estão imóveis de ambos os lados da escada.

— Ficarei ótima.

— É claro, doutora — responde Trestin, depois desaparece pela porta, fechando-a.

A dra. Maxxer me convida a me sentar no sofá em formato de S e eu aceito. Ela se senta ao meu lado e me passa um dos copos. Olho a bebida verde e estranha com apreensão.

— É um energético — diz ela com orgulho. — Criação minha. Modifiquei a estrutura molecular da cafeína para torná-la dez vezes mais potente, sem o nervosismo ou o colapso.

Não sei o que significa a maioria dessas palavras, mas ainda assim abro um sorriso educado.

— Quem são eles? — pergunto, olhando os homens de branco.

— Seguranças — diz ela com franqueza.

— Para proteger você de mim?

Ela ri e toma um gole da bebida.

— Meu Deus, não. — Mas noto que sua voz se eleva algumas oitavas quando ela não me olha nos olhos. Em vez disso, esconde o rosto atrás do copo. Ela engole e aperta a base dele na palma da mão. — Para me proteger do desconhecido. É um mundo louco este em que vivemos. — Ela gesticula para mim e para si mesma. — Cheio de surpresas. Não concorda?

— Sim. — Cheiro a bebida. O odor é azedo e amargo. Devolvo-a à mesa.

— Mas não se preocupe — Maxxer me garante —, podemos falar abertamente na frente deles. — Ela se curva para mais perto e sussurra: — Eu ajusto as lembranças deles no fim de cada dia.

Lanço um olhar cauteloso para os homens de branco, lamentando por eles. Depois, olho a porta pela qual o homem que me trouxe para cá sumiu.

— Por que ele me parece tão familiar? — pergunto.

O olhar de Maxxer se volta inquieto para a porta.

— Trestin? — Ela dá um golpe no ar com a mão. — Ah, ele é um daqueles rostos.

— Um daqueles rostos?

— Significa que ele parece familiar a todo mundo, quer o tenha conhecido ou não. — Seu joelho começa a quicar.

Por que ela parece tão nervosa?

— Mas eu o conheci — argumento. — Tenho quase certeza disso.

— Sei que você tem muitas perguntas — diz Maxxer com desdém —, mas, primeiro, creio que temos alguns assuntos a resolver.

Ergo as sobrancelhas.

— Temos?

Ela toma outro gole da bebida.

— Claro. É o motivo de sua vinda, não é?

— A cura — respondo no automático.

Ela solta o ar, aparentemente de alívio.

— Sim. Imagino que Zen esteja muito doente. — Ela suspira como quem lamenta. — Um efeito colateral inesperado do DZ227, infelizmente.

— DZ227?

— Desculpe-me. É a nomenclatura oficial do gene da transessão. Parece que, pelo modo como foi projetado, simplesmente ficou potente demais para o corpo humano. Leva o sistema imunológico natural a se atacar, pensando que está infestado por um vírus. Qualquer um que tenha o transplante, dependendo da própria composição química e com que frequência transede, morrerá no período de um ano.

– Inclusive Alixter – verifico, ansiosa para finalmente ter a confirmação que Kaelen nunca me deu.

Maxxer sorri.

– Sim. Imagino que por isso ele tenha enviado o agente atrás de você. E, por isso, tomei tantas precauções quando a trouxe para cá. Ele deve estar muito doente. E muito desesperado. O que, naturalmente, só torna *você* muito mais valiosa.

– Eu? – indago com ceticismo.

Ela vira a cabeça de lado.

– Você não *reparou* que não foi afetada pelo gene?

Rapidamente vou a meu bolso. Pelo canto do olho, juro que vejo Maxxer se retrair com meu movimento repentino. Pego o medalhão com a corrente quebrada.

– Por isso Rio fez isso para mim. Ele ativa meu gene quando está aberto. Rio tinha medo do que o gene poderia fazer se eu não conseguisse desativá-lo.

– Um homem sensato – comenta Maxxer. – Mas, na verdade, ele não tinha motivos para se preocupar. Você não é como nós, Sera. Tenho certeza de que, a essa altura, já deduziu isso.

Viro a cara. Penso na expressão apavorada do velho chinês quando segurou meus punhos e declarou que meu sangue era forte demais. Penso em Blackthorn, o cavalo da fazenda dos Pattinson, e na inquietação que via em seus olhos sempre que eu entrava em sua baia. Penso nos gritos de fúria dirigidos a mim quando fui levada pelas ruas de Londres. Penso em minhas pernas e como o fogo as rasgou, retalhou a pele e roeu meus músculos, e ainda assim não ficou nenhuma cicatriz para provar.

Então, sim, eu deduzi. Mas passei os últimos seis meses desejando que não fosse verdade. Desejando que eu *fosse* como todos eles.

– Seu corpo, sua mente, seus genes, tudo em você foi aperfeiçoado pela ciência. Eu poderia transplantar esse gene em você mil vezes e ele não a afetaria.

Ela pode muito bem dizer isso. Pode muito bem me dizer o que sou. Ou melhor, o que não sou.

Eu não sou humana.

— E deve ser esse o motivo para Alixter ter criado outro ser sintético — acrescenta. — Porque nem ele, nem seus capangas, podem mais transeder. Sem esse novo agente que ele criou, eles não teriam esperança de um dia me encontrar. Ou encontrar você.

Mais uma vez, o rosto de Kaelen esvoaça por minha mente e meu estômago se contorce de culpa.

Por isso ele não adoeceu.

Porque ele é igual a mim. Pode muito bem ser o *único* igual a mim. Ainda assim, eu o deixei. Eu o abandonei.

— Mas Zen — continua Maxxer, sem saber do tormento em minha mente —, o corpo de Zen não tinha nenhuma chance. Era frágil demais. Como nós.

Frágil. Esta é a palavra exata para descrever a aparência dele quando o deixei. Prestes a se esfarelar. Prestes a se espatifar em um milhão de pedaços. À beira da morte.

Ele não merecia isso.

Não merecia essa atrocidade.

Ele não merecia a mim.

Maxxer coloca o copo na mesa com um tinido e se levanta.

— O que nos traz ao motivo de sua presença aqui.

Enquanto eu a vejo atravessar o salão, sinto meu coração acelerar. E aquela raiva misteriosa volta à superfície ao pensar no que vai acontecer agora. As palmas de minhas mãos estão gordurosas e molhadas. Eu as esfrego, ansiosa, na calça úmida e me levanto, acompanhando-a com os olhos. Ela sobe graciosamente a escada e desaparece no mezanino, aparecendo um instante depois, de posse de um frasco pequeno e transparente cheio de um líquido azul elétrico. Ela para no alto da escada, como que examinando minha expressão.

— Isso — começa ela — é um repressor para o gene DZ227. Quando injetado diretamente na corrente sanguínea, desativa permanentemente o gene da transessão. O sistema imunológico vai cessar seus ataques contra o corpo e o receptor terá uma completa recuperação, revertendo essencialmente todos os efeitos negativos do transplante genético.

Minhas pernas doem de expectativa. Meus punhos se fecham e se abrem involuntariamente. Sinto os músculos se retesarem. É como se eles se preparassem para se lançar. Para atacar.

A ira inexplicável entra em ebulição, ameaçando se derramar de minha boca, dos ouvidos, dos globos oculares. Todo o meu corpo está quente. Pegando fogo. Em chamas. Como se corresse lava pelas veias.

A simples visão da dra. Maxxer segurando esse frasco de repente provoca uma tempestade de fúria pelo meu corpo.

O que está acontecendo comigo?

Ela desce a escada devagar, sem jamais tirar os olhos de mim, nem por um segundo. Minha boca, de súbito, fica seca. Seca como osso. Passo a língua por ela, praticamente escutando os arranhões que provoca no lado de dentro de minha face desidratada.

Maxxer parece andar em câmera lenta, e quando olho sua mão com mais atenção, aquela que segura o frasco, noto que treme.

Por quê? Por que seria assim? Por que teria medo de mim?

Ela olha a mesa e, com extremo cuidado, coloca o frasco no tampo de vidro.

Tento engolir, mas não há nada para empurrar para baixo.

Olho o vidro mínimo a minha frente. Dou um passo para ele, sentindo o medo me arrebatar. Um medo inexplicável e paralisante.

Não posso pegá-lo. Não posso.

Algo por dentro luta contra mim. Um sino de alerta badala em minha cabeça.

Não!, grita ele. *Não pegue isso!*

Mas eu preciso! É o que salvará Zen! Por que não o pegaria?

Pressiono para a frente, ignorando o clamor em meu cérebro, a resistência em meus músculos. Dou outro passo. Estou a um braço de distância do minúsculo frasco. Eu me curvo para a frente, a mão tremendo violentamente ao se estender para ele.

A ponta de meus dedos roça o exterior frio do frasco e então...

CRASH!

Solto um grito agudo e dou um salto para trás. A dra. Maxxer rapidamente sobe cinco degraus da escada. Seus seguranças entram em ação, cercando a figura molhada e escura que aparentemente caiu do céu para esta sala, espatifando a mesa de vidro a minha frente, fazendo o frasco voar pelo espaço e cair com um baque suave no tapete.

A figura – que agora noto ser uma pessoa – está amarfanhada no chão, de cara para baixo, tremendo. Cacos de vidro se projetam de sua pele.

Os guardas se atiram para cima dele, o imobilizam, prendem seus braços e pernas. Ouço o chiado conhecido do Modificador e seu corpo fica flácido. O guarda da esquerda coloca o dispositivo no bolso e, juntos, eles o viram para que eu enfim consiga ver seu rosto inconsciente.

Arquejo pela segunda vez nos últimos vinte minutos, dizendo seu nome baixinho. Com urgência:

– Kaelen.

52
COMPELIDA

❖

O comportamento calmo e controlado de Maxxer de repente se desfaz como os pedaços da mesa agora espalhados pelo tapete.
– Quem é? É ele? O agente enviado pela Diotech?
Faço que sim com a cabeça, reprimindo cada tendência que tenho de me curvar e tocar seu rosto.
– Como ele encontrou você?! – grita Maxxer.
– Eu não sei. Juro que não sei!
– Seu rastreador. – Ela indica meu punho com a cabeça. – Sentiu que ele disparava?
Nego com a cabeça, percebendo que é a segunda vez que Kaelen consegue me encontrar sem a ajuda de um dispositivo de rastreamento.
Maxxer morde o lábio, pensando, e se senta na escada. Sem nem sequer olhar para Kaelen, ela gesticula e ordena:
– Levem-no para a cela de detenção. Mantenham-no desativado.
– Espere – digo, observando impotente enquanto os dois guardas levantam Kaelen pelas axilas e o arrastam para fora da sala. – Não entendo o que está acontecendo. Como ele pôde...
Meus pensamentos e minhas palavras param de súbito quando meus olhos pousam no frasco de vidro mínimo a

poucos metros de mim, brilhando azul contra o tapete branco e macio.

Zen.

Posso curá-lo.

Posso consertar tudo isso.

Mais uma vez, sou atraída ao vidro pequeno. Vou até ele. Minha mão se estende na direção dessa salvação. Eu me ajoelho diante dele, estendo a mão e...

— Não! Espere! — grita Maxxer, colocando-se de pé.

Tarde demais. O frasco já está em minhas mãos, bem firme. E, de repente, é como se o mundo assumisse um tom de vermelho.

Minha mente se esvazia.

Meus pensamentos desaparecem.

Uma tempestade de escuridão penetra minha cabeça, escondendo tudo de vista — quem eu sou, o que quero, quem eu amo. Não sou mais eu. Sou outra pessoa.

Uma entidade abastecida pela fúria.

Um cérebro capaz apenas de um conceito. Uma ideia. Um objetivo.

A bola quente de ferocidade que antes esteve dançando à margem de minha consciência é tudo o que posso ver agora. Tudo o que posso sentir. Tudo o que eu sou.

Ela explode dentro de mim, a rajada me impelindo para a frente.

Eu me levanto, obediente, guardando o frasco com segurança no bolso.

Para *ele*.

Para Alixter.

Ele precisa do frasco. E precisa de mim. Minha missão só chegou à metade.

Levanto a cabeça. O rosto de Maxxer está contorcido de medo. Vê-la provoca outra explosão frenética de ira em mim.

Isso me consome. Espalha-se até a ponta dos dedos dos pés e das mãos. Minhas mãos têm um espasmo com a expectativa de sentir seu pescoço esmagado. Meus ouvidos esperam o som de seu coração falhando até parar. Minha existência só estará completa quando eu vir a luz sumir de seus olhos.

— Sera. — Maxxer tenta, a voz falhando, cheia de pânico. Mas o som do meu nome em seus lábios só aumenta minha febre.

Sinto minhas pernas se agacharem, por instinto. Os músculos se contraem. Disparo à frente, tentando alcançá-la em um único passo rápido como um raio. Esbarro nela e caímos pela base da escada até o chão. Sua cabeça bate no último degrau de metal, abrindo a pele. O sangue escorre, brotando vermelho no carpete branco e imaculado.

Ela tenta lutar, mas sua estatura frágil e sua força humana não são páreo para mim. Em um instante, já a virei de costas. Eu me sento em seu peito e com uma das mãos aperto a traqueia.

Faça!, uma voz áspera ordena no fundo de minha mente.

— Não faça isso — pede Maxxer com a garganta comprimida. — Sera, me escute.

Faça agora!

Aumento a pressão. Maxxer guincha. O ar preso em seus pulmões está desesperado para sair. Ela abre a boca de novo.

— Essa não é você — ela consegue falar com a voz rouca. — São *eles*.

Eles.

A palavra rola por meu cérebro abandonado. Feito uma folha apanhada pelo vento. Balanço a cabeça, tentando me livrar dela, mas seu eco não para.

Eles.

Lá.

Antes.

As palavras que Zen e eu usávamos antigamente para falar sobre a Diotech. Para falar da minha vida pregressa. Quando eu era cativa em um laboratório. Quando era uma prisioneira.

Faça!, ordena a voz, colérica com minha hesitação. *MATE-A!*
Solto a mão ligeiramente, o bastante para deixar que ela fale.
— Do que você está falando?! — grito, a fúria ainda dominando meu corpo, ainda irradiando de meus olhos e vertendo em minha voz.
— A Diotech — diz ela, sufocada. — Eles estão controlando você.
Não. Isso não é possível.
Meu cérebro dói. Divide-se ao meio. Um lado ainda é controlado por essa ira inflexível. O outro tenta entender tudo. Tenta segurar.
— Como?! — grito. — Como estão fazendo isso?
— O... rapaz. — Ela mal consegue formar os sons. Eles saem entrecortados e roucos.
Kaelen?
Mas como ele poderia...
Não tenho a oportunidade de completar o pensamento. Sinto que estou sendo puxada para o ar e jogada pela sala. Caio com força no sofá, as pernas lançadas na direção da cabeça. Meu pescoço solta um estalo nauseante.
Ouço Maxxer tossir intensamente. O ar flui com vigor para seus pulmões. O barulho de sua vida me obriga a me levantar, decidida a dar um fim a isso. Um dos guardas de Maxxer, porém, já está aqui ao meu lado e me empurra para baixo de novo. O aço preto de seu Modificador faísca em meus olhos.
E essa é a última coisa que vejo.

53
DOENTE

❖

É com música que acordo. Suave. Melodiosa. Tranquilizadora.

Parece que minhas pálpebras foram costuradas. Preciso me esforçar muito para abri-las. Ainda mais para colocar a visão em foco depois que consigo. As pupilas estão preguiçosas. Não querem fazer o que o cérebro manda. Porque isso exigiria esforço demais.

Esforço que não consigo invocar.

Quando, por fim, consigo olhar uma coisa por tempo suficiente para entendê-la, noto que estou fitando o teto. Ou através dele, para a massa escura de água em fluxo.

Ainda estou no submarino de Maxxer.

Ainda estamos em movimento. Para onde? Duvido até que ela tenha um destino em mente. Se fosse sensata, seu objetivo lógico deveria ser nunca parar.

Tento puxar as pernas para cima, mas meus braços não funcionam. E, aparentemente, minhas pernas também não. Ou qualquer outra parte do corpo.

Felizmente meus lábios parecem capazes de formar palavras. Embora não muito bem.

— Ooo que aconeceu?

— Demos um sedativo a você. — Ouço a voz de Maxxer responder. — Deve dominar os impulsos.

Vejo seu rosto. Ela paira acima de mim. Noto um dos guardas tentando afastá-la, mas ela o afugenta.

— Vou ficar bem. Ela tem CV9 suficiente correndo pelo sangue para acalmar uma baleia assassina — diz Maxxer.

Tento rolar de lado, mas essa também é uma causa perdida.

— Ajude-a a se levantar. — Maxxer ordena ao guarda e de repente me colocam sentada. Minha cabeça é apoiada em um travesseiro. As pernas são ajeitadas na minha frente. Não consigo mexer a cabeça para olhá-la, mas por sorte Maxxer se agacha, para que eu não tenha que me mexer.

Ela respira fundo, falando quase consigo mesma:

— Eu devia saber que eles mandariam você.

Consigo piscar, mas a extensão da minha mobilidade se limita a isso. Tenho sono. Quero dormir. E também quero respostas. Ordeno a mim mesma continuar acordada e perguntar "Oooo quê?".

— Enquanto esteve desacordada, fiz uma varredura rápida em seu cérebro. Parece que eles implantaram um sistema de reação estimulada. É uma espécie de programação mental que só é ativada quando são cumpridas determinadas exigências. Parece uma lembrança temporizada. Nesse caso, foi ajustada para se ativar tão logo você adquirisse o antídoto. Basicamente, é lavagem cerebral computadorizada.

Penso no que vi no banco do parque. Quando tentei convencer Kaelen de que havia mais na vida do que ser uma máquina. Algo estalou dentro dele. Ele se transformou em alguém totalmente diferente. Deduzi que devo ter ativado alguma reação automática que estava embutida para protegê-lo da verdade.

Jamais imaginei que poderia ter a mesma coisa enterrada em algum lugar dentro de mim.

— Ma... — tento argumentar. — Como? Quano eles pujeram?

Maxxer aperta bem os lábios.

— Não sei. É mais provável que o agente que mandaram tenha instalado. Talvez depois de ter tirado você da fogueira, quando estava inconsciente.

Sim, penso de imediato.

Em todo o tempo em que eu me recuperava das queimaduras, ele me manteve sedada com o Modificador. Pode ter feito isso em qualquer momento nesse período.

— De qualquer maneira — continua Maxxer —, minha conjectura é de que depois que eles deduziram que eu havia deixado o mapa de lembranças para você, entenderam que eu só daria acesso a *você*. Assim, criaram um plano de apoio. Essencialmente, transformaram você em uma assassina, sem que você soubesse.

Eu me sinto doente. Como se fosse vomitar.

Todo esse tempo eu estive carregando uma doença por aí. Uma infestação em minha mente. Como uma bomba pronta para explodir. Só que a bomba era *eu*.

Pensei que enfim tivesse escapado deles. Pensei que estivesse livre. Mas não, foi apenas uma ilusão de liberdade. Eles estiveram me manipulando desde o momento em que despertei naquele quarto. Desde o instante em que pus os olhos em Kaelen.

Ele sabia disso o tempo todo.

Ainda assim, embora eu queira sentir raiva dele, não consigo. Só o que sinto é culpa. Eu o critiquei por ser o robô pessoal de Alixter. Por ser um avatar sem miolos no videogame da vida real de Alixter. Na verdade, eu não era melhor do que ele.

Eu era um avatar também.

Uma marionete. Esperando que Alixter puxasse a corda certa para me fazer matar alguém.

Por acaso, Zen e eu temos a doença da Diotech em nosso corpo. Ela está nos destruindo por dentro. Tirando nossa vida. Nossa humanidade. Nossa capacidade de escolher o próprio destino.

Sinto as lágrimas se acumularem em meus olhos, mas meu rosto está entorpecido demais, nem sei se elas caem. Minha cabeça tomba para a frente e não consigo endireitá-la. Mas, para ser absolutamente sincera, nem me esforço tanto assim.

Maxxer coloca a mão sob meu queixo e apoia minha cabeça. Depois, acaricia gentilmente meu rosto. Suas mãos voltam úmidas. Desse modo, pelo visto, eu *estou* chorando.

— Está tudo bem — ela tenta me tranquilizar. Sua voz é melodiosa e doce.

— Nan enteno — digo. Agora as palavras estão trincadas pelas lágrimas e por meus lábios caídos. — Poq'eles quelem te mata?

De algum jeito, porém, Maxxer entende o que tento perguntar.

— Eles me querem morta desde que saí do complexo.

Deixo que meus olhos se fechem por um momento e logo me arrependo da decisão porque não consigo abri-los.

— Me dê 50 mL de Zellex. O sedativo é forte demais. Preciso dela consciente.

Sinto o sono puxar minha mente. Ele me convida a seu leito quente e confortável. Depois, sinto uma picada no braço e alguns instantes a seguir meus apêndices começam a despertar. A sensibilidade volta a minhas pernas. Tento levantar o braço. Ele se ergue lentamente e volta a cair. Abro os olhos. Decididamente, é mais fácil entrar em foco.

— Obrigada. — Suspiro, agradecida por conseguir formar palavras completas novamente.

— Não há de quê.

Maxxer ainda está ajoelhada a minha frente. Noto que os cacos de vidro foram retirados. Ela se levanta e vai ao bar, serve-se de outra dose de seu energético verde e estranho.

— Por que eles querem você morta? — repito a pergunta, vendo-a andar com o copo firme nas mãos. Tenho a sensação de que as coisas até agora não foram favoráveis a ela.

— Basicamente, porque estive tentando destruí-los desde que saí do complexo.

— Destruir a Diotech? — A façanha parece quase impossível.

Ela nega com a cabeça.

— Não só a Diotech. Mas as pessoas que *controlam* a Diotech. Penso na primeira conversa que tive com Maxxer. Em seu depósito. Ela me contou de suas suspeitas sobre outra pessoa financiar a empresa e puxar as cordinhas. Mas indicou que não sabia quem era.

— Você descobriu para quem Alixter está trabalhando — percebo em voz alta.

Ela para de andar por tempo suficiente para me abrir um sorriso astucioso.

— Na verdade, eu já sabia.

— Sabia?

— Existe um grupo de pessoas muito influentes, algumas das mais ricas e mais importantes do mundo. Eles se intitulam a Providência. Ninguém sabe muito a respeito porque eles se mantêm quase completamente fora do radar. Mas há boatos de que a mão deles esteve em todas as guerras, toda eleição política, toda crise econômica durante décadas. Algumas pessoas acreditam que eles controlam tudo. A maioria dessas pessoas é rotulada como louca e teórica da conspiração, e desprezada rapidamente. O que é uma pena, porque se trata da verdade.

— Não entendo — digo. — Por que você não me contou tudo isso da última vez?

— Por muitos motivos — explica Maxxer. — O mais importante é que eu sabia que você não estava preparada para ouvir. Eu tinha que trazer você para isso aos poucos. Caso contrário, sabia que ficaria sobrecarregada e talvez rejeitasse inteiramente. E eu não suportaria se isso acontecesse.

Trazer-me para isso?

Levei a mão pesada à testa e pressionei a têmpora.

— Espere aí — digo, tentando processar a enxurrada de novas informações. — Por que exatamente você me trouxe aqui?

Ela volta a se ajoelhar a minha frente.

— Porque, Sera, eu *preciso* de você na equipe. Você é especial. É única. Pode fazer coisas que ninguém mais pode. Estive *esperando* por você. — Sua voz é baixa. Hesitante. Desesperada. — Você pode me ajudar a derrotá-los.

54
ORIGEM

❖

O que realmente quero fazer é me levantar e sair deste lugar. Mas, primeiro, embora a coisa que Maxxer injetou em minha corrente sanguínea tenha me permitido finalmente falar direito, ainda não tenho plena capacidade nas pernas. Em segundo lugar, é evidente que há o problema de que no momento estamos centenas de metros embaixo da água.

— Foi por *isso* que você me trouxe aqui? — pergunto. — Porque quer que eu a ajude a derrotar a Diotech?

Maxxer fica aturdida.

— É de supor que depois de tudo o que você passou, essa seria sua prioridade número um.

— Minha única prioridade é *Zen* — argumento. — Vim aqui para salvar sua vida.

Maxxer se levanta e se afasta alguns passos. Não posso deixar de notar a mudança em sua linguagem corporal. Ela arriou os ombros, o rosto registra o que só posso interpretar como remorso.

Minha mão de imediato vai ao bolso. Fico horrorizada quando percebo que o frasco que coloquei ali sumiu.

— Onde ele está? — exijo saber.

— Sera. — Maxxer tenta me acalmar. — Há algumas coisas que preciso explicar.

— Onde está o repressor do gene?! — grito, o que faz com que os guardas avancem para mim de maneira ameaçadora. Maxxer os afasta com um movimento sutil da cabeça.

— Tenho o pressentimento de que a Diotech pode ter chegado a você primeiro. Que o sistema de reação estimulada pode ter sido instalado sem o seu conhecimento. Não posso correr nenhum risco. Eu preciso...

— ME DÊ A CURA!

Maxxer suspira.

— Sera, eu não tenho a cura.

Gelo. De súbito, cada centímetro do meu corpo está coberto de gelo. Picadas mínimas de um frio insuportável me perfuram sem parar. Parece que estou caindo. Acelerando. Não em um vácuo. Não no mar. Mas mergulhando de cabeça no solo duro e inclemente.

O impacto é inevitável.

Eu vou bater.

Vai me esmagar.

Ainda assim, sobreviverei de algum modo. Vou seguir em frente. E serei para sempre assombrada pela lembrança de meu mergulho. Uma marca permanente em meu cérebro. Uma cicatriz que não pode ser curada. Apesar de tudo o que diz meu DNA.

— O que havia no frasco? — pergunto. Meus lábios mal se mexem, o som quase não viaja.

Maxxer meneia a cabeça e se recusa a olhar para mim.

— Água com corante — ela admite em voz baixa. — Era uma isca. Eu precisava testar você. Ver se foi manipulada.

— Você me enganou?! — grito e luto para me levantar, mas acabo desabando de volta no sofá depois de muito esforço fracassado.

— Por favor, acalme-se e me escute — Maxxer tenta me convencer.

— Zen vai morrer, e é tudo por SUA causa! O gene vai matá-lo!

— Sera — ela repete. Cada vez que meu nome sai de seus lábios, minha fúria é novamente inflamada. — Você precisa confiar em mim.

— CONFIAR EM VOCÊ?! — Meu grito é tão alto que a voz bate no teto grosso e ecoa de volta. — Depois de você ter *mentido* para mim? Me enganado? Me atraído para cá com falsas promessas?

— Agora escute — responde ela num tom incisivo —, não dei nenhum sinal nas lembranças de que eu a traria aqui para lhe dar o repressor.

Abro a boca para responder, mas a fecho de volta, os dentes batendo quando percebo que ela tem razão. As lembranças diziam apenas "*Encontre-me*". O pressuposto de que Zen era o motivo para eu encontrá-la foi meu. Ainda assim, sua defesa não abranda em nada minha raiva.

— Isso é irrelevante — digo. — Você *sabia* que ele ia adoecer. *Sabia* que eu procuraria pela cura. E sabia que eu culparia a Diotech pela doença dele. Deve ter sido por isso que você não me contou que ele apareceria quando nos conhecemos, embora você já soubesse. Você pensou que se eu tivesse tempo e motivação suficientes, passaria a desprezá-los e isso só facilitaria meu recrutamento.

— Não é verdade. — Mas ela passa a língua pelos lábios e não me olha nos olhos quando fala, entregando-se: — Eu me importo com você, Sera. E com Zen.

Eu bufo:

— Não acredito em você.

A porta se abre, interrompendo nossa discussão. O homem identificado como Trestin bota a cabeça para dentro.

— Está tudo bem? — pergunta ele, os olhos curiosos disparando de mim para Maxxer.

Ainda estou atormentada pela sensação implacável de que o conheço.

De que já o encontrei.

— Estivemos acompanhando a notícia do surto no convés de navegação — ele informa Maxxer. — Está se transformando em um belo circo da mídia. Agora não deve demorar muito.

Ele se vira e dá uma piscadela simpática para mim.

Circo da mídia.

Conheço essa expressão. Já a escutei. Quando estava saindo do hospital, em 2013. Quando todos pensavam que eu tinha sobrevivido ao desastre de avião.

Na primeira vez que a ouvi, foi dita pelo homem que tentava localizar minha família. O nome dele era sr. Rayunas. Ele disse que trabalhava para a assistência social. Foi ele que me colocou na família Carlson.

Examino o homem que acaba de entrar na sala e sinto meu estômago se apertar.

Não.

Não pode ser.

O sr. Rayunas era bem mais gordo. Mais velho. Seu cabelo estava ralo. Tinha rugas em torno dos olhos. Uma camada a mais de pele embaixo do queixo.

Esse homem é jovem e magro e tem um basto cabelo castanho.

Mas os olhos. E a voz. E o sorriso. São idênticos.

Como? Como é possível? Por que uma versão mais velha e mais pesada desse homem estaria em 2013 comigo?

— Obrigada, Trestin — responde Maxxer com um sorriso duro. — Cuidarei disso mais tarde.

Ele assente e sai da sala.

Está acontecendo algo aqui. Maxxer esconde alguma coisa. *Muita coisa.*

Estreito os olhos para ela.

— Por que você mentiu para mim a respeito de Trestin?
Ela ergue as sobrancelhas.
— Não menti.
Outra mentira.
— Ele trabalha com você.
Ela assente:
— Ele é parte fundamental da aliança que formei para derrubar a Providência.
— Por que ele também trabalhou na assistência social em 2013?
Maxxer fica petrificada. Percebo o pânico em seu rosto. Ao que parece, eu não deveria me lembrar disso. Ou não deveria ligar os fatos. Seja como for, eu a peguei.
— Não sei do que você está falando. Como eu disse, ele tem um daqueles rostos.
— Ah, PARE COM ISSO! — grito. — Não sou idiota. Eu me lembro dele. Ele se chamava sr. Rayunas. E me colocou na família de Cody. Quero saber *por quê!*
Os olhos de Maxxer se fecham por um momento, em aparente rendição. Ela afasta uma cadeira do bar e coloca de frente para mim. Depois, se senta ali.
— A primeira coisa você precisa entender — começa, hesitante — é que a Providência é ruim. Muito ruim.
— Responda à minha pergunta. — Estou colérica.
Ela levanta a mão.
— Vou responder. Mas você precisa conhecer minhas motivações. Precisa entender por que fiz o que fiz. Eu soube muito a respeito dessa organização. Estive transedendo por todo o mundo, por centenas de períodos de tempo, reunindo dados sobre eles. Eles são intoleráveis. A pura maldade.
Ela gesticula para o mar infinito pela janela.
— Está havendo um surto nesse exato momento, em julho de 2032.

— A febre branca — digo, lembrando-me do noticiário que vi no metrô.

— Sim. É um vírus que, se descontrolado, pode destruir toda uma população. — Ela se interrompe e puxa o ar. — Eles liberaram esse vírus.

Procuro não demonstrar meu assombro. Não quero que Maxxer saiba que tenho alguma solidariedade para com ela.

— Mas naturalmente eles não *deixarão* a raça humana perecer. Não faz parte de seus planos. Em duas semanas, vão liberar a vacina. Uma vacina que estão segurando há meses.

— Mas o noticiário que vi dizia que os Centros para Controle de Doenças estão trabalhando numa vacina — argumento.

— Claro, os CCD estão trabalhando nela. Mas a Providência já tem uma. Eles a criaram na época em que criaram o vírus. Queriam que as pessoas *pensassem* que a situação era pavorosa. Queriam que chegasse a um ponto em que o pânico se espalhasse. Assim, quando a vacina *fosse* liberada, as pessoas fariam uma fila em volta do quarteirão para pôr as mãos nela. E vão fazer. Eu já vi.

Dou de ombros.

— E daí?

— Daí — diz Maxxer com gravidade —, o problema é que não é apenas uma vacina. Contém uma tecnologia indetectável que vai alterar para sempre a composição genética de todos que tomarem a injeção.

A contragosto, curvo-me para a frente, arrebatada.

— Essa modificação genética tornará as pessoas mais suscetíveis a outras enfermidades de menor gravidade. Alergias, gripe, resfriado comum, dores de cabeça. Ela eliminará a capacidade natural do corpo de combater doenças comuns e cotidianas e tornará as pessoas inteiramente dependentes de medicamentos. Remédios fabricados pelas empresas de propriedade exclusiva dos membros da Providência.

Cruzo os braços.

— Como isso explica por que Trestin estava em 2013?

Maxxer assente com ansiedade.

— Eu estive lá. — Ela respira fundo outra vez. — Esse tipo de manipulação estava acontecendo desde o início do século XXI e continuou pelas décadas seguintes. Mas, em cerca de setenta e cinco anos, haverá um pequeno levante entre os cidadãos americanos. Um movimento naturalista, se preferir chamar assim. As pessoas vão reconhecer, mais ou menos, o que está acontecendo e culparão o governo. É claro que o governo é um mero peão no jogo da Providência. Na verdade, ele não tem poder. A trama para usar vacinas e as empresas farmacêuticas como um jeito de controlar as pessoas será exposta, em sua maior parte, e portanto não será mais eficaz. E é quando a Providência vai se voltar para um método ainda mais assustador de manter o controle. Um método que eles já vêm planejando há décadas. Na verdade, a origem dele é desenvolvida nesse momento. — Ela aponta a janela três vezes, sincopada com cada uma das três palavras seguintes: — Bem. Lá. Fora.

Ela se mexe na cadeira.

— Mas o plano só será colocado em vigor no ano de 2109. Quando a Providência comprará uma empresa de biotecnologia *start-up* pequena, mas muito promissora.

— A Diotech — sussurro.

— Exatamente — responde ela. — A Diotech receberá um financiamento estratosférico, será transferida para um local deserto e remoto, as medidas de segurança e autorizações serão maximizadas e terá início o projeto de pesquisa mais importante na história da Providência. — Ela me olha sugestivamente.

Uma rajada fria e impiedosa de vento invisível sopra em mim.

— Aquele que me criou.

— Sim — declara. — Será chamado de Projeto Gênese. E será usado para criar a sequência de DNA humano mais perfeita que já existiu.

— Mas *por quê*? O que eles esperam ganhar me criando?

— Arrá. Era o que eu queria descobrir. E, feliz ou infelizmente, por fim eu entendi.

Mordo o lábio, na expectativa. Era por isso que eu esperava. Há não sei quanto tempo. O motivo para estar aqui. O motivo para terem me criado.

— *Você* — diz Maxxer —, e imagino que também Kaelen, devem ser usados como material promocional.

Franzo a testa.

— *Material promocional?*

Ela faz que sim com a cabeça.

— Para uma série de modificações genéticas que serão vendidas livremente em quase todas as lojas do mundo. A perfeição engarrafada. Quer ser bonito assim? Temos a solução. Quer correr como um raio, curar-se rapidamente, nunca ter uma ruga, ser mais inteligente que todos que você conhece? Podemos fazer isso também.

Ela observa atentamente minha reação.

— É uma linha de produtos que mexe com cada desejo humano, cada medo, cada ego frágil. E *todo mundo* — ela se interrompe, deixando que as duas palavras seguintes tenham tempo para ser absorvidas — vai querer.

— Mas, como a vacina — deduzo —, haverá algo mais nisso.

Ela me abre um sorriso caloroso.

— *Exatamente*.

Estremeço.

— O quê?

— Essencialmente, o mesmo que lhe fizeram quando você, sem saber, tentou me matar. Sistemas de reação estimulada altamente complexos. Nanotecnologia que se enxertará em seu cérebro, permanecerá inteiramente latente, indetectável, até que esteja pronta para ser ativada.

— Mas para que eles usarão isso?

A expressão de Maxxer fica rígida.

— Qualquer. Coisa. Que. Eles. Quiserem.

Engulo em seco, imaginando as implicações. O horror de ter bilhões de bombas ambulantes, inconscientes de que a qualquer momento podem explodir. Exatamente como eu.

— Guerras, suicídio em massa, assassinatos, estados comatosos, compras de novos produtos, correria aos bancos. As possibilidades são infinitas. Eles só precisarão transmitir o sinal e as pessoas farão o resto. — Ela imita de maneira teatral quem aperta algo com o dedo. — Toda a raça humana controlada pelo toque de um botão.

Depois, ela se curva para a frente, me olha nos olhos e sustenta o olhar.

— E tudo isso começa... com você.

55
COMPETIÇÃO

❖

De repente, é como se o sedativo tivesse voltado à corrente sanguínea e cada molécula minha fosse mais uma vez inútil. Lábios que não se mexem. Língua que não fala. Olhos que não se fecham. Obrigando-me a encarar, sem piscar, a mulher sentada diante de mim.

— A parte mais genial do plano da Providência — continua Maxxer — é que eles conseguirão fazer com que as pessoas *queiram* isso. Não terão que obrigar ninguém a usar o produto. Depois que os consumidores virem você, as filas darão a volta pelo quarteirão; eles estarão dispostos a *pagar* por isso. Esse é o motivo para Alixter ter lutado tanto para ter você de volta. Você é um ingrediente-chave para a execução desse plano.

Meneio a cabeça.

— Por que ele simplesmente não cria outro ser sintético? Ele fez isso com Kaelen. Se é assim tão fácil, eu devia ser substituível.

— Minha teoria é de que Kaelen na verdade faz parte do plano original. Eles sempre pretenderam criá-lo. Uma contraparte masculina. Faz sentido. Recebeu o nome de Projeto Gênese em referência ao primeiro capítulo da Bíblia, que conta a história da criação de *Adão e Eva*. Alixter sempre adorou ridicularizar qualquer coisa relacionada com religião. É o motivo para ele ter insistido em batizar a empresa de Diotech, que significa *ciência de Deus*.

"Mas fazer você saiu caro", continua Maxxer. "E tenho certeza de que Kaelen também. Se Alixter não contou à Providência que você estava desaparecida... e, se ele valoriza a vida e suas rótulas, imagino que não teria feito isso... então, ele precisa injetar mais 1 trilhão de dólares no orçamento para substituir você. Esse dinheiro não desaparece sem ser notado. Ele nunca conseguiu cobrir. Não, ele precisa de *você* de volta."

— Mas ele me mandou *para cá* — argumento. — Kaelen poderia ter me levado de volta à Diotech a qualquer instante.

— Foi aí que aconteceu um pequeno tropeço no plano dele. Ele adoeceu. Precisava do repressor. E sabia que você era a única a quem eu permitiria se aproximar. Assim, estou certa de que ele pretende fazer Kaelen devolver você ao complexo. De preferência antes que a Providência perceba que você sumiu.

— Tudo bem — admito, tentando estabilizar meus pensamentos nessa sala giratória. — Mas isso não responde a minha pergunta original. Sobre o aparecimento de Trestin em 2013.

Maxxer levanta-se e vai até o bar. Desta vez, ela não pega a estranha bebida verde. Em vez disso, serve uma dose de uma garrafa com um líquido marrom-claro. Parece o mesmo que Cody bebeu em seu laboratório.

— Percebe o quanto eles são medonhos, não é? — Maxxer sonda. — Você vê como eles devem ser impedidos? Como este plano não pode continuar?

— Responda à minha pergunta.

— Só preciso saber se você compreende contra o que estou lutando.

— Tudo bem — digo, perdendo a paciência. Se é que tenho alguma, para começo de conversa. — Eu compreendo.

— A verdade é que não foi um acidente você ter caído em 2013. — Maxxer toma um gole e solta um forte suspiro. — Eu mandei você para lá.

Se minhas pernas estão funcionando ou não agora, é irrelevante, porque me atiro de pé, oscilo levemente ao me levantar.

— Vo-você fez O QUÊ?

— Depois de fugir do complexo, eu costumava voltar de vez em quando — ela hesita, parecendo ansiosa — para visitar. Em segredo, é claro.

— Visitar? — repito. — Quem?

Suas mãos ficam agitadas.

— Principalmente o dr. Rio. Ele e eu éramos... próximos. Ele era a única pessoa no complexo com quem eu falava da minha pesquisa.

Próximos?

— De qualquer modo, durante uma das minhas... *visitas*, Rio me contou sobre seu pedido por um gene da transessão, para que você pudesse fugir com Zen. Ele também me contou que você pediu que ele apagasse suas lembranças anteriores à partida. Na época, não pensei grande coisa sobre isso. Depois, porém, enquanto coletava informações sobre a Providência e seus desenvolvimentos, transedi de volta ao complexo na noite da véspera de sua partida. Implantei um gatilho em sua mente. Um gatilho que mandaria você para 2013 e não para 1609.

"*Você soltou.*"

Zen tinha razão. Eu soltei. Fui *programada* para soltar. Foi o que deu errado. Foi assim que nos separamos. E nesse tempo todo, Maxxer sabia.

— Eu sinto muito — lamenta, e de certo modo seu pedido de desculpas parece verdadeiro. Sincero. Mas não importa. Agora, está tudo além das desculpas.

— Por quê? — pergunto, minha voz falha. Meu corpo se dissolve. Afundo no sofá. — Por que você faria isso?

— Porque eu precisava de você. — A voz de Maxxer é cheia de desespero. — Precisava que você se unisse à aliança. Que entrasse na luta.

— Eu não pedi para entrar em sua luta! — grito. — Não pedi por nada disso!

— Eu sei — admite Maxxer, parecendo angustiada. — Eu só... alguém precisava chegar até Cody Carlson.

— Cody? — repito. — O que ele tem a ver com isso?

— Mais do que você pensa — responde ela. — Temos motivos para acreditar que a Providência financia sua pesquisa. Que a inovação que ele está prestes a fazer vai preparar o caminho para tudo o que está por vir. O problema é que ainda não conseguimos identificar nem mesmo um membro da organização. Tal é o nível de sigilo deles. Cody é nossa única pista. Mas é difícil quebrar os adultos. Eles não são muito confiáveis. Não podemos simplesmente aparecer hoje e exigir que eles nos deem informações. Mas se houvesse alguém da confiança dele... alguém que ele conhecesse há algum tempo...

Sua voz falha e já pressinto aonde ela quer chegar. Meu cérebro pode dar esse passo à frente, mas meu estômago ficou centenas de quilômetros para trás, em algum lugar na escuridão do mar.

— Então você me mandou a 2013 para conquistar sua confiança?

Ela assente.

— Trestin só tornou possíveis as apresentações, colocando você na casa dos Carlson.

— Mas ele estava diferente. — Eu me lembro da versão envelhecida e do cabelo ralo do sr. Rayunas. — Um pouco mais velho.

— Era só um disfarce. Alterei temporariamente sua composição genética para adiantar a idade e dar mais peso a seu corpo. Os efeitos desapareceram em alguns dias.

– E o acidente de avião? Foi ideia sua me plantar no meio de todos aqueles destroços? Para dar a impressão de que eu era uma sobrevivente?

Maxxer se retrai.

– O acidente foi um efeito colateral infeliz.

– Espere aí. Como é?

Ela suspira.

– A transessão é complicada. Às vezes, a entrada pode causar pequenos abalos na energia circundante. Principalmente se talvez metade de seu cérebro estiver lutando contra o gatilho e a outra metade o obedece. Eu não pretendia que isso acontecesse. Mas foi o tipo de coisa de lugar-errado-na-hora-errada.

Arregalo os olhos, horrorizada.

– Quer dizer que eu *causei* o desastre de avião?!

– Infelizmente, foram danos colaterais. – Maxxer parece cheia de remorsos.

Volto num átimo ao momento em que acordei naquele mar. Aos corpos boiando sem vida ao meu redor. Seus rostos paralisados para sempre de medo. Numa morte horrível e apavorante.

– Todas aquelas pessoas morreram por minha causa – digo, entorpecida. – E por sua causa.

– Isso é uma guerra, Sera – diz Maxxer, o remorso sumido de pronto. – Haverá baixas.

Solto um soluço sufocado. Tudo que já conheci na vida desmorona a minha volta.

Esse tempo todo, estive lutando. Dividida ao meio. Puxada para dois lados diferentes. Manipulada ao ponto do assassinato. Dos *dois* lados. E nunca tive a menor ideia. Nunca soube de nada.

– Eu jamais tive escolha. – Só percebo que disse isso em voz alta quando Maxxer responde.

– Você tem uma escolha agora – ela diz enfaticamente. – Pode me ajudar a derrubá-los. As pessoas cruéis que fizeram isso com você.

Estreito os olhos para ela e nego com a cabeça.

— Você não entende — digo com a voz trêmula, mas que se intensifica. — *Você é tão má quanto eles!* Você manipulou tudo isso. Estava me controlando desde o começo! Como pôde ficar aí, me dando sermão a respeito *deles*? Você *faz parte* deles!

— Sera, isso é ridículo. Não pode me comparar com aqueles monstros.

— Sim, posso! — eu grito. — E quer saber por quê? Porque você é *idêntica* a eles. Você usa as pessoas para conseguir o que quer. Manipula mentes inocentes para alcançar os próprios objetivos. Você rouba a humanidade das pessoas, como roubou a minha!

Sobre pernas bambas, vou para a porta. Pelo canto do olho, vejo os guardas fazerem menção de me interceptar, mas Maxxer os impede.

— Deixem que ela saia.

— Ah, é mesmo?! — grito para ela. — Eu posso sair? Muito obrigada por sua *permissão*!

O sarcasmo é amargo e quente em minha língua. Cody teria orgulho de mim.

Bato a porta depois de passar.

56
LUGAR

❖

Quando estou do outro lado da porta, eu me desfaço em pedaços. Precisei do último grama de força emocional que tenho para não desmoronar na frente de Maxxer, mas agora tudo isso acabou. Eu me encosto na parede e deslizo o corpo, permitindo que a gravidade e o peso de tudo que perdemos hoje me arrastem para baixo.

O mundo é subaquático. Vejo isso através do oceano incessante de lágrimas. Meu corpo tem convulsões involuntárias pelos soluços. O peito grita de dor. Eu solto. Não tento mais me controlar. Não tento mais respirar fundo várias vezes. Que sentido tem? Respirar. Ar. Viver.

Tudo isso é uma ilusão.

Ilusões criadas para me fazer pensar que estou viva. Que eu importo. Que sou humana.

Posso ter sangue correndo nas veias. Posso demandar oxigênio, água e comida para sobreviver. Mas, além disso, sou apenas uma máquina. Um brinquedo. Uma arma de guerra. E a vitória irá para o lado que puder entender melhor como me explorar em proveito próprio.

Coloco a mão no bolso e encontro meu medalhão.

Agora parece não ter valor nenhum. Não mereço um presente tão precioso. Sou indigna de qualquer coisa que um dia ele tenha representado.

Abro o medalhão. Um robô ativando. Fecho os olhos.

Posso ir a qualquer lugar. Posso fugir. As possibilidades são infinitas. Posso passar o resto de meus dias – quanto isso durar – em uma ilha remota em algum lugar. Onde eu não possa ferir ninguém. Onde ninguém se importe com quem eu seja, com o que fiz.

Ou posso transeder diretamente para a cratera de um vulcão.

Com certeza isso seria mais rápido. Um meio mais eficiente de dar fim a meu próprio sofrimento. E ao sofrimento de todos que machuquei – e até matei.

Mas, estranhamente, nesse momento, só há um lugar aonde eu queira ir.

Só existe um rosto que eu queira ver. Apenas uma pessoa que pode entender o que sinto.

O problema é que não sei onde está.

Porém, por algum motivo, tenho uma sensação insistente e desconcertante de que isso não importa. De que não *preciso* saber. Na verdade, nunca tentei transeder para uma *pessoa*. Sempre foi para um lugar ou um momento no tempo.

Mas agora sinto que ele me chama. Não sua voz. Não com palavras. Mas apenas... *ele*.

Delicadamente, torço a corrente quebrada três vezes em meu punho, deixando pendurado o pingente de coração aberto. Depois fecho os olhos e concentro a atenção em seu rosto.

A gota mínima de calor se espalha por meu corpo gelado.

Mas, nesse momento, é o bastante.

Quando abro os olhos, eu me vejo em uma sala apertada e mal iluminada. É um forte contraste com o enorme centro de comando que acabo de deixar. Não há janelas aqui. Nenhum vidro reluzente ou mobília branca e imaculada. Nenhuma lareira ardendo, nem bancadas polidas.

Toda a extravagância é substituída por metal sujo, canos enferrujados e tinta descascada de um piso frio.

Mas uma coisa ilumina a sala mais do que qualquer janela. Mais do que qualquer lareira. Um exemplo de beleza incomparável está sentado sozinho naquele lugar sombrio, arriado em um banco de metal duro.

Kaelen abre os olhos quando ouve minha aproximação. Ele sorri, meio tonto, os efeitos do Modificador começando a passar.

Não me permito pensar. Não me permito sentir, nem duvidar, nem analisar, nem argumentar.

Vou em frente.

Em um único passo, chego a ele.

Em um único fôlego, minha boca está esmagada na dele.

Em uma única batida do coração confuso e vacilante, ele corresponde ao beijo.

É impossível saber como aprendeu a fazer isso. Não tenho dúvida de que não foi um dos muitos *downloads* instrutivos que ele recebeu antes de partir em sua missão. Talvez seja algo com que nascemos sabendo. Ou, em nosso caso, somos *criados* sabendo.

Mas ele sabe.

Sua boca se mexe em perfeita sincronia com a minha. Antecipa-se a mim e me completa. Suas mãos encontram o caminho para minhas costas, a ponta dos dedos me puxando para mais perto. Desmorono nele. Eu me aperto contra ele. Desapareço dentro dele.

A intensidade da energia que passa entre nós é diferente de qualquer coisa que eu tenha conhecido. Agora. Ou antes. Ou sempre.

É a mais alta voltagem. A corrente mais forte. A luz mais intensa. O vento mais rápido. A montanha mais alta. A respiração mais profunda.

É bruto, poderoso e indomado.

E nesse momento é a única coisa que me mantém viva. É a eletricidade que me abastece. É como ser plugada diretamente no sol.

Kaelen se afasta de minha boca por tempo o bastante para ofegar e perguntar:

— O que é isso?

—Você sente também? – pergunto.

Ele anui com sinceridade.

— Não sei – admito. Mas sei que quero mais.

Mergulhamos um para o outro outra vez. Nossas bocas doendo de desejo pela do outro. Seguro sua camisa e puxo pela cabeça. Não sei por que estou fazendo isso, só sei que preciso tocar sua pele. E ele precisa tocar a minha.

Temos que ficar mais próximos. Mais próximos do que já estive de qualquer coisa.

Tiro meu suéter e em um instante desfocado estamos apertados um contra o outro. A sensação de seu peito nu contra o meu é indescritível. A sensação anterior multiplicada por um trilhão.

Todo meu corpo formiga. Quero alguma coisa. Mas não sei o que é.

É como se todo meu corpo estivesse em alerta, aguardando por isso. Na expectativa. Sabendo que só ficará satisfeito quando conseguir.

Não sinto isso desde... desde...

Em um lampejo nauseante, eu vejo. Eu me lembro.

Aquela noite na mata. Nossa última noite juntos. Fui dominada por um impulso desconhecido. Uma *necessidade* desconhecida. Quando perguntei a Zen o que era, ele tentou explicar:

"*Algo que nos deixará mais próximos. O mais próximo possível.*"

Eu me afasto, me desvencilho de Kaelen e me sento reta. Ele arqueja a meu lado, seu rosto registrando a confusão.

— Por que você parou? — pergunta.

Seguro o suéter e rapidamente o visto pela cabeça.

— Não posso fazer isso.

Ele não entende. Eu sei.

— Desculpe — digo a ele.

Ele se senta e toca meu rosto. Com ternura. Com delicadeza. Não há nenhum vestígio do garoto que conheci naquele quarto dois dias antes.

Aquele acionado por Alixter.

Aquele impelido por um programa.

Este é outra pessoa. Alguém novo. Alguém que esteve mergulhado bem no fundo. Que não sabia como sair.

Que nunca soube que podia.

— Não se desculpe — diz ele com brandura.

Meneio a cabeça, querendo que as lágrimas parem. Elas não me ouvem. Ele pega uma delas na ponta do dedo e examina atentamente. Como se nunca tivesse visto.

E é provável que... não tenha mesmo.

Passo os braços pelas mangas do suéter, ainda molhado de nossa natação, e puxo para baixo.

— Não entendo o que está acontecendo entre nós.

— Nem eu.

Acredito nele.

— Eu o encontrei sem saber onde você estava — digo a ele. — Eu transei *a você*. Como se você fosse um lugar em minha mente. Uma *localização* física.

Ele assente:

— Eu sei.

Viro a cabeça de lado e examino esse novo Kaelen. Ainda perfeito, mas desta vez ainda mais bonito pela mudança em seus olhos. A realidade que vejo ali agora. Não sei o que mudou nele. O que ligou a chave. Mas, se tiver que adivinhar, diria que foi exatamente a mesma coisa que me transformou.

– Foi assim que você me encontrou – percebo em voz alta.
– Hoje, no laboratório de Cody. E aqui, no submarino. Você transedeu a mim.
– Não sei como isso funciona – admite Kaelen. – Alixter nunca falou nada a respeito disso. Os cientistas me ensinaram a transeder a lugares e períodos de tempo. Não a pessoas. Simplesmente era algo que eu sabia que podia fazer com você. Se eu me esforçasse bastante, podia sentir onde você estava.
– Isso funciona com outras pessoas?
Ele nega com a cabeça.
– Só com você.
– Alixter o mandou para conseguir a cura – confirmo pela última vez, precisando ouvir isso dele. Ouvir ser dito em voz alta.
– Sim.
– E para me levar de volta.
Essa resposta leva mais tempo. Precisa de mais forças.
– Sim – diz ele, finalmente.
Engulo em seco e me deixo arriar nele. Deito a cabeça em seu peito nu, sentindo a eletricidade de nosso contato chiar agradavelmente em meu rosto. Fecho os olhos. Ouço seu coração martelar. Como um cavalo a galope. Como um prisioneiro cativo contra sua vontade.
– Você tinha razão – diz ele em voz baixa em meu cabelo molhado.
– A respeito do quê? – sussurro, ainda de olhos fechados.
Penso em meu próprio coração. Aquele que seguro firme em minha mão. Ainda aberto. Ainda ativo. Se Kaelen decidir obedecer à segunda metade das ordens que recebeu e me levar de volta, não posso impedi-lo. Estou indefesa. Meu futuro depende dele. Se ele quiser.
Mas isso não importa. Neste momento, sei que iria a qualquer lugar com ele.

– Sobre isso – responde. Então, ele exala um suspiro viciado que parece ter estado aprisionado há séculos. – Não é uma escolha.

57
PERMANÊNCIA

❖

Entro e saio do sono pelo que parecem dias. **Quando acordo, a primeira coisa que vejo é o rosto de Kaelen. Ele não partiu.** Mas certamente poderia. Seu gene da transessão não tem um botão de desligar.

No entanto, ele ficou.

Bem aqui. Com o peito solidamente embaixo de minha cabeça. Sustentando-me enquanto durmo.

Eu me coloco reta e estico os braços para o alto. Ao fazer isso, algo cai de meu colo. Curiosa, olho para baixo e vejo Lulu, a boneca de pano de Jane, jogada no chão sujo. Metade de seu braço esquerdo foi queimada, deixando-a preta e calcinada.

Eu a pego e olho com curiosidade para Kaelen.

— De onde veio isto?

Ele dá de ombros timidamente.

— Eu tirei de você.

Franzo a testa.

— Tirou? Quando?

— Depois que retirei você da fogueira. Você estava inconsciente. Minhas ordens eram de esvaziar seus bolsos e confiscar tudo. Não sabia que objetos eram funcionais... como o medalhão... e qual deles não era.

Levo Lulu ao nariz, respirando o tecido, na esperança de pegar um breve aroma de Jane, da fazenda ou de minha vida antes de tudo se desintegrar. Mas o único cheiro que sinto é o da fumaça que penetrou em seu corpo de pano durante minha fracassada execução.

— Bem, obrigada por me devolver.

— Não entendo. — Kaelen franze o cenho para a boneca. — O que isto faz?

Rio pela primeira vez no que parecem semanas.

— Não *faz* nada. Ela só... não sei... é um conforto, acho. Ela me lembra de alguém que conheci. — Coloco a boneca no bolso, mantendo-a ali em segurança. — Tem alguma ideia de que horas são?

Ele olha o relógio.

— Segundo meus cálculos, 7h22.

Por um instante me sinto revigorada. Renovada. Depois o momento passa e a noite anterior me volta de roldão. A traição de Maxxer. A manipulação da Diotech. A cura perdida de Zen. E a raiva penetra de novo em meus pensamentos.

— E agora, o que vamos fazer? — pergunta Kaelen.

Mas não tenho a menor ideia. Não posso simplesmente abandonar Zen e deixar que ele morra sozinho na casa de Cody. Entretanto, que esperanças tenho de salvá-lo?

Não importa o que eu faça, aonde eu vá, alguém sempre estará atrás de mim. Alguém sempre me perseguirá. Alguém sempre tentará me usar.

Mas e quanto *a* mim?

O que *eu* quero?

A certa altura, essa era uma pergunta fácil de responder. Uma resposta automática. Agora, já não é mais tão clara.

— Sera. — A voz de Kaelen interrompe meus pensamentos e olho para ele.

— Sim?

– O que aconteceu na noite passada? Depois que eles usaram o Modificador em mim.

O fato de ele ter feito a pergunta significa que não pegou minhas lembranças enquanto estive dormindo. Ele as deixou em paz. A ideia me reconforta.

Meneio a cabeça.

– Deu tudo errado. Maxxer me deu a cura e eu tentei matá-la.

– Desculpe – admite ele. – Eu não sabia o que estava fazendo. Só estava...

– Obedecendo a ordens, eu sei. Não culpo você.

– Então, você tem o antídoto? – pergunta.

Sinto as lágrimas me voltarem.

– Não. Era falso. Maxxer estava me testando. Ela desconfiava de que vocês... quer dizer, de que a Diotech tentaria me manipular. E tinha razão.

– Então ela não pode salvar Zen?

O nome de Zen na voz grave e suave de Kaelen provoca uma série de palpitações em meu estômago. Parece que um bando de passarinhos foi assustado de uma árvore. Agora é errado. Como se ele não devesse ter permissão de dizê-lo. Como se eu não devesse ter permissão para ouvi-lo de seus lábios.

Lábios que toquei na noite anterior. Com os meus.

– Não sei – digo numa voz entrecortada. – Ela disse que só *nós* – passo o dedo pelo pequeno espaço entre nós – temos corpos que podem manter o gene. Por isso Alixter fez você. Qualquer humano normal que receba o transplante inevitavelmente vai...

Minha voz treme e para enquanto a noite anterior é repassada em minha mente. Avanço, volto, paro, toco de novo, procuro por sinais. Sintomas. Um estremecimento. Uma gota de suor. Uma sugestão de fraqueza. Qualquer coisa.

Mas não há nada.

Maxxer parecia gozar de perfeita saúde.

E é ela quem tem o gene da transessão em seu sistema pelo maior tempo. Afinal, foi a própria primeira cobaia.

— Vamos. — Eu me levanto rapidamente e puxo o braço de Kaelen.

— Aonde?

— Descobrir por que Maxxer ainda está viva.

Kaelen hesita, puxando-me para trás.

— Ela não vai dar nenhuma informação na minha presença. Sabe que trabalho para Alixter. Você nunca a obrigará a falar.

Concordo:

— É por isso que não pretendo *falar* com ela.

58
PERSEGUIÇÃO

❖

O ar quente e seco bate no rosto pálido e abatido da dra. Maxxer quando ela abre a porta do laboratório e olha a noite deserta. Seu coração martela nas costelas. O suor escorre do rosto e toma seu corpo.

Agarrados desesperadamente em sua mão estão três frascos com tampa.

Ela olha o escuro, escutando.

Está sozinha.

Mas isso não vai durar.

Uma tosse alta e arrasadora se eleva de sua garganta, lutando para sair. Ela fecha bem os lábios e a empurra para baixo, com os olhos ardendo em lágrimas. O sangue desce pelo fundo da garganta.

Ela treme. Avalia a distância. Deseja ter energia para transeder para lá. Sabe que precisa conservar energia suficiente para voltar. Caso contrário, ficará presa ali para sempre.

Ela coloca os frascos de líquido transparente no bolso e sai pela porta. Suas pernas gritam de dor quando ela as obriga a correr. O coração palpita, impotente, tentando acompanhar. Seu corpo ameaça desistir. Desmoronar. Finalmente deixar que seja destruído pelo processo projetado para protegê-lo.

Ela está fraca demais para fazer isso.

Esperou demais para voltar.

Mas sabe que precisa chegar à casa. Ela tem que chegar lá.

Se ele morrer, será por sua culpa.

Ela pega o caminho longo, sabendo que assim terá que se desviar de menos sensores. Mas sabe que significa mais tempo para seus pés. Mais oportunidades para tudo fracassar e para ela virar comida de raposa.

Cambaleia pela área de terra batida. Um tufo de grama particularmente grande faz com que ela caia de joelhos. O impacto da queda a esmaga como mil cavalos galopando por seus órgãos. Ela arqueja. Seu estômago tem uma convulsão, tenta vomitar o ar. Ela vomita e expele mais sangue no chão do deserto.

Ela ordena a si mesma que se levante:

LEVANTE-SE!

Outro arrepio abala seu corpo enfermo, mas finalmente ela consegue se erguer e avançar, trôpega.

Chega ao muro de concreto que separa a casa do resto do complexo. Sabendo que suas digitais nunca vão abrir o portão, ela não tem alternativa senão passar por cima dele.

Seus pés raspam sem nenhuma eficácia a fachada enquanto ela luta para ter tração lateral. O concreto áspero arranha as palmas de suas mãos, esfolando a pele.

Ela cai do outro lado, mordendo o lábio para não gritar de agonia.

Uma luz brilha do alto e a ofusca. Ela estreita os olhos para o céu, mal conseguindo divisar as pás silenciosas e afiadas do hovercóptero que circula acima.

"Pare", explode uma voz sem nenhuma emoção. Não é humana. "Não se mexa."

Com os frascos em segurança no bolso, ela luta para se levantar e correr. Suas pernas ameaçam ceder a cada passo doloroso.

Ela chega à porta de entrada da casa e a abre, caindo para dentro.

Ele está dormindo quando ela o alcança. Parece tranquilo. Sua barba ruiva e macia ondula a cada respiração. Ela retira do bolso dois dos três frascos, colocando-os em sua mão e apertando seus dedos em volta.

Ele acorda com o toque, os olhos se abrem. Um sorriso aparece.

—Você está aqui — diz ele, a voz grossa de sono.

Mas a alegria desaparece assim que ele consegue focalizar seu rosto doente e esgotado.

— Qual é o problema? O que aconteceu?

— O gene — ela consegue guinchar; o oxigênio é pouco para abastecer as palavras.

A luz do hovercóptero explode pela janela, caindo firmemente enquanto a aeronave baixa para pousar. Seu tempo está chegando ao fim.

—Você precisa encontrá-lo. — Ela geme e aperta os dedos dele com mais força nos dois frascos. — Precisa encontrá-lo.

Ela reúne a energia que lhe resta e a concentra toda em seu último destino, sabendo que é a última vez que o verá.

A porta da casa se abre numa explosão enquanto a sensação do toque dele se dissolve na pele e a primeira lágrima escorre por seu rosto.

Ela cai amontoada no piso do centro de comando do submarino, tremendo. Entra e sai da consciência enquanto Trestin lhe coloca um cobertor por cima, puxando sua calça para retirar o frasco do bolso. Ele trabalha rapidamente, inserindo a agulha e puxando o fluido.

Ela sente a picada no braço quando ele localiza a veia.

O líquido pesado, transparente e purificador agita-se em sua corrente sanguínea. Reverte ao passado. Cura a dor.

Prende-a no tempo para sempre.

59
BATALHA

◈

A lembrança de Maxxer chega ao fim. Abro os olhos e vejo a bagunça que criamos.

A mobília foi revirada. Obras de arte emolduradas caíram das paredes e se quebraram. Comida do café da manhã e pratos quebrados espalhados pelo carpete branco. Os dois guardas de Maxxer prostrados e amontoados ao pé da escada parecem uma pilha encaroçada de neve em seus imaculados uniformes brancos. Um deles sangra pelo nariz, onde teve contato com a base da minha mão. O outro exibe o lábio inchado pelo cotovelo de Kaelen.

E Maxxer. Ela está inconsciente no sofá. Sentada de costas retas, com a cabeça arriada para a frente. As pontas dos dedos de Kaelen ainda estão pousadas em sua testa. Mandando as lembranças dela diretamente aos receptores que ele retirou da própria cabeça e colocou na minha.

Pisco e examino meu ambiente. Reconheço a sala da lembrança. Observo o trecho do carpete na base da mesa de jantar, onde Trestin injetou em Maxxer o líquido transparente do frasco.

O repressor.

A cura.

Desativando seu gene permanentemente. Revertendo os efeitos da doença. Mantendo-a aqui para sempre. Ela nunca mais poderá transeder.

— O que você viu? — pergunta Kaelen, interrompendo meus pensamentos.

Pisco para ele.

— Eram três doses — explico.

Kaelen assente, como se já soubesse disso.

— Quando se acreditava que a dra. Maxxer tinha voltado ao complexo, o dr. Alixter confirmou que o acelerador de moléculas no laboratório de Maxxer tinha sido usado para produzir três doses de um soro. Mas eles nunca foram encontrados. Ele supôs que ela voltou para produzir um antídoto, a fim de reverter os efeitos do gene. Mas, quando ele tentou recriá-lo, não obteve sucesso. A dra. Maxxer cuidou para que ninguém pudesse reproduzir seu processo.

Concordo com a cabeça.

— Não vi como o antídoto foi produzido. A lembrança começou depois que os frascos já tinham sido criados.

— É muito provável que ela tenha apagado.

Olho o rosto adormecido de Maxxer. Ela teve muito cuidado para guardar muitos segredos. Entretanto, sinto que ainda existe algo a ser descoberto.

O que ela quis dizer quando falou *"Você precisa encontrá-lo"*?

— Você viu o que aconteceu com as três doses? — pergunta Kaelen.

Mordo o lábio.

— Maxxer usou uma delas em si mesma.

— E as outras duas?

As lembranças de Maxxer podem ter sido mais nebulosas e difíceis de decifrar do que as minhas, mas reconheci o homem a quem ela os entregou. Sei exatamente quem ele é.

E é aí que a estrada parece chegar a um beco sem saída. Mais uma vez. Só outra evidência provando que as forças do universo se uniram contra mim. Para me afastar de Zen.

— Ela as entregou a Rio — digo a Kaelen com um suspiro abatido, sentindo outra ponta de esperança se desintegrar no nada. — E ele morreu.

Kaelen fica em um silêncio sinistro e, ao olhar, noto que seu lábio inferior se torce. Como se o corpo travasse uma batalha épica com o cérebro. O resultado dessa luta determinará se sua boca vai se mexer ou não e se as palavras sairão.

É o velho Kaelen — a versão da lavagem cerebral, programada, obediente a ordens — que declara guerra contra seu novo ser rebelde e desconhecido. Tenta recuperar o controle.

Vejo, num silêncio perplexo, a batalha íntima ser travada. Seus olhos ficam bem fechados. Seu rosto se contorce no que só posso descrever como um tormento.

— Kaelen — digo enfim, pousando delicadamente a mão na dele. Ele se sobressalta com o contato e seus olhos se abrem. — Você está bem?

Com um esforço visível, sua boca se mexe. Os dedos se fecham em uma bola apertada embaixo da minha mão. E, por um minuto, penso que ele vai soltar um grito.

— Está tudo bem — garanto, acariciando os nós dos dedos brancos e tensos. — Você está a salvo. Está comigo.

Por algum motivo, o conforto que ofereço parece funcionar. Depois de minutos de combate brutal, vem a vitória. O velho Kaelen é empurrado para os cantos escuros de sua mente. E o novo Kaelen fala. Sua voz está cansada e sem fôlego. As palavras são entrecortadas:

— O... doutor... Rio...

— O que tem ele? — pergunto, unindo as sobrancelhas.

— Ele... não... morreu.

60
INCISÃO

❖

Eu o vi.

Vi quando caiu. Eu o vi tremer sem parar, até ficar mortalmente imóvel. Vi a vida desaparecer de seus olhos. Bem na minha frente. Naquela caverna.

Eu o vi morrer.

A lembrança me assombrou desde aquele dia.

— Mas o Modificador. — Tropeço nas palavras. — Alixter o ajustou no máximo.

— É um ajuste destrutivo, sim — admite Kaelen. — Mas, sozinho, não é fatal.

— O que ele faz, então? — Minha voz treme ao me lembrar de Alixter descrevendo o ajuste como algo que chamou de embaralhar.

— O cérebro dele foi gravemente danificado — explica Kaelen. — O dr. Alixter o levou de volta ao complexo depois que você fugiu. A falta de atividade cerebral um dia fará seu corpo se desativar permanentemente. Mas o dr. Alixter o vinha mantendo vivo. Artificialmente. Ele está em uma sala protegida nas instalações médicas do complexo.

Bombas explodem em minha cabeça. Detonam sonhos mínimos de alegria. De alívio. De esperança.

— Como você sabe disso? — Uma pequena sombra de minha desconfiança anterior volta à tona.

— Foi parte da minha instrução antes de eu ser enviado nessa missão. E — Kaelen hesita com os olhos nervosos — eu o vi.

—Temos que ir lá — digo de imediato, surpreendendo-me com minha própria ansiedade.

É à Diotech que me refiro.

O lugar onde fui feita. Onde fui aprisionada. O lugar contra o qual Zen lutou tanto para me ajudar a fugir.

Mas se é onde ele está, se é a única pista para encontrar a cura de Zen, não há hesitação.

—Você precisa me levar lá — digo a Kaelen. — Rio sabe onde estão as outras duas doses do repressor.

A cabeça de Kaelen já se mexe de um lado para outro antes mesmo de eu terminar de falar.

— O estado do cérebro dele é indecifrável. Ele nem mesmo está consciente. Jamais poderá lhe dizer onde estão. Ele nem sequer saberá que você está ali.

Mas não me deixo abalar. Não quando essa é minha última chance.

— Precisamos tentar — decido. — Eu preciso tentar. Por ele.

Kaelen vira o rosto, recusando-se a me encarar.

—Tem certeza de que quer voltar para lá? Se você for apanhada...

— Conheço os riscos — digo rapidamente, antes que possa completar o pensamento. Tenho medo de perder a coragem se ouvir as consequências em voz alta.

Não preciso adivinhar o que Alixter fará se me encontrar lá. Se eu for apreendida. Ele já deixou perfeitamente claras suas intenções para mim.

Não vou mentir. A ideia de voltar ao complexo da Diotech quase me paralisa. Mas só tenho certeza de uma coisa. E é do meu desejo de salvar Zen. Mesmo que alguém me diga que preciso ir à Lua para isso, eu direi sim.

Sim. *Sempre sim*.

—Você disse que a sala de Rio é protegida — sinalizo.

— De fora — esclarece Kaelen.

— Pode nos colocar diretamente *dentro* dela?

Ele assente:

— Posso.

Então não há mais nada a debater. A decisão foi tomada.

Pego o medalhão que ainda está pendurado em meu punho e o abro. Depois, seguro a mão de Kaelen e ele fecha os olhos, concentrado.

Espero, olhando nossos dedos entrelaçados. E é quando eu vejo.

Aparecendo por baixo da manga de sua camisa.

Sua tatuagem. A cicatriz preta. O dispositivo de rastreamento.

Rapidamente, largo sua mão.

— Espere!

Os olhos de Kaelen se abrem de súbito.

— Que foi?

Viro meu próprio punho e mostro a ele minha marca idêntica. Percebo a compreensão aparecer em seu rosto.

— Eles vão saber no momento em que chegarmos — digo a ele.

Ele concorda com a cabeça.

— E o que vamos fazer?

Penso naquela manhã na fazenda dos Pattinson. Quando a cortei com uma faca em um ataque de fúria. A rapidez com que cresceu de novo.

— Podemos arrancá-la — digo, minha voz é severa e decidida.

—Vai crescer de novo — responde ele de imediato.

— Não prontamente. Teremos menos de uma hora para descobrir onde estão as duas doses e sair antes que elas possam ser escaneadas de novo.

Já estou procurando um instrumento pela sala desarrumada. Qualquer coisa com uma borda afiada. Meus olhos caem em um caco de vidro de um dos pedaços caídos de obra de arte. Corro para pegá-lo. Kaelen vem rapidamente atrás de mim.

Com o coração disparado e a garganta seca, eu o encaro, nossos olhos entrando em colisão. Faíscas voam.

— Vou retirar a sua se você remover a minha.

Ele estende o braço, com o punho virado para cima.

— Vá bem fundo – sussurra. – Isso nos dará mais tempo.

Concordo, estremecendo, e respiro, trêmula, antes de pressionar a borda afiada do vidro em sua pele impecável.

61
RETORNO

❖

Mordo o lábio e estremeço contra a dor enquanto Kaelen faz o último corte em meu punho, completando o talho retangular onde antes estava minha tatuagem. O sangue escorre pelo meu braço, manchando o carpete branco e imaculado, ao lado da pequena mancha carmim que o ferimento de Kaelen já criou.

Apertou o corte com a palma da mão, tentando estancar o sangramento.

— Não. — Kaelen puxa minha mão.

— Está sangrando para todo lado.

— Você vai se curar mais rapidamente se o sangue coagular.

Cautelosa, retiro a mão e me retraio ao sentir o fluido quente e viscoso escorrendo para a palma.

— Basta mantê-la elevada — diz Kaelen, levantando a própria mão. Faço o mesmo.

— Lembre-se — digo a ele —, como não sabemos exatamente quando Alixter criou você, precisamos transeder para uma hora *depois* de você ter partido.

— Eu sei.

— Sabe quando você foi mandado a 1609 para me apreender? Kaelen assente.

— Então, uma semana depois seria seguro?

Ele concorda e segura minha mão erguida. De imediato sinto nosso sangue exposto se misturar. Nossa força vital cientificamente aperfeiçoada se combina.

— Está pronta? — pergunta ele.

Respiro fundo e olho a sala. Meu olhar cai em Maxxer, ainda inconsciente no sofá. Ela me disse que eu podia decidir. Podia me juntar à sua aliança ou dizer não.

Acho que isso sou eu... negando.

Mas nunca pensei que haveria uma alternativa.

Desde que me entendo por gente, estive fugindo da Diotech e de todas as coisas que eles representam. Desde que me entendo por gente, estive fazendo o que pude para escapar deles. Para enganá-los. Para ficar o mais longe possível deles. E agora estou prestes a voltar para lá. Com um deles.

Mas Kaelen está diferente, não é? Ele mudou. Provou que mudou. Ele provou que nao tem mais aliança nenhuma com Alixter. Que ele não é mais controlado por sua programação. Ele se libertou. E tomou sua própria decisão.

Assim como eu.

Mas um pensamento irritante chega furtivamente a minha mente:

E se for tudo uma encenação?

A cura. O beijo. Kaelen parecendo mudar de ideia.

E se tudo isso foi uma enorme armadilha projetada para me levar de volta? Para que eu vá de boa vontade?

Não, digo a mim mesma.

Eu me recuso a acreditar nisso. Eu *conheço* Kaelen. Somos um e somos iguais. Posso interpretá-lo quase tão bem quanto a mim mesma. Temos alguma ligação. Já provamos isso.

Ele não me enganaria. Não depois de tudo o que aconteceu. Não depois de tudo por que passamos.

E mesmo que seja uma armadilha, mesmo que ele tenha me ludibriado esse tempo todo, que outra solução eu tenho?

Rio sabe onde estão as últimas duas doses do repressor. E isso faz dele minha única opção.

Ergo a cabeça, encontro seu olhar intenso e sussurro "Sim" com a pouca convicção que me resta. "Estou pronta."

Fecho os olhos, embora eu não esteja dirigindo essa transessão. Embora minha concentração não seja necessária. Não posso olhar. Não posso assistir.

Depois de tudo que Zen fez para me libertar, estou prestes a voltar para o meio de minha prisão.

Estou prestes a voltar *por vontade própria* ao único lugar que jurei que jamais veria meu retorno. Onde fui criada. Onde fui fabricada. Onde começou minha vida.

Finalmente, volto para casa.

62
CONFUSÃO

❖

O quarto de hospital é branco, estéril e cheio de aparelhos sofisticados e reluzentes, diferentes de qualquer coisa que eu tenha visto. Não há fios em lugar nenhum. Cada aparelho parece receber energia de uma fonte invisível. As telas dos vários computadores e monitores são finas feito papel, e me fazem pensar que podem ser quebradas ao meio com a mais leve pressão.

Quando minha visão recupera o foco, vejo a cama do outro lado do quarto. Sem pernas nem outros mecanismos de suporte que a sustentem. Simplesmente pairando acima do chão.

Só entendo que conseguimos quando vejo o rosto de Rio pousado no travesseiro branco.

Sua barba ruiva e áspera está mais cheia e mais embaraçada. O cabelo está mais comprido, caindo em seus olhos. E a pele está desgastada e lacerada. Como se tivesse ficado na chuva por vezes demais.

Tirando isso, ele está o mesmo.

Ao vê-lo nesse estado comatoso, de olhos abertos e fitando o vazio de maneira enervante, percebo como me sinto roubada. Ele era a coisa mais próxima que eu jamais teria de uma família e, no entanto, se foi. Nosso tempo juntos foi curto demais. Assim que percebi o quanto ele foi importante, o que significou para mim, acabou. Alixter o transformou *nisso*.

Jamais terei outra conversa com ele.

Jamais poderei fazer perguntas sobre meu passado. Ou sobre sua relação com Maxxer.

Jamais poderei ver a gentileza – a vida – em seus olhos cinza-esverdeados e mansos.

Tenho o impulso irresistível de correr até ele, colocar a mão em seu rosto, descansar a cabeça em seu peito. Mas algo me impede.

Um ruído.

Uma espécie de rangido. E é quando vejo a mulher. Pelo menos, da cintura para cima, ela *parece* uma mulher. Mas, em vez de pernas, tem rodas presas à base do tronco.

A visão dela me faz gritar. Kaelen, porém, está um passo a minha frente. Sua mão cobre minha boca, abafando o som, e ele me puxa para trás. Vamos para baixo de uma mesa, chegando o mais longe possível, até darmos numa parede.

– O que é isso? – pergunto naquela voz inaudível que sei que só ele pode ouvir.

– Um robomed.

– Um o quê?

Mas pelo visto falei alto demais, porque ele coloca o dedo nos lábios.

– Inteligência robótica. São designados para fazer várias tarefas no complexo.

Observo assombrada a estranha criatura realista que roda pelo quarto, cumprindo seus deveres, verificando os aparelhos e computadores que monitoram Rio.

– Ela sabe que estamos aqui? – pergunto em meu sussurro rouco.

– Se souber, não saberemos.

Ela rola até a mesa debaixo da qual nos escondemos e Kaelen e eu puxamos o ar simultaneamente, empurrando-nos ao máximo contra a parede. Vejo que a metade inferior dela desliza com eficiência pela extensão da mesa. As rodas esféricas giram tranquilamente da frente para trás, lateralmente, até em diagonal.

Meu coração martela muito alto e estou convencida de que será apenas uma questão de tempo para ela ouvir e soar o alarme.

Depois do que parecem horas, percebo que ela roda para a parede oposta e passa a mão sinistramente humana em um painel transparente. Uma porta se abre, deslizando, onde antes havia apenas uma parede branca e contínua. Ela sai e a porta se fecha, misturando-se com a fachada como se nunca tivesse existido.

Kaelen age com rapidez. Sai de baixo da mesa e estende a mão para me ajudar.

— Precisamos ser ágeis. Ela provavelmente está em um rodízio.

— Quanto tempo? — pergunto.

— Vinte minutos — ele calcula. — Talvez menos.

Verifico se os receptores estão bem presos a minha cabeça e corro ao leito de Rio. Em uma mesa próxima há uma tela de plástico fino. Informações passam voando por ela em uma velocidade vertiginosa. Linhas e mais linhas do que parece ser um código.

— O que é isso? — pergunto.

— Parece uma busca — responde Kaelen, pegando a tela e examinando os dados. — Deve estar conectado ao cérebro dele. Alixter procura alguma coisa.

— O quê? — pergunto, sentindo-me nauseada.

Ele estreita os olhos, absorvendo os números que passam voando.

— Não sei dizer. A busca é codificada.

— Você pode me ligar ao cérebro dele?

Kaelen assente e bate no pedaço de plástico.

— Iniciando ligação — ele reporta. — Você estará conectada em cinco, quatro, três, dois...

SCRIISH!

De súbito, sou bombardeada por um leque rodopiante e vertiginoso de imagens e cenas em rápido movimento. Nenhuma delas é completa ou nítida. Todas são instáveis e desbotadas, algumas até distorcidas, como que torcidas por mãos extremamente fortes, levando a imagem a ficar deformada, estranha e apavorante.

Elas giram freneticamente. Mas não existe nenhuma ordem ali. Fico tonta com o influxo de dados.

E o barulho. É o som mais alto e perturbador que já ouvi. Como se um milhão de pessoas gritassem em meu ouvido ao mesmo tempo. Exigindo ser ouvidas.

Coloco a mão na cabeça, tentando me estabilizar. Procuro bloquear o som e me concentrar em apenas uma imagem. Um rosto. Uma voz. Mas é impossível. Não tem lógica nenhuma. Não tem sentido. Não há jeito de classificar nada.

— Não consigo — sussurro com a voz rouca, tentando não vomitar com a vertigem. — Não consigo fazer isso.

E de repente eu entendo o que Alixter quis dizer quando falou *embaralhar*. Kaelen avisou que a mente dele seria incompreensível, mas eu não esperava por isso. É o puro caos. Jamais conseguirei encontrar nada ali. E certamente não antes que nossos dispositivos de rastreamento voltem a crescer, ou o robomed retorne.

— Sera — Kaelen insiste. — Você precisa tentar.

Eu me retraio e mergulho na desordem, permitindo-me ser levada pela agitação de rostos, paisagens e equações matemáticas. As imagens giram e tento pegar uma única lembrança e segurá-la por tempo suficiente para vê-la e talvez classificá-la.

Porém, por mais que eu me esforce, nada funciona.

Olho meu punho. O sangramento parou. Uma casca fina já começa a se formar.

Tenho vontade de gritar de frustração. Eu preciso encontrar! Preciso entender o que Rio fez com as outras duas doses.

Mas é como tentar encontrar uma gota de água em um oceano revolto. Estou passando por uma vida inteira de lembranças, que foram completamente embaralhadas pelo Modificador de Alixter.

Seguro a mão de Rio bem firme.

— Rio — eu o chamo. — Você pode me ouvir? Alguma parte sua sabe que estou aqui? Sou eu, Sera. Por favor. Preciso de sua ajuda. Preciso encontrar as duas doses do repressor que Maxxer lhe deixou. Você tem que se lembrar do que fez com elas.

Olho seu rosto sem vida, paralisado no tempo. Os olhos que não piscam. A boca entreaberta.

Não tenho resposta nenhuma.

Penso outra vez na lembrança da noite em que ele me deu o gene da transessão. A noite em que lhe pedi para apagar todas as minhas lembranças e me dar um novo começo.

Eu me lembro de como ele olhou para mim. Com tanta tristeza nos olhos. Tanto remorso.

"*Lamento muito por tudo. Tudo o que fiz a você*", ele havia me dito.

E então eu o chamei de uma coisa. Algo que nunca consegui falar com ninguém. E jamais usarei.

— Pai. — Agora eu sussurro, as lágrimas escorrendo por meu rosto. — Ele vai morrer. Não posso deixar que isso aconteça. Eu o amo. Por favor, me ajude.

Então, algo acontece. Por um momento, o mais breve esvoaçar de um momento, o alvoroço desordenado de lembranças se reduz e para. Como se alguém tivesse desligado a chave de força que as alimentava. O barulho de furar os tímpanos é abafado em um murmúrio baixo.

— Veja! — sussurra Kaelen.
Levanto a cabeça e percebo os olhos de Rio se fecharem, palpitando, depois se abrirem. Só uma vez.
— Acho que ele pode ouvir você! — acrescenta.
Uma única imagem em movimento vem à tona. Flutua para cima, através do caos, pelos destroços de sua mente e perdura diante de mim.
É a imagem de uma menina. Uma garotinha. Ela parece ter a idade de Jane. Talvez cinco ou seis anos.

Ela pula em uma cama de molas, inebriada. Ri e esperneia entre os saltos. Uma voz grave troveja, assustando-a. Reconheço imediatamente a voz de Rio.

— *Espero que não esteja pulando na cama de novo — avisa.*

A garotinha de imediato cai de joelhos e se mete embaixo das cobertas. Ri baixinho. Olha com inocência a porta aberta. Para Rio. Seus olhos grandes e castanhos brilham.

— *Chega de macaco pulando na cama.* — *Ela canta a música familiar. Aquela que ele ensinou. É sua preferida.*

O coração dele se derrete. Apesar do tom de alerta anterior, ele não fica zangado.

— *Já passa da sua hora de dormir — diz Rio. Suavemente. Com carinho.*

— *Uma história — a menina negocia.*

Ele cede com um suspiro. Não consegue dizer não a ela. Nunca conseguiu.

— *Tudo bem. Qual?*

Ela lhe lança um olhar que ele reconhece muito bem. Ele o traduz como Deixa de ser bobo.

— *É claro — responde, pegando um livro surrado, de capa verde puída, em uma mesa ao lado da cama.*

Enquanto ele leva o livro até ela, o título faísca em meus olhos.

A árvore generosa.

Ele se senta na cama e a garotinha se aninha perto dele, metendo seu corpo pequeno em seu braço. Ele abre o livro e lê em voz alta:

— *Era uma vez uma árvore... — Ele vira a página.*

— *Posso virar? — pergunta ela, com esperança.*

— Tudo bem. Mas, lembre-se, precisa ter muito cuidado. Esse livro é mais velho do que eu.

— É velho mesmo — diz ela com sensatez.

Ele faz cócegas, finge ficar zangado.

Seu riso ecoa pelo quarto cor-de-rosa, mais alto do que deveria. Até que tudo desbota ao branco e só o que ouço é o riso alegre e agudo.

O barulho ensurdecedor e rouco volta um instante depois, batendo em minha cabeça. É seguido rapidamente pelo redemoinho caótico de imagens.

Abro os olhos e vejo Rio, perguntando-me quem era essa garota. Eu me pergunto o quanto desse homem eu não sei. Provavelmente tudo.

Existe uma familiaridade atraente nela.

Não é como se eu a conhecesse, mas como se eu *soubesse dela*. Um nível afastado de meu reconhecimento. Como a lembrança de uma lembrança. O sonho de um sonho.

— O que foi? — pergunta Kaelen, invadindo meus pensamentos. — O que você viu?

Mas sua voz é abafada por todo o barulho em minha cabeça. Desvio os olhos de Rio e os volto para Kaelen. Seu rosto oscila. Não consigo focalizar ele. Pisco sem parar, mas a realidade não é páreo para a anarquia que toca em minha mente, ecoando o cérebro arruinado de Rio.

— Desconecte-me — peço a ele, encolhendo com o bombardeio.

— Mas... — ele argumenta.

— Faça agora — digo.

Com relutância, ele bate na tela plástica e aos poucos o barulho desaparece. Solto um suspiro de alívio, saboreando o silêncio. Preciso de um momento para me estabilizar. Parece que estive girando em círculos a trezentos quilômetros por hora.

Seguro a cabeça nas mãos e respiro fundo várias vezes. Quando a sala finalmente para de rodar e tudo a minha volta

começa a fazer sentido, solto as mãos e levanto a cabeça. Os olhos de água-marinha brilhantes de Kaelen entram em foco.
— Eu sei — digo a ele em voz baixa.
— Sabe o quê?
Eu me coloco reta.
— Sei onde ele escondeu as últimas duas doses.

63
LAR

A casa é diferente pessoalmente. Nas lembranças que Zen roubou para mim, ela parecia maior. Mais espaçosa. Na verdade, é bem pequena e meio apertada.

Mas tem uma energia calorosa.

De algum modo, eu sempre pensei que seria fria e isolada. Como a cela da prisão onde passei tantas noites longas em 1609. Como cela de prisão, suponho que essa não seja terrível.

Aprecio que Rio tenha tentado torná-la agradável para mim. Aconchegante.

Acho que ele sentiu que era o mínimo que podia fazer.

Sei que ficamos sem tempo. A casca em meu braço já está se curando. Vejo um pequeno ponto preto que espia pelo canto da ferida. Minha pele cresce novamente. Meu DNA faz seu trabalho. Recria o dispositivo de rastreamento.

Em questão de minutos, os satélites vão me captar.

Uma mensagem de *alerta* aparecerá na tela de alguém. Na cabeça de alguém. No radar de alguém. E estará tudo acabado. Alixter saberá que estou aqui.

Mas preciso fazer isso.

Ando lentamente de um cômodo a outro, passando a ponta dos dedos nas paredes, no revestimento de madeira, em cada centímetro quadrado da mobília. Memorizando tudo outra vez.

Preciso que sejam reais. As lembranças que tenho deste lugar onde vivi. Onde dormi. Onde me apaixonei.

Preciso que elas sejam minhas.

E não roubadas. Não ativadas. Não transferidas de um cubo verde e brilhante. Mas minhas. Feitas no momento. E armazenadas diretamente em minha cabeça.

– Sera – Kaelen avisa em algum lugar atrás de mim –, não temos tempo para isso. Meu rastreador já se curou em 25%.

Eu o ignoro e continuo andando. Pelo corredor, girando a maçaneta da primeira porta.

Um quarto. O meu quarto.

Não sei como sei disso. Simplesmente *sinto* que é meu.

A mobília é pouca, lembrando-me de nossos aposentos na casa dos Pattinson. Há uma cama, um criado-mudo, uma mesa, uma cadeira e duas luminárias. Uma imagem emoldurada em cima da cama, em ciclo por várias paisagens diferentes. Poentes. Campinas. Praias.

Há uma janela em uma das outras paredes. Ela dá para o jardim. Um vidro verde cercado pelo muro de concreto alto que Zen costumava pular quando vinha me ver.

O edredom na cama tem cor de lavanda clara. Eu me pergunto se o escolhi. Ou se pedi. Era minha cor preferida? Por causa dos meus olhos?

Ou não tive o direito de escolher nem isso?

– Sera! – Kaelen chama da porta. – Precisamos agir. AGORA. Onde está o antídoto?

Com um suspiro, eu me ergo e me afasto da cama, olhando para trás com nostalgia. Parte de mim não quer ir embora. Parte de mim quer se enroscar nessa cama e esperar. Esperar até que Zen volte. Esperar até que ele pule aquele muro de novo. Esperar até que minha vida fique simples outra vez.

Mas sei que isso jamais pode acontecer.

Fecho a porta e continuo pelo corredor até a sala de estar. Kaelen fica parado no meio, terrivelmente deslocado. Ele não pertence a esta casa. Não pertence a essas lembranças.

Esta casa é minha. Minha e de Zen. Minha e de Rio.

Mas ele está aqui de qualquer modo. Lembrando-me de por que viemos. Por que arriscamos tudo para vir.

Fico atenta e vou até a estante, na outra parede da sala. Passo os olhos rapidamente pelos títulos, correndo o dedo pelas lombadas.

— Para que tantos? — pergunta Kaelen.

— Rio colecionava.

— Procura por algum em particular?

— Sim. *A árvore generosa*. — Não levanto a cabeça. — Eu me lembro de tê-lo visto em uma de minhas lembranças deste lugar. Ficava na estante atrás de mim quando eu me sentava neste sofá.

— Por que você acha que tem alguma relação com isso?

Decido não contar a Kaelen sobre a garotinha na lembrança. Por algum motivo, parece uma traição à confiança de Rio. Como se ele partilhasse essa lembrança comigo e apenas comigo. E tenho a sensação de que se uma lembrança foi capaz de se erguer acima de todo aquele caos, então era importante para ele.

Ela era importante para ele.

E se ele quer guardar segredo disso, eu o ajudarei.

Assim, respondo vagamente:

— Era importante para Rio.

Kaelen aparece a meu lado e examina a coleção. São mais de duzentos livros nesta estante. Meu dedo roça por *Uma dobra no tempo*, o livro que eu estava lendo quando conheci Zen, e meu coração dá uma cambalhota.

Olho meu punho. A linha preta e fina está 50% concluída.

Obrigo os olhos a irem mais rápido, zunindo pelos títulos, até que enfim eles piscam na lombada verde e desbotada que conheço. As letras brancas.

A árvore generosa, de Shel Silverstein. Retiro o livro com cuidado e o abro. Folheio cada página, apreendendo o texto em questão de segundos. Absorvendo a história. E percebo de imediato o quanto é significativa. Uma árvore que dá tudo que tem ao garoto que ama. Suas maçãs, seus galhos, folhas, tronco, sombra. Até que quase não lhe resta nada para dar.

Viro a última página e ali, em compartimentos rasos entalhados na chapa grossa da última capa do livro, estão dois frascos mínimos de um líquido transparente e cintilante.

Sem dizer uma palavra, retiro com cuidado cada um deles e fecho o livro, recolocando-o na estante.

Kaelen se apressa e olha maravilhado os dois frascos da salvação em minha mão.

— Não acredito em quantos problemas tivemos só para encontrar *isto* — observa ele.

Concordo com a cabeça, dando uma risadinha.

É incrível quanto poder está contido nesses dois frascos. Zen está doente. Morrendo. E isso, essa coisa mínima em minha mão, não mais do que algumas gotas, é o que o salvará.

— O que vai fazer com o outro? — pergunta Kaelen, curvando-se e olhando minhas mãos.

— Não sei — admito. Acho que não pensei nisso de antemão.

— Guardar para alguma emergência, suponho.

— Eu me sentiria ofendido se você não pensasse em dá-lo a *mim*.

A voz vem de trás e me assusta. Os frascos escorregam de meus dedos e mergulham para o chão. Kaelen age rapidamente. Mais rápido do que já o vi se mexer. Suas mãos se estendem à frente e aninham os vidros minúsculos antes que batam no chão.

Quando me viro, já sei quem verei.

Sua voz está radicada em minha memória. *Queimada* em minha pele. O fogo talvez não possa deixar uma cicatriz duradoura, mas a voz *dele*? A voz dele ficará comigo para sempre.

Ele me cumprimenta com um sorriso frio de serpente:

— Bem-vinda ao lar, Sera.

64
PAREADOS

❖

O dr. Jans Alixter está sentado em uma cadeira que paira acima do chão, feito o leito hospitalar de Rio. Parece flutuar no ar como que por mágica. Imediatamente, noto que ele está frágil. A pele está amarelada. Os olhos, fundos. As mesmas manchas roxo-escuras que vi no rosto de Zen também tingem o dele.

E é quando percebo para que serve a cadeira. Ele não consegue ficar em pé sozinho. Está doente demais.

— Alixter — suspiro seu nome, sentindo o puro ódio ao passar por minha língua.

Ele está flanqueado por dois seguranças corpulentos. Não reconheço nenhum deles como os homens que foram me procurar em 2013. Mas se tinham o gene da transessão provavelmente estão doentes também. Talvez até tenham morrido.

— Vejo que localizou o que procurávamos — diz Alixter, sorrindo para mim e gesticulando para os dois frascos, ainda protegidos nas mãos de Kaelen.

Olho para Kaelen, que está novamente de pé. Mas, por algum motivo, ele não me olha nos olhos.

— Kaelen. — Alixter volta a atenção a ele. — Obrigado por trazer de volta nossa pequena mercadoria perdida.

Ele continua em silêncio, mas baixa a cabeça, assentindo muito levemente.

— Ele não me trouxe de volta — argumento. — Vim para cá por vontade própria.

— E você tem *certeza* disso? — contra-argumenta Alixter, num acesso de tosse entrecortada. Um dos guardas lhe passa um lenço. Ele limpa a boca e o tecido branco volta pontilhado de sangue.

— Afinal — continua Alixter, dando um pigarro —, você está aqui. Com o antídoto. Exatamente como ordenei.

A verdade é que não sei. Não sei de nada.

Como Alixter sabia que estávamos aqui? Nossos dispositivos de rastreamento não se recompuseram completamente. Será que Kaelen mandou alguma mensagem a ele?

Eu me viro para Kaelen e estendo a mão.

— Kaelen — digo com gentileza —, me entregue os frascos, por favor.

Mas ele não se mexe. Parece estar petrificado. Como se seu corpo tivesse parado inteiramente de funcionar.

— É claro que tenho certeza — minto, olhando para Alixter cheia de desdém. — Ele não obedece mais a suas ordens. Agora, segue as próprias. — Olho novamente para Kaelen, a centímetros de mim. — Não é verdade?

Outra vez, ele não responde.

Alixter finge sentir pena.

— Aaaai... que graça. Você acha realmente que seus encantos funcionariam nele como funcionaram no coitado do Zen? Não acredita sinceramente que eu permitiria isso, não é? Que eu não me protegeria desse tipo de coisa quando o criei? Acha mesmo que sou *tão* burro assim, Sera? — Alixter solta um muxoxo. — Ora, isso me ofende.

— Kaelen — insisto mais uma vez, pronunciando seu nome com gentileza e compaixão. Dou um passo lento e cauteloso em sua direção. Ele se encolhe e se afasta por instinto. Como se eu fosse alguma criminosa de alta periculosidade. Como se ele de fato tivesse medo de mim. Fico petrificada. Meu coração está aos saltos.

Isso não pode estar acontecendo.

Eu me recuso a acreditar que essa seja apenas outra manipulação. Eu me recuso a acreditar que ele me enganou. Eu o conheço. Eu o *senti*. Sentimos um ao outro. Partilhamos algo.

Ele mudou.

Eu vi em seus olhos. Vi a mudança. Simplesmente não consigo aceitar que foi tudo uma mentira. Tudo parte de uma encenação. Parte de sua programação.

Alixter dá uma gargalhada sinistra e gutural que provoca mil arrepios mínimos em minhas costas.

— Mas isso é impagável — diz, ofegante.

Ele pressiona um botão plano no braço da cadeira e ela desliza suavemente para nós. Eu me afasto, batendo as costas na estante.

— Kaelen — diz Alixter num tom cheio de autoridade —, meus parabéns. Você concluiu com sucesso sua missão. Eu sabia que podia contar com você. Agora, entregue o antídoto.

Ele estende a mão, com a palma virada para cima, e espera.

Também espero, minha respiração presa no peito.

Observo Kaelen. Seu rosto se contorce sutilmente. O sinal da mesma batalha íntima sendo travada.

— Kaelen. — Repito seu nome. — Lembre-se do submarino. Lembre-se do beijo. Lembre-se de como foi. Agarre-se a isso. Isso é real. Qualquer sensação que esteja vivendo agora, qualquer poder que ele tenha sobre você, é falso. Por favor, Kaelen. Entregue os frascos a mim.

Seu rosto se contrai novamente, mas ele ainda não me olha. Seu olhar está fixo em Alixter, que tem um sorriso presunçoso.

— Ande logo — insiste Alixter. — Entregue-os. Essa é uma parte fundamental de sua missão.

— Não dê ouvidos a ele, Kaelen. Entregue-os a mim.

O pé de Kaelen se levanta, dando um passo indeciso. Não sei para que lado vai. Que lado vencerá.

Mas, assim que seu pé desce, entendo que perdi.

Ele vai diretamente até Alixter. Para longe de mim.

— NÃO! — grito. Eu me atiro para Kaelen e deixo que minhas pernas me levem o mais rápido que foram feitas para correr. Caio em cima de seu ombro, mas ele me afasta tranquilamente com um golpe do braço, fazendo-me voar pela sala. Eu me choco contra a estante com força, sentindo que ela bate em minhas costas. Várias antiguidades preciosas de Rio caem da prateleira e se empilham em mim no chão.

Vejo Kaelen colocando gentilmente os frascos na mão estendida de Alixter.

Mas não posso deixar que isso aconteça. Não posso permitir que fiquem com ele. Eu me levanto novamente e corro até ele. Mas seus guardas avançam, formando um círculo protetor a sua volta.

Enquanto isso, Kaelen lida comigo, esticando o braço. A base de sua mão tem contato com meu rosto. Sinto algo rachar. O sangue espirra.

— Contenha — ordena Alixter, tossindo no lenço.

Kaelen não hesita. Ele me agarra e prende minhas mãos às costas. Consigo virar a cabeça e encontrar seu olhar. Procuro pelo outro Kaelen. Aquele que sei que vi uma vez.

Mas ele sumiu.

Um par de olhos verde-azulados frios e sem vida me fitam. Como se a outra versão — aquela que beijei, em que me recostei para dormir, em que confiei — só tivesse existido em minha imaginação.

Talvez Alixter tenha razão. Talvez seja ingenuidade minha pensar que ele um dia esteve a meu lado. Que fui capaz de penetrar. Talvez tenha sido *mesmo* uma trama para me trazer para cá. Para conseguir a cura.

Desabo no chão, o sangue escorrendo do nariz para a boca. As mãos de Kaelen ainda prendem as minhas. Sinto aquele calor passar entre nós. Aquela energia. Eu me pergunto se ele sente também. Se ele um dia sentiu.

– Que pena – diz Alixter, sacudindo um dos frascos. – Não tenho dúvida de que a dra. Maxxer *pretendia* que essas duas doses restantes fossem dadas a seu amante e ao filho dela. Mas Rio claramente não é útil para isso agora. E Zen... bem, infelizmente ele não tem sorte.

Zen?

Filho?

As palavras de Alixter vagam para minha mente enquanto me esforço para encontrar um lugar onde elas façam sentido. Onde se encaixem.

Zen é filho de Maxxer?

Maxxer é mãe de Zen?

Foi o que ela quis dizer quando pediu a Rio para *encontrá-lo?* Ela se referia a Zen?

Não. Não pode ser.

Por que ele não me contaria?

Sempre que tentei levantar o assunto de Maxxer ou qualquer coisa relacionada com a Diotech, Zen isolava-se, desligava-se, fechava-se para mim. Ele se recusava a falar do passado, queria que eu o esquecesse, que fingisse que ele não existiu.

Eu me lembro de algo que ele me disse na manhã antes de adoecer, quando foi me encontrar do lado de fora. Perguntei se sentia falta de sua antiga vida.

"Eu não tinha nada lá", respondeu ele. "*Só uma mãe que se importava mais com seu último projeto de pesquisa do que com a própria família.*"

Ele estava falando de Maxxer?

Foi assim que ele teve a ideia de fugirmos para o passado? Foi assim que soube do gene da transessão? Porque a mãe dele o inventou?

Se tudo isso for verdade, Maxxer sinceramente achou que o estava protegendo quando deixou aquelas doses com Rio. Foi o que ela tentou me explicar na noite passada, quando fiquei histérica. Ela me disse para confiar nela.

Maxxer pensou que Rio iria encontrá-lo e salvá-lo.

Ela não sabia que ele estava quase morto.

E quanto a Rio? Por que ele *não foi* procurar Zen antes? Por que não atendeu ao pedido de Maxxer?

A resposta me chega antes mesmo que a pergunta tenha tido tempo para penetrar plenamente em meu cérebro.

Ele foi.

Ele foi a 2013. Procurou por mim. Ele me encontrou naquele celeiro dilapidado. Tentou me avisar. E então Zen apareceu com a arma e me levou. E Rio nunca teve a chance de realizar o que pretendia.

— Zen não contou a você, não é mesmo? — diz Alixter, nitidamente lendo o assombro em meu rosto.

Não respondo. Mas não sei se minha expressão me entrega.

Alixter suspira.

— Ah, bom, acho que posso entendê-lo. Eu também ficaria muito aborrecido se minha mãe desaparecesse da minha vida sem deixar rastros. Acho que não surpreende que ele tenha encontrado consolo em outra... *coisa*. — Seu olhar corre por todo meu corpo enquanto aquele sorriso nauseante e horripilante volta a seus lábios.

Penso no garoto pulando aquele muro de concreto na frente da janela, procurando por uma distração, por consolação. E encontrando a mim.

Pelo visto, ele precisava de mim tanto quanto eu dele.

Agora mais do que nunca.

E não consigo ver como posso ajudá-lo agora.

— E então — diz Alixter, deslizando a cadeira para além dos guardas e olhando entre mim e Kaelen —, vocês *se beijaram*, hein?

Eu me recuso a olhar para ele. Fico apenas sentada ali, com a respiração raspando, pesada e furiosa.

— Enquanto seu verdadeiro amor está morrendo, você beijou outro homem?

Mordo o lábio, rompendo a pele. O sangue escorre unindo-se ao que sai de meu nariz. Será apenas uma questão de tempo até que as feridas se curem, deixando meu rosto íntegro novamente. Mas sem fazer nada para emendar esse talho enorme em meu coração.

Ele bate palmas e solta outra de suas gargalhadas sádicas, que rapidamente se transforma em um acesso de tosse.

— Você *não tem ideia* de como isso me faz feliz!

Fecho bem os olhos, tentando bloquear sua voz áspera.

— Isso pede uma comemoração! — anuncia ele em júbilo.

Como não respondo, ele aperta outro botão e sua cadeira flutuante se aproxima ainda mais. Ele se curva e levanta meu queixo com a ponta do dedo. A mão gelada me dá um arrepio.

— Não vê o que isso significa, minha querida Sera?

Continuo em silêncio. Apesar do ângulo de minha cabeça, ainda me recuso a olhar em seus olhos. Focalizo, em vez disso, um canto distante da sala.

— Significa — continua ele, sem se incomodar com minha falta de entusiasmo — que meu mais recente experimento foi um grande sucesso!

— Que experimento? — É a primeira vez que Kaelen fala desde que Alixter apareceu na sala.

Alixter o fita.

— Que bom que você perguntou! — Ele solta meu queixo e desliza um pouco para trás. — Veja você — começa ele todo pomposo –, você, Kaelen, é muito especial, como sabe. Mais importante, porém, você é muito especial para *Sera*.

Com relutância, arrasto meu olhar para Alixter.

– Fiquei muito comovido com sua dedicação a Zen – continua Alixter. – Bem, *comovido* é a palavra errada. Digamos que fiquei *impressionado*. E pensei: quantas pessoas simplesmente morreriam para ter uma ligação dessas com alguém? Ou melhor, quantas pessoas *pagariam* por esse tipo de ligação? E uma lâmpada se acendeu em minha cabeça. Pensei "e se incluíssemos no pacote?".

Tenho certeza de que vou vomitar.

– Sempre tivemos planos para criar Kaelen a certa altura. – Ele sorri para mim. – Um Adão para sua Eva, por assim dizer. Mas, depois de todo o fiasco na caverna e de ver até que ponto você iria em nome do *amor* – ele pronuncia a palavra com o nojo de que me lembro daquela noite –, entendi que precisava ir um passo além. Tinha que verdadeiramente fazer dele um Adão para sua Eva. Porque percebi que o único jeito de eu superar essa devoção inabalável que você tem a Zen... esse poder que ele tem sobre você... era produzir uma potência ainda mais forte para contra-atacar.

Meus olhos se arregalam de pavor quando penso naquela centelha. Aquela eletricidade mágica que é transmitida entre mim e Kaelen sempre que nos tocamos. Que está passando entre nós agora.

Alixter sorri para mim, apreciando minha reação.

– É isso mesmo. Criei Kaelen para ser seu par cientificamente perfeito. Basicamente, o mesmo projeto que usamos para criar você foi usado na criação de Kaelen. Fazendo alguns ajustes essenciais, é claro. – Ele dá uma piscadela.

"*Sou igual a você... só que melhor.*"

– Mas, bem no fundo – continua ele –, vocês dois são iguais. São literalmente almas gêmeas. Criados da mesma fonte.

Ele cruza as mãos no colo, parecendo satisfeito consigo mesmo.

— E, a julgar pela rapidez com que você passou de Zen a Kaelen, eu diria que foi um sucesso.

Eu o encaro, mas Alixter não se abala.

— Então você entende, não importa o que fizer, não importa o quanto se esforce, você *nunca* será capaz de resistir a ele. E ele nunca conseguirá resistir a você. Está em seu DNA.

Ele suspira, como se tivesse acabado de completar um dia de trabalho árduo.

— Imagino que posso ter isso plenamente testado e pronto para o mercado em menos de um ano. Que produto popular será. Alma Gêmea numa Caixa! — Ele vira a cabeça de lado, pensando. — O nome precisa melhorar.

Os guardas dão uma risadinha.

Estou furiosa. Fervilhando. Colérica. Mas não sei por que eu deveria me surpreender. Estive sendo manipulada durante todo esse tempo. Então, por que isso seria diferente?

De um jeito estranho, é como meu amor por Zen.

Eu também não tive escolha nisso.

Mas, por um momento, fico distraída de minha raiva quando sinto as mãos de Kaelen escorregarem de meus punhos. Não posso ter certeza, mas creio que ele está de fato afrouxando a mão.

Será porque ele simplesmente ficou chocado demais com a notícia e perdeu o foco? Ou porque ele também sente raiva por ser manipulado? Será que ele consegue se lembrar de todas as outras verdades que contei a ele sobre Alixter? Ou está fazendo isso de propósito? Está me dando uma chance de fugir?

Decido que não vale a pena esperar para descobrir o motivo — o que importa é que eu tire proveito da situação.

Olho os dois frascos na mão de Alixter. A um metro e meio de mim. Sem me dar muito tempo para pensar ou debater, mergulho e rolo no chão, deslizando das mãos de Kaelen. Em seguida, em um borrão rápido feito um raio, antes que os guardas nem sequer tenham um segundo para reagir, eu me coloco de pé, depois me agacho e arrebanho as doses da mão de Alixter. Em outro golpe de movimento, cheguei ao outro canto da sala, segurando os dois frascos no alto, um em cada mão, presos entre meus dedos.

Kaelen, que foi suspeitosamente lento em sua reação, dá um passo para mim. Os guardas também estão prontos para atacar.

Aperto bem os frascos.

— Não — digo a eles todos. — Um aperto e não haverá mais antídoto. — Olho incisivamente para Alixter. — Para ninguém.

Alixter assente para Kaelen e ele recua, refazendo aquele passo que havia dado.

— Agora — digo, e minha voz sai nasalada e entupida devido ao nariz que se cura rapidamente —, vamos fazer as coisas do meu jeito.

Alixter trinca os dentes.

— O que você quer, Sera?

Suspiro. É uma boa pergunta. Uma pergunta a que ainda não sei como responder. O que eu *quero*? A certa altura, pensei que só o que eu queria era fugir com Zen. Deixar este mundo para trás e me esquecer de tudo o que aconteceu entre as paredes dessa casa.

Mas, agora que fiz isso, e fracassei, percebo como é impossível.

Por maior que seja a distância que a gente corra, por maior que seja o tempo em que a gente volte, Alixter jamais deixará de procurar por mim. Ele nunca vai parar de mandar agentes melhores, mais rápidos, fortes e avançados para me encontrar. Eu nunca conseguirei parar de olhar por cima do ombro. Nunca deixarei de combater os pesadelos e temores de que um movimento errado destruirá tudo.

Quantas outras pessoas terão que morrer, ter morte cerebral ou cair vítimas de uma doença terminal por minha causa? Quantas outras pessoas terão que sofrer para que eu possa viver fora desta jaula?

Pensei que essa era a resposta. Pensei que era fugindo, ludibriando-os continuamente, que eu provaria que eles não eram donos de mim. Que eu não era só um de seus milagres científicos. Que eu era minha *própria* criação.

Eu.

Mas estava enganada.

Sinto Lulu, a boneca de Jane, fazer volume em meu bolso, lembrando-me das palavras ditas pela menina tantos séculos atrás:

"Se ela não fosse real, então não seria capaz de fugir daquelas pessoas más. Essa foi uma boa decisão."

Se essa for a verdade, se a humanidade de fato é nossa capacidade de decidir, então essa é, finalmente, a chance de provar a minha humanidade.

Essa é a última coisa que preciso entregar.

— Quero parar de fugir — digo a Alixter. A verdade parece incrível. — E quero que Zen tenha uma vida longa e feliz.

Ele arqueia uma sobrancelha.

— Não pode ter as duas coisas. Sempre encontrarei você, Seraphina. Não importa aonde vá.

— Sim, eu posso.

E, então, transfiro os dois antídotos para uma só mão e lentamente desenrolo do punho a corrente de prata comprida com o medalhão. Segurando-a com a outra mão, levanto o colar bem no alto, deixando que ele caia do punho agora totalmente curado. Em seguida, levanto os dois frascos, precariamente pendurados no ar.

Zen nunca estará a salvo se eu estiver perto dele. Enquanto eu o amar.

Isso facilita minha decisão.

Com um suspiro, solto uma das mãos, permitindo que o conteúdo caia no chão. Depois, levanto o pé e o faço descer com toda força. Ouve-se um esmagar horrível enquanto o objeto se quebra e se espatifa, tornando-se inútil.

Levanto o sapato, revelando o medalhão destruído por baixo. A chave para minha fuga.

O coração que continuará partido para sempre. Pelo tempo que eu viver.

65
ENGANO

◆

— Salve Zen — digo a Alixter. — **Pegue uma dessas doses, mande** Kaelen de volta e o cure. Depois você pode ter a outra e eu ficarei aqui. Não fugirei mais. Não tentarei escapar. Eu sou sua.

Alixter estreita os olhos azuis e frios, claramente sem confiar em mim. Acreditando tratar-se de outro truque. Como aquele que fiz com ele da última vez em que nos vimos nessa situação. Na caverna.

Mas desta vez não estou blefando. Não faço jogo nenhum. Esse é o único lugar em que posso me encaixar. O único lugar em que não posso machucar ninguém.

— Eu irei — diz Kaelen, avançando um passo de novo. — Vou administrar o antídoto.

Ele estende a mão para mim.

Olho bem em seus olhos, sentindo meu rosto esquentar pela ligação. E embora seus olhos tenham voltado àquele verde-azulado frio e sem vida — uma centelha sem alma nenhuma —, quando ele olha para mim vejo um lampejo de vida. Vejo uma sugestão do outro Kaelen. Aquele mesmo brilho que vi no submarino. Quando ele se tornou outra pessoa. Alguém que não é controlado por um cientista louco.

Mas alguém real.

Entretanto, mais uma vez, há uma voz irritante em minha cabeça questionando tudo. Perguntando-se se agora *eu* é que estou sendo enganada. Kaelen já mostrou sua aliança com Alixter e a Diotech. Ele já escolheu Alixter e não a mim. Então, como posso ter certeza de que não está me enganando? Que ele sempre foi a pessoa que pensei ser?

Como posso saber que se eu entregar esses frascos ele fará realmente o que diz? Como posso saber se ele não vai se virar e entregar os dois a Alixter?

A verdade é que não posso.

Nunca poderei.

Kaelen sustenta firme meu olhar e faz um leve gesto de cabeça. Seus lábios mal se mexem enquanto ele fala comigo naquele sussurro baixo que só eu posso ouvir.

— Confie em mim — diz ele.

E percebo que preciso confiar.

Eu concordo acenando a cabeça e lentamente disponho os dois frascos em seus dedos estendidos. Ele recua, fora de meu alcance. Agora não há nada que eu possa fazer.

Pelo canto do olho, vejo Alixter sorrir, parecendo triunfante.

— Muito bem — diz ele. — Agora, Kaelen, entregue-os a mim.

Mas Kaelen não se mexe. Mais uma vez, está preso entre nós, seu rosto se contorcendo enquanto o debate é travado abaixo de sua pele.

— Kaelen — repete Alixter, a voz cheia de alerta e equilibrada na beira da fúria. — Entregue os frascos AGORA.

Não digo nada. Sei que minhas palavras não ajudariam. Ou Kaelen tem dentro de si o desafio a Alixter ou não tem. Minha voz não mudaria isso. Ele me olha, seus olhos procuram ajuda. Procuram orientação.

Só o que posso lhe dar a essa altura é um sorriso silencioso. Depois, fecho os olhos e espero.

Alixter fica cada vez mais furioso. Está prestes a gritar.

— Agente, essa é uma ordem direta. Entregue-me o antídoto ou haverá consequências.

Mantenho os olhos bem fechados. Se Kaelen me trair, não quero ver. Só espero que eles me desativem rapidamente e eu acorde sem lembrança nenhuma deste momento. Depois, pelo menos não terei que viver por mais tempo com a traição.

Ouço meu coração bater nos ouvidos. Sinto o suor escorrer frio por minhas costas.

Há um tumulto barulhento. Um estrondo. Meus olhos se abrem e vejo outra pilha de livros no chão e uma prateleira vazia no alto.

Suponho que eles já teriam sido abalados com minha escaramuça anterior, e a gravidade só agora completou sua tarefa, mas, por algum motivo, não me lembro de bater nessa prateleira específica.

Minha confusão, porém, para de súbito quando vejo Kaelen lentamente se aproximar da cadeira flutuante de Alixter. Os dois frascos cheios com a salvação líquida estão em sua mão estendida.

E todas as minhas esperanças pelo futuro de Zen desmoronam no chão de forma tão repentina e indefesa quanto a valiosa coleção de livros de Rio.

66
AMIZADE

❖

Desabo amontoada ao lado de meu colar quebrado, o peso da traição definitiva de Kaelen tão forte em mim que tenho medo de jamais conseguir me levantar. Estarei condenada a andar torta pela terra. Recurvada. Para sempre.

Eu me arrisquei. Entreguei minha fé. Ela foi destruída.

Agora tudo o que posso fazer é esperar.

Esperar até que acabe.

Até que eles apaguem tudo. E não precisarei imaginar novamente o rosto moribundo de Zen.

Posso começar de novo. Posso ter um novo começo.

Alixter está vindo, pronunciando palavras que não consigo ouvir. Ou que não quero ouvir.

Levanto a cabeça e me permito um último olhar a Kaelen, ao homem que me traiu. Quero ver se existe um grama que seja de remorso em seus olhos. Ele alcança meu olhar e vejo que seus lábios se mexem ligeiramente mais uma vez. Sussurrando uma palavra secreta que não pode ser ouvida por ninguém além de mim:

—Veja.

Ele passa a ponta do dedo na própria testa. E é quando sinto. A pressão em minha cabeça. O influxo de uma lembrança. A energia pulsando por meus receptores. Deixo que meus olhos se fechem. O riso cheio de soberba de Alixter desaparece ao fundo enquanto flutuo para o mundo de Kaelen. Fundindo minha consciência com a dele. Vendo por seus olhos. Lembrando-me por sua mente.

Ele aparece em um quarto escuro e silencioso. O bipe suave das máquinas é o único som.

Cody, sentado ao lado da cama, parece desesperançoso e desamparado, e se assusta quando ouve os passos suaves de Kaelen. Ele levanta a cabeça.

— Onde está Sera? — pergunta Cody num tom de acusação.

Kaelen não responde. Em vez disso, avança e abre a mão, revelando um frasco mínimo com um líquido transparente.

— É isso? — Cody olha arregalado para ele.

Kaelen assente.

— Administre imediatamente, por favor. — Sua voz é distante. Fria. Um lembrete estremecido de seu antigo ser.

Cody o encara com certa desconfiança, sem saber se deve obedecer. Sem saber se deve confiar nele sem mim.

Kaelen interpreta bem sua desconfiança.

— Não há outra opção. Administre ou ele vai morrer.

Cody reflete e finalmente se levanta da cadeira, pega o frasco e vai à beira do leito de Zen. Abre a tampa, enterra uma agulha comprida no líquido e a retira. Depois, insere na intravenosa de Zen.

— Agora — continua Kaelen —, me dê algo transparente.

Cody franze a testa.

— O quê?

— Um líquido transparente — exige Kaelen com impaciência. — Qualquer coisa.

Cody procura em uma das caixas próximas, pegando um frasco sem rótulo. Ele estende a Kaelen, que rapidamente preenche o frasco vazio como seu conteúdo e fecha a tampa.

Em seguida...

Um sinal sonoro sutil chama a atenção deles. Eles se viram. Observam a tela em silêncio. Esperam nada e tudo ao mesmo tempo.

Lenta, mas seguramente, os números começam a aumentar. Os batimentos cardíacos de Zen se estabilizam.

O rosto de Cody se ilumina. Ele olha de Kaelen para Zen, radiante.

— O que isso fez?

— É um repressor genético.

A luz no rosto de Cody se apaga de imediato. Ele entende.

— Quer dizer...

— Ele nunca poderá deixar esta época — confirma Kaelen.

Os ombros de Cody arriam quando ele volta a olhar com tristeza para Zen.

— Ele está preso aqui.

— É isso mesmo.

— E Sera? — pergunta Cody, esperançoso.

O olhar de Kaelen vai momentaneamente a Zen e seus pensamentos ficam indistintos. Indecifráveis. Suas emoções são confusas. A lembrança fica nebulosa e vaga. Apesar de ser nova.

— Sera não voltará. — Há uma fissura quase imperceptível em sua voz.

Um farfalhar de tecido chama a atenção de Kaelen, e ele e Cody se viram para a cama.

Zen torce o rosto. O primeiro sinal de movimento em dias. Sua perna se mexe ligeiramente embaixo do lençol. Depois, como que por milagre, ele abre os olhos.

A lembrança chuvisca e termina. Assim que meu olhar cai nos livros tombados no chão, eu entendo. Eles foram uma distração. Kaelen os derrubou de propósito. Precisava distrair Alixter e os guardas por tempo suficiente para escapulir ao passado e voltar menos de um segundo depois sem que alguém percebesse.

Precisava garantir que Alixter ainda acreditasse que ele estava do seu lado.

Que era incorruptível.

A alegria que sinto nesse momento não é nada parecida com o que já senti. Zen está vivo. Ele vai ficar bem. Viverá muito tempo e, com sorte, encontrará a felicidade.

Sussurro um *obrigada* a Kaelen.

Em seguida, dou três passadas firmes para um dos guardas de Alixter e levanto bem o queixo, expondo meu pescoço. Ofereço-o livremente.

Não digo nada. Não há mais nada a dizer. Tomei minha decisão.

Minha vida agora pertence a ele.

Alixter leva alguns momentos de perplexidade para reagir. Mas, então, estala os dedos e aponta para mim. O guarda mais próximo reage, brandindo o Modificador ao se aproximar.

Não fujo. Não me mexo. Inspiro. Expiro. O ar entra facilmente. Sem luta.

É bom não lutar.

As hastes de metal frio batem em minha pele, na base da orelha. E eu acolho a escuridão.

67
CINZENTO

❖

A mesa é fria e dura em minhas costas nuas, levando-me a tremer na sala gelada. Abro os olhos e vejo a luz branca e ofuscante no alto.

Tento me mexer, mas é inútil. Meus punhos e tornozelos estão presos à mesa por grandes grampos de aço. Minha cabeça está imobilizada por uma faixa de metal que se estende pela testa, impedindo-me de lutar.

Um homem de jaleco de laboratório aparece acima de mim. Seus olhos são cinzentos e não têm emoção. Parece um robô. Eu me pergunto se é um deles.

Minha garganta está seca, arranha, impossibilita que eu fale. Mas isso não importa. Não preciso perguntar o que está acontecendo.

Quando concordei em ficar, eu sabia que era isso que meu futuro me reservava.

Eles reformarão meu cérebro.

Vão me tornar dócil. Submissa. Agradável.

E levarão tudo.

Mas sei que é o único jeito de eu conseguir sobreviver. A única maneira de poder viver com minha decisão.

Quando Zen estiver completamente apagado da minha memória. Quando a lembrança do que vivemos juntos se tornar indecifrável.

Ele está a salvo. E é só o que preciso saber antes que ele seja roubado para sempre.

— Não se preocupe. — O homem tenta me acalmar em uma voz nada tranquilizadora. — Não vai doer. E você não se lembrará de nada.

É isso que eu espero.

Eu o vejo preparar uma seringa de agulha comprida e afiada. Ele puxa uma substância desconhecida.

Sinto a picada quando a agulha entra em meu braço. O fluido misterioso trabalha rapidamente. Cobre toda minha visão. Transforma meu mundo em um cinza triste e sem cor.

Concentro meus pensamentos no rosto de Zen. Seus olhos castanho-escuros e vibrantes. O sorriso torto e perfeito. A urgência macia de sua boca na minha. Como uma mecha de seu cabelo se enroscava na testa quando se molhava.

O calor suave de seu toque em minha testa enquanto ele sussurra em meu ouvido:

"Sim, sempre sim."

Seguro tudo isso. Eu me agarro com força enquanto minha mente é infiltrada. Prendo desesperadamente enquanto meus pensamentos são tomados de mim. Mantenho-o vivo em minha memória pelo tempo que me é humanamente possível.

AGRADECIMENTOS

Ora, ora, lá vamos nós outra vez. Outro livro terminado. Outra oportunidade de estender minha gratidão imortal a todas as pessoas maravilhosas que me ajudaram a fazer essa jornada louca chamada publicação de livro.

Advertência da autora: se houver alguém que não incluí aqui, não assumo a responsabilidade. A Diotech vem apagando minhas lembranças há anos.

Mas, então...

Como sempre, agradeço à equipe efervescente, vibrante e superexperiente da Macmillan Children's, que preparou alguns livros de beleza espetacular e os divulgou incansavelmente. A Janine O'Malley, editora de minhas palavras, calmante para meus temores e defensora de meu trabalho. Às sempre elegantes rainhas da publicidade, de uma eficiência impressionante: Mary Van Akin (a melhor metade da Jessary!), Molly Brouillette (sempre teremos Boston!), Kate Lied (sinto muita falta de você!), Courtney Griffin (não existe balada como em Tampa!) e Allison Verost (a nova mamãe orgulhosa!). Agradeço a minha melhor amiga, Caitlin Sweeny, a quem terei uma dívida eterna por me apresentar a *New Girl* e cujo nome finalmente aprendi a pronunciar. (Desta vez verifiquei três vezes!) As *aguerridas* e incríveis Stephanie McKinley, Elizabeth Fithian, Ksenia Winnicki e Kathryn Little, que divulgaram meus livros como se fosse esse seu trabalho (ah... não, peraí). Mas, sério, vocês são *as* melhores! Agradeço a Laura Burniac, que consegue tornar os livros em brochura ainda mais empolgantes do que os de capa dura! Também agradeço ao extraordinário Angus Killick, que sempre me faz rir; à dinâmica Jean Feiwel, cuja intrepidez editorial me faz *desfalecer*; a Joy Peskin, que adoro para além das palavras, e a Simon Boughton, que sempre me deu cobertura. Este livro seria uma bagunça relapsa se não fosse pelos talentos de copidesque de Chandra Wohleber. Obrigada! Os maiores e mais fortes abraços e minha gratidão a Elizabeth Clark por outra capa incrível, atraente, de derreter o coração! E agradeço a Mark von Bargen e à maravilhosa equipe de vendas, que trabalham tanto para colocar meus livros nas prateleiras.

Também agradeço aos editores estrangeiros que dão vida a minha obra no mundo todo, em particular a Polly Nolan, Catherine Alport, Katharine Smales, Amy Lines e Claire Creek no Reino Unido.

Bill Contardi, meu agente, merece muita gratidão por me orientar pelos elementos de uma trilogia, assim como Marianne Merola, que faz parecer fácil vender os direitos para o exterior (embora eu saiba que não é).

Agradeço a todos os professores, bibliotecários e vendedores de livros que me convidaram de braços abertos e apoiaram meus livros pelo país, em especial a Courtney Saldana, Allison Tran, Damon Larson, Crystal Perkins, Dalene Kolb, Cathy Berner, Maryelizabeth Hart, Mel Barnes, Shane Pangburn, Stephanie Squicciarini, Amy Oelkers, Julie Poling, Jade Corn, Cori Ashley e Michael Johnson.

Os BLOGUEIROS! Ah, os blogueiros. Vocês são demais. Vocês são demais mesmo! Agradeço por me aceitarem como escritora de ficção científica e por seu entusiasmo infinito com Sera, Zen e o universo de *Inesquecível*. Eu não poderia fazer isso sem vocês me animando constantemente e pedindo mais. OBRIGADA!

Minha tribo de escritores: Jennifer Bosworth, Jessica Khoury, Marie Lu, JR Johansson, Brodi Ashton, Morgan Matson, Gennifer Albin, Ann Aguirre, Alyson Noël, Anna Banks, Emmy Laybourne, Leigh Bardugo, Brad Gottfred, Carolina Munhóz, Raphael Draccon, Carol Tanzman, Debra Driza, Elizabeth Fama, Marissa Meyer, Lauren Kate, Gretchen McNeil, Lish McBride, Claudia Gray, Victoria Scott, Mary Pearson e Robin Reul. Cada um de vocês é mais importante para mim do que imagina! Obrigada por serem tábuas de ressonância, ouvintes, leitores beta, colaboradores, promotores, companheiros de turnê e amigos.

E um agradecimento especial a Michelle Levy. Só ela sabe por quê... por enquanto.

Keith Wrightson, da Universidade Yale, obrigada pelo curso intensivo sobre a sociedade, os procedimentos criminais e a vida familiar do século XVII. E, Dan Starer, agradeço por sua assistência inestimável na pesquisa.

Brittany Carlson, tenho orgulho de chamá-la de uma companheira. Nicki Hart, você ainda impressiona e causa admiração.

Agradeço a Honey Pants, meu lindo cachorrinho. É impossível ter um dia ruim quando você está por perto.

E, naturalmente, agradeço a minha família maravilhosa, embora às vezes excêntrica: Terra Brody, Laura Brody e Michael Brody. Tenho muito orgulho de vir de um *pool* genético tão talentoso.

Charlie Fink, não tenho palavras. Tenho apenas amor. E gratidão. Para sempre.

Humm. Acabou? Aposto que estou esquecendo alguém...

Brincadeirinha. Eu nunca, *jamais* vou me esquecer de você. O leitor de livros e dono deste, especificamente. Pergunte-me se sou grata a você. Anda, pode perguntar. Só tenho uma resposta: "Sim. Sempre sim."

Impressão e Acabamento:
LIS GRÁFICA E EDITORA LTDA.